MAXI

Título original: *All That Remains*
Traducción: Jordi Mustieles
1.ª edición: marzo, 2017

© Patricia D. Cornwell, 1992
© Ediciones B, S. A., 2017
   para el sello B de Bolsillo
   Consell de Cent, 425-427 - 08009 Barcelona (España)
   www.edicionesb.com

Printed in Spain
ISBN: 978-84-9070-345-8
DL B 862-2017

Impreso por RODESA
            Pol. Ind. San Miguel, parcelas E7-E8
            31132 - Villatuerta-Estella, Navarra

La jota de corazones

Patricia Cornwell

MAXI

Este libro es para
Michael Congdon.
Como siempre, gracias.

1

El sábado, último día de agosto, empecé a trabajar antes del amanecer. No vi cómo se alzaba la bruma de la hierba ni cómo el cielo se volvía de un azul brillante. Las mesas de acero estuvieron ocupadas por cadáveres toda la mañana, y no había ventanas en el depósito. El fin de semana del Día del Trabajo había comenzado en la ciudad de Richmond con un estallido de accidentes de tráfico y tiroteos.

Eran las dos de la tarde cuando por fin regresé a mi hogar, en el West End, y oí a Bertha que fregaba la cocina. Venía todos los sábados a hacer la limpieza y sabía por anteriores ocasiones que no debía hacer caso al teléfono, que justo empezaba a sonar.

—No estoy en casa —dije en voz alta, mientras abría el frigorífico.

Bertha dejó de fregar.

—Hace un momento también sonaba —me informó—. Y antes han llamado otra vez. El mismo hombre.

—No hay nadie en casa —repetí.

—Lo que usted diga, doctora Kay. —La bayeta volvió a moverse por el suelo.

Traté de no prestar atención al mensaje impersonal del contestador automático que se infiltraba en la cocina bañada de sol. Los tomates de Hanover, tan abundantes durante el verano, con la llegada del otoño se convertían en algo precioso. Solamente quedaban tres. ¿Dónde estaba la ensalada de pollo?

Tras el pitido sonó una conocida voz de hombre.

—¿Doctora? Soy Marino...

«Oh, Dios», pensé, y cerré la puerta del frigorífico con un golpe de cadera. Pete Marino, inspector de la brigada de homicidios de Richmond, había estado en la calle desde la medianoche anterior, y acababa de verlo en el depósito, mientras extraía las balas de uno de sus casos. En aquellos momentos debería estar camino del lago Gaston para pasar lo que quedaba del fin de semana pescando. Por mi parte, deseaba ponerme a trabajar en el jardín.

—He intentado localizarla antes de salir. Tendrá que probar con mi busca...

En la voz de Marino había una nota de urgencia, y descolgué bruscamente el auricular.

—Estoy aquí.

—¿Es usted o su maldito aparato?

—¿A usted qué le parece? —respondí.

—Malas noticias. Han encontrado otro coche abandonado, en New Kent, en el área de descanso número sesenta y cuatro, dirección oeste. Benton acaba de llamarme...

—¿Otra pareja? —lo interrumpí, descartados todos mis planes para el día.

—Fred Cheney, varón de raza blanca, diecinueve años. Deborah Harvey, mujer de raza blanca, diecinueve años. Vistos por última vez ayer, alrededor de las ocho, cuando salían de casa de la familia Harvey, en Richmond, para dirigirse a Spindrift.

—¿Y el coche está colocado en dirección oeste? —pregunté, porque Spindrift, Carolina del Norte, se encuentra a unas tres horas y media al este de Richmond.

—Ajá. Por lo visto iban en dirección contraria, de vuelta a la ciudad. Un policía ha encontrado el coche, un jeep Cherokee, hace cosa de una hora. Ni rastro de los chicos.

—Salgo inmediatamente —dije.

Bertha no había parado de fregar, pero yo sabía que había escuchado hasta la última palabra.

—Me marcharé en cuanto termine con esto —me aseguró—. Lo dejaré todo cerrado y conectaré la alarma. No se preocupe, doctora Kay.

El miedo sacudió mis nervios mientras recogía el bolso y me precipitaba hacia el coche.

Eso ya había sucedido con otras cuatro parejas. Las cuatro habían desaparecido, y las habían encontrado asesinadas finalmente en un área de ochenta kilómetros con centro en Williamsburg.

Los casos, que la prensa había bautizado como «los asesinatos de las parejas», eran inexplicables, y nadie parecía tener ninguna pista o teoría verosímil, ni siquiera el FBI y su Programa de Captura de Criminales Violentos, el VICAP, que disponía de una base de datos de ámbito nacional manejada por un ordenador de inteligencia artificial capaz de relacionar personas desaparecidas con cuerpos no identificados y enlazar asesinatos en serie. Cuando se encontraron los cadáveres de la primera pareja, hacía más de dos años, la policía local solicitó la asistencia de un equipo regional del VICAP, formado por el agente especial del FBI Benton Wesley y el veterano inspector de la brigada de homicidios de Richmond Pete Marino. Luego desapareció otra pareja, y más tarde otras dos. En todos los casos, antes de que se pudiera avisar al VICAP, antes de que el Centro Nacional de Información Criminal, el NCIC, pudiera telegrafiar siquiera las descripciones a los departamentos de policía de todo el país, los adolescentes que habían desaparecido estaban ya muertos y se descomponían en algún lugar de los bosques.

Apagué la radio al pasar por una cabina de peaje y empecé a acelerar por la I-64 en dirección este. Imágenes y voces volvieron a mí de repente. Huesos y ropa podrida cubiertos de hojas secas. Atractivos y sonrientes rostros de adolescentes desaparecidos impresos en los periódicos, y familias confusas y angustiadas que eran entrevistadas por televisión y que me llamaban por teléfono.

—Siento mucho lo de su hija.

—Dígame cómo murió mi pequeña, por favor. ¡Oh, Dios mío! ¿Sufrió mucho?

—Aún no hemos podido determinar la causa de la muerte, señora Bennett. Por el momento, no puedo decirle nada más.

—¿Está usted diciéndome que no lo sabe?

—Sólo quedan los huesos, señor Martin. Cuando desaparecen los tejidos blandos, cualquier posible lesión desaparece con ellos...

—¡No quiero escuchar su jerga médica! ¡Quiero saber cómo murió mi hijo! ¡La policía me ha preguntado si tomaba drogas! ¡Mi hijo no se ha emborrachado en toda su vida, y mucho menos ha tomado drogas! ¿Me ha oído usted, señora? Mi hijo está muerto, y pretenden hacerlo pasar por una especie de degenerado...

«La responsable del departamento de medicina forense, desconcertada: La doctora Kay Scarpetta no puede identificar la causa de la muerte.»

Indeterminada.

Una y otra vez. Ocho adolescentes.

Era espeluznante. De hecho, para mí, se trataba de algo sin precedentes. Todo patólogo forense se encuentra con casos inclasificables, pero yo nunca había tenido tantos que parecieran estar relacionados.

Abrí la capota y el aire libre me levantó un poco el ánimo. La temperatura pasaba de los veinticinco grados y pronto empezarían a caer las hojas. Sólo en primavera y otoño no añoraba Miami. Los veranos de Richmond eran igualmente calurosos, sin la ventaja de las brisas del océano que limpiaban el aire. La humedad era horrible, y en invierno no me sentía mejor, puesto que no me gusta el frío. Pero la primavera y el otoño eran embriagadores. Absorbí el cambio de estación que venía en el aire y lo sentí directamente en la cabeza.

El área de descanso de la I-64 en el condado de New Kent estaba exactamente a cincuenta kilómetros de mi casa. Habría podido ser cualquier área de descanso de Virginia, con mesas de picnic, parrillas, barriles de madera para la basura, aseos y máquinas expendedoras entre paredes de ladrillo y árboles recién plantados. Pero no se veía ningún automovilista ni camionero, y estaba todo lleno de coches de policía.

Un agente acalorado con uniforme azul grisáceo se me acercó con cara de pocos amigos cuando aparqué junto al aseo de señoras.

—Lo siento, señora —dijo, inclinándose hacia la ventanilla abierta—. Esta área de descanso está cerrada hoy. Tengo que pedirle que siga circulando.

—Soy la doctora Kay Scarpetta —me identifiqué, al tiempo que paraba el motor—. La policía me ha pedido que viniera.

—¿Por qué motivo, señora?

—Soy la jefa del departamento de medicina forense —respondí.

El agente me miró de arriba abajo y advertí un destello de escepticismo en sus ojos. Supuse que no debía de parecer «jefa» de nada. Vestida con una falda tejana lavada a la piedra, una blusa rosa y zapatos de cuero, me faltaban todos los atavíos de la autoridad, incluso el coche oficial, que estaba en el garaje a la espera de unos neumáticos nuevos. A simple vista, yo parecía una yuppie no tan joven que paseaba en su Mercedes gris oscuro, una distraída rubia ceniza de camino al centro comercial más cercano.

—Necesitaré algún documento.

Tras hurgar en el interior de mi bolso, extraje una delgada cartera negra y le mostré mi placa metálica de forense junto con el permiso de conducir. El policía estudió ambas cosas durante un largo instante. Me di cuenta de que estaba azorado.

—Puede dejar el coche aquí mismo, doctora Scarpetta. La gente que busca está en la parte de atrás. —Hizo un gesto en dirección a la zona de aparcamiento para camiones y autobuses—. Que usted lo pase bien —añadió insensatamente mientras se alejaba.

Seguí un sendero de ladrillo. Rodeé el edificio, y al pasar bajo la sombra de los árboles me saludaron varios coches más de la policía, una grúa de remolque con las luces del techo destellando y al menos una docena de hombres de uniforme y de paisano. No vi el jeep Cherokee rojo hasta que lo tuve casi delante. Estaba fuera de la zona pavimentada, hacia la mitad de la rampa de salida, en una depresión semioculta por el follaje. El automóvil, de dos puertas, estaba cubierto por una fina capa de polvo. Al atisbar por la ventanilla del conductor comprobé que el interior de cuero beige estaba muy limpio y que, ordenadas con cuidado sobre el asiento posterior, había varias piezas de equipaje, un esquí de slalom, un rollo de cuerda para esquí de nailon amarillo y una nevera de plástico rojo y blanco. Las llaves colgaban del contacto. Las ventanillas estaban parcialmente abiertas. Desde el borde del asfalto las huellas de los neumáticos eran claramente visibles sobre la pendiente herbosa; la rejilla cromada del radiador rozaba un grupo de pinos. Marino estaba conversando con un hombre rubio y delgado al que yo no conocía. Me lo presentó como Jay Morrell, de la policía del Estado, y parecía estar al mando de la operación.

—Kay Scarpetta —me presenté, puesto que Marino me había identificado únicamente como «la doctora».

Morrell fijó en mí sus Ray-Ban verde oscuro y asintió con la cabeza. Sin uniforme y provisto de un bigote que era poco más que bozo adolescente, exudaba el aire de jactancia y eficacia que yo relacionaba con los investigadores nuevos en su trabajo.

—He aquí lo que sabemos por el momento. —Continuamente miraba de soslayo, nervioso—. El jeep pertenece a Deborah Harvey, y ella y su acompañante, Fred Cheney, salieron de la residencia de los Harvey anoche, aproximadamente a las ocho de la tarde. Se dirigían a Spindrift, donde la familia Harvey posee una casa en la playa.

—Cuando la pareja salió de Richmond, ¿estaba en casa la familia de Deborah Harvey? —pregunté.

—No, señora. —Volvió fugazmente sus gafas oscuras

hacia mí—. Ya estaban en Spindrift. Habían salido el mismo día, más temprano. Deborah y Fred querían ir en su propio coche porque pensaban volver a Richmond el lunes. Los dos son estudiantes de segundo año en la universidad de Carolina, y tenían que volver temprano para preparar el regreso a clase.

Marino sacó un paquete de cigarrillos y dijo:

—Anoche, justo antes de salir de casa de los Harvey, telefonearon a Spindrift y dijeron a uno de los hermanos de Deborah que estaban a punto de ponerse en marcha y que llegarían entre medianoche y la una. Al ver que eran las cuatro de la madrugada y que aún no habían llegado, Pat Harvey llamó a la policía.

—¡Pat Harvey! —Contemplé a Marino, incrédula.

Fue el oficial Morrell quien contestó.

—Ah, sí. Nos ha caído una buena, desde luego. En este mismo instante, Pat Harvey se dirige hacia aquí. La ha recogido un helicóptero... —consultó su reloj de pulsera—, hace cosa de media hora. El padre, Bob Harvey, está de viaje, en Charlotte, por un asunto de negocios, y tenía previsto llegar a Spindrift mañana, a una hora u otra. Por lo que sabemos, todavía no se lo ha podido localizar ni está enterado de lo sucedido.

Pat Harvey era la Directora Nacional de Política Antidroga, y los medios de comunicación la habían bautizado como «Zarina de la droga». La señora Harvey, designada para el puesto por el presidente y que no hacía mucho había aparecido en la portada de la revista *Time*, era una de las mujeres más poderosas y admiradas de Estados Unidos.

—¿Y Benton? —pregunté a Marino—. ¿Sabe ya que Deborah Harvey es la hija de Pat Harvey?

—No me ha dicho nada al respecto. Cuando me ha llamado, acababa de aterrizar en Newport News... El FBI lo ha enviado por avión. Tenía prisa por conseguir un coche de alquiler. No hemos hablado mucho rato.

Eso respondía a mi pregunta. Benton Wesley no habría venido a toda prisa en un avión del FBI si no supiera quién era Deborah Harvey. Me pregunté por qué no le había dicho nada a Marino, su compañero del VICAP, y traté de leer en el ancho e impasible rostro de Marino. Tenía los músculos de la mandíbula contraídos, la frente congestionada y cubierta de gotas de sudor.

—En estos momentos —prosiguió Morrell— tengo un montón de hombres repartidos por ahí para impedir que entre nadie. Hemos registrado los aseos y mirado un poco por ahí para asegurarnos de que los chicos no están en las cercanías. En cuanto llegue el equipo de búsqueda de Península, empezaremos en el bosque.

Poco más allá del morro del jeep, hacia el norte, los cuidados jardines del área de descanso empezaban a poblarse de árboles y matorrales que, en cuestión de media hectárea, se volvían tan densos que lo único que podía ver era la luz del sol atrapada en las hojas y un halcón que volaba en círculos sobre una lejana aglomeración de pinos. Aunque se construían sin cesar centros comerciales y urbanizaciones junto a los márgenes de la I-64, esta zona, entre Richmond y Tidewater, por el momento permanecía intacta. El paisaje, que en otro tiempo me habría parecido ameno y tranquilizador, ahora se me antojaba ominoso.

—Mierda —protestó Marino cuando nos alejamos de Morrell y empezamos a pasear.

—Lo siento por su excursión de pesca —comenté.

—Ya lo ve. ¿No es lo que pasa siempre? Llevaba meses preparando esa maldita excursión. Se ha jodido otra vez. No es ninguna novedad.

—Me he fijado que al salir de la autopista —observé, sin hacer caso de su irritación— el ramal de entrada se divide inmediatamente en dos, uno que conduce hasta aquí y otro que lleva a la parte delantera del área de descanso. En otras palabras, los ramales son de dirección única. Si alguien entrara en el área delantera para automóviles y luego cambiara de idea y quisiera venir hasta aquí, no tendría más remedio que recorrer una distancia considerable en dirección contraria, arriesgándose a chocar con otro coche. Y yo diría que anoche debía de haber un buen número de viajeros en la carretera, puesto que es el fin de semana del Día del Trabajo.

—De acuerdo. Ya lo sé. No hace falta un científico espacial para deducir que alguien quiso abandonar el jeep exactamente donde está ahora, porque anoche sin duda había un montón de coches aparcados en el área delantera. O sea que se mete por el desvío para camiones y autobuses. Probablemente esta parte estaba bastante desierta. No lo ve nadie, y se larga.

—También es posible que no quisiera que encontraran el jeep demasiado pronto. Eso explicaría por qué está tan apartado de la zona pavimentada —sugerí.

Marino se quedó mirando el bosque y rezongó:

—Yo ya empiezo a estar demasiado viejo para esto.

Marino, el eterno protestón, tenía el hábito de llegar a la escena de un crimen y comportarse como si no quisiera estar allí. Llevábamos trabajando juntos el tiempo suficiente para estar acostumbrada a ello, pero esta vez tuve la sensación de que su actitud respondía a algo más que a una simple pose. Su frustración parecía deberse a algo más que a una excursión de pesca suspendida. Pensé que tal vez se había peleado con su esposa.

—Bien, bien —masculló, y se volvió hacia el edificio de ladrillo—. Ya llegó el Llanero Solitario.

Giré en redondo mientras la esbelta y familiar figura de Benton Wesley salía de los servicios de caballeros. Apenas si dijo «hola» cuando llegó junto a nosotros; llevaba la cabellera plateada mojada en las sienes y las solapas del traje azul salpicadas de agua, como si acabara de lavarse la cara. Con la mirada inexpresiva fija en el jeep, sacó unas gafas de sol del bolsillo de la pechera y se las puso.

—¿Ha llegado ya la señora Harvey? —preguntó.

—No —contestó Marino.

—¿Y la prensa?

—No —dijo Marino.

—Bien.

Wesley tenía la boca apretada, de modo que su rostro de

pronunciadas facciones parecía más duro e inaccesible que de costumbre. Lo habría encontrado apuesto de no ser por su impenetrabilidad. Era imposible adivinar sus pensamientos y emociones; últimamente había aprendido a ocultar su personalidad con tal maestría que a veces tenía la impresión de no conocerlo en absoluto.

—Tenemos que mantener el caso en secreto tanto tiempo como podamos —prosiguió—. En cuanto corra la voz, se armará un escándalo de mil demonios.

—¿Qué sabe de esta pareja, Benton? —le pregunté.

—Muy poco. La señora Harvey, después de denunciar su desaparición esta madrugada, llamó al director a su casa y luego me llamó a mí. Por lo visto, su hija y Fred Cheney se conocieron en la universidad de Carolina y vienen saliendo juntos desde el primer año. En apariencia, los dos son formales y buenos chicos. No han tenido nunca la clase de problemas que justificaría que se hubieran metido en un lío con alguien poco recomendable; al menos, eso es lo que dice la señora Harvey. Sin embargo, pude deducir que su relación no acababa de parecerle del todo bien, que consideraba que pasaban demasiado tiempo a solas.

—Seguramente ésta sería la verdadera razón de que quisieran ir a la playa en otro coche —opiné.

—Sí, tal vez —asintió Wesley, mirando a su alrededor—. Es muy probable que ésa fuera la verdadera razón. Hablando con el director saqué la impresión de que a la señora Harvey no le hacía mucha gracia que Deborah llevara a su amigo a Spindrift. Eran días para pasar en familia. La señora Harvey vive en Washington durante la semana, y apenas ha visto a su hija y a sus dos hijos durante el verano. Con franqueza, tengo la sensación de que Deborah y su madre no se llevaban muy bien últimamente, y puede que tuvieran una discusión justo antes de que la familia saliera hacia Carolina del Norte, ayer por la mañana.

—¿Cree que hay alguna posibilidad de que se hayan escapado juntos? —le preguntó Marino—. Eran inteligentes, ¿verdad? Deben de leer los periódicos, mirar las noticias, quizá vieron aquel programa especial de televisión sobre las parejas desaparecidas que emitieron la otra semana. Supongo que conocían esos casos. ¿Quién sabe si no han tenido alguna idea extraña? Sería una forma muy astuta de fingir una desaparición y castigar a sus padres.

—Es una de las posibilidades que hemos de tener en cuenta —respondió Wesley—. Y razón de más para que intentemos ocultarlo a los medios de comunicación tanto tiempo como podamos.

Morrell se reunió con nosotros y echamos a andar por el ramal de salida en dirección al jeep. Una furgoneta de color azul claro se paró cerca y de ella bajaron un hombre y una mujer, vestidos con monos oscuros y botas. Abrieron la portezuela trasera y dejaron salir dos perros que jadeaban y meneaban la cola. Tras enganchar largas correas a unas anillas metálicas sujetas en los cinturones de piel que les rodeaban la cintura, cada uno cogió a un perro por el arnés.

—¡Salty, Neptuno, quietos!

No supe cuál era cuál. Los dos perros eran grandes, de un color canela claro, con los morros llenos de arrugas y las orejas caídas. Morrell sonrió y extendió la mano.

—¿Qué tal, muchacho?

Salty, o tal vez Neptuno, lo recompensó con un beso húmedo y un restregón en la pierna.

Los cuidadores de los perros eran de Yorktown y se llamaban Jeff y Gail. Gail era tan alta como su socio y parecía igual de robusta. Me recordó a esas mujeres que se pasan la vida en una granja, con caras que el trabajo duro y el sol han cubierto de surcos, con un aire de paciencia imperturbable que les viene de entender la naturaleza y aceptar sus dones y sus castigos. Era la que mandaba el equipo de búsqueda y rescate, y por la forma en que contemplaba el jeep me di cuenta de que intentaba comprobar si habían alterado la escena y, por tanto, los olores.

—Nadie ha tocado nada —le aseguró Marino, mientras se agachaba para acariciar a uno de los perros detrás de las orejas—. Ni siquiera hemos abierto las portezuelas todavía.

—¿Sabe si antes ha entrado alguien? La persona que lo encontró, por ejemplo —preguntó Gail.

—Esta madrugada llegó el número de matrícula por teletipo —respondió Morrell. El rostro de Wesley parecía de granito mientras Morrell se explicaba con aire tedioso—. Los agentes no pasan por comisaría, de modo que no siempre ven los teletipos. Montan en sus coches y salen a patrullar. Los operadores de radio empezaron a enviar avisos en cuanto se denunció la desaparición de la pareja, y hacia la una del mediodía un camionero encontró el jeep y avisó por radio. El policía que respondió dijo que, aparte de mirar por las ventanillas para asegurarse de que no había nadie dentro, ni siquiera se acercó al jeep.

Confiaba en que fuera así. La mayoría de los agentes de policía, incluso aquellos que saben que no deben hacerlo, parece que no pueden resistir la tentación de abrir las portezuelas y registrar al menos la guantera en busca de algo que identifique al propietario.

Jeff cogió los dos arneses y se llevó a los perros a «usar el orinal» mientras Gail preguntaba:

—¿Tienen algo que los perros puedan olfatear?

—Le hemos pedido a Pat Harvey que traiga consigo cualquier prenda que haya sido usada recientemente por Deborah —respondió Wesley. Si Gail se sorprendió o impresionó al enterarse de quién era hija la muchacha que debía buscar, no dio muestras de ello; siguió contemplando a Wesley con aire inquisitivo—. Viene en helicóptero —añadió Wesley, y consultó su reloj—. Debería llegar de un momento a otro.

—Bien, con tal de que no hagan aterrizar el aparato aquí en medio —comentó Gail, acercándose al jeep—. No nos conviene que nada revuelva el lugar.

Atisbó por la ventanilla del conductor y estudió el interior de las puertas, el salpicadero, hasta el último centímetro del lugar. A continuación, dio un paso atrás y contempló unos instantes el tirador de plástico negro del exterior de la portezuela.

—Probablemente lo mejor serán los asientos —decidió—. Dejaremos que Salty olfatee uno y Neptuno el otro. Pero antes hemos de entrar sin estropear nada. ¿Alguien tiene una pluma o un lápiz?

Wesley sacó un bolígrafo Mont Blanc del bolsillo de la camisa y se lo ofreció.

—Necesito otro —añadió ella.

Por extraño que parezca, nadie llevaba un bolígrafo encima, ni siquiera yo. Hubiera podido jurar que tenía varios dentro del bolso.

—¿Le iría bien una navaja de bolsillo? —Marino hurgaba en sus tejanos.

—Perfecto.

Con el bolígrafo en una mano y una navajita del ejército suizo en la otra, Gail apretó el pulsador para el pulgar en la portezuela del conductor al tiempo que echaba el tirador hacia atrás; enseguida, sujetó el borde de la puerta con la punta de la bota para abrirla con suavidad. Mientras tanto, yo había empezado a oír el leve e inconfundible zumbido de las aspas de un helicóptero que se acercaba.

Al cabo de unos instantes, un Bell Jet Ranger rojo y blanco describió un círculo sobre el área de descanso y quedó suspendido en el aire como una libélula, creando un pequeño huracán sobre el terreno. Todo sonido quedó sofocado, los árboles se estremecieron y la hierba se agitó bajo el rugido del tremendo vendaval. Con los párpados muy apretados, Gail y Jeff se acuclillaron junto a los perros, sosteniendo firmemente sus arneses.

Marino, Wesley y yo nos retiramos al amparo de los edificios, y desde ese punto de observación contemplamos el violento descenso. Mientras el helicóptero inclinaba lentamente el morro en un torbellino de motores sobrerrevolucionados y aire azotado, vislumbré por un instante el rostro de Pat Harvey vuelto hacia el jeep de su hija antes de que la luz del sol velara el cristal.

Descendió del helicóptero con la cabeza gacha y la falda revoloteando alrededor de las piernas; Wesley esperaba a una distancia segura de las aspas, que giraban cada vez más despacio, y su corbata aleteaba sobre su hombro como una bufanda de aviador.

Antes de que Pat Harvey fuera elegida para el cargo de directora de Política Nacional Antidroga, había sido fiscal en Richmond y más tarde fiscal del Estado para el Distrito Este de Virginia. En el curso de su carrera en el sistema federal había actuado en importantes casos de narcotráfico, en alguno de los cuales hubo víctimas a las que yo había realizado la autopsia. Pero nunca me habían citado a declarar; los tribunales sólo habían reclamado mis informes. La señora Harvey y yo no nos habíamos visto nunca.

En la televisión y en las fotografías de los periódicos ofrecía una imagen absolutamente profesional. Vista en carne y hueso, era femenina y de notable atractivo, esbelta, de facciones perfectamente dibujadas, y el sol encontraba matices rojizos y dorados en sus cortos cabellos castaños. Wesley hizo las presentaciones con brevedad y la señora Harvey nos estrechó la mano a todos con la cortesía y el aplomo de un político consumado. Pero no sonrió ni buscó la mirada de nadie.

—He traído un suéter —anunció, y entregó a Gail una bolsa de papel—. Lo he encontrado en el dormitorio de Deborah, en la casa de la playa. No sé cuándo se lo puso por última vez, pero no creo que lo hayan lavado desde entonces.

—¿Cuándo fue la última vez que su hija estuvo en la playa? —preguntó Gail sin abrir la bolsa.

—A comienzos de julio. Fue a pasar un fin de semana con un grupo de amigos.

—¿Y está usted segura de que el suéter lo llevó ella? ¿Es posible que lo usara alguna de sus amistades? —inquirió Gail en tono despreocupado, como si hablara del tiempo.

La pregunta cogió a la señora Harvey por sorpresa, y durante un segundo la duda nubló sus ojos azul oscuro.

—No estoy segura. —Carraspeó—. Yo diría que debió

de usarlo Debbie, pero, naturalmente, no podría jurarlo. Yo no estaba allí.

Dirigió la mirada hacia la portezuela abierta del jeep, y su atención se posó brevemente en las llaves del contacto, en la «D» de plata suspendida del llavero. Durante un largo instante nadie dijo nada, y advertí la lucha de la razón contra la emoción mientras se enfrentaba al pánico con una negativa.

Se volvió de nuevo hacia nosotros y prosiguió:

—Debbie llevaba un bolso. De nailon, rojo brillante. Uno de esos bolsos deportivos con cierre de Velcro. ¿Lo han encontrado en el coche?

—No, señora —contestó Morrell—. Por lo menos, desde la ventanilla, no hemos visto nada parecido. Pero aún no hemos registrado el interior. Teníamos que esperar a que llegaran los perros.

—Supongo que debería de estar en el asiento delantero. Quizás en el suelo —añadió ella.

Morrell negó con la cabeza.

—Señora Harvey —intervino Wesley—, ¿sabe usted si su hija llevaba mucho dinero encima?

—Le di cincuenta dólares para comida y gasolina. No sé qué más podía tener, aparte de eso —respondió—. Por supuesto, también tenía tarjetas de crédito. Y su talonario de cheques.

—¿Sabe cuánto tiene en su cuenta? —insistió Wesley.

—Su padre le dio un cheque la semana pasada —contestó en tono impersonal—. Para la universidad; libros, cosas así. Estoy bastante segura de que ya lo había ingresado. Supongo que debe de tener al menos mil dólares en el banco.

—Quizá sea conveniente que lo compruebe —sugirió Wesley—. Para tener la certeza de que no se ha retirado el dinero recientemente.

—Lo haré de inmediato.

Mientras la contemplaba, sin intervenir en la conversación, vi que la esperanza florecía en su mente. Su hija poseía dinero en efectivo, tarjetas de crédito y acceso a una cuenta corriente. Al parecer, no había abandonado el bolso en el jeep, lo cual quería decir que todavía podía llevarlo consigo. Lo cual quería decir que aún podía estar viva y sana y haberse marchado a cualquier parte con su amigo.

—¿Su hija le habló alguna vez de fugarse con Fred? —preguntó Marino bruscamente.

—No. —Contempló de nuevo el jeep y añadió lo que quería creer—. Pero eso no significa que no sea posible.

—¿De qué humor estaba la última vez que habló con ella? —continuó Marino.

—Ayer por la mañana tuve unas palabras con ella, antes de irme a la playa con mis hijos —respondió con voz neutra y desapasionada—. Estaba enojada conmigo.

—¿Sabía de los casos que se han dado por esta zona? ¿Las parejas desaparecidas? —preguntó Marino.

—Sí, claro. Hemos hablado de ellos, de lo que pudo ocurrirles. Lo sabía.

Gail se dirigió a Morrell.

—Tendríamos que empezar.

—Buena idea.

—Y una última cosa. —Gail miró a la señora Harvey—. ¿Tiene alguna idea acerca de quién conducía?

—Sospecho que Fred —contestó—. Cuando salían juntos, solía conducir él.

Gail asintió con la cabeza y dijo:

—Creo que voy a necesitar otra vez la navajita y el bolígrafo.

Recogió los utensilios de Wesley y Marino, rodeó el jeep y abrió la portezuela del acompañante. A continuación, tiró del arnés de uno de los sabuesos. El perro se levantó, ansioso, y empezó a husmear moviéndose en perfecto acuerdo con los pies de su dueña. Bajo su piel holgada y brillante se advertía la ondulación de los músculos, y las orejas se agitaban con pesadez, como si estuvieran cargadas de plomo.

—Vamos, Neptuno, pon a trabajar esa nariz mágica que tienes.

Observamos en silencio mientras la mujer dirigía el hocico de Neptuno hacia el asiento envolvente donde se suponía que Deborah Harvey iba sentada el día anterior. De pronto, el sabueso lanzó un gañido, como si hubiera encontrado una serpiente de cascabel, y se apartó del jeep con una brusca sacudida que casi arrancó la traílla de la mano de Gail. El animal escondió la cola entre las patas y se le erizó literalmente el pelo del lomo; un escalofrío me recorrió la columna.

—Calma, chico. ¡Calma!

Gimiendo y estremeciéndose, Neptuno se acuclilló y defecó sobre la hierba.

2

Desperté a la mañana siguiente, agotada y recelosa ante el periódico del domingo.

Los titulares eran lo bastante grandes para leerlos a una manzana de distancia:

DESAPARECE CON UN AMIGO LA HIJA DE LA
«ZARINA DE LA DROGA». LA POLICÍA TEME
JUEGO SUCIO

Los periodistas no sólo habían conseguido una fotografía de Deborah Harvey, sino que aparecía también una imagen del jeep cuando era retirado del área de descanso por una grúa, y una más, supuse que de archivo, en la que se veía a Bob y Pat Harvey, cogidos de la mano, paseando por una playa desierta en Spindrift. Mientras bebía el café y leía, no pude por menos que pensar en la familia de Fred Cheney. Él no pertenecía a una familia distinguida. Sólo era «el amigo de Deborah». Sin embargo, también él había desaparecido; también él tenía quien lo amaba.

Por lo visto, Fred era hijo de un hombre de negocios de Southside, un hijo único cuya madre había fallecido hacía un año a consecuencia de la ruptura de un aneurisma en el cerebro. El padre de Fred, explicaba el artículo, se hallaba en Sarasota visitando a unos parientes cuando por fin la policía consiguió dar con él, bien entrada la noche del sábado. Si bien existía una remota posibilidad de que su hijo se hubiera «escapado» con Deborah, añadía el artículo, tal cosa no concordaba en absoluto con el carácter de Fred, al que se presentaba como «un buen estudiante de la universidad de Carolina, miembro del equipo universitario de natación». Deborah era una estudiante sobresaliente y una gimnasta lo bastante destacada como para albergar la esperanza de ingresar en el equipo olímpico. Con un peso no superior a los cuarenta y cinco kilos, tenía una cabellera de color rubio oscuro que le llegaba hasta los hombros y las facciones agraciadas de su madre. Fred era ancho de espaldas y enjuto, con una ondulada cabellera negra y ojos color avellana. Formaban una pareja a la que se describía como atractiva e inseparable.

«Cuando veías a uno, siempre veías también al otro —había declarado un amigo a los periodistas—. Creo que influyó mucho el hecho de que la madre de Fred hubiera muerto. Debbie lo conoció precisamente en esa época, y no creo que él hubiese podido superarlo sin ella.»

Por supuesto, el artículo procedía a regurgitar los detalles de las otras cuatro parejas de Virginia que habían desaparecido y que fueron encontradas muertas. Mi nombre se citaba varias veces. Se me describía como frustrada, desconcertada y reacia a hacer comentarios. Me pregunté si a alguien se le había ocurrido pensar que todas las semanas seguía haciendo autopsias a víctimas de homicidios, suicidios y accidentes. Hablaba habitualmente con las familias, testificaba ante los tribunales y pronunciaba conferencias en las academias de policía y personal sanitario. Con parejas o sin ellas, la vida y la muerte no se detenían.

Me había levantado de la mesa de la cocina y estaba bebiendo café y contemplando la mañana radiante cuando sonó el teléfono.

Supuse que sería mi madre, pues los domingos solía llamar a esa hora para interesarse por mi bienestar y preguntarme si había ido a misa, de modo que acerqué una silla y descolgué el auricular.

—¿Doctora Scarpetta?

—Al habla. —La voz de aquella mujer me resultó familiar, pero no pude identificarla.

—Soy Pat Harvey. Le ruego que me perdone por molestarla en su casa. —Bajo su voz firme detecté una nota de temor.

—No es ninguna molestia —respondí, amablemente—. ¿En qué puedo serle útil?

—Se han pasado la noche registrando, y todavía siguen allí. Han traído más perros, más policía, varios helicópteros. —Empezó a hablar más deprisa—. Nada. Ni rastro de ellos. Bob se ha unido a las partidas de búsqueda. Yo estoy en casa. —Vaciló—. Estaba pensando... ¿Podría usted venir? ¿Querría almorzar conmigo, si está libre?

Tras una larga pausa, acabe aceptando de mala gana. Mientras colgaba el teléfono, me reprendí con silenciosa vehemencia, porque sabía qué esperaba de mí. Pat Harvey me preguntaría por las otras parejas. Era exactamente lo que habría hecho yo si estuviera en su lugar.

Subí al dormitorio y me quité el albornoz. A continuación, me di un largo baño caliente y me lavé el cabello mientras el contestador automático empezaba a interceptar llamadas que no tenía ninguna intención de devolver a menos que se tratara de emergencias. En menos de una hora estaba vestida con un traje de chaqueta caqui y escuchaba en tensión los mensajes grabados. Había cinco en total, todos de periodistas que habían averiguado que me habían avisado para que fuera al área de descanso del condado de New Kent, cosa que no presagiaba nada bueno para la pareja desaparecida.

Extendí la mano hacia el teléfono con la intención de llamar a Pat Harvey para cancelar nuestro almuerzo. Pero no podía olvidar su cara cuando llegó en helicóptero con el suéter de su hija, no podía olvidar la cara de ninguno de los padres. Volví a colgar, cerré la casa y me metí en el coche.

Las personas que trabajan para la administración no pueden disfrutar del lujo de una vivienda aislada a menos que dispongan de alguna otra fuente de ingresos. Evidentemente, el salario federal de Pat Harvey apenas constituía una pequeñísima porción de la fortuna familiar. Vivían en una magnífica mansión de estilo jeffersoniano con vistas al río James. La finca, a la que calculé por lo menos dos o tres hectáreas, estaba rodeada por un alto muro de ladrillo en el que no faltaban carteles de «Propiedad particular». Cuando giré hacia la larga avenida bordeada de árboles, me detuvo una sólida reja de hierro forjado que se abrió electrónicamente antes de que tuviera tiempo de bajar la ventanilla para pulsar el botón del intercomunicador. El portón se cerró a mis espaldas en cuanto lo crucé. Aparqué al lado de un sedán Jaguar negro ante un pórtico hecho de columnas lisas, antiguo ladrillo rojo y aplicaciones blancas.

Estaba apeándome del coche cuando se abrió la puerta principal. Pat Harvey, secándose las manos con una toalla de cocina, me dedicó una sonrisa algo forzada desde el peldaño superior. Tenía la cara pálida, los ojos sin brillo y cansados.

—Le agradezco que haya venido, doctora Scarpetta. —Me invitó a entrar con un ademán—. Pase, por favor.

El vestíbulo era espacioso como una sala de estar. Seguí a la señora Harvey hacia la cocina, a través de un salón formal. Los muebles eran del siglo XVIII, con alfombras orientales de pared a pared, pinturas impresionistas auténticas y una chimenea con varios troncos de haya pulcramente apilados en el hogar. Al menos la cocina era funcional y parecía que se hacía vida en ella, aunque tuve la impresión de que no había nadie más en la casa.

—Jason y Michael están con su padre —me explicó, cuando se lo pregunté—. Los chicos han llegado esta mañana.

—¿Qué edades tienen? —pregunté, mientras ella abría la puerta del horno.

—Jason tiene dieciséis años y Michael catorce. Debbie es la mayor.

Buscó los agarradores con la vista, apagó el horno y acto seguido depositó una quiche sobre un quemador. Le temblaban las manos cuando sacó un cuchillo y una espátula de un cajón.

—¿Le apetece vino, té, café? Es un plato muy ligero. También he preparado una ensalada de frutas. He pensado que podíamos sentarnos fuera, en el porche. Espero que le parezca bien.

—Será muy agradable —respondí—. Y el café me viene muy bien.

Distraída, abrió el congelador y sacó una bolsa de Irish Creme, con la que llenó la cafetera de colador. La observé sin decir nada. Estaba desesperada. Marido e hijos estaban fuera. Su hija había desaparecido, y la casa se hallaba vacía y silenciosa.

No empezó a formular preguntas hasta que nos instalamos en el porche, con las puertas correderas abiertas de par en par; al fondo, la curva del río centelleaba bajo el sol.

—Aquella reacción de los perros, doctora Scarpetta... —comenzó a decir, jugueteando con su ensalada—. ¿Podría usted explicármela?

Podía, pero no quería.

—Es evidente que el primero se asustó. ¿Pero el otro no? —Formuló la observación como una pregunta.

El otro perro, Salty, había reaccionado de un modo muy distinto a Neptuno. Cuando hubo olfateado el asiento del conductor, Gail le enganchó la traílla al arnés y le ordenó: «Busca.» El perro salió corriendo como un galgo. Husmeó el ramal de salida y luego el merendero. A continuación, arrastró a Gail a través del aparcamiento en dirección a la autopista, y sin duda lo habría arrollado el tráfico si Gail no hubiera gritado: «¡Quieto!» Los vi trotar a través de la franja arbolada que separaba los carriles del este y del oeste, y luego sobre el asfalto, dirigiéndose en derechura hacia el área de descanso situada justo enfrente de aquella donde se había encontrado el jeep de Deborah. Finalmente, el sabueso perdió la pista en el aparcamiento.

—¿Debo creer —prosiguió la señora Harvey— que la última persona que condujo el jeep de Debbie se apeó, atravesó a pie toda el área de descanso en dirección oeste y cruzó la autopista? ¿Y que luego lo más probable es que subiera a un automóvil aparcado en el área de descanso dirección este y se marchara?

—Es una interpretación —contesté, y corté un trocito de quiche.

—¿Qué otra interpretación puede haber, doctora Scarpetta?

—El sabueso captó un olor; de qué o de quién, es cosa que desconozco. Podría ser el olor de Deborah, el olor de Fred, el olor de una tercera persona...

—El jeep llevaba horas abandonado —me interrumpió la señora Harvey, mirando hacia el río—. Supongo que cualquiera habría podido entrar en él en busca de dinero u objetos de valor. Un autoestopista, un vagabundo, alguien que viajaba a pie y cruzó luego al otro lado de la autopista.

No le recordé lo evidente. La policía había encontrado la cartera de Fred Cheney en la guantera y estaba intacta, con las tarjetas de crédito y treinta y cinco dólares en efectivo. Por lo visto, nadie había registrado el equipaje de la joven pareja. A juzgar por lo que se sabía, lo único que faltaba del jeep eran sus pasajeros y el bolso de Deborah.

—La reacción del primer perro —prosiguió, con frialdad—. Supongo que no es habitual. Algo lo asustó o, al menos, lo alteró. Un olor distinto al que captó el otro perro. El asiento que seguramente ocupaba Deborah... —Dejó la frase en el aire y me miró a los ojos.

—Sí. Por lo visto, los dos perros captaron olores distintos.

—Doctora Scarpetta, le ruego que sea franca conmigo. —Le tembló la voz—. No tema herir mis sentimientos. Por favor. Si el perro se alteró tanto, fue por algún motivo. Debido a su trabajo, usted debe de estar familiarizada con estos perros y con operaciones de búsqueda. ¿Había visto alguna vez una reacción como la de ese perro?

La había visto. En dos ocasiones. La primera, cuando un sabueso olfateó el maletero de un coche que, según se supo luego, había servido para transportar a una víctima de asesinato cuyo cadáver se halló dentro de un volquete. La otra cuando una pista condujo a un claro, junto a un sendero de excursionistas, donde una mujer había sido violada y asesinada.

—Estos perros —fue mi respuesta— tienden a reaccionar violentamente ante los olores feromonales.

—Perdón. ¿Cómo ha dicho? —Parecía desconcertada.

—Las secreciones. Todos los animales, incluso los insectos, segregan sustancias químicas. Hormonas sexuales, por ejemplo —expliqué, desapasionadamente—. ¿Se ha fijado alguna vez en que los perros suelen marcar su territorio o atacar cuando huelen el miedo?

Se limitó a mirarme, sin responder.

—Cuando alguien se halla en un estado de excitación sexual, ansioso o asustado, en su organismo se producen diversos cambios hormonales. Existe la teoría de que los animales capaces de discriminar aromas, como los sabuesos, pueden oler las feromonas, unas sustancias químicas segregadas por glándulas especiales de nuestro organismo...

Me interrumpió.

—Debbie se quejó de calambres poco antes de que Michael, Jason y yo saliéramos hacia la playa. Acababa de venirle el periodo. ¿Explicaría eso...? Es decir, si iba sentada en el asiento del acompañante, ¿podría ser éste el olor que captó el perro?

No contesté. Lo que seguía no podía explicar el intenso trastorno del perro.

—No es suficiente —concluyó Pat Harvey, y desvió la mirada; retorcía la servilleta de hilo que tenía sobre el regazo—. No basta para explicar por qué el perro empezó a gemir y se le erizó el pelo del lomo. ¡Oh, Dios mío! Es como las otras parejas, ¿verdad?

—No podría afirmarlo.

—Pero lo piensa. La policía también lo piensa. Si no lo hubiera sospechado todo el mundo desde el primer momento, no la habrían llamado a usted ayer. Quiero saber qué les sucedió a esas otras parejas.

No dije nada.

—Según he leído —insistió—, usted estuvo presente en todas las escenas de los crímenes, llamada por la policía.

—En efecto.

Hundió la mano en el bolsillo de la chaqueta, sacó una hoja de papel oficial y la alisó.

—Bruce Phillips y Judy Roberts —comenzó a instruirme, como si lo necesitara—. Novios de escuela secundaria que desaparecieron hace dos años y medio, el día primero de junio. Salieron en su coche de casa de unos amigos y ya no llegaron a sus hogares respectivos. Al día siguiente se encontró el Camaro de Bruce abandonado en la Nacional Diecisiete, con las llaves en el contacto, las puertas sin cerrar y las ventanillas abiertas. Diez semanas más tarde tuvo usted que acudir a una zona boscosa, a un par de kilómetros al este del parque estatal de York River, donde unos cazadores habían descubierto dos cuerpos parcialmente descarnados, tendidos boca abajo entre las hojas, a unos siete kilómetros del lugar en que se había encontrado el coche de Bruce diez semanas antes.

Recordé que a raíz de este caso la policía local solicitó la asistencia de VICAP. Lo que tanto Marino como Wesley y el policía de Gloucester ignoraban era que en julio se había denunciado la desaparición de una segunda pareja, un mes después de que se perdiera todo rastro de Bruce y Judy.

—Luego tenemos a Jim Freeman y Bonnie Smyth. —La señora Harvey me miraba de soslayo—. Desaparecieron el último sábado de julio, tras una fiesta junto a la piscina de los Freeman, en su hogar de Providence Forge. Al anochecer, Jim se ofreció a acompañar a Bonnie a su casa y al día siguiente un agente de policía de Charles City encontró el Blazer de Jim abandonado a unos quince kilómetros del hogar de los Freeman. Al cabo de cuatro meses, el día doce de noviembre, unos cazadores encontraron sus cuerpos en West Point...

Lo que no creía que ella supiese, pensé con disgusto, era que a pesar de mis repetidas peticiones no me habían enviado copia de los fragmentos confidenciales de los informes de la policía, las fotografías de la escena ni los inventarios de pruebas. Yo atribuía esta falta de cooperación al hecho de que la investigación ya era multijurisdiccional.

La señora Harvey prosiguió, implacable. En marzo del siguiente año había vuelto a suceder. Ben Anderson salió de Arlington en automóvil para reunirse con su novia, Carolyn Bennett, en el hogar de la familia de ésta en Stingray Point, en la bahía de Chesapeake. Salieron de allí poco antes de las siete para emprender el viaje de regreso a la Universidad Old Dominion, en Norfolk, donde ambos eran alumnos de primer año. A la noche siguiente, un patrullero del Estado llamó a los padres de Ben para anunciarles que habían encontrado la camioneta Dodge de su hijo abandonada en el arcén de la I-64, unos ocho kilómetros al este de Buckroe Beach. Con las llaves en el contacto, las portezuelas abiertas y la agenda de Carolyn bajo el asiento del pasajero. Sus cuerpos, parcialmente descarnados, aparecieron seis meses más tarde, durante la temporada de la caza del ciervo, en una zona boscosa situada unos cinco kilómetros al sur de la carretera 199, en el condado de York. Esta vez ni siquiera recibí una copia del informe policial. Cuando Susan Wilcox y Mike Martin desaparecieron, en febrero pasado, me enteré por el periódico de la mañana. Se dirigían a casa de Mike en Virginia Beach para pasar juntos las vacaciones de primavera cuando, al igual que las anteriores parejas, se perdieron sin dejar rastro. La furgoneta azul de Mike se encontró abandonada en la Colonial Parkway, en las cercanías de Williamsburg, con un pañuelo blanco atado a la antena en señal de una avería mecánica, aunque cuando la policía examinó el vehículo resultó ser falso. El día quince de mayo, un hombre y su hijo que habían salido a cazar pavos encontraron los cadáveres descompuestos de la pareja en una zona boscosa entre la carretera 60 y la I-64, en el condado de James City.

Recordé, una vez más, haber embalado los huesos para enviárselos al antropólogo forense del Instituto Smithsonian, para que les echara una última ojeada.

Ocho jóvenes y, pese a las incontables horas que había

dedicado a cada uno de ellos, no podía determinar cómo ni por qué habían muerto.

—Si, Dios no lo quiera, vuelve a suceder, no espere hasta que aparezcan los cadáveres —le pedí finalmente a Marino—. Hágamelo saber tan pronto como encuentren el automóvil.

—Bien. Empezaremos a hacerles la autopsia a los coches, ya que los cuerpos no nos dicen nada —respondió, en un vano intento de mostrarse divertido.

—En todos los casos —decía la señora Harvey—, las portezuelas estaban abiertas y las llaves en el contacto; no había indicios de lucha y en apariencia no habían robado nada. El modus operandi fue básicamente el mismo cada vez.

»La cuestión es que ha intervenido usted desde el principio —prosiguió—. Usted examinó todos los cuerpos. Y, no obstante, tengo entendido que no sabe cuál fue la causa de la muerte de esas parejas.

—Es cierto. No lo sé —respondí.

—¿No lo sabe usted? ¿O tal vez no quiere decirlo, doctora Scarpetta?

La carrera de Pat Harvey como fiscal federal le había granjeado el respeto de todo el país, si no la admiración. Era osada y agresiva, y de pronto tuve la sensación de que el porche se había convertido en un tribunal.

—Si conociera la causa de su muerte, no habría declarado que era indeterminada —contesté, sin perder la calma.

—Pero usted cree que los asesinaron.

—Creo que unos jóvenes sanos no abandonan su vehículo de repente y mueren en pleno bosque por causas naturales, señora Harvey.

—¿Y las hipótesis? ¿Qué puede usted decirme de ellas? Supongo que no le serán desconocidas.

No lo eran.

En la investigación habían tomado parte cuatro jurisdicciones y al menos otros tantos inspectores, cada uno con sus numerosas hipótesis. Cabía, por ejemplo, que las parejas consumieran drogas y se hubieran encontrado con un camello que vendía alguna nueva y perniciosa sustancia sintética que no podía detectarse con las pruebas toxicológicas de rutina. O bien era un asunto de ocultismo. O bien todas las parejas pertenecían a una sociedad secreta y sus muertes en realidad se debían a un pacto de suicidio.

—No tengo en mucho las teorías que he oído —le dije.

—¿Por qué no?

—No concuerdan con mis hallazgos.

—¿Con qué concuerdan sus hallazgos? —me interrogó—. ¿Qué hallazgos? Según lo que he podido oír y leer, usted no tiene ni un condenado hallazgo.

La calina oscurecía el cielo, donde un avión era una aguja de plata que arrastraba un hilo blanco bajo el sol. Observé en silencio la estela de vapor que se expandía y empezaba a dispersarse. Si Deborah y Fred habían corrido la misma suerte que los otros, tardaríamos en encontrarlos.

—Mi Debbie nunca ha tomado drogas —prosiguió; parpadeaba para contener las lágrimas—. No pertenecía a ninguna secta ni a ninguna religión extraña. Tiene mucho carácter y a veces se deprime, como cualquier adolescente normal. Pero nunca habría... —Se interrumpió de súbito, esforzándose por mantener el control.

—Debe usted procurar enfrentarse con el presente —dije, con suavidad—. No sabemos qué le ha ocurrido a su hija. No sabemos qué le ha ocurrido a Fred. Quizá pase mucho tiempo antes de que lo sepamos. ¿Puede decirme alguna otra cosa sobre ella, o sobre ellos? ¿Cualquier detalle que pudiera resultar útil?

—Esta mañana vino un agente de policía —respondió, con respiración afanosa y entrecortada—. Estuvo en su dormitorio, se llevó varias prendas de vestir y el cepillo del cabello. Dijo que eran para los perros, me refiero a las prendas de vestir, y que necesitaba una muestra de cabello para compararla con las que pudieran encontrar dentro del jeep. ¿Le gustaría verlo? ¿Ver su dormitorio?

Curiosa, asentí con la cabeza.

La seguí hasta el segundo piso por una bruñida escalinata de madera. El dormitorio de Deborah se hallaba en el ala este, donde podía ver salir el sol y las nubes de tormenta que se formaban sobre el James. No era un cuarto típico de adolescente. Los muebles eran escandinavos, de diseño sencillo y construidos de una magnífica teca clara. Un cobertor en frescos tonos de azul y verde cubría la cama de dimensiones medianas; bajo ella había una alfombra india, con dibujos sobre todo en rosa y ciruela oscuro. Enciclopedias y novelas llenaban una estantería y, encima del escritorio, dos anaqueles sostenían trofeos y docenas de medallas unidas a brillantes cintas de colores. Sobre un anaquel superior había una foto de Deborah en un balancín, con la espalda arqueada, las manos en sereno equilibrio como graciosos pajarillos y una expresión en el rostro, como los detalles de su refugio particular, de pura disciplina y gracia. No necesitaba ser la madre de Deborah Harvey para darme cuenta de que aquella muchacha de diecinueve años era especial.

—Debbie lo eligió todo ella misma —me explicó la señora Harvey, mientras yo paseaba la mirada por la habitación—. Los muebles, la alfombra, los colores... Nadie diría que estuvo aquí hace unos días, preparando el equipaje para la universidad. —Contempló un baúl y un juego de maletas colocados en un rincón y carraspeó—. Es muy organizada. Supongo que en eso ha salido a mí. —Sonrió con nerviosismo y añadió—: Otra cosa no seré, pero sí organizada.

Recordé el jeep de Deborah. Estaba inmaculado por dentro y por fuera, el equipaje y los demás enseres ordenadamente dispuestos.

—Cuida muy bien sus cosas —prosiguió la señora Harvey, avanzando hacia la ventana—. A veces me preocupaba pensar que la consentíamos demasiado. La ropa, el coche, el dinero. Bob y yo hemos hablado mucho del tema. Es difícil, pues paso en Washington la mayor parte del tiempo. Pero el año pasado, cuando recibí el nombramiento, decidimos, lo decidimos entre todos, que no debíamos desarraigar a la familia. Además, Bob tiene el negocio aquí. Sería más fácil que yo alquilara un apartamento y viniera a casa los fines de semana, cuando pudiera. Decidimos esperar a ver qué ocurría en las próximas elecciones.

Tras una larga pausa, continuó:

—Supongo que lo que quiero decir es que nunca he sabido negarle nada a Debbie. Es difícil ser razonable cuando quieres lo mejor para tus hijos. Sobre todo, cuando recuerdas lo que deseabas a su edad, tu inseguridad por la forma de vestir, por la apariencia física. Cuando sabías que tus padres no podían pagar un dermatólogo, ni ortodoncia, ni cirugía plástica. —Cruzó los antebrazos sobre la cintura—. A veces no sé si hemos elegido bien. El jeep, por ejemplo. Yo no estaba de acuerdo en que tuviera su propio coche, pero me faltó energía para discutir. Era muy propio de ella elegir algo práctico, un coche seguro que pudiera llevarla de un lado a otro incluso con mal tiempo. Indecisa, pregunté:

—Cuando habla usted de cirugía plástica, ¿se refiere a algo concreto que afectara a su hija?

—Unos pechos grandes son incompatibles con la gimnasia, doctora Scarpetta —respondió, sin volver la cabeza—. Cuando Debbie cumplió los dieciséis años estaba ya superdotada. Eso no sólo resultaba embarazoso, sino que perjudicaba su rendimiento deportivo. Resolvimos el problema el año pasado.

—Entonces, esta fotografía es reciente —observé, pues la Deborah que estaba contemplando era una elegante escultura, de músculos perfectamente formados, senos y nalgas firmes y pequeños.

—Se la tomaron en abril pasado, en California.

Cuando alguien ha desaparecido y tal vez esté muerto, no es insólito que las personas como yo nos interesemos por los detalles anatómicos —ya se trate de una histerectomía, una caries o cicatrices de cirugía plástica— que puedan contribuir a identificar el cuerpo. Eran las descripciones que leía en los formularios de la NCIC sobre personas desaparecidas. Eran las características mundanas, y muy humanas, de las que yo dependía, puesto que a lo largo de los años había ido aprendiendo que no siempre se puede confiar en las joyas y otros efectos personales.

—Lo que acabo de decirle no debe salir de esta habitación —me advirtió la señora Harvey—. Debbie es muy reservada. Toda mi familia es muy reservada.

—Entiendo.

—Su relación con Fred —prosiguió— era reservada. Demasiado reservada. Como habrá usted observado, no hay ninguna fotografía, nada que la atestigüe. No dudo de que habrán intercambiado fotos, regalos, recuerdos. Pero Debbie siempre los ha guardado en secreto. En febrero fue su cumpleaños, por ejemplo. Poco después me di cuenta de que llevaba un anillo de oro en el meñique de la mano izquierda, una banda estrecha con un dibujo de flores. No me dijo nada, ni yo se lo pregunté, pero estoy segura de que se lo había regalado él.

—¿Lo considera un joven estable?

Se volvió para mirarme a la cara, con ojos oscuros y algo distraídos.

—Fred es muy vehemente, un tanto obsesivo. Pero no puedo decir que sea inestable. En realidad, no puedo quejarme de él. Lo único que me preocupa es que su relación parece demasiado seria, demasiado... —desvió la mirada mientras buscaba la palabra exacta— adictiva. Es la expresión que se me ocurre. Es como si cada uno fuese una droga para el otro. —Cerró los ojos, volvió de nuevo la cabeza y la apoyó sobre el cristal de la ventana—. Dios mío. Ojalá no le hubiéramos comprado ese maldito jeep.

No hice ningún comentario.

—Fred no tiene coche. No le hubiera quedado más remedio... —La frase quedó en el aire.

—No le hubiera quedado más remedio —concluí— que ir a la playa con los demás.

—¡Y esto no habría sucedido!

De pronto, se dirigió hacia la puerta y salió al corredor. Comprendí que no podía permanecer en el cuarto de su hija ni un segundo más y la seguí escaleras abajo hasta la puerta principal. Cuando le tendí la mano, ella se apartó de mí y empezó a llorar.

—Lo siento mucho. —¿Cuántas veces tendría que repetir lo mismo mientras viviera?

La puerta se cerró sin ruido mientras bajaba por los peldaños del pórtico. Camino a casa, recé por que si me encontraba de nuevo con Pat Harvey no fuera en mi calidad de forense.

3

Pasó una semana sin que tuviera noticias de nadie relacionado con el caso Harvey-Cheney, cuya investigación, por lo que sabía, no había llegado a ninguna parte. El lunes, mientras estaba en el depósito, metida en sangre hasta los codos, me llamó Benton Wesley. Quería hablar inmediatamente con Marino y conmigo, y propuso que fuéramos a cenar a su casa.

—Creo que Pat Harvey lo pone nervioso —comentó Marino aquella tarde. Unas discretas gotas de lluvia rebotaban en el parabrisas de su automóvil mientras rodábamos hacia el hogar de los Wesley—. Personalmente, me importa una mierda que ella hable con una quiromántica; como si quiere llamar al Santísimo o al maldito diablo.

—Hilda Ozimek no es una quiromántica —objeté.

—La mitad de esos tugurios de Hermana Rosa con una mano pintada en la fachada esconden negocios de prostitución.

—Soy consciente de ello —respondí con voz cansada.

Marino abrió el cenicero, recordándome qué asqueroso es el hábito de fumar. Si podía embutir allí dentro una colilla más, sería un récord Guinness.

—Supongo que usted habrá oído hablar de Hilda Ozimek —prosiguió.

—No sé mucho sobre ella, en realidad, salvo que me parece que vive en algún lugar de las Carolinas.

—En Carolina del Sur.

—¿Se aloja con los Harvey?

—Ya no —respondió Marino; accionó los limpiaparabrisas mientras un vislumbre de sol asomaba entre las nubes—. Ojalá este maldito tiempo se decidiera de una vez. Ayer regresó a Carolina del Sur. La trajeron a Richmond y la devolvieron a su casa en un avión privado, aunque le parezca increíble.

—¿Le importaría decirme cómo se ha enterado? —Si me sorprendía que Pat Harvey hubiera recurrido a una vidente, aún me sorprendía más que se lo hubiera dicho a alguien.

—Buena pregunta. Le estoy contando lo que ha dicho Benton cuando me ha llamado. Por lo visto, la bruja Hilda vio algo en su bola de cristal que trastornó muchísimo a la señora Harvey.

—¿Qué, exactamente?

—Ni puñetera idea. Benton no entró en detalles.

No insistí, porque hablar de Benton Wesley y sus actitudes reservadas era algo que me hacía sentir incómoda. En otro tiempo habíamos disfrutado trabajando juntos, y nuestras relaciones eran cálidas y respetuosas. Ahora me parecía distante, y no podía sino pensar que la forma en que Wesley se portaba conmigo tenía que ver con Mark. Cuando Mark me dejó para aceptar un destino en Colorado, también había dejado Quantico, donde desempeñaba la privilegiada función de dirigir la Unidad de Preparación Legal de la Academia Nacional del FBI. Wesley había perdido a su colega y compañero, y a su modo de ver probablemente era culpa mía. El lazo que une a dos amigos puede ser más poderoso que el matrimonio, y los hermanos de placa son más leales entre sí que los amantes.

Media hora más tarde Marino abandonó la carretera y al poco rato perdí la cuenta de las vueltas que daba a derecha e izquierda por carreteras rurales que nos introducían cada vez más en el campo. Aunque ya me había reunido con Wesley en varias ocasiones, había sido siempre en mi despacho o en el de él. Nunca me había invitado a su casa, situada en el pintoresco marco de la campiña y los bosques de

Virginia, con prados rodeados de cercas blancas y cobertizos y casas alejados de las carreteras. Cuando llegamos a su zona, empezamos a pasar ante largos caminos de acceso que conducían a grandes casas modernas, edificadas en parcelas generosas, con automóviles europeos aparcados en garajes con cabida para dos y tres coches. —No sabía que hubiera comunidades de funcionarios de Washington tan cerca de Richmond —comenté.

—¿Cómo? Lleva usted aquí cuatro o cinco años ¿y todavía no ha oído hablar nunca de la agresión norteña?

—Cuando se ha nacido en Miami, la guerra civil no figura exactamente entre las principales preocupaciones de uno —respondí.

—Supongo que no. Coño, Miami ni siquiera es de este país. Cualquier lugar donde haya que votar para decidir si el inglés es idioma oficial no pertenece a Estados Unidos.

Las reservas de Marino acerca de mi lugar de nacimiento no eran nada nuevo.

Redujo la velocidad para tomar el camino de grava y observó:

—No está mal la chocita, ¿eh? Supongo que los federales pagan un poco mejor que el municipio.

La casa tenía un tejado de ripias, cimientos de piedra y ventanas en mirador. Una hilera de rosales adornaba la fachada, y antiguos robles y magnolias sombreaban las alas este y oeste. Cuando nos apeamos, empecé a buscar pistas que me ayudaran a conocer mejor la vida privada de Benton Wesley. Sobre la puerta del garaje había un aro de baloncesto, y junto a un montón de leña cubierto con plástico se veía una segadora roja salpicada de fragmentos de hierba. Más allá divisé un ancho patio impecablemente adornado con arriates de flores, azaleas y árboles frutales. Había varias sillas ordenadamente dispuestas junto a una parrilla de gas, y me imaginé a Wesley y a su esposa bebiendo y asando bistecs en los ociosos anocheceres de verano.

Marino pulsó el timbre. Nos abrió la esposa de Wesley, que se presentó como Connie.

—Ben ha subido un momento —nos explicó, sonriente, mientras nos conducía a una sala de estar con amplias ventanas, una gran chimenea y muebles de estilo rústico. Era la primera vez que oía llamar «Ben» a Wesley. Tampoco había visto nunca a su mujer, que parecía tener algo más de cuarenta años. Era una morena atractiva, con unos ojos color avellana tan claros que eran casi amarillos y facciones muy marcadas, parecidas a las de su marido. La envolvía un aire de suavidad, una reserva callada que sugería fuerza de carácter y ternura. El cauto Benton Wesley que yo conocía debía de ser un hombre muy distinto en su casa, y me pregunté hasta qué punto estaba familiarizada Connie con los detalles de su profesión.

—¿Tomará una cerveza, Pete? —preguntó.

Marino se acomodó en una mecedora.

—Parece que hoy me toca a mí conducir. Vale más que beba café.

—¿Qué puedo servirle, Kay?

—Un café estaría muy bien —respondí—. Si no es molestia.

—Me alegro muchísimo de conocerlos, por fin —añadió con voz sincera—. Hace años que Ben me habla de ustedes. Tiene un concepto muy alto de los dos.

—Gracias. —El cumplido me desconcertó, y lo que dijo a continuación me causó un verdadero sobresalto.

—La última vez que vimos a Mark le hice prometer que cuando volviera a Quantico la traería a cenar.

—Es usted muy amable —contesté, esforzándome por sonreír. Resultaba evidente que Wesley no se lo contaba todo, y la idea de que Mark hubiera estado en Virginia hacía poco y que no me hubiera telefoneado siquiera resultaba superior a mis fuerzas.

Cuando nos dejó para ir a la cocina, Marino preguntó:

—¿Ha sabido algo de él últimamente?

—Denver es encantador —respondí, evasiva.

—Es una mierda, si le interesa mi opinión. Lo sacan de su escondite y lo entierran en Quantico una temporada.

Y luego lo mandarán al oeste a trabajar en algo tan secreto que no podrá comentarlo con nadie. Ésa es otra de las razones: nunca me pagarán lo suficiente para que yo firme para el FBI.

No respondí.

—A la mierda tu vida personal —prosiguió—. Es lo que dicen: «Si Hoover hubiera querido que tuvieras esposa e hijos, te los hubiera entregado con la placa.»

—Hace mucho tiempo de lo de Hoover —objeté, contemplando los árboles que se agitaban al viento. Parecía que iba a llover de nuevo, esta vez en serio.

—Puede ser. Pero siguen sin tener vida privada.

—No estoy muy segura de que ninguno de nosotros la tenga, Marino.

—Ésta es la jodida verdad —masculló entre dientes.

Sonó ruido de pasos y enseguida entró Wesley, todavía de traje y corbata, con pantalones grises y una camisa blanca almidonada algo arrugada. Cuando nos preguntó si nos habían ofrecido bebidas, me pareció fatigado y tenso.

—Connie ya se ocupa de nosotros —contesté.

Se dejó caer en una silla y consultó su reloj.

—Cenaremos dentro de una hora, más o menos. —Cruzó las manos sobre el regazo.

—No he sabido absolutamente nada de Morrell —comenzó a decir Marino.

—Me temo que no ha habido ninguna novedad. Nada esperanzador —respondió Wesley.

—Ya lo suponía. Sólo he dicho que no he sabido nada de Morrell.

El rostro de Marino permanecía inexpresivo, pero yo pude percibir su resentimiento. Aunque aún no se había quejado, sospechaba que se sentía como un defensa condenado a pasarse la temporada en el banquillo. Siempre había mantenido buenas relaciones con los investigadores de otras jurisdicciones y éste, francamente, había sido uno de los puntos fuertes en las actividades del VICAP en Virginia. Y entonces habían empezado los casos de las parejas desaparecidas. Los investigadores ya no se comunicaban entre ellos. No hablaban con Marino, y tampoco lo hacían conmigo.

—Se han suspendido las investigaciones en el lugar del suceso —informó Wesley—. Sólo pudimos llegar al área de descanso del carril contrario, donde el perro perdió la pista. Aparte de eso, lo único que se ha encontrado es un recibo dentro del jeep. Por lo visto, Deborah y Fred se detuvieron en un 7-Eleven después de salir de la casa de los Harvey en Richmond. Compraron un paquete de seis latas de Pepsi y un par de cosas más.

—O sea, ya lo han comprobado —observó Marino, irritado.

—Se ha podido localizar a la dependienta que estaba de servicio. Recuerda que estuvieron allí. Al parecer, fue poco después de las nueve de la noche.

—¿Dónde está situado ese 7-Eleven? —pregunté.

—Aproximadamente, unos ocho kilómetros al oeste del área de descanso donde se encontró el jeep —contestó Wesley.

—Dice que compraron alguna otra cosa —señalé—. ¿No podría ser más preciso?

—A eso iba —dijo Wesley—. Deborah Harvey compró una caja de Tampax. Preguntó si podía utilizar los servicios, y le dijeron que eso iba contra las normas. La dependienta nos dijo que los envió al área de descanso de la I-64, dirección este.

—Donde el perro perdió la pista —comentó Marino, el entrecejo fruncido, como si estuviera confuso—. No donde apareció el jeep.

—En efecto —asintió Wesley.

—¿Y las Pepsis? —pregunté—. ¿Las han encontrado?

—Cuando la policía examinó el jeep, había seis latas de Pepsi en la nevera.

Apareció su esposa con el café y un vaso de té helado para él, y Wesley hizo una pausa en la conversación. Connie nos sirvió en un discreto silencio y se retiró; tenía práctica en pasar desapercibida.

—Se supone que se metieron en el área de descanso para que Deborah pudiera ocuparse de su problema y que fue ahí donde se tropezaron con el pájaro que se los llevó —aventuró Marino.

—No sabemos qué les sucedió —nos recordó Wesley—. Existen muchas posibilidades que se han de tener en cuenta.

—¿Por ejemplo? —Marino todavía seguía ceñudo.

—Abducción.

—¿Quiere decir un secuestro? —Marino no intentó disimular su escepticismo.

—No olvide quién es la madre de Deborah.

—Sí, ya sé. La «Zarina de la droga», nombrada para el cargo porque el presidente quería echar algo de carnaza al movimiento de la mujer.

—Pete —replicó Wesley calmadamente—, no me parece prudente considerarla un mero mascarón plutocrático o una figurante elegida simplemente para dar satisfacción a las mujeres. Aunque el cargo no conlleva tanto poder como aparenta, puesto que no se le ha conferido ningún estatus en el gabinete, lo cierto es que Pat Harvey responde directamente ante el presidente. De hecho, es ella quien coordina todas las agencias federales en la lucha contra los delitos relacionados con la droga.

—Por no hablar de su historial como fiscal del Estado —apunté—. Respaldó vigorosamente los intentos de la Casa Blanca por conseguir que los asesinatos e intentos de asesinato relacionados con las drogas se castigaran con pena de muerte. Y estuvo muy enérgica.

—Ella y otros cien políticos —objetó Marino—. Tal vez estaría más preocupado si fuera una de esas liberales que quieren legalizar la hierba. Entonces tendría que pensar si no habría por ahí algún derechista de esos de la Mayoría Moral a quien Dios le hubiera ordenado raptar a la hija de Pat Harvey.

—Se ha mostrado siempre muy agresiva —señaló Wesley—. Ha conseguido que condenen a algunos de los peores del lote, ha contribuido decisivamente a la aprobación de leyes importantes, ha recibido amenazas de muerte y hace algunos años incluso llegaron a ponerle una bomba en el coche...

—Sí, un Jaguar vacío que estaba aparcado en el club de campo. Eso la convirtió en una heroína —interrumpió Marino—. En realidad, lo que quiero decir —prosiguió Wesley con paciencia— es que se ha ganado una buena cantidad de enemigos, sobre todo a raíz de su interés por diversas organizaciones benéficas.

—He leído algo de eso —observé, e intenté recordar los detalles.

—Hasta el momento, sólo ha llegado a conocimiento del público un arañazo en la superficie —explicó Wesley—. Sus últimos esfuerzos se han dirigido contra ACTMAD, una supuesta coalición de madres contra las drogas.

—No lo dirá usted en serio —protestó Marino—. Eso es como acusar a la UNICEF.

Preferí no revelar que todos los años mandaba dinero a ACTMAD y que me consideraba una ardiente defensora de la organización.

—La señora Harvey —prosiguió Wesley— ha reunido pruebas que demuestran que ACTMAD ha servido como fachada para un cártel de narcotraficantes y otras actividades ilegales en Centroamérica.

—Hay que ver —exclamó Marino, meneando la cabeza—. Menos mal que yo no le doy un centavo a nadie, excepto al fondo de la policía.

—La desaparición de Deborah y Fred resulta confusa porque parece relacionada con las de otras cuatro parejas —dijo Wesley—. Pero eso podría ser deliberado, un intento de hacernos creer que existe alguna relación cuando, de hecho, puede que no la haya. Quizá tengamos que vérnoslas con un asesino reincidente, o quizá con algo distinto. Sea lo que fuere, queremos investigar el caso del modo más discreto posible.

—Entonces, supongo que ahora esperan una nota de rescate o algo así, ¿no? —comentó Marino—. Ya sabe, unos matones centroamericanos están dispuestos a devolver a Deborah si su madre acepta pagar el precio.

—No creo que eso vaya a ocurrir, Pete —respondió Wesley—. Puede ser mucho peor. Pat Harvey tiene que declarar en una audiencia del congreso a comienzos del año que viene, y una vez más el asunto tiene que ver con las falsas organizaciones de beneficencia. En estos momentos, no hubieran podido ocurrirle muchas cosas peores que la desaparición de su hija. Se me hizo un nudo en el estómago al pensarlo. Desde un punto de vista profesional, Pat Harvey no parecía demasiado vulnerable, y había gozado de una magnífica reputación durante toda su carrera. Pero también era madre. El bienestar de sus hijos debía de serle más precioso que su propia vida. La familia era su talón de Aquiles.

—No podemos descartar la posibilidad de un secuestro político —apuntó Wesley, contemplando su patio azotado por el viento.

Wesley también tenía familia. La peor pesadilla era que el jefe de alguna familia criminal, un asesino, alguien a quien Wesley hubiera contribuido decisivamente a derribar, decidiera vengarse en la esposa o los hijos de éste. Wesley tenía un moderno sistema de alarma en la casa y un intercomunicador en la puerta principal. Había elegido vivir en la remota campiña de Virginia, con un número de teléfono que no aparecía en el listín y una dirección que jamás se daba a los periodistas, ni siquiera a la mayoría de sus colegas y conocidos. Hasta aquel mismo día, ni tan sólo yo sabía dónde vivía, aunque suponía que su hogar se encontraba más cerca de Quantico, acaso en McLean o Alexandria.

—Estoy seguro de que Marino le ha hablado de Hilda Ozimek —prosiguió Wesley.

Asentí con un gesto y pregunté:

—¿Es de fiar?

—El FBI la ha utilizado en algunas ocasiones, aunque no nos gusta reconocerlo. Su talento, poder o como quieras llamarlo es completamente auténtico. No me pidas que te lo explique. Esta clase de fenómenos escapan a mi experiencia inmediata. No obstante, puedo decirte que una vez nos ayudó a localizar un avión del FBI que se había estrellado en las montañas de Virginia Occidental. También predijo el asesinato de Sadat, y quizás habríamos podido prevenir mejor el atentado contra Reagan si hubiéramos prestado más atención a sus palabras.

—No va a decirme ahora que predijo que dispararían contra Reagan —protestó Marino.

—Casi el día exacto. No informamos de lo que nos había dicho. Supongo..., bueno, supongo que no lo tomamos en serio. Y ése fue nuestro error, por increíble que parezca. Desde entonces, cada vez que dice algo, el Servicio Secreto quiere saberlo.

—¿Consulta también el Servicio Secreto los horóscopos? —quiso saber Marino.

—Creo que Hilda Ozimek juzgaría los horóscopos excesivamente genéricos. Y, por lo que sé, no se dedica a leer las líneas de la mano —replicó Wesley con sarcasmo.

—¿Cómo llegó a conocer su existencia la señora Harvey? —pregunté.

—Seguramente por alguien del Departamento de Justicia —respondió Wesley—. Sea como fuere, el viernes la llevó a Richmond en avión; por lo visto, la vidente le dijo ciertas cosas que han conseguido convertirla en... bien, digamos tan sólo que en estos momentos podríamos comparar a la señora Harvey con un cañón suelto en un barco. Temo que sus actividades acaben resultando mucho más dañinas que beneficiosas.

—¿Y qué le dijo la vidente, en realidad? —pregunté.

Wesley me miró a los ojos y contestó:

—En estos momentos no puedo hablar de eso.

—Pero ¿lo comentó contigo? —insistí—. ¿La señora Harvey te reveló voluntariamente que había recurrido a una vidente?

—No tengo libertad para comentarlo, Kay —respondió Wesley, y quedamos los tres en silencio durante unos instantes.

Me pasó por la cabeza que la señora Harvey no había proporcionado esta información a Wesley. Lo había averiguado por algún otro medio.

—No sé —habló Marino al fin—. Podría ser una posibilidad. No deberíamos descartarlo.

—No podemos descartar nada —replicó Wesley con firmeza.

—Hace dos años y medio que dura el caso, Benton —señalé.

—Sí —dijo Marino—. Eso es mucho tiempo. Y todavía tengo la sensación de que es obra de algún pájaro obsesionado por las parejas, alguien con un problema de celos, un perdedor que no es capaz de tener relaciones y odia a los que sí las tienen.

—Es una posibilidad, desde luego. Una persona que se dedica a rondar con asiduidad por la zona en busca de parejas jóvenes. Puede que frecuente los paseos de enamorados, las áreas de descanso, los lugares de reunión donde se citan los jóvenes. Puede que haga muchos ensayos antes de atacar, y que luego reproduzca los homicidios durante meses y meses hasta que el ansia de matar se vuelve de nuevo irresistible y se le presenta una ocasión perfecta. Podría ser una coincidencia; puede que, sencillamente, Deborah Harvey y Fred Cheney se encontraran en el lugar equivocado en el momento equivocado.

—No tenemos ningún indicio que nos permita suponer que alguna de las parejas hubiera aparcado el vehículo para dedicarse a actividades sexuales, cuando se encontró con el atacante —señalé. Wesley no respondió—. Y aparte de Deborah y Fred, no parece que las demás parejas se hubieran detenido en un área de descanso ni en cualquier otra clase de «lugar de reunión», como tú dices —proseguí—. Al parecer, se hallaban todas en ruta hacia su destino cuando sucedió algo que les hizo parar junto a la cuneta y dejaron subir a alguien a su coche o bien se metieron en el vehículo de esa persona.

—La teoría del poli asesino —masculló Marino—. No crea que no la he oído antes.

—Podría ser alguien que se fingiera policía —apuntó Wesley—. Desde luego, eso explicaría que las parejas se detuvieran en el arcén y quizá que subieran al coche de otra persona, para una comprobación rutinaria del permiso de conducir o lo que fuese. Cualquiera puede ir a una tienda de uniformes y comprar una luz de destellos para el techo del automóvil, un uniforme, una placa, lo que ustedes quieran. El problema es que una luz destellante llama la atención. Los demás automovilistas también la ven, y si pasa algún policía auténtico por la zona es probable que reduzca la velocidad, quizás incluso que se detenga para ofrecer su ayuda. Hasta ahora, no se ha recibido ni un solo informe de que alguien advirtiera nada parecido en la zona y hacia la hora en que desaparecieron esos chicos.

—También habría que explicar por qué se dejaron los bolsos y carteras dentro de los coches, con la excepción de Deborah Harvey, cuyo bolso no se ha encontrado —observé—. Si alguien ordenó a los jóvenes que entraran en un supuesto vehículo policial por alguna violación rutinaria del código de circulación, ¿por qué no cogieron los papeles del coche y los permisos de conducir? Es lo primero que quiere ver la policía, y cuando subes a su coche llevas estos efectos personales encima.

—Puede que no entraran en el vehículo de esa persona por su propia voluntad, Kay —adujo Wesley—. Creen que los detiene un agente de policía y cuando el tipo se acerca a la ventanilla saca una pistola y los obliga a entrar en su coche.

—Demasiado peligroso —objetó Marino—. Si fuera yo, metería la primera y pisaría el jodido acelerador a fondo. Además, siempre cabe la posibilidad de que pase alguien y vea algo extraño. Porque, vamos a ver, ¿cómo se puede obligar a dos personas a que suban a un coche a punta de pistola, en cuatro o quizá cinco ocasiones distintas, sin que nadie pase por ahí y se dé cuenta de nada?

—Aún hay otra pregunta mejor —dijo Wesley, y me dirigió una mirada neutra—. ¿Cómo se puede asesinar a ocho personas sin dejar el menor indicio, ni siquiera una mella en un hueso o sin que se encuentre una bala cerca de los cadáveres?

—Por estrangulación, garrote o degüello —respondí, y no era la primera vez que se me apremiaba sobre el particular—. Todos los cuerpos estaban muy descompuestos, Benton. Y quiero recordarte que la teoría del poli implica que las víctimas subieron al vehículo de su atacante. Basándonos en la pista que siguió el sabueso el pasado fin de semana, parece concebible que, si alguien hizo algo malo a Deborah Harvey y Fred Cheney, ese individuo pudo marcharse en el jeep de Deborah, para abandonarlo en el área de descanso y cruzar la autopista a pie.

La cara de Wesley parecía cansada. Se había frotado varias veces las sienes, como si le doliera la cabeza.

—La razón de que haya querido hablar con ustedes es que en este asunto puede haber algunos aspectos que nos exijan actuar con mucha cautela. Quiero pedirles un intercambio de información directo y abierto entre los tres. Es esencial una absoluta discreción. Nada de charla trivial con la prensa, nada de divulgar información a nadie, ya sean amigos íntimos, parientes, otros forenses o policías. Y nada de transmisiones por radio. —Nos miró a los dos—. Si llegaran a encontrarse los cuerpos de Deborah Harvey y Fred Cheney, quiero una comunicación telefónica inmediata, en el acto. Y si la señora Harvey intenta ponerse en contacto con alguno de los dos, diríjanla a mí.

—Ya se ha puesto en contacto conmigo —le advertí.

—Soy muy consciente de ello, Kay —respondió Wesley, sin mirarme.

No le pregunté cómo lo sabía, pero quedé desconcertada y se me notó.

—En las actuales circunstancias —añadió—, comprendo que fueras a verla. Pero sería mejor que no volviera a suceder, que no volvieras a comentar estos casos con ella. Eso sólo causa más problemas. No se trata únicamente de que la señora Harvey pueda influir en la investigación; cuanto más se involucre personalmente, mayor será el peligro que corra.

—¿Qué peligro? ¿De que alguien se la cargue? —preguntó Marino con escepticismo.

—Sobre todo de que pierda el control y actúe de modo irracional.

La preocupación de Wesley por el bienestar psicológico de Pat Harvey podía ser sincera, pero a mí se me antojó muy endeble. Y mientras regresaba a Richmond con Marino, después de cenar, no pude por menos de pensar que el motivo de que Wesley hubiera querido vernos no tenía nada que ver con la suerte de la pareja desaparecida.

—Creo que me siento manipulada —confesé al fin, cuando llegamos a Richmond.

—Bienvenida al club —respondió Marino, irritado.

—¿Tiene alguna idea de lo que realmente está sucediendo?

—Pues sí —aseguró; apretó el encendedor del coche—. Tengo una fuerte sospecha, por lo menos. Creo que el maldito FBI ha tropezado con una pista que hará quedar muy mal a alguien importante. Tengo la extraña sensación de que alguien se está cubriendo el trasero, y Benton se halla atrapado en el medio.

—Si él está atrapado, nosotros también.

—Veo que lo ha captado, doctora.

Habían pasado tres años desde el día en que Abby Turnbull se presentó en el umbral de mi oficina con los brazos cargados de lirios recién cortados y una botella de un vino excepcional. Había renunciado a su empleo en el *Times* de Richmond y venía a despedirse de mí. Se iba a trabajar a Washington, a la sección de sucesos del *Post*. Prometimos mantenernos en contacto, como se suele hacer siempre. Me avergonzó ser incapaz de recordar cuándo le había telefoneado o enviado una nota por última vez.

—¿Quiere que se la pase —me preguntaba Rose, mi secretaria—, o tomo yo el mensaje?

—Ya me pongo yo —respondí—. Scarpetta al habla

—anuncié, por la fuerza de la costumbre, antes de poder contenerme.

—Sigues teniendo un tono de lo más autoritario —comentó la voz familiar.

—¡Abby! Lo siento. —Me eché a reír—. Rose me había dicho que eras tú. Como siempre, estoy metida en cincuenta cosas distintas, y creo que he perdido por completo el arte de ser agradable por teléfono. ¿Qué tal estás?

—Muy bien, si prescindimos del hecho de que el número de homicidios en Washington se ha multiplicado por tres desde que llegué aquí.

—Una coincidencia, espero.

—Las drogas. —Me pareció nerviosa—. Cocaína, crack y armas semiautomáticas. Siempre había creído que encargarse de los sucesos en Miami sería lo peor. O quizás en Nueva York. Pero lo peor de todo es la encantadora capital de nuestra nación.

Miré el reloj por el rabillo del ojo y anoté la hora en una hoja de llamada. Otra vez la costumbre. Estaba tan habituada a rellenar hojas de llamada que echaba mano a la carpeta incluso cuando me llamaba el peluquero.

—Tenía la esperanza de que pudieras cenar conmigo esta noche —añadió.

—¿En Washington? —pregunté, perpleja.

—De hecho, ahora estoy en Richmond.

Le propuse que viniera a cenar a casa, cerré el maletín y me dirigí al supermercado. Tras mucho pensar, mientras empujaba el carrito por los pasillos, elegí dos filetes y lo necesario para preparar una ensalada. La tarde era preciosa. La idea de ver a Abby me ponía de buen humor. Decidí que una velada con una vieja amiga era una buena excusa para atreverme a cocinar de nuevo.

Cuando llegué a casa me puse a trabajar enseguida, majando ajo fresco en un cuenco con vino tinto y aceite de oliva. Aunque mi madre siempre me había prevenido contra el riesgo de «echar a perder un buen filete», mis habilidades culinarias se imponían siempre. Sinceramente, yo preparaba el mejor adobo de la ciudad, y cualquier corte de carne por fuerza tenía que mejorar con él. Tras lavar la lechuga de Boston y enjugarla con servilletas de papel, empecé a cortar los champiñones, las cebollas y el último tomate de Hanover, mientras hacía acopio de valor para enfrentarme a la parrilla. Finalmente, incapaz de seguir aplazando la tarea, salí al patio de ladrillo. Por un instante, mientras examinaba los arriates de flores y los árboles de mi patio trasero, me sentí como una fugitiva en mi propia casa. Cogí una botella de abrillantador y una esponja y empecé a frotar vigorosamente los muebles de jardín; a continuación pasé un estropajo Brillo a la parrilla, que no se utilizaba desde aquella noche de mayo en que Mark y yo estuvimos juntos por última vez. Ataqué la grasa ennegrecida hasta que me dolieron los codos. Imágenes y voces invadieron mi mente. Discusiones. Peleas. Luego, una retirada a un silencio airado para terminar haciendo el amor de un modo frenético.

Cuando Abby llegó ante la puerta, poco antes de las seis y media, casi no la reconocí. En su época de redactora de sucesos en Richmond llevaba el cabello hasta los hombros, veteado de gris, lo cual le confería un aire cansado y macilento que le hacía aparentar más de sus cuarenta y tantos años. Ahora el gris había desaparecido. Llevaba el cabello corto, hábilmente peinado de manera que resaltara los finos huesos de la cara y los ojos, que eran de dos tonalidades distintas de verde, una irregularidad que siempre me había parecido curiosa. Vestía un traje de seda azul marino y una blusa de seda marfil, y llevaba un pequeño maletín de cuero negro.

—Tienes un aspecto muy washingtoniano —observé, y le di un abrazo.

—Me alegro muchísimo de verte, Kay.

Recordaba que me gustaba el whisky escocés y había traído una botella de Glenfiddich que abrimos sin pérdida de tiempo. Luego llevamos las bebidas al patio y hablamos sin parar mientras yo encendía la parrilla bajo un crepuscular cielo de verano.

—Sí, en algunos aspectos añoro Richmond —me explicaba—. Washington resulta muy emocionante, pero es un infierno. Me concedí un capricho y compré un Saab, ¿te das cuenta? Ya lo han abierto una vez, me han robado los tapacubos y tiene las puertas llenas de abolladuras. Pago ciento cincuenta al mes para aparcar el maldito trasto, y eso a cuatro bloques de mi apartamento. De aparcar en el *Post*, olvídate. Voy andando al trabajo y utilizo un coche de la empresa. Washington no tiene nada que ver con Richmond, te lo aseguro. —Luego, quizá con demasiada decisión, añadió—: Pero no lamento haberme marchado.

—¿Sigues trabajando por las noches? —Los filetes crepitaron cuando los puse sobre la parrilla.

—No. Ahora ese turno lo hace otra persona. Los periodistas jóvenes se dedican a correr por ahí de noche y yo sigo durante el día. Sólo me llaman fuera de horas si sucede algo verdaderamente importante.

—He seguido tus artículos —dije—. En la cafetería venden el *Post* y suelo leerlo durante el almuerzo.

—Yo no siempre sé en qué andas metida —reconoció ella—, pero a veces me entero de algunas cosas.

—¿Y por eso has venido a Richmond? —conjeturé, mientras rociaba la carne con el adobo.

—Sí. El caso Harvey.

No dije nada.

—Marino sigue igual que siempre.

—¿Has hablado con él? —pregunté, mirándola de soslayo.

—Lo he intentado —contestó con una sonrisa irónica—. Y con otros investigadores. Y, naturalmente, con Benton Wesley. En otras palabras, olvídalo.

—Bueno, si te has de sentir mejor, Abby, te diré que a mí tampoco me cuentan gran cosa. Y esto es confidencial.

—Toda esta conversación es confidencial, Kay —dijo, en tono serio—. No he venido a verte para sonsacarte para mi artículo. —Hizo una pausa—. Hace tiempo que estoy al corriente de lo que ha estado sucediendo aquí, en Virginia, y me preocupaba mucho más a mí que a mi redactor jefe, hasta que desaparecieron Deborah Harvey y su amigo. Ahora la cosa se ha puesto caliente, muy caliente.

—No me extraña.

—No sé bien por dónde empezar. —Se la veía perturbada—. Hay cosas que no he dicho a nadie, Kay, pero tengo la sensación de estar pisando un terreno en el que alguien no quiere verme.

—No sé si te entiendo —señalé, y recogí mi bebida.

—Yo tampoco estoy segura de entender. A veces me pregunto si no estaré imaginando cosas.

—No te entiendo, Abby. Explícate, por favor.

Abby respiró hondo, sacó un cigarrillo y respondió:

—Las muertes de esas parejas me han interesado desde hace mucho tiempo. He investigado un poco, y las reacciones que he obtenido desde el primer momento son más bien extrañas. Ya no se trata de la habitual reticencia que suele mostrar la policía; en cuanto abordo el tema, la gente prácticamente me cuelga el teléfono. Y, además, en junio pasado vino a verme el FBI.

—¿Cómo has dicho? —Dejé de atender la carne y miré fijamente a Abby.

—¿Recuerdas aquel triple homicidio ocurrido en Williamsburg? La madre, el padre y el hijo muertos a tiros durante un atraco.

—Sí.

—Estaba preparando un artículo sobre ese caso y tuve que ir a Williamsburg. Ya sabes que, al salir de la Sesenta y cuatro, si tuerces a la derecha te diriges hacia Williamsburg Colonial y la Universidad William and Mary. Pero, si al salir de la autopista tuerces a la izquierda, al cabo de unos doscientos metros la carretera termina ante la entrada de Camp Peary. Iba distraída. Me equivoqué al girar.

—También me ha pasado alguna vez —admití.

—Seguí hasta el puesto de guardia —continuó Abby— y expliqué que me había equivocado de camino. Dios mío, no veas qué grima da aquello. Está lleno de grandes carteles de advertencia que dicen cosas como «Actividades de Entrenamiento Experimental de las Fuerzas Armadas» o «La entrada en este recinto implica su consentimiento al registro de su persona y efectos personales». Temí que un grupo de operaciones especiales compuesto por hombres de Neanderthal camuflados saltara de entre las matas y me llevara a rastras.

—La policía de la base no es muy cordial —asentí, un tanto divertida.

—Bien, ya te puedes figurar que me largué de allí sin pérdida de tiempo —siguió ella— y, la verdad, me olvidé por completo del asunto hasta pasados cuatro días, cuando se presentaron dos agentes del FBI en el vestíbulo del *Post* preguntando por mí. Querían saber qué había ido a hacer a Williamsburg y por qué había llegado hasta Camp Peary. Es evidente que habían fotografiado mi número de matrícula y habían averiguado que correspondía al periódico. Fue todo muy extraño.

—¿Por qué habría de estar interesado el FBI? —pregunté—. Camp Peary es de la CIA.

—La CIA no tiene autoridad para actuar en Estados Unidos. Puede que fuera por eso. O puede que en realidad fueran agentes de la CIA que fingían ser del FBI. Cuando tratas con esos fantasmas, nunca sabes qué diablos está pasando. Además, la CIA no ha reconocido nunca que Camp Peary sea su principal centro de entrenamiento, y los agentes que me interrogaron no mencionaron la CIA para nada. Pero yo sabía adónde querían ir a parar, y ellos sabían que yo lo sabía.

—¿Qué más te preguntaron?

—Básicamente, querían saber si estaba escribiendo algo sobre Camp Peary, si trataba de entrar allí clandestinamente. Les dije que si hubiera querido entrar lo habría hecho de un modo un poco más disimulado, en lugar de ir directa al puesto de guardia, y que, aunque en esos momentos no estaba escribiendo nada sobre «la CIA», así mismo se lo dije, tal vez entonces tendría que pensármelo.

—Estoy segura de que se lo tomaron muy bien —comenté secamente.

—Ni siquiera pestañearon. Ya sabes cómo son esos tipos.

—La CIA es paranoica, Abby, sobre todo cuando se trata de Camp Peary. La policía del Estado y los helicópteros de urgencias médicas tienen prohibido sobrevolar sus instalaciones. Nadie puede violar ese espacio aéreo ni pasar del puesto de guardia sin una autorización firmada por el propio Jesucristo.

—Pero tú también te has equivocado en ese mismo desvío, como cientos de turistas —me recordó—. Y el FBI nunca ha venido a hacerte preguntas, ¿verdad?

—No. Pero yo no trabajo para el *Post*.

Retiré los filetes de la parrilla y Abby me siguió hacia la cocina. Mientras servía la ensalada y llenaba los vasos de vino, continuó hablando.

—Desde que aquellos agentes vinieron a verme han sucedido cosas raras.

—¿Por ejemplo?

—Creo que mis teléfonos están intervenidos.

—¿Qué te hace suponer eso?

—Empezó con el teléfono de casa. Estaba hablando con alguien y oía ruidos. También me ha ocurrido en el trabajo, sobre todo últimamente. Cuando me pasan una llamada experimento una intensa sensación de que hay alguien más escuchando. Es difícil de explicar... —Jugueteó, nerviosa, con los cubiertos—. Es un rumor casi inaudible; será la estática, o como quieras llamarlo. Pero es real.

—¿Qué más cosas raras?

—Bien, ocurrió hace unas semanas. Estaba parada ante una farmacia de la calle Connecticut, junto a Dupont Circle. Tenía que encontrarme allí con un informador a las ocho; de allí teníamos que ir a algún lugar donde pudiéramos cenar y hablar tranquilamente. Y entonces vi a un hombre. Aseado, vestido con un anorak y tejanos, de aspecto correcto. Pasó dos veces durante los quince minutos que permanecí de pie en la esquina, y luego volví a verlo fugazmente cuando mi informador y yo entrábamos en el restaurante. Sé que te parecerá una locura, pero tuve la sensación de que me vigilaba.

—¿Habías visto alguna vez a ese hombre?

Negó con la cabeza.

—¿Has vuelto a verlo desde entonces?

—No —respondió—. Pero hay otra cosa. El correo. Vivo en un edificio de apartamentos. Todos los buzones están abajo, en la entrada. A veces recibo envíos con matasellos que no concuerdan.

—Si la CIA te abriera la correspondencia, puedo asegurarte que no notarías nada en absoluto.

—No digo que parezca que hayan manipulado el correo. Pero en varios casos, alguien, mi madre, mi agente literario, me jura que me ha enviado algo un día determinado y, cuando por fin lo recibo, la fecha del matasellos no es la que tendría que ser. Lleva días, a veces una semana de retraso. No sé... —Hizo una pausa—. En otras circunstancias, supondría que se debe a la ineficacia del servicio postal, pero con todo lo que está ocurriendo empiezo a tener dudas.

—¿Por qué tendría nadie que intervenir tu teléfono, seguirte por la calle o interceptar tu correspondencia? —formulé la pregunta crítica.

—Si lo supiera, quizá podría hacer algo al respecto. —Por fin se decidió a comer—. Esto está delicioso. —A pesar del cumplido, no parecía tener el menor apetito.

—¿Existe alguna posibilidad —pregunté a bocajarro— de que tu encuentro con esos agentes del FBI y el episodio de Camp Peary te hayan vuelto un poco paranoica?

—Claro que me ha vuelto paranoica. Pero, escucha, Kay, no es que yo esté escribiendo un nuevo *Veil* o trabajando en un caso como el Watergate. En Washington, los tiroteos son cosa de todos los días. Lo único gordo que se está cociendo es lo que ocurre aquí: los asesinatos, o posibles asesinatos, de esas parejas. Empiezo a hurgar por ahí y tropiezo con problemas. ¿Tú qué piensas?

—No estoy segura. —Recordé, incómoda, la actitud de Benton Wesley, sus advertencias de la noche anterior.

—Conozco el asunto de los zapatos desaparecidos —dijo Abby. No respondí ni di muestras de sorpresa. Era un detalle que, hasta entonces, no se había revelado a la prensa—. No es precisamente normal que ocho personas aparezcan muertas en el bosque sin que se encuentren sus zapatos y calcetines en el lugar del crimen ni en los coches abandonados. —Me miró, expectante.

—Abby —dije con voz suave, mientras volvía a llenar los vasos—, ya sabes que no puedo comentar los detalles de estos casos. Ni siquiera contigo.

—¿No sabes nada que pueda darme una idea de dónde me estoy metiendo?

—A decir verdad, es probable que sepa menos que tú.

—Eso ya me dice algo. Los casos empezaron hace dos años y medio y es probable que sepas menos que yo.

Recordé lo que había dicho Marino acerca de que alguien se estaba «cubriendo el trasero». Pensé en Pat Harvey y en la audiencia del congreso. Mi temor iba en aumento.

—Pat Harvey es una estrella brillante en Washington —comentó Abby.

—Ya conozco su importancia.

—La cosa va más allá de lo que aparece en los periódicos, Kay. En Washington, las fiestas a las que te invitan son tan significativas como los votos, o quizá más. Y cuando se trata de personas prominentes que figuran en las listas de invitados de elite, Pat Harvey está arriba de todo, junto a la Primera Dama. Se rumorea que, en las próximas elecciones a la presidencia, Pat Harvey podría concluir con éxito lo que inició Geraldine Ferraro.

—¿Como candidata a la vicepresidencia? —pregunté, no muy convencida.

—Es lo que se rumorea. Yo soy más bien escéptica, pero si tenemos otro presidente republicano, creo que al menos le ofrecerá un puesto en el gabinete, o quizás incluso el cargo de fiscal general. Siempre que consiga mantener el tipo.

—Tendrá que esforzarse mucho para mantener el tipo con todo lo que está pasando.

—Los problemas personales pueden hundir tu carrera profesional, desde luego —asintió Abby.

—Tal vez, si lo permites. Pero tú si sobrevives, pueden volverte más fuerte, más eficaz.

—Ya lo sé —murmuró, contemplando su vaso de vino—. Estoy segura de que jamás me habría marchado de Richmond de no ser por lo que le ocurrió a Henna.

No mucho tiempo después de que yo hubiera asumido mi cargo en Richmond, Henna, la hermana de Abby, fue asesinada. La tragedia hizo que Abby y yo nos relacionáramos profesionalmente. Trabamos amistad. Unos meses más tarde, aceptó el empleo en el *Post*.

—Todavía me resulta difícil volver aquí —prosiguió Abby—. De hecho, es la primera vez que vengo desde que me mudé. Esta mañana he pasado por delante de mi antigua casa y casi he sentido el impulso de llamar a la puerta para ver si los actuales propietarios me dejaban entrar. No sé por qué. Pero quería entrar en ella de nuevo, comprobar si era capaz de subir a la habitación de Henna, sustituir aquella horrible última imagen que me quedó de ella por otra inofensiva. Por lo visto, no había nadie en casa. Y quizás haya sido mejor así. No creo que hubiera sido capaz de hacerlo.

—Cuando estés verdaderamente preparada, lo harás —le aseguré, y sentí deseos de explicarle lo que había hecho aquella tarde en el patio y cómo hasta entonces no había sido capaz de volver a utilizarlo. Pero parecía una hazaña de poca monta, y Abby no sabía lo de Mark.

—Esta mañana hablé con el padre de Fred Cheney —explicó entonces Abby—. Y luego fui a ver a los Harvey.

—¿Cuándo se publicará tu artículo?

—En la edición del fin de semana, probablemente. Todavía me queda mucho trabajo por hacer. El periódico quiere un perfil de Fred y Deborah y cualquier otra cosa que averigüe acerca de la investigación, sobre todo en relación con las otras cuatro parejas.

—¿Qué impresión te han producido los Harvey cuando has hablado con ellos?

—Bien, en realidad, con el padre, con Bob, no he podido hablar. Nada más llegar yo, se ha ido con sus hijos. Los periodistas no son santos de su devoción, y tengo la sensación de que está harto de ser «el marido de Pat Harvey». Nunca concede entrevistas. —Apartó el filete a medio comer y echó mano a los cigarrillos. Fumaba mucho más de lo que yo recordaba—. Me preocupa Pat. Da la impresión de haber envejecido diez años en una semana. Además, ha sido muy extraño; no podía desechar la impresión de que esa mujer sabe algo, de que ya ha formulado su propia teoría acerca de lo que le ha ocurrido a su hija. Supongo que ha sido eso lo que más me ha despertado la curiosidad. Me gustaría saber si ha recibido alguna amenaza, alguna nota, algún tipo de comunicación de quienquiera que esté involucrado en el asunto. Y ella se niega a decírselo a nadie, ni siquiera a la policía.

—No puedo concebir que sea tan insensata.

—Yo sí —dijo Abby—. En mi opinión, si Pat Harvey creyera que existe la menor posibilidad de que Deborah regrese a casa sana y salva, no le diría lo que está haciendo ni siquiera a Dios.

Me levanté para recoger la mesa.

—Será mejor que prepares café —prosiguió Abby—. No quiero dormirme al volante.

—¿Cuándo has de volver? —pregunté, mientras cargaba el lavavajillas.

—Pronto. Aún tengo que ir a un par de sitios antes de volver a Washington. —Llené de agua la cafetera y miré a Abby de soslayo. Ella me explicó—: A un 7-Eleven en el que Deborah y Fred se detuvieron a la salida de Richmond...

—¿Cómo sabes tú eso? —la interrumpí.

—Conseguí sonsacárselo al conductor de una grúa aparcada junto al área de descanso, que esperaba para remolcar el jeep. El hombre se lo había oído comentar a unos policías, que hablaban de un recibo que habían encontrado dentro de una bolsa de papel arrugada. Me costó muchísimo trabajo, pero al fin logré averiguar de qué 7-Eleven se trataba y a qué empleada le correspondía estar de servicio hacia la hora en que Deborah y Fred debieron de detenerse allí. El turno de cuatro de la tarde a medianoche, de lunes a viernes, lo lleva una chica llamada Ellen Jordan.

Le tenía tanto afecto a Abby que me resultaba fácil olvidar que sus reportajes de investigación le habían valido un buen número de premios, y por una excelente razón.

—¿Qué crees que te dirá esta empleada?

—Las empresas de este tipo, Kay, son como buscar el premio en una caja de galletas. No conozco las respuestas; de hecho, ni siquiera conozco las preguntas... hasta que empiezo a escarbar. —De verdad, no creo que debas vagar por ahí tú sola a altas horas de la noche, Abby.

—Si quieres venir a escoltarme —replicó, divertida—, me encantará tu compañía.

—No me parece muy buena idea.

—Supongo que tienes razón —concedió ella.

Decidí acompañarla de todos modos.

4

El rótulo luminoso era visible desde un kilómetro antes de llegar a la salida de la autopista, un 7-Eleven resplandeciente en la oscuridad. Su críptico mensaje en rojo y verde había dejado de significar lo que decía, ya que todos los 7-Eleven que yo conocía permanecían abiertos las veinticuatro horas. Casi podía oír lo que hubiera dicho mi padre.

«¿Y tu abuelo dejó Verona por esto?»

Era su comentario favorito cuando leía el periódico de la mañana, y lo acompañaba sacudiendo la cabeza con disgusto. Era lo que decía cuando alguien con acento de Georgia nos trataba como si no fuéramos «verdaderos norteamericanos». Era lo que rezongaba cuando oía contar historias de engaños, de drogas, de divorcios. Cuando yo era pequeña, en Miami, mi padre tenía un pequeño colmado de barrio y todas las noches se sentaba a cenar con nosotros y nos hablaba de su jornada y nos preguntaba por la nuestra. Su presencia en mi vida no duró mucho. Murió cuando yo tenía doce años. Pero estaba segura de que, si todavía hubiera seguido aquí, no le gustarían las tiendas abiertas las veinticuatro horas. Las noches, los domingos y los días de fiesta no eran para pasarlos trabajando detrás de un mostrador ni comiendo un *burrito* por la carretera. Esas horas eran para la familia.

Abby comprobó de nuevo los retrovisores en el momento de tomar la rampa de salida. En menos de treinta metros nos vimos en la zona de aparcamiento del 7-Eleven, y me di cuenta de que se sentía aliviada. Aparte de un Volkswagen aparcado ante las puertas acristaladas de la entrada, parecía que éramos las únicas clientes.

—El lugar está despejado, por ahora —observó, mientras paraba el motor—. En los últimos treinta kilómetros no nos hemos cruzado con un solo coche patrulla, con marcas o sin ellas.

—Que tú sepas, al menos —repliqué.

La noche era brumosa, sin una estrella a la vista, y el aire tibio y húmedo. Un joven cargado con una caja de doce cervezas se cruzó con nosotras justo cuando entrábamos en la frescura de aire acondicionado del establecimiento, donde las máquinas de videojuegos lanzaban destellos de vivos colores desde un rincón y una joven apilaba paquetes de cigarrillos tras el mostrador. Con su cabello rubio teñido que se henchía en un aura rizada en torno a la cabeza, su delgada figura vestida con una blusa a cuadros blancos y naranjas y unos ceñidos tejanos negros, no aparentaba ni un día más de dieciocho años. Llevaba las uñas largas y pintadas de rojo brillante, y cuando se volvió para ver qué queríamos me chocó la dureza de su rostro. Era como si se hubiera saltado el aprendizaje de la bicicleta para pasar directamente a una Harley Davidson.

—¿Ellen Jordan? —preguntó Abby.

La empleada puso cara de sorpresa, y luego de desconfianza.

—¿Sí? ¿Quién la busca?

—Abby Turnbull. —Abby le tendió la mano en un gesto muy profesional. Ellen Jordan se la estrechó con languidez—. De Washington —añadió Abby—. Del *Post*.

—¿Qué *Post*?

—El *Washington Post* —aclaró Abby.

—Ah. —Al instante perdió todo interés—. Ya nos lo sirven. Mire allí. —Señaló un montón casi agotado al lado de la puerta.

Se produjo un silencio incómodo.

—Soy periodista del *Post* —explicó Abby.

Los ojos de Ellen se iluminaron.

—¿En serio?

—En serio. Me gustaría hacerte unas cuantas preguntas.

—¿Para un artículo, quiere decir?

—Sí. Estoy preparando un artículo, Ellen, y de veras necesito tu ayuda.

—¿Qué quiere saber? —Se apoyó en el mostrador, con expresión intensa, como si de repente se sintiera importante.

—Se trata de la pareja que entró aquí la noche del viernes de la semana pasada. Un chico y una chica. Más o menos de tu edad. Llegaron poco después de las nueve y compraron un paquete de seis latas de Pepsi y algunas otras cosas.

—Ah, los que han desaparecido —comentó, animada—. La verdad es que no hubiera tenido que mandarlos al área de descanso, pero lo primero que nos dicen cuando nos contratan es que no hemos de dejar entrar a nadie en los aseos. Por mí, me daría lo mismo, sobre todo en el caso de ellos. Me supo muy mal por la chica, claro; la entendí muy bien.

—Estoy segura de que sí —dijo Abby, comprensiva.

—Sí, fue una situación bastante embarazosa —prosiguió Ellen—. Cuando compró la caja de Tampax y me preguntó si podía utilizar los aseos, y con su novio delante mirando... Bueno, ojalá le hubiera dicho que sí.

—¿Cómo sabías que era su novio? —preguntó Abby. Por un instante, Ellen se mostró desconcertada.

—Bueno, me lo imaginé. Entraron los dos juntos y se notaba que se gustaban mucho. Ya sabe cómo es la gente. Siempre lo notas si te fijas bien. Cuando te pasas las horas aquí sola, acabas conociendo bien a la gente. Los matrimonios, por ejemplo. Los ves constantemente, de viaje, los niños en el coche. En cuanto entran se lo noto a casi todos, que están cansados y no se llevan bien. Pero los dos que dice usted, ésos se trataban con mucho cariño.

—¿Te dijeron alguna otra cosa, aparte de que la chica necesitaba utilizar los aseos?

—Hablamos mientras les preparaba la cuenta —respondió Ellen—. Nada especial. Les dije lo de costumbre: «Bonita noche para viajar» y «¿Adónde vais?».

—¿Y te lo dijeron? —preguntó Abby, tomando notas.

—¿Eh?

Abby alzó la mirada hacia ella.

—¿Te dijeron adónde se dirigían?

—Dijeron que a la playa. Me acuerdo porque les contesté que estaban de suerte. Es como si siempre me tocara quedarme aquí mientras los demás se van a sitios divertidos. Además, acababa de romper con mi novio. Estaba un poco depre, ¿me comprende?

—Me hago cargo. —Abby sonrió, amable—. Háblame de lo que hicieron mientras estaban aquí, Ellen. ¿Hubo algo que te llamara la atención?

Reflexionó unos instantes y al fin respondió:

—Bueno... Eran muy agradables, pero llevaban prisa. Supongo que sería porque la chica necesitaba ir al lavabo con urgencia. Más que nada, me acuerdo de lo educados que eran. Ya me entiende, constantemente viene gente que te pide ir a los aseos y cuando les digo que no se ponen de lo más desagradables.

—Has dicho que los enviaste al área de descanso de la autopista —señaló Abby—. ¿Recuerdas qué les dijiste, exactamente?

—Claro. Les dije que había una no muy lejos de aquí. Sólo tenían que volver a la Sesenta y cuatro en dirección este —apuntó con el dedo— y la verían en cinco o diez minutos. No tiene pérdida.

—¿Había alguien más aquí cuando se lo dijiste?

—Entraban y salían. Pasa mucha gente por la carretera. —Hizo memoria—. Sé que había un chaval ahí al fondo, jugando a Pac Man. El muy latoso se pasa la vida aquí.

—¿Recuerdas a alguien más que estuviera cerca del mostrador al mismo tiempo que la pareja? —insistió Abby.

—Había un hombre. Entró justo detrás de la pareja. Miró un rato las revistas y al final pidió un café.

—¿Eso fue mientras tú hablabas con la pareja? —Abby perseguía implacablemente los detalles.

—Sí. Me acuerdo porque estuvo muy simpático y le dijo

algo al chico del jeep tan bonito que llevaban. La pareja iba en un jeep rojo. Uno de esos modelos de lujo. Lo tenían aparcado justo delante de la puerta.

—¿Y qué pasó luego?

Ellen se sentó en el taburete situado ante la caja registradora.

—Bueno, creo que ya no hubo más. Llegaron otros clientes. El hombre del café se marchó, y entonces, como cinco minutos después, la pareja también se marchó.

—Pero el hombre del café, ¿aún seguía cerca del mostrador cuando explicaste a la pareja cómo ir al área de descanso? —insistió Abby.

La joven frunció el entrecejo.

—Es difícil acordarse. Pero me parece que mientras les decía eso el hombre estaba mirando las revistas. Luego creo que la chica se acercó a uno de los estantes para coger lo que quería y volvió al mostrador justo cuando el hombre me pagaba el café.

—Has dicho que la pareja se fue unos cinco minutos después que el hombre —prosiguió Abby—. ¿Qué hacían?

—Bueno, fue cosa de un par de minutos —respondió ella—. La chica dejó un paquete de seis cervezas sobre el mostrador, Coors eran, y tuve que pedirle el carnet, y como vi que aún no había cumplido los veintiuno no pude vendérselas. Se lo tomó muy bien, hasta se rió y todo. Bueno, todos nos reímos. Estas cosas no me las tomo como algo personal. Qué caramba, yo también lo intentaba. Al final acabó comprando unos refrescos. Y luego se marcharon.

—¿Podrías describir a ese hombre, el que se tomó el café?

—No muy bien.

—¿Blanco o negro?

—Blanco. Me parece que era moreno. Pelo negro, o castaño oscuro. Unos treinta años, más o menos.

—¿Alto, bajo, gordo, delgado?

Ellen se quedó mirando hacia el interior del establecimiento.

—Estatura media, quizá. Como de buena complexión, me parece, pero no corpulento.

—¿Barba o bigote?

—Creo que no... Espere un momento. —Se le iluminó el rostro—. Llevaba el pelo corto. ¡Sí! De hecho, me acuerdo de que me pasó por la cabeza que parecía un militar. Por aquí vienen muchos militares, ya sabe, suelen entrar a menudo cuando van de camino a Tidewater.

—¿Qué otra cosa te hizo pensar que podía ser un militar? —preguntó Abby.

—No sé. Pero debía de tener el aire. Es difícil de explicar, pero cuando has visto muchos militares llega un momento que los reconoces. Tienen algo especial. Los tatuajes, por ejemplo. Muchos de ellos están tatuados.

—¿Llevaba algún tatuaje ese hombre?

El entrecejo de la muchacha se distendió en una expresión de decepción.

—No me fijé.

—¿Cómo iba vestido?

—Ahhh...

—¿Traje y corbata? —sugirió Abby.

—No, traje y corbata no. Nada especial. Quizá tejanos o pantalones oscuros. Puede que llevara una cazadora... Caramba, no me acuerdo.

—¿Recuerdas qué coche conducía?

—No —respondió con seguridad—. No llegué a ver el coche. Debió de aparcar a un lado.

—¿Contaste todo esto a los policías que vinieron a hablar contigo, Ellen?

—Sí. —Tenía la mirada fija en el aparcamiento, donde acababa de detenerse una furgoneta—. Les dije más o menos lo mismo que a usted, sólo que entonces no me acordaba de algunas cosas.

Entraron dos adolescentes, que pasaron directamente a la zona de los videojuegos. Ellen nos devolvió su atención. Me di cuenta de que no tenía nada más que decirnos y que empezaba a pensar si no nos habría dicho demasiado.

Por lo visto, Abby captó el mismo mensaje.

—Muchas gracias, Ellen —le dijo, y se apartó del mostrador—. El artículo se publicará el sábado o el domingo. No te lo pierdas.

Al cabo de un instante, nos encontramos en el exterior.

—Y ahora, a largarse corriendo antes de que empiece a gritar que todo lo que nos ha dicho es «confidencial».

—Dudo de que conozca el significado de la palabra —respondí.

—Lo que me extraña —prosiguió Abby— es que la policía no le haya ordenado mantener la boca cerrada.

—Quizá sí se lo ordenaron, pero no ha podido resistir la tentación de ver su nombre en letra impresa.

El área de descanso de la I-64 este donde la dependienta había enviado a Deborah y Fred estaba completamente desierta cuando llegamos.

Abby aparcó en la parte delantera, junto a un grupo de máquinas expendedoras de periódicos, y durante varios minutos permanecimos sentadas, en silencio. Un pequeño acebo situado justo enfrente de nosotras aparecía de color plateado bajo las luces del coche, y las farolas eran borrones blancos en la niebla. De estar sola allí, no me veía bajando para ir a utilizar los aseos.

—Qué siniestro —musitó Abby—. Dios mío. Me gustaría saber si este lugar está igual de desierto todos los martes por la noche o si es que la noticia ha asustado a la gente.

—Quizá las dos cosas —respondí—. Pero puedes estar segura de que la noche del viernes en que se detuvieron Deborah y Fred no estaba desierto.

—Puede que se detuvieran justo donde estamos nosotras ahora —especuló—. Todo esto debía de estar lleno de gente, ya que empezaba el fin de semana del Día del Trabajo. Si fue aquí donde se encontraron con alguien, tiene que ser un hijoputa verdaderamente temerario.

—Si estaba lleno de gente —señalé—, tenía que estar repleto de coches.

—¿Y qué? —Encendió un cigarrillo.

—Suponiendo que fuera aquí donde Deborah y Fred se encontraron con alguien, y suponiendo que por la razón que fuese lo dejaran subir al jeep, ¿qué se hizo de su coche? ¿O llegó hasta aquí a pie?

—No es probable —contestó ella.

—Si vino en coche —continué— y lo dejó aparcado aquí, lo que más le convenía es que hubiera mucho movimiento.

—Ya veo qué quieres decir. Si su coche fuera el único del aparcamiento y hubiera permanecido aquí horas enteras, hasta la madrugada, es posible que algún coche patrulla lo hubiera visto y se hubiera detenido a investigar.

—Y eso es correr un gran riesgo cuando se está cometiendo un crimen —añadí.

Reflexionó unos instantes.

—¿Sabes una cosa? Lo que más me intriga es que todo el suceso podría ser casual pero no es casual. Que Deborah y Fred se detuvieran en el área de descanso fue casual. Si una vez aquí se encontraron con alguien, o incluso si fue en el 7-Eleven, como el tipo que tomaba café, eso parece casual. Pero también hay premeditación. La cosa estaba pensada de antemano. Si alguien los raptó, parece que sabía lo que se hacía.

No respondí.

Pensaba en lo que había dicho Wesley. Una conexión política. O un asaltante que hacía muchos ensayos antes de atacar. Suponiendo que la pareja no hubiera desaparecido por voluntad propia, no veía la manera de que el resultado no fuera fatal.

Abby puso el coche en marcha.

No volvió a hablar hasta que estuvimos en la autopista, rodando a velocidad de crucero.

—Tú crees que están muertos, ¿verdad?

—¿Preguntas mi opinión para poder citarla?

—No, Kay. No para citarla. ¿Quieres que te diga la verdad? En estos momentos me importa un bledo el artículo. Sólo quiero saber qué diablos está ocurriendo.

—Porque estás preocupada por ti misma.

—¿No lo estarías tú?

—Sí. Si creyera que tengo los teléfonos intervenidos, que me siguen por la calle, estaría muy preocupada, Abby. Y hablando de preocupaciones, es muy tarde. Estás agotada. Es absurdo que vuelvas a Washington esta misma noche. —Me miró de soslayo—. En casa tengo mucho sitio —añadí—. Puedes emprender viaje a primera hora de la mañana.

—Sólo si tienes un cepillo de dientes nuevo y algo que ponerme para dormir, y si no te importa que te saquee el bar.

Me recosté en el asiento, cerré los ojos y murmuré:

—Puedes emborracharte, si quieres. De hecho, es muy posible que lo haga contigo.

Cuando entramos en mi casa, a medianoche, empezó a sonar el teléfono, y respondí antes de que lo hiciera el contestador automático.

—¿Kay?

Al principio no identifiqué la voz, porque no la esperaba. Luego, el corazón me dio un vuelco.

—Hola, Mark —contesté.

—Siento llamarte tan tarde...

Lo interrumpí, con una voz en la que se traslucía la tensión.

—Estoy acompañada. ¿Recuerdas que te hablé alguna vez de mi amiga Abby Turnbull, del *Post*? Se queda esta noche conmigo. Nos lo hemos pasado de maravilla, poniéndonos al corriente.

Mark no respondió de inmediato. Tras una pausa, observó:

—Quizá te resultaría más cómodo llamarme tú, cuando te convenga.

Al colgar vi que Abby me miraba, sorprendida por mi evidente turbación.

—Pero ¿de quién era esa llamada, Kay?

Durante mis primeros meses en Georgetown me sentí tan abrumada por los estudios de derecho y por mi sensación de ser una extraña en el lugar que rehuía toda compañía y procuraba alejarme de los demás. Yo era doctora en medicina, una italiana de la clase media de Miami, muy poco familiarizada con las cosas más selectas de la vida. De pronto, me vi arrojada entre personas hermosas y brillantes y, aunque no me avergüenzo de mi ascendencia, me sentía socialmente vulgar.

Mark James era uno de los privilegiados, un joven alto y elegante, seguro de sí e independiente. Mucho antes de saber cómo se llamaba ya me había fijado en él. Nos conocimos en la biblioteca de la facultad de derecho, entre penumbrosas estanterías repletas de libros, y nunca olvidaré la intensidad de sus ojos verdes cuando empezamos a discutir algún asunto que no logro recordar. Terminamos tomando café en un bar y conversando hasta la madrugada. A partir de entonces, nos veíamos casi todos los días. Durante un año entero no dormimos, o así me lo pareció, pues aun cuando nos acostábamos juntos, nuestra forma de hacer el amor no nos permitía muchas horas de reposo. Por más que nos entregáramos del todo, nunca nos saciábamos el uno del otro y, de un modo ingenuo, tópico, estaba segura de que seguiríamos juntos para siempre. No quise aceptar el frío desengaño que descendió sobre nuestra relación en el segundo curso. Cuando me gradué, con el anillo de compromiso que me había entregado otra persona, me había convencido de que Mark era agua pasada, hasta que reapareció misteriosamente en mi vida no hacía mucho.

—Tal vez Tony fue un puerto donde te cobijaste —conjeturó Abby, refiriéndose a mi ex marido, mientras bebíamos coñac en la cocina.

—Tony fue una decisión práctica —respondí—. O así me lo pareció al principio.

—Tiene sentido. En mi patética vida amorosa ha habido episodios semejantes. —Cogió su copa—. Me enamoro apasionadamente, y bien sabe Dios que ha ocurrido pocas veces y nunca ha durado mucho. Pero cuando termina, soy como un soldado herido que regresa a casa cojeando. Y al final me encuentro en brazos de algún tipo con toda la pinta de una babosa que ha prometido cuidar de mí.

—El típico cuento de hadas.

—Sacado de los hermanos Grimm —asintió, con amargura—. Dicen que cuidarán de ti, pero lo cierto es que te quieren a su lado para que les prepares la cena y les laves los calzoncillos.

—Acabas de pintar el vivo retrato de Tony —dije yo.

—¿Qué se ha hecho de él?

—No he hablado con él desde hace demasiados años para contarlos.

—La gente separada tendría que seguir siendo amiga, por lo menos.

—Él no quiso que fuéramos amigos —respondí.

—¿Aún piensas en él?

—No puedes vivir seis años con alguien y no pensar en él de vez en cuando. Eso no significa que quiera estar con Tony. Pero una parte de mí se preocupará siempre por él y deseará que le vayan bien las cosas.

—Cuando os casasteis, ¿estabas enamorada?

—Eso creía.

—Quizá lo estuvieras —dijo Abby—, pero a mí me da la impresión de que nunca dejaste de querer a Mark.

Volví a llenar las copas. Por la mañana las dos estaríamos hechas polvo.

—Me parece increíble que volvierais a reuniros otra vez, después de tantos años —prosiguió ella—. Y, no importa lo que haya podido pasar; sospecho que Mark tampoco ha dejado nunca de amarte.

Cuando volvió a entrar en mi vida fue como si durante los años de separación hubiéramos vivido en países extranjeros, como si los lenguajes de nuestros pasados fueran indescifrables para el otro. Sólo nos comunicábamos abiertamente en la oscuridad. Me contó que se había casado y que su esposa había muerto en un accidente automovilístico. Más tarde averigüé que había abandonado su profesión de jurista para ingresar en el FBI. Cuando estábamos juntos todo era euforia, pasé la época más maravillosa que había conocido desde nuestro primer año en Georgetown. Naturalmente, no duró mucho. La historia tiene la mala costumbre de repetirse.

—Supongo que no fue culpa suya que lo destinaran a Denver —decía Abby.

—Hizo una elección —contesté—. Y yo también.

—¿No quisiste ir con él?

—Yo fui el motivo de que solicitara el traslado, Abby. Quería separarse de mí.

—¿Y por eso se va al otro extremo del país? Lo encuentro bastante exagerado.

—Cuando la gente está enojada, su comportamiento puede ser bastante exagerado. Es fácil cometer grandes errores.

—Y seguramente él es demasiado terco para reconocer que se equivocó —apuntó ella.

—Es terco. Yo también soy terca. Ninguno de los dos ha ganado ningún premio por su habilidad diplomática. Yo tengo mi carrera y él tiene la suya. Él estaba en Quantico y yo estaba aquí, y la relación pronto se volvió insostenible. Yo no tenía ninguna intención de marcharme de Richmond y él no tenía ninguna intención de mudarse a Richmond. Luego empezó a pensar en volver a la calle, en pedir el traslado a alguna oficina de campo o a solicitar un cargo en la sede central, en Washington. Todo siguió así hasta que, al final, parecía que lo único que hacíamos era pelearnos. —Hice una pausa, buscando la manera de explicar lo que nunca estaría claro—. Quizás estoy demasiado hecha a mis costumbres.

—No puedes vivir con alguien y pretender que todo siga como antes, Kay. —¿Cuántas veces nos habíamos dicho lo mismo Mark y yo? La situación llegó a un punto en que apenas nos decíamos nada nuevo—. ¿Crees que conservar tu autonomía vale el precio que estás pagando, que estáis pagando los dos?

Había días en los que no estaba muy segura, pero no quise decírselo a Abby.

Ella encendió otro cigarrillo y cogió la botella de coñac.

—¿Os planteasteis alguna vez visitar a un terapeuta?

—No.

No era del todo cierto. Mark y yo no habíamos ido nunca a un terapeuta, pero yo había ido sola y aún seguía visitando a un psiquiatra, aunque cada vez con menos frecuencia.

—¿Conoce a Benton Wesley? —le preguntó Abby.

—Desde luego. Benton entrenó a Mark en la Academia mucho antes de que yo llegara a Virginia —respondí—. Son muy buenos amigos.

—¿En qué está trabajando Mark, en Denver?

—Ni idea. Alguna misión especial.

—¿Está al corriente de lo que sucede aquí? Me refiero a las parejas.

—Supongo que sí. —Tras una pausa, pregunté—: ¿Por qué?

—No lo sé. Pero ten cuidado con lo que le dices a Mark.

—Hoy ha sido la primera vez que llama desde hace meses. Como puedes comprender, no es mucho lo que le he dicho.

Abby se puso en pie y la acompañé a su habitación. Mientras le daba un camisón y le enseñaba el cuarto de baño, insistió, evidentemente bajo los efectos del coñac:

—Volverá a llamar. O, si no, lo llamarás tú. Así que ten cuidado.

—No pienso llamarlo —le aseguré.

—Entonces es que eres tan mala como él —sentenció—. Sois un par de cabezotas rencorosos, eso es. Así veo yo la situación, te guste o no.

—Tengo que estar en la oficina a las ocho —dije yo—. Ya me encargaré de que estés levantada a las siete.

Me dio un abrazo de buenas noches y me besó en la mejilla.

El siguiente fin de semana salí temprano y compré el *Post*, pero no pude encontrar el artículo de Abby. Tampoco apareció a la semana siguiente, ni a la otra, y lo encontré extraño. ¿Estaría bien Abby? ¿Por qué no había vuelto a tener noticias suyas desde su visita a Richmond?

A finales de octubre llamé a la redacción del *Post*.

—Lo siento —me explicó un hombre que parecía agobiado—. Abby está en excedencia. No volverá hasta el próximo agosto.

—¿Aún sigue en la ciudad? —pregunté, desconcertada.

—No tengo ni idea.

Después de colgar, busqué en la agenda y marqué el número de su casa. Me contestó una cinta grabada. Abby no me devolvió esa llamada, ni ninguna otra de las que le hice durante las semanas que siguieron. Hasta poco después de Navidad no empecé a comprender lo que estaba ocurriendo. El lunes seis de enero, al llegar a casa, encontré una carta en el buzón. No llevaba remitente, pero la caligrafía era inconfundible. Abrí el sobre y en su interior hallé una hoja de papel amarillo en la que aparecían garrapateadas las palabras «Para tu información. Mark» y un breve artículo recortado de una edición reciente del *New York Times*. Abby Turnbull, leí con incredulidad, había firmado un contrato para escribir un libro sobre la desaparición de Fred Cheney y Deborah Harvey, y la «inquietante semejanza» entre su caso y el de las otras cuatro parejas de Virginia que habían desaparecido antes y habían sido encontradas muertas.

Abby me había prevenido acerca de Mark y ahora Mark me prevenía acerca de ella. ¿O acaso tenía algún otro motivo para enviarme el artículo?

Permanecí sentada en la cocina durante un largo rato, con deseos de dejar un airado mensaje en el contestador de Abby o de llamar a Mark. Finalmente, decidí llamar a Anna, mi psiquiatra.

—¿Te sientes traicionada? —me preguntó, tras exponerle el caso.

—Por decirlo suavemente, Anna.

—Ya sabías que Abby escribiría un artículo para el periódico. ¿Tan distinto es que escriba un libro?

—No me advirtió que iba a hacerlo —aduje.

—El hecho de que te sientas traicionada no quiere decir que en verdad lo hayas sido —explicó Anna—. Es sólo tu reacción en estos momentos. Tendrás que esperar y averiguarlo. En cuanto al por qué Mark te envió el recorte, quizá también debas esperar para averiguarlo. Puede que haya sido su manera de acercarse a ti.

—No sé si debería consultar a un abogado —comenté—. Ver si debo hacer algo para protegerme. No tengo ni idea de lo que puede aparecer en el libro de Abby.

—Creo que sería más juicioso confiar en sus palabras —me aconsejó Anna—. Te dijo que vuestras conversaciones eran confidenciales. ¿Te ha traicionado alguna vez antes?

—No.

—Entonces te sugiero que le des la oportunidad de explicarse. Además —añadió—, no veo qué clase de libro pueda escribir. No ha habido ningún arresto, y todavía no se ha podido determinar qué le ha ocurrido a la pareja. Todavía no se sabe nada de ellos.

La amarga ironía de aquella observación se me reveló sólo dos semanas después, el día veinte de enero, cuando me encontraba en el edificio del congreso del Estado para ver qué resolvía la Asamblea General de Virginia respecto a un proyecto de ley que autorizaría a la Oficina de Ciencias Forenses a crear un banco de datos de ADN.

Regresaba de la cafetería, vaso de café en mano, cuando avisté a Pat Harvey, con un elegante traje de casimir azul marino y una cartera de cuero negro con cierre de cremallera.

Estaba en el vestíbulo, conversando con varios delegados, y al volver la mirada hacia mí se disculpó inmediatamente.

—Doctora Scarpetta —me saludó, y me tendió la mano. Parecía aliviada al verme, pero fatigada y ojerosa. Me pregunté por qué no estaba en Washington, y al momento respondió a mi no formulada pregunta—. Me han pedido que venga a apoyar el Proyecto de Ley Uno-treinta —explicó, con una sonrisa nerviosa—, conque supongo que estamos las dos aquí por el mismo motivo.

—Gracias. Necesitamos todo el apoyo que podamos conseguir.

—No creo que deba preocuparse —replicó.

Probablemente estaba en lo cierto. El testimonio de la directora de política nacional antidroga y la publicidad a que daría lugar ejercerían una presión considerable sobre el Comité de Tribunales.

Tras un silencio incómodo, durante el cual ambas miramos de soslayo hacia la gente que se afanaba en derredor, le pregunté con voz sosegada:

—¿Cómo está usted?

Por un instante, sus ojos se llenaron de lágrimas. A continuación, me dirigió otra sonrisa nerviosa y fugaz y volvió la cabeza hacia el vestíbulo.

—Si me disculpa —respondió—, acabo de ver a una persona con la que he de cambiar unas palabras.

Pat Harvey se encontraba apenas fuera del alcance del oído cuando sonó mi avisador.

Un minuto después estaba al teléfono.

—Marino ya ha salido hacia allí —me anunciaba mi secretaria.

—Yo también —respondí—. Prepara el material necesario, Rose. Asegúrate de que esté todo en orden. La cámara, el flash, las pilas, los guantes.

—Entendido.

Maldiciendo mis tacones y la lluvia, bajé apresuradamente las escaleras y eché a andar por la calle Governor. Mientras el viento tironeaba de mi paraguas, seguía viendo los ojos de la señora Harvey en aquella fracción de segundo en que habían revelado su dolor.

Gracias a Dios que se había alejado ya cuando mi avisador emitió su terrible señal.

5

El olor era perceptible desde cierta distancia. Gruesas gotas de lluvia golpeaban sonoramente las hojas muertas, el cielo tan oscuro como un anochecer, árboles desnudados por el invierno que aparecían y desaparecían entre la niebla.

—Dios mío —masculló Marino, pisando un tronco caído—. Deben de estar bien maduros. No hay otro olor igual. Siempre me recuerda el olor a cangrejos en vinagre.

—Y se está poniendo peor —prometió Jay Morrell, que abría la marcha.

Un lodo negro nos engullía los pies, y cada vez que Marino rozaba un árbol, yo recibía una ducha de agua helada. Por fortuna, guardaba un chaquetón de Gore-tex con capucha y unas gruesas botas de goma en el maletero de mi coche oficial para situaciones como ésta. Lo que no había encontrado eran mis guantes de cuero, y resultaba imposible avanzar por el bosque y evitar que las ramas me azotaran la cara sin sacar las manos de los bolsillos.

Me habían dicho que los cuerpos eran dos, se sospechaba que un hombre y una mujer. Estaban a menos de seis kilómetros del área de descanso donde el pasado otoño se había encontrado el jeep de Deborah Harvey.

«Aún no sabes si son ellos», me repetía a cada paso.

Pero cuando llegamos a las inmediaciones del lugar se me encogió el corazón. Benton Wesley estaba hablando con un agente que manejaba un detector de metales, y no lo habrían llamado si la policía no estuviera segura. Wesley se mantenía erguido con rigidez militar y revelaba la confianza serena del mando. Ni la lluvia ni el olor de la carne humana en descomposición parecían incomodarlo. No miraba a su alrededor tratando de captar todos los detalles, como hacíamos Marino y yo, y comprendí por qué. Wesley ya había mirado. Había llegado allí mucho antes de que me avisaran.

Los cadáveres yacían juntos, boca abajo, en un pequeño claro a cosa de medio kilómetro de la embarrada pista forestal donde habíamos dejado nuestros automóviles. Estaban muy descompuestos, parcialmente descarnados. Los huesos largos de brazos y piernas sobresalían de entre la ropa podrida y salpicada de hojas como sucios palos grisáceos. Los cráneos se habían desprendido y habían rodado a dos o tres palmos de distancia, probablemente empujados por pequeños predadores.

—¿Han encontrado los zapatos y los calcetines? —pregunté, al ver que faltaban.

—No, señora. Pero hemos encontrado un bolso. —Morrell señaló el cadáver de la derecha—. Contiene cuarenta y cuatro dólares y veintiséis centavos, además de un permiso de conducir. El permiso de conducir de Deborah Harvey. —Volviendo a señalar, añadió—: Por el momento, suponemos que el cuerpo de la izquierda es el de Cheney.

La mojada cinta amarilla que delimitaba el lugar destacaba sobre la oscura corteza de los árboles. Los pies de los hombres que se movían de un lado a otro hacían crujir ramitas y sus voces se confundían en un rumor ininteligible bajo la lluvia inexorable y melancólica. Abrí el maletín y saqué un par de guantes quirúrgicos y mi cámara fotográfica.

Permanecí un momento inmóvil, estudiando los cuerpos encogidos, casi descarnados, que yacían ante mí. No siempre puede establecerse a primera vista el sexo y la raza a partir de restos esqueléticos. No me jugaría nada hasta que pudiera examinar las pelvis, que se encontraban cubiertas por lo que parecían unos tejanos de dril azul oscuro o negro, pero las características del cuerpo situado a mi derecha —huesos pequeños, un cráneo pequeño con mastoides pequeñas, arco supraciliar no prominente y algunas hebras de cabello largo y más bien rubio adheridas a la tela podrida— sólo me permitían suponer que se trataba de una mujer de raza blanca. El tamaño del otro cuerpo, la robustez de los huesos, el arco supraciliar prominente, el cráneo grande y la cara plana se correspondían bien con un hombre blanco.

En cuanto a lo que hubiera podido ocurrirles, no hubiese sabido decirlo. No había ligaduras que indicaran estrangulación. No vi fracturas ni agujeros evidentes que pudieran deberse a golpes o balazos. Varón y mujer estaban calladamente unidos en la muerte; los huesos del brazo izquierdo de ella yacían bajo el derecho de él como si en el último momento lo hubiera sujetado, las cuencas vacías de los ojos recibían la lluvia que se deslizaba sobre sus cráneos.

Hasta que no me acerqué y me hinqué de rodillas no advertí una franja de tierra oscura a ambos lados de los cuerpos, tan estrecha que apenas era perceptible. Si habían muerto el fin de semana del Día del Trabajo, las hojas de otoño aún no habrían empezado a caer. La tierra estaría relativamente desnuda bajo los cadáveres. No me gustó lo que estaba pensando. Ya era bastante malo que la policía llevara varias horas pisoteándolo todo. Maldición. Mover o alterar un cadáver de la manera que sea antes de que llegue el médico forense es un pecado capital, y todos los policías allí presentes lo sabían muy bien.

—¿Doctora Scarpetta? —Morrell se erguía ante mí, el aliento humeante—. Acabo de hablar con Phillips. —Movió la cabeza hacia un grupo de varios policías que estaban registrando la espesura, a unos siete metros de nosotros—. Ha encontrado un reloj y un pendiente, y algunas monedas sueltas, todo por aquí, cerca de los cuerpos. Pero lo interesante es que el detector de metales seguía sonando. Lo tenía justo encima de los cuerpos y sonaba. Podría ser una cremallera. Quizás un cierre de metal o un botón de los tejanos. He creído que debía usted saberlo.

Alcé la mirada hacia su rostro enjuto y serio. Estaba temblando bajo su parka.

—Dígame qué han hecho con los cuerpos, además de pasar el detector de metales por encima, Morrell. Veo que los han movido. Necesito saber si ésta es la posición exacta en que estaban cuando fueron descubiertos esta mañana.

—No sé cómo estarían cuando los cazadores los encontraron, aunque dicen que no se acercaron mucho —respondió, escrutando el bosque—. Pero, sí, señora, así estaban cuando hemos llegado. Lo único que hemos hecho ha sido registrar los bolsillos y el bolso en busca de efectos personales.

—Supongo que habrán tomado fotografías antes de mover nada —dije con voz tranquila.

—Nada más llegar empezamos a tomar fotos.

Saqué un linterna pequeña y emprendí la tarea desesperada de buscar rastros que pudieran servir como prueba. Cuando los cuerpos han permanecido expuestos a la intemperie durante tantos meses, la probabilidad de encontrar cabellos, fibras u otros restos significativos es entre minúscula y nula. Morrell observaba en silencio, desplazando nerviosamente su peso de un pie a otro.

—Suponiendo que se trate de Deborah Harvey y Fred Cheney, ¿han descubierto en su investigación alguna otra cosa que pueda resultar útil? —pregunté, pues no había visto a Morrell ni hablado con él desde el día en que se encontró el jeep de Deborah.

—Nada, excepto una posible relación con la droga —respondió—. Nos han informado que el compañero de habitación de Cheney en la Universidad de Carolina era consumidor de cocaína. Quizá Cheney también tonteaba con la droga. Es una de las posibilidades que tenemos presentes, la de que él y la joven Harvey se reunieran con algún vendedor de droga y vinieran aquí.

Eso no tenía pies ni cabeza.

—¿Por qué Cheney tendría que dejar el jeep en un área de descanso e internarse a pie en el bosque con un vendedor de drogas, llevando también a Deborah? —pregunté—. ¿Por qué no comprar la droga en el área de descanso y reanudar el viaje?

—Puede que vinieran aquí para hacer una fiesta.

—¿Qué persona en su sano juicio vendría hasta aquí después de oscurecido para hacer una fiesta o por cualquier otra razón? ¿Y dónde están sus zapatos, Morrell? ¿Quiere dar a entender que anduvieron descalzos por el bosque?

—No sabemos qué ha sido de sus zapatos —reconoció.

—Eso es muy interesante. Hasta el momento, cinco parejas han aparecido muertas y no sabemos qué ha sido de sus zapatos. No se ha encontrado ni un solo zapato o calcetín. ¿No le parece bastante extraño?

—Oh, sí, señora. Muy extraño, desde luego —asintió, mientras se abrazaba para darse calor—. Pero en este momento tengo que investigar estos dos casos sin pensar en las otras cuatro parejas. Tengo que trabajar con lo que tengo. Y lo único que tengo, de momento, es una posible relación con la droga. No puedo dejarme influir por ese asunto de los asesinatos en serie ni por la personalidad de la madre de la chica; de otro modo, podría equivocarme y pasar por alto lo evidente.

—No pretendo que pase usted por alto lo evidente, desde luego.

Permaneció en silencio.

—¿Ha encontrado en el jeep algún objeto relacionado con el consumo de drogas?

—No. Y, por ahora, aquí tampoco ha aparecido nada que tenga que ver con drogas. Pero tenemos mucha tierra y hojas secas por examinar...

—Hace un tiempo horrible. No sé si es muy acertado empezar a tamizar la tierra ahora. —Hablé en tono impaciente e irritable. Estaba molesta con él. Estaba molesta con la policía. El agua se escurría por la pechera del chaquetón. Me dolían las rodillas. Estaba perdiendo la sensibilidad en manos y pies. El hedor era opresivo y el ruidoso golpeteo de la lluvia empezaba a ponerme los nervios de punta.

—Todavía no hemos empezado a excavar ni a usar los cedazos. Hemos creído que eso podía esperar. Ahora es difícil ver. De momento, sólo hemos utilizado el detector de metales; el detector y nuestros ojos.

—Lo cierto es que cuanto más nos paseemos por aquí, más nos arriesgamos a destruir la escena. Es fácil pisar huesos pequeños, dientes y otras cosas y hundirlos en el barro.

—Hacía horas que habían llegado. Probablemente ya era demasiado tarde para preservar la escena.

—Entonces, ¿quiere trasladarlos hoy o esperar a que aclare el tiempo? —preguntó.

En circunstancias ordinarias, habría preferido esperar a que dejara de llover y hubiera más luz. Cuando unos cuerpos llevan varios meses en el bosque, dejarlos cubiertos con plásticos uno o dos días más no altera en nada las cosas. Pero cuando Marino y yo aparcamos en la pista forestal ya había varios equipos móviles de la televisión a la espera de noticias. Había periodistas sentados en sus coches, y otros que desafiaban la lluvia y trataban de sonsacar a los policías que montaban guardia. Las circunstancias lo eran todo menos ordinarias. Aunque no tenía derecho a decirle a Morrell lo que debía hacer, la ley me adjudicaba a mí la jurisdicción sobre los cuerpos.

—En la parte de atrás de mi coche hay camillas y bolsas para cadáveres —le expliqué, y saqué las llaves—. Si puede mandar a alguien a buscarlas, trasladaremos los cuerpos enseguida y los llevaré al depósito.

—Desde luego. Ahora mismo me ocupo de ello.

—Gracias. —En el mismo instante, Benton Wesley se acuclilló junto a mí.

—¿Cómo lo ha sabido? —pregunté. La pregunta era ambigua, pero comprendió a qué me refería.

—Morrell me llamó a Quantico. Vine inmediatamente. —Examinó los cadáveres. Bajo la sombra de la capucha chorreante, su rostro anguloso parecía casi demacrado—. ¿Ve algo que pueda explicarnos qué sucedió?

—Lo único que puedo decirle, por el momento, es que

sus cráneos no están fracturados y que no les pegaron un tiro en la cabeza.

No respondió, y su silencio incrementó mi tensión.

Empecé a desplegar sábanas mientras se acercaba Marino, las manos embutidas en los bolsillos del chaquetón, los hombros encogidos por el frío y la lluvia.

—Cogerá una neumonía —comentó Wesley, poniéndose en pie—. ¿Tan tacaño es el departamento de policía de Richmond para no comprarles sombreros?

—Mierda —exclamó Marino—, y aún suerte si te llenan el depósito del jodido coche y te dan una pistola. Los pájaros de la calle Spring lo tienen mejor que nosotros.

La calle Spring era donde estaba la penitenciaría del Estado. Era cierto que el Estado se gastaba cada año más dinero en alojar a algunos reclusos del que pagaba a muchos agentes de policía para que les impidieran andar sueltos por la calle. A Marino le encantaba quejarse de ello.

—Veo que los locales le han hecho galopar desde Quantico hasta aquí —añadió Marino—. Debe de ser su día de suerte.

—Me dijeron lo que habían encontrado. Les pregunté si ya estaba usted avisado.

—Sí, bueno, al final se acordaron.

—Ya me doy cuenta. Dice Morrell que no ha rellenado nunca un formulario de VICAP. Quizá pueda echarle una mano. —Marino, que miraba los cuerpos, contrajo los músculos de la mandíbula—. Tenemos que introducir esto en el ordenador —añadió Wesley, mientras la lluvia tamborileaba sobre la tierra.

Me desentendí de su conversación, extendí una de las sábanas junto a los restos de la mujer y la volví boca arriba. Se mantuvo bien unida, con articulaciones y ligamentos todavía intactos. En un clima como el de Virginia, suele hacer falta un año entero de exposición a la intemperie para que un cuerpo quede completamente desnudo de carne o reducido a huesos sueltos. El tejido muscular, los cartílagos y los tendones son tenaces. La muchacha era pequeña y bien proporcionada, y recordé la fotografía de aquella atractiva gimnasta posada sobre un balancín. No llevaba blusa, advertí, sino alguna clase de suéter, tal vez un chándal, y tenía los tejanos abrochados y con la cremallera cerrada. Tras desplegar la otra sábana, repetí el mismo procedimiento con su compañero. Dar la vuelta a un cuerpo en descomposición es como levantar una piedra: nunca se sabe qué habrá debajo, aunque por lo general siempre se encuentran insectos. Se me erizó la piel cuando vi cómo se escabullían varias arañas, que se perdieron bajo las hojas.

Al cambiar de postura, en un vano intento de ponerme más cómoda, me percaté de que Wesley y Marino se habían marchado. Arrodillada bajo la lluvia, empecé a palpar las hojas y el barro en busca de uñas, huesos pequeños o dientes. Me había dado cuenta de que en una de las mandíbulas faltaban por lo menos dos dientes. Lo más probable era que estuviesen cerca de los cráneos. Tras quince o veinte minutos así, había logrado recobrar un diente, un botón pequeño y transparente, posiblemente de la camisa del varón, y dos colillas de cigarrillo. En todos los lugares del crimen se encontraron varias colillas, aunque no todas las víctimas eran fumadoras. Lo más insólito era que ni uno solo de los filtros llevaba la marca o el nombre del fabricante.

Cuando Morrell regresó, se lo hice notar.

—No he estado en ningún levantamiento de cadáveres en el que no hubiera colillas —replicó. Me habría gustado saber en cuántos levantamientos podía jurar que había estado. No muchos, diría yo.

—Es como si hubieran quitado parte del papel, o como si hubieran arrancado el extremo del filtro más cercano al tabaco —expliqué, y en vista de que tampoco eso evocaba en él respuesta alguna, seguí cavando en el barro un poco más.

Caía la noche cuando volvimos a los coches, una sombría procesión de agentes de policía que portaban camillas con bolsas para cadáveres de un vivo color naranja. Al llegar a la estrecha pista forestal empezó a alzarse un cortante viento del norte y la lluvia empezó a congelarse. Mi automóvil oficial estaba equipado como coche fúnebre. En el suelo de contrachapado de la parte posterior, unas fijaciones mantenían sujetas las camillas para que no se desplazaran durante la marcha. Me coloqué al volante y me abroché el cinturón mientras Marino subía. Morrell cerró de un golpe la puerta trasera y los fotógrafos y cámaras de televisión nos registraron en película. Un periodista que no quería rendirse golpeó la ventanilla con los nudillos, y eché el seguro a las puertas.

—Dios bendito. Ojalá no vuelvan a llamarme nunca más para una cosa como ésta —exclamó Marino, y puso la calefacción a tope.

Esquivé una serie de baches.

—Vaya pandilla de buitres. —Por el retrovisor de su lado observó cómo los periodistas se precipitaban a sus vehículos—. Algún idiota debe de haberse ido de la lengua por la radio. Seguramente, Morrell. El gilipollas. Si estuviera en mi escuadrón, lo mandaba de vuelta a tráfico, hacía que lo trasladaran a la sala de uniformes o al mostrador de información.

—¿Recuerda cómo se vuelve a la Sesenta y cuatro desde aquí? —le pregunté.

—Gire a la izquierda en la primera bifurcación. Mierda. —Abrió la ventanilla y sacó los cigarrillos—. No hay nada como viajar en un coche cerrado con un par de cadáveres descompuestos.

Al cabo de cincuenta kilómetros, abrí la puerta trasera del depósito y pulsé un botón rojo situado en la pared interior. La puerta cochera se abrió con un fuerte rechinar, derramando un chorro de luz sobre el asfalto mojado. Hice entrar el automóvil en marcha atrás y abrí la portezuela posterior. Sacamos las camillas y las empujamos hacia el interior del edificio, donde nos cruzamos con varios patólogos forenses que salieron del ascensor y nos sonrieron sin dedicar a nuestro cargamento más que una mirada de soslayo. Los bultos en forma de cuerpo tendidos en camillas eran tan corrientes como las paredes de ladrillo. Los charcos de sangre en el suelo y los malos olores eran detalles desagradables que uno aprendía a esquivar y a dejar atrás sin comentarios.

Saqué otra llave, abrí el candado de la puerta de acero inoxidable del frigorífico y me ocupé de las etiquetas para los dedos de los pies y de las formalidades del ingreso; a continuación trasladé los cuerpos a un carro de dos pisos y los dejé allí hasta el día siguiente.

—¿Le importa que mañana me deje caer por aquí para ver qué saca en claro de esos dos? —preguntó Marino.

—Me parece muy bien.

—Son ellos —añadió—. Tienen que serlo.

—Me temo que todo parece indicarlo, Marino. ¿Dónde está Wesley?

—De regreso a Quantico, donde puede apoyar sus zapatos Florsheim sobre su enorme escritorio y recibir los resultados por teléfono.

—Creía que eran ustedes amigos —comenté, con cautela.

—Sí, bien, la vida tiene estas cosas, doctora. Es como cuando decido ir de pesca. Todos los informes meteorológicos predicen cielo despejado, y en el momento en que echo el bote al agua ya tenemos ahí la jodida lluvia.

—¿Tiene el turno de noche este fin de semana?

—No, que yo sepa.

—¿Qué le parecería venir el domingo a cenar? Hacia las seis, seis y media.

—Sí, supongo que lo podré arreglar —respondió, desviando la mirada, pero no antes de que yo pudiera percibir el dolor en sus ojos.

Había oído decir que su esposa había regresado a Nueva Jersey antes del Día de Acción de Gracias, se suponía que para atender a su madre moribunda. Desde entonces Marino y yo habíamos cenado juntos en varias ocasiones, pero nunca se había mostrado propenso a hablar de su vida privada.

Pasé a la sección de autopsias y me dirigí a los vestuarios, donde siempre guardaba algunos artículos personales y una muda de ropa para los casos de urgencia higiénica. Estaba impregnada de suciedad, y el hedor de la muerte se me adhería a la ropa, la piel y el cabello. Embutí rápidamente mi ropa sucia en una bolsa de plástico para la basura y pegué una nota encargando al celador del depósito que la llevara a lavar a primera hora de la mañana. A continuación, me metí en la ducha y permanecí allí un rato muy largo.

Una de las muchas cosas que Anna me había aconsejado hacer tras el traslado de Mark a Denver era que me esforzara por contrarrestar los daños que yo misma infligía a mi cuerpo de forma rutinaria.

«Ejercicio. —Había pronunciado la temible palabra—. Las endorfinas alivian la depresión. Comerás mejor, dormirás mejor, te encontrarás mucho mejor. Creo que deberías volver a practicar el tenis.»

Seguir su recomendación resultó una experiencia humillante. Apenas había tocado una raqueta desde que era adolescente, y aunque mi revés nunca había sido bueno, con el paso de los decenios se había vuelto por completo inexistente. Una vez por semana tomaba una lección, entrada ya la noche, cuando era menos probable que me viera sometida a las miradas curiosas de la muchedumbre que a la hora del cóctel se apiñaba en la galería de observación de las pistas cubiertas del Westwood Racquet Club.

Salí de la oficina con el tiempo justo para conducir hasta el club, precipitarme al vestuario de señoras y ponerme la ropa de tenis. Tras recoger la raqueta de mi taquilla, me hallé en la pista con dos minutos de adelanto, y empecé a forzar los músculos con estiramientos de piernas y valerosos intentos de tocarme los dedos de los pies. La sangre empezó a moverse perezosamente.

Ted, el profesional, apareció tras la cortina verde cargado con dos cestas de pelotas.

—Después de oír la noticia, no esperaba verla esta noche —comenzó a decir; depositó las cestas sobre la pista y se quitó la chaqueta de calentamiento. Ted, con un bronceado perenne y un físico que daba gozo verlo, solía saludarme con una sonrisa y un comentario chistoso. Pero esta noche parecía abatido—. Mi hermano pequeño conocía a Fred Cheney —me explicó—. Yo también lo conocía, pero no mucho. —Volvió la mirada hacia la gente que jugaba varias pistas más allá y prosiguió—. Fred era una de las mejores personas que he conocido, y no lo digo sólo porque haya... Bueno. Mi hermano está muy afectado. —Se agachó y cogió unas cuantas pelotas—. Y si quiere que le diga la verdad, me molesta que a los periódicos sólo les interese con quién salía Fred. Es como si la hija de Pat Harvey fuese la única persona que ha desaparecido. Cuidado; no quiero decir que la chica no fuera estupenda y que lo que le sucedió no sea tan horrible como lo que le sucedió a él. —Hizo una pausa—. Bueno, creo que ya me entiende.

—En efecto —asentí—. Pero la otra cara de la moneda es que la familia de Deborah Harvey está siendo sometida a un intenso escrutinio, y nunca se les permitirá llorar en privado porque la madre de Deborah es quien es. Es injusto y trágico desde cualquier punto de vista.

Ted reflexionó unos instantes y me miró a los ojos.

—¿Sabe usted que nunca me lo había planteado de esta manera? Pero tiene razón. No creo que ser famoso sea tan divertido. Y no creo que me pague usted por horas para que nos quedemos aquí charlando. ¿Qué le gustaría trabajar esta noche?

—Tiros de fondo. Quiero que me haga correr de punta a punta, para que pueda recordar mejor lo mucho que detesto fumar.

—No le daré más sermones sobre ese tema. —Se dirigió hacia el centro de la red.

Retrocedí hasta la línea de fondo. Mi primer directo no habría estado ni medio mal si se hubiera tratado de un partido de dobles.

El dolor físico es una buena distracción, y las crudas realidades del día quedaron arrinconadas hasta que, ya en casa, sonó el teléfono mientras me quitaba la ropa mojada.

Pat Harvey estaba frenética.

—Los cuerpos que han encontrado hoy. Necesito saber.

—No han sido identificados ni los he examinado todavía —respondí, sentada al borde de la cama y mientras me quitaba las zapatillas de tenis.

—Un hombre y una mujer. Es lo que he oído.

—Eso parece, por el momento. Sí.

—Por favor, dígame si existe alguna posibilidad de que no sean ellos.

Vacilé.

—Oh, Dios —susurró ella.

—Señora Harvey, no puedo confirmar...

Me interrumpió con una voz que empezaba a volverse histérica.

—La policía me ha dicho que han encontrado el bolso de Debbie con su permiso de conducir.

Morrell, pensé. Ese cabrón descerebrado.

—No podemos establecer una identidad basándonos sólo en efectos personales —le expliqué.

—¡Es mi hija!

A continuación vendrían las amenazas y los insultos. Ya me había sucedido antes con otros padres que, en circunstancias normales, eran tan civilizados como unos alumnos de la escuela dominical. Decidí darle a Pat Harvey algo constructivo que hacer.

—Los cuerpos no han sido identificados —repetí.

—Quiero verla.

Ni en un millón de años, pensé.

—Los cuerpos no pueden identificarse visualmente —repliqué—. Son poco más que esqueletos. —Se le cortó la respiración—. Y que podamos establecer su identidad mañana mismo o dentro de varios días depende en gran medida de usted.

—¿Qué quiere que haga? —preguntó con voz temblorosa.

—Necesito radiografías, esquemas dentales, cualquier cosa relacionada con el historial médico de Deborah que pueda conseguir.

Silencio.

—¿Cree usted que podría proporcionarme lo que le pido?

—Por supuesto —respondió—. Me ocuparé de ello de inmediato.

Supuse que conseguiría los antecedentes médicos de su hija antes del amanecer, aunque tuviera que sacar de la cama a la mitad de los doctores de Richmond.

A la tarde siguiente, mientras retiraba la funda de plástico del esqueleto anatómico que tenía a mi disposición, oí a Marino en el vestíbulo.

—¡Estoy aquí! —dije en voz alta.

Entró en la sala de conferencias con una expresión neutra en el rostro y se quedó mirando el esqueleto, que tenía los huesos unidos con alambres y un gancho en la coronilla por el que pendía de un soporte en forma de L. Con los pies oscilando sobre una base de madera con ruedas, su estatura era un poco superior a la mía.

Mientras recogía unos papeles de la mesa, pregunté a Marino:

—¿Quiere hacerme el favor de empujarlo?

—¿Se lleva a Slim de paseo?

—Tiene que ir abajo, y se llama Haresh —contesté.

Los huesos y las ruedecitas traquetearon ligeramente mientras Marino y su sonriente compañero me seguían hacia el ascensor, atrayendo miradas divertidas de varios miembros de mi personal. Haresh no salía muy a menudo, y, por regla general, cuando era arrancado de su rincón, a su raptor no lo movía una intención seria. En junio pasado, entré en mi despacho la mañana de mi cumpleaños y me encontré a Haresh sentado en mi lugar, con gafas y bata de laboratorio y un cigarrillo sujeto entre los dientes. Uno de los forenses más distraídos del piso de arriba pasó ante la puerta —o eso me habían contado, al menos— y saludó con un «buenos días» sin advertir nada extraño.

—No me dirá que habla con usted cuando está trabajando aquí abajo —comentó Marino, ya dentro del ascensor.

—A su manera, lo hace —respondí—. He descubierto que tenerlo a mano resulta mucho más útil que consultar los diagramas del *Gray's*.

—¿De dónde le viene el nombre?

—Por lo visto cuando lo compraron, hace años, trabajaba aquí un patólogo indio llamado Haresh. El esqueleto también es indio. Varón, de unos cuarenta años, quizá mayor.

—¿Indio como los de Little Bighorn o como los que se pintan un punto rojo en la frente?

—Indio como los del río Ganges de la India —le expliqué, mientras salíamos del ascensor, en la planta baja—. Los hindúes arrojan sus muertos al río, en la creencia de que así irán directamente al paraíso.

—¡Espero que este tugurio no sea el paraíso!

Huesos y ruedas traquetearon de nuevo mientras Marino empujaba a Haresh hacia la sección de autopsias.

Sobre una sábana blanca que cubría la primera mesa de acero inoxidable yacían los restos de Deborah Harvey; huesos sucios y grisáceos, manojos de cabellos embarrados y tendones tan oscuros y resecos como cuero de zapato. El olor era penetrante, pero menos abrumador, porque le había quitado la ropa. El estado del cuerpo resultaba más patético debido a la presencia de Haresh, que no exhibía ni el menor arañazo en su blanquísima osamenta.

—Tengo varias cosas que decirle —anuncié a Marino—, pero antes quiero que me prometa que nada saldrá de esta habitación.

Encendió un cigarrillo y me miró con curiosidad.

—De acuerdo.

—No cabe duda sobre sus identidades —comencé a decir, mientras colocaba las clavículas a ambos lados del cráneo—. Esta mañana, Pat Harvey ha traído esquemas y radiografías dentales...

—¿En persona? —me interrumpió, sorprendido.

—Por desgracia —respondí, pues no esperaba que Pat

Harvey me trajera los historiales ella misma. Había sido un error de cálculo por mi parte, un error que difícilmente olvidaría.

—Eso debe de haber creado un buen revuelo —comentó.

Así era.

Llegó en su Jaguar, lo aparcó junto a la acera, en zona prohibida, y se presentó llena de exigencias y al borde del llanto. Intimidada por la presencia de la célebre funcionaria pública, la recepcionista la dejó pasar y la señora Harvey se apresuró a cruzar el vestíbulo para dar conmigo. Creo que habría bajado al depósito si mi administrador no la hubiera interceptado ante la puerta del ascensor y la hubiera conducido a mi despacho, donde la encontré unos minutos más tarde. Estaba rígidamente sentada en una silla, con la cara blanca como el yeso. Encima de mi escritorio había certificados de defunción, historiales de casos, fotografías de autopsias y una muestra de tejido cortado con arma blanca, conservada en un pequeño frasco de formalina enrojecida por la sangre. Colgadas tras la puerta había algunas prendas manchadas de sangre que pensaba llevar más tarde a la planta superior, cuando fuese a preparar la evidencia para los tribunales. Dos reconstrucciones faciales de muertas no identificadas reposaban en lo alto de un archivador como dos cabezas de arcilla decapitadas.

Pat Harvey había obtenido más de lo que deseaba; había topado de frente con las crudas realidades de aquel lugar.

—Morrell también me ha traído los datos dentales de Fred Cheney —le dije a Marino.

—Entonces, ¿es completamente seguro que son Fred Cheney y Deborah Harvey?

—Sí —respondí, y llamé su atención hacia unas radiografías montadas en la caja de luz de la pared.

—¿Es eso lo que estoy pensando? —Una expresión de asombro se dibujó en su cara mientras examinaba un punto radioopaco dentro del contorno sombreado de las vértebras lumbares.

—A Deborah Harvey le pegaron un tiro. —Recogí la

lumbar en cuestión—. Justo en medio de la espalda. La bala fracturó la apófisis espinosa y los pedículos y se alojó en el cuerpo vertebral. Mire aquí. —Le indiqué el lugar.

—No la veo. —Se acercó más.

—No, no se ve. Pero ¿ve el agujero?

—¿Cuál? Veo muchos agujeros.

—Éste es el de la bala. Los otros son forámenes vasculares, agujeros para los vasos sanguíneos que llevan la sangre al hueso y la médula.

—¿Dónde están los pedestales fracturados de que hablaba antes?

—Pedículos —le corregí—. No los encontré. Tuvieron que quedar destrozados, y seguramente los pedazos siguen allí, en el bosque. Un agujero de entrada y ninguno de salida. Dispararon desde la espalda hacia el abdomen.

—¿Ha logrado encontrar el agujero de bala en la ropa?

—No.

Sobre una mesa cercana había una bandeja de plástico blanco en la que estaban los efectos personales de Deborah, la ropa, las joyas y el bolso de nailon rojo. Alcé con cuidado el suéter, harapiento, negro y putrefacto.

—Como puede ver —le expliqué—, la espalda, sobre todo, se halla en muy mal estado. El tejido está casi completamente podrido, desgarrado por predadores. Y lo mismo puede decirse de la cintura de los tejanos por la parte de atrás, lo cual resulta lógico, puesto que esta parte de la ropa debió quedar empapada de sangre. Dicho de otro modo, la zona de la ropa donde podríamos encontrar un agujero de bala ha desaparecido.

—¿Y la distancia? ¿Tiene usted alguna idea sobre eso?

—Como ya le he dicho, la bala no salió. Esto me hace sospechar que no se trata de un disparo a quemarropa. Pero es difícil decirlo. En cuanto al calibre, y es también una conjetura basada en el tamaño de este agujero, más bien pienso en un treinta y ocho o superior. No lo sabremos con certeza hasta que abra la vértebra y pueda llevar la bala arriba, al laboratorio de armas de fuego.

—Es extraño —dijo Marino—. ¿Todavía no ha examinado a Cheney?

—Se le han hecho radiografías. No hay balas. Pero no, todavía no lo he examinado.

—Es extraño —repitió—. No concuerda. Lo del tiro en la espalda no concuerda con los otros casos.

—No. No concuerda.

—¿Fue eso lo que la mató?

—No lo sé.

—¿Cómo que no lo sabe? —Me miró.

—Esta lesión no es mortal de inmediato, Marino. Dado que la bala no atravesó por completo la columna, no seccionó la aorta. Si lo hubiera hecho a este nivel lumbar, la hemorragia le habría provocado la muerte en pocos minutos. Lo interesante aquí es que la bala tuvo que seccionarle la médula, dejándola paralizada de cintura hacia abajo. Y, naturalmente, dañó vasos sanguíneos. La hizo sangrar.

—¿Durante cuánto tiempo cree que pudo sobrevivir?

—Horas.

—¿Hay alguna posibilidad de agresión sexual?

—Las bragas y el sostén estaban en su lugar —respondí—. Eso no significa que no sufriera una agresión sexual. Quizás el atacante permitió que volviera a vestirse luego, suponiendo que fuera agredida antes de recibir el disparo.

—¿Por qué habría de molestarse?

—Si te violan —le expliqué— y tu asaltante te dice que vuelvas a vestirte, lógicamente supones que no te va a matar. La sensación de esperanza sirve para controlarte, para hacerte obedecer, porque si te resistes puede cambiar de idea.

—Yo no lo veo claro. —Marino frunció el entrecejo—. No creo que sucediera de ese modo, doctora.

—Es una posibilidad. No sé qué sucedió. Lo único que puedo decirle con certeza es que no llevaba ninguna prenda que estuviera rasgada, cortada, vuelta del revés ni desabrochada. Y en cuanto a fluido seminal, después de tantos meses en el bosque, ya puede olvidarlo. —Le di una libreta y un lápiz y añadí —: Si va a quedarse aquí mirando, al menos puede tomar notas.

—¿Piensa decirle a Benton todo esto? —preguntó.

—De momento, no.

—¿Y a Morrell?

—Le diré que a la chica le pegaron un tiro, por supuesto —respondí—. Según se trate de un arma automática o semiautomática, puede que el cartucho vacío todavía siga en la escena del crimen. Si los polis quieren irse de la lengua, es cosa suya. Pero por mí no se sabrá nada.

—¿Y la señora Harvey?

—Tanto ella como su marido saben ya que su hija y Fred han sido identificados positivamente. Llamé a los Harvey y al señor Cheney en cuanto estuve segura. No diré nada más hasta que haya terminado de examinar los cuerpos.

Las costillas sonaron como Tinker Toys, entrechocando suavemente, cuando las separé a derecha e izquierda.

—Doce en cada lado —le empecé a dictar—. Contra lo que afirma la leyenda, las mujeres no tienen una costilla más que los hombres.

—¿Eh? —Marino alzó la mirada del cuaderno.

—¿No ha leído nunca el Génesis?

Dirigió una mirada inexpresiva a las costillas que acababa de disponer a ambos lados de las vértebras torácicas.

—No se preocupe —concluí.

A continuación empecé a buscar los carpianos, los huesecillos de la muñeca, muy parecidos a esas piedrecitas que se pueden encontrar en el lecho de un arroyo o entre la tierra del jardín. Es difícil distinguir los de la derecha y la izquierda, y ahí era donde el esqueleto anatómico demostraba su utilidad. Lo acerqué más a mí y coloqué sus óseas manos sobre el borde de la mesa, para poder comparar. Luego repetí el mismo proceso con las falanges distales y proximales, es decir, los huesos de los dedos.

—Parece que le faltan once huesos en la mano derecha y diecisiete en la izquierda —anuncié.

Marino tomó nota de ello.

—¿Cuántos le quedan?

—La mano tiene veintisiete huesos —respondí, sin dejar de trabajar—, que le confieren su enorme flexibilidad. Es lo que nos permite pintar, tocar el violín, amarnos por medio del tacto.

También es lo que nos permite defendernos.

Hasta la tarde siguiente no descubrí que Deborah había intentado protegerse de un atacante que iba armado con algo más que una pistola. La temperatura exterior había aumentado considerablemente, el tiempo había aclarado y la policía se había pasado el día entero tamizando tierra. Poco antes de las cuatro, Morrell pasó por mi oficina para entregarme algunos huesos pequeños recuperados de la escena. Cinco de ellos pertenecían a Deborah, y en la superficie dorsal de la falange proximal izquierda —en la cara superior del hueso más largo del índice— encontré un corte de un centímetro.

Cuando encuentro una lesión en hueso o tejido, lo primero que me planteo es si se produjo antes o después de la muerte. Si uno no es consciente de los fenómenos que pueden ocurrir tras la muerte, puede cometer graves errores.

La gente que muere quemada en un incendio llega con los huesos fracturados y hemorragias epidurales, como si alguien los hubiera matado de una paliza y luego hubiera pegado fuego a la casa para ocultar el homicidio, cuando en realidad son lesiones post mortem debidas al intenso calor. Los cuerpos arrojados a la playa por las olas o recobrados de ríos y lagos suelen presentar un aspecto que haría suponer que un asesino demente les hubiera mutilado cara, genitales, manos y pies, cuando los responsables son los peces, los cangrejos y las tortugas. Los restos esqueléticos son roídos, masticados y dispersados por ratas, buitres, perros y mapaches.

Los predadores cuadrúpedos, alados o con aletas natatorias infligen mucho daño, pero, gracias a Dios, no hasta que el pobre individuo está ya muerto. A partir de entonces, la naturaleza sencillamente empieza a reciclar. Las cenizas a las cenizas. El polvo al polvo.

El corte que se advertía en la falange proximal de Deborah Harvey era demasiado limpio y lineal para deberse a diente o garra, en mi opinión. Pero eso aún dejaba mucho campo abierto a la especulación y la sospecha, incluyendo la inevitable sugerencia de que tal vez yo misma había cortado el hueso con un escalpelo en el depósito.

Hacia el anochecer del miércoles, la policía notificó la identificación de Deborah y Fred a la prensa, y en las cuarenta y ocho horas siguientes se recibieron tantas llamadas que los empleados de administración no pudieron atender sus tareas habituales porque no hacían mas que responder al teléfono. Rose respondía a todo el mundo, incluso a Benton Wesley y Pat Harvey, que los casos se mantendrían abiertos mientras yo siguiera trabajando en el depósito.

Para la noche del domingo ya no me quedaba nada por hacer. Los restos de Deborah y Fred habían sido descarnados, desgrasados y fotografiados desde todos los ángulos, y el inventario de sus huesos había concluido. Me disponía a guardarlo todo en una caja de cartón cuando sonó el timbre de la puerta de atrás. Oí los pasos del guardia nocturno por el corredor y el ruido de la puerta cochera al abrirse. Poco después entró Marino.

—¿Pero duerme usted aquí o qué? —preguntó. Al volver la vista hacia él, me sorprendió comprobar que tenía el cabello y la gabardina mojados—. Está nevando. —Se quitó los guantes y dejó su radio portátil en el borde de la mesa de autopsias en la que yo estaba trabajando.

—Lo que me faltaba —suspiré.

—Está cayendo una cosa mala, doctora. Pasaba por delante y al ver su coche en el aparcamiento he pensado que debía de estar metida en esta cueva desde el amanecer, y que seguramente no tenía ni idea.

Mientras cortaba una buena longitud de cinta adhesiva y cerraba la caja, me vino una idea a la cabeza:

—Yo creía que este fin de semana no le tocaba el turno de noche.

—Sí, y yo creía que me había invitado a cenar.

Hice una pausa y lo miré con curiosidad. De pronto, me acordé.

—Oh, no —farfullé, mirando de soslayo el reloj de pared. Eran más de las ocho—. Marino, no sabe cuánto lo siento.

—No importa. Tenía un par de cosas que hacer, de todos modos.

Cuando Marino mentía siempre me daba cuenta: se ruborizaba y no me miraba a los ojos. No era casual que hubiera visto mi coche en el aparcamiento. Me buscaba, y no sólo porque quisiera cenar. Algo le rondaba por la cabeza.

Me apoyé en la mesa y le dediqué toda mi atención.

—He creído que le interesaría saber que Pat Harvey ha estado en Washington este fin de semana. Fue a ver al director —me informó.

—¿Se lo ha dicho Benton?

—Ajá. También me ha dicho que ha intentado localizarla, pero que usted no devuelve sus llamadas. La «Zarina de la droga» se queja de lo mismo, de que no contesta sus llamadas.

—No devuelvo las llamadas de nadie —repliqué, cansada—. He estado muy ocupada, por no decir más, y en estos momentos no tengo nada que comunicar.

Marino volvió la mirada hacia la caja que reposaba sobre la mesa y observó:

—Sabe que a Deborah le pegaron un tiro, que fue un homicidio. ¿A qué está esperando?

—No sé qué mató a Fred Cheney ni si existe la posibilidad de que se trate de un asunto de drogas. Estoy esperando los informes de toxicología, y no pienso emitir ningún comunicado hasta que los haya recibido y haya tenido ocasión de hablar con Vessey.

—¿El tipo del Smithsonian?

—He de verlo mañana por la mañana.

—Espero que tenga tracción en las cuatro ruedas.

—No me ha explicado por qué Pat Harvey fue a ver al director.

—Acusa a esta oficina de obstruccionismo, y lo mismo dice del FBI. Está cabreada. Quiere el informe de la autopsia de su hija, los informes policiales, el lote completo, y amenaza con obtener un mandato judicial y ponerlo todo patas arriba si no satisfacen sus demandas de inmediato.

—Eso es una locura.

—Bingo. Pero si no se ha de tomar a mal un pequeño consejo, doctora, creo que podría ir pensando en telefonear a Benton antes de que termine la noche.

—¿Por qué?

—Porque no quiero verla quemada, por eso se lo digo.

—¿De qué está hablando, Marino? —Me desabroché la bata quirúrgica.

—Cuanto más evite a la gente en estos momentos, más leña estará echando al fuego. Según Benton, la señora Harvey está convencida de que se intenta ocultar algo y que todos estamos involucrados. —Al ver que no respondía, prosiguió—: ¿Me escucha?

—Sí. He escuchado todas las palabras que ha pronunciado.

Cogió la caja.

—Es increíble pensar que aquí dentro hay dos personas —se maravilló.

Era increíble. La caja no era mucho mayor que un horno de microondas y pesaba cinco o seis kilos. Mientras la introducía en el maletero de mi coche oficial, masculló entre dientes:

—Gracias por todo.

—¿Eh?

Sabía que me había oído, pero quería que lo dijera de nuevo.

—Le agradezco su interés, Marino. Se lo digo de veras. Y siento mucho lo de la cena. Algunas veces meto la pata hasta el cuello.

La nieve caía deprisa y, como de costumbre, Marino iba sin sombrero. Puse el motor en marcha y, mientras graduaba la calefacción a tope, lo miré y pensé cuán extraño era que su compañía pudiera proporcionarme tanto alivio. Marino me crispaba los nervios más que ninguna otra persona que conociera, pero me resultaba inconcebible no tenerlo a mi lado. Mientras cerraba mi portezuela, señaló:

—Bueno, queda en deuda conmigo.

—*Semifreddo di cioccolato.*

—Me encanta oírla pronunciar palabras sucias.

—Es un postre, tontorrón. Es mi especialidad. *Mousse* de chocolate con lenguas de gato.

—¿Lenguas de gato? —Volvió ostensiblemente la cabeza hacia el depósito de cadáveres con una expresión de fingido horror.

Tuve la sensación de que tardaba una eternidad en llegar a casa. Me arrastré por carreteras cubiertas de nieve, conduciendo con una concentración tan feroz que cuando por fin llegué a mi cocina y pude servirme una copa, tenía la cabeza a punto de estallar. Me senté ante la mesa, encendí un cigarrillo y marqué el número de Benton Wesley.

—¿Qué has averiguado? —preguntó de inmediato.

—A Deborah Harvey le pegaron un tiro por la espalda.

—Ya me lo había dicho Morrell. Dijo que era una bala poco corriente. Una Hydra-Shok de nueve milímetros.

—Exacto.

—¿Y el muchacho?

—No sé cómo murió. Estoy esperando los resultados de toxicología y tengo que ver a Vessey en el Smithsonian. Por ahora, los dos casos siguen pendientes.

—Cuanto más tiempo permanezcan así, mejor.

—¿Cómo dices?

—Estoy diciendo que me gustaría que mantuvieras los casos pendientes mientras te sea posible, Kay. No quiero que envíes informes a nadie, ni siquiera a los padres, y mucho menos a Pat Harvey. No quiero que nadie sepa que le pegaron un tiro a Deborah...

—¿Pretendes decirme que los Harvey todavía no lo saben?

—Cuando Morrell me informó, le hice prometer que no divulgaría esta información. De modo que, no, los Harvey no lo saben. Al menos, la policía no se lo ha dicho. Sólo saben que su hija y Cheney están muertos. —Hizo una pausa y añadió—: A no ser que hayas informado a alguien sin que yo lo sepa.

—La señora Harvey ha intentado comunicarse conmigo en varias ocasiones, pero estos últimos días no he hablado con ella, y apenas con nadie más.

—Que siga así —dijo Wesley con voz firme—. Te pido que no informes a nadie más que a mí.

—Llegará un momento, Benson —objeté con igual firmeza—, en que tendré que informar sobre la causa y el modo de la muerte. Según la ley, la familia de Fred y la de Deborah tienen derecho a recibir esta información.

—Reténla el mayor tiempo posible.

—¿Tendrías la amabilidad de decirme por qué?

Silencio.

—¿Benton? —Estaba a punto de preguntarme si seguía en la línea.

—No hagas nada sin consultarlo antes conmigo. —De nuevo vaciló—. Supongo que sabes lo de ese libro que Abby Turnbull se ha comprometido a escribir.

—He visto algo en el periódico —respondí; empezaba a enfadarme.

—¿Se ha puesto otra vez en contacto contigo? Quiero decir, recientemente.

¿Otra vez? ¿Cómo sabía Wesley que Abby había venido a verme el otoño pasado? Maldito seas, Mark, pensé. Cuando telefoneó, le dije que Abby estaba conmigo aquella noche.

—No he vuelto a tener noticias suyas —repliqué, cortante.

6

El lunes por la mañana, la carretera ante mi casa estaba cubierta por una gruesa capa de nieve y el cielo gris anunciaba que seguiría el mal tiempo. Me preparé una taza de café y reflexioné sobre si era prudente ir a Washington en coche. A punto de cancelar mis planes, llamé a la policía del Estado y averigüé que la I-95 en dirección norte estaba despejada, y que la capa de nieve disminuía hasta quedar en menos de un par de centímetros a la altura de Fredericksburg. Considerando que mi coche oficial no tenía muchas posibilidades de llegar desde el garaje a la carretera, metí la caja de cartón en el Mercedes. Al torcer para abandonar la autopista, me di cuenta de que si tenía un accidente o me detenía un coche patrulla me resultaría difícil explicar por qué me dirigía hacia el norte en un automóvil particular con dos esqueletos humanos en el maletero. A veces no bastaba con exhibir la placa de forense. Nunca olvidaría un vuelo que hice a California cargada con una maleta llena de artilugios para prácticas sexuales sadomasoquistas. La maleta llegó hasta el aparato de rayos X, y lo siguiente que supe fue que los agentes de seguridad del aeropuerto me llevaban para someterme a lo que resultó nada menos que un interrogatorio. Pese a todas mis explicaciones, por lo visto no les cabía en la cabeza que yo fuese una patóloga forense de camino al congreso anual de la Asociación Nacional de Medicina Forense, donde debía presentar una ponencia sobre la asfixia autoerótica. Las esposas, los collares tachonados, las ataduras de cuero y algunos otros adminículos inverosímiles eran pruebas de antiguos casos y no me pertenecían.

Llegué a Washington hacia las diez y media y conseguí encontrar un hueco para aparcar el coche a menos de una manzana del cruce de la avenida Constitution con la calle Doce. No había vuelto a visitar el Museo Nacional Smithsonian de Historia Natural desde que asistí a un curso de antropología forense que se había celebrado allí varios años antes. Cuando entré con la caja de cartón en el vestíbulo, impregnado por el aroma de las macetas de orquídeas y ruidoso por las voces de los turistas, sentí el deseo de examinar a placer dinosaurios y diamantes, sarcófagos y mastodontes, y de no conocer jamás los tesoros más siniestros que se alojaban entre aquellas paredes.

Del suelo al techo, en todo centímetro de espacio útil no accesible a los turistas, se amontonaba un sinnúmero de cajones de madera pintados de verde que contenían, entre otras cosas muertas, más de treinta mil esqueletos humanos. Huesos de toda clase llegaban semanalmente por correo certificado para que los examinara el doctor Alex Vessey. Algunos restos eran arqueológicos, y otros resultaban ser zarpas de oso o de castor o el cráneo hidrocefálico de un ternero muerto, objetos de apariencia humana desenterrados por algún arado o encontrados al borde del camino, y que en un primer momento se habían tenido por lo que restaba de una persona que había sufrido un final violento. Otros paquetes contenían en verdad malas noticias, los huesos de alguien asesinado. Además de naturalista y conservador del museo, el doctor Vessey trabajaba para el FBI y prestaba asistencia a personas como yo.

Una vez admitida por el severo guardia de seguridad, me prendí el pase de visitante y me dirigí hacia un ascensor metálico que me condujo al tercer piso. Según me internaba por un penumbroso y atestado pasillo entre paredes de cajones, el rumor de los turistas que contemplaban el gran elefante disecado, varios pisos más abajo, se fue desvaneciendo. Empecé a sentir claustrofobia. Recordé cómo, después de ocho horas de clase en aquel lugar, terminaba anhelando tanto cualquier estímulo sensorial que, cuando podía escapar al final del día, las aceras llenas de gente me parecían de lo más agradable, y el ruido del tráfico me resultaba un alivio.

Encontré al doctor Vessey donde lo había visto por última vez, en un laboratorio repleto de carritos metálicos con esqueletos de aves y animales, dientes, fémures, mandíbulas. Había estantes cubiertos de huesos y otras desdichadas reliquias humanas, como calaveras y cabezas reducidas. El doctor Vessey, de cabello blanco y con unas gafas de gruesos cristales, estaba sentado tras su escritorio y hablaba por teléfono. Mientras él colgaba el receptor, abrí la caja y saqué la bolsa de plástico que contenía el hueso de la mano izquierda de Deborah Harvey.

—¿La hija de la «Zarina de la droga»? —preguntó de inmediato, mientras cogía el envoltorio.

La pregunta se me antojó extraña. Sin embargo, en cierto modo estaba bien formulada, ya que Deborah había quedado reducida a una curiosidad científica, una simple evidencia física.

—Sí —respondí, mientras él sacaba la falange de la bolsa y la hacía girar lentamente bajo la luz.

—Puedo decirte sin vacilar, Kay, que no se trata de un corte post mortem. Aunque algunos cortes antiguos pueden parecer nuevos, los cortes recientes no pueden parecer antiguos —explicó—. El interior del corte está descolorido por la intemperie de un modo que se corresponde con el resto de la superficie ósea. Además, la forma en que el borde de la lesión se dobla hacia atrás me indica que el corte no fue infligido sobre hueso muerto. El hueso tierno se dobla; el hueso muerto no.

—Exactamente la conclusión a la que había llegado yo —asentí, y acerqué una silla—. Pero ya sabes que se planteará la pregunta, Alex.

—Y así debe ser —dijo él, observándome por encima de la montura de sus gafas—. No puedes imaginarte las cosas que llegamos a recibir aquí.

—Sospecho que sí —respondí, pues recordaba con disgusto que el grado de competencia forense variaba espectacularmente de un Estado a otro.

—Hace un par de meses me enviaron un caso, una masa de tejido blando y hueso que decían era un recién nacido encontrado en las alcantarillas. Se trataba de determinar el sexo y la raza. La respuesta fue perro pachón macho, dos semanas de edad. Y poco antes de eso, otro investigador que no sabía distinguir la patología de la botánica mandó un esqueleto encontrado en una tumba poco profunda. No tenía ni idea de cómo había muerto la persona. Conté cuarenta y tantos cortes con los bordes doblados hacia atrás, ejemplos de manual de la plasticidad del hueso tierno. —Se limpió las gafas con el dobladillo de la bata de laboratorio—. También recibo de los otros, claro. Huesos cortados durante la autopsia.

—¿Crees que existe alguna posibilidad de que éste lo causara un predador? —pregunté, aunque no sabía cómo hubiera podido suceder.

—Bien, no siempre es fácil distinguir los cortes de las marcas que dejan los carnívoros, pero estoy razonablemente seguro de que éste lo produjo alguna clase de hoja. —Se puso en pie y añadió, en tono jovial—: Vamos a verlo.

Las minucias antropológicas que a mí me impacientaban eran motivo de interés para el doctor Vessey. Se dirigió hacia el microscopio con energía, animado, y centró el hueso sobre la placa.

Después de examinarlo a través del objetivo y hacerlo girar en el campo de luz durante unos largos y silenciosos instantes, comentó:

—Bueno, esto es interesante.

Esperé.

—¿Y es el único corte que has encontrado?

—Sí —contesté—. Tal vez tú encuentres alguna otra cosa cuando realices tu propio examen, pero yo no he encontrado nada más, aparte del agujero de bala del que ya te hablé. En la lumbar inferior, la décima dorsal.

—Sí. Me dijiste que había afectado la médula espinal.

—Exacto. Le dispararon por la espalda.

—¿Alguna indicación de dónde se produjo el disparo?

—No sabemos en qué lugar del bosque se hallaba cuando recibió el disparo, ni siquiera si estaba en el bosque.

—Y tiene este corte en la mano —caviló el doctor Vessey, observando de nuevo por el microscopio—. No hay forma de saber qué es lo que ocurrió antes. Después de recibir el disparo debió quedar paralizada de la cintura hacia abajo, pero aún podía mover las manos.

—¿Una herida de defensa? —expresé mis sospechas.

—Sería muy raro, Kay. El corte es dorsal y no palmar. —Se recostó en el asiento y volvió la mirada hacia mí—. La mayoría de las lesiones de defensa son palmares. —Alzó las manos con las palmas hacia afuera—. Pero ella recibió el corte en la parte superior de la mano. —Volvió las palmas hacia adentro—. Por lo general, suelo relacionar los cortes en el dorso de la mano con personas que se defienden de un modo agresivo.

—A puñetazos —apunté.

—Justo. Si yo te ataco con un cuchillo y tú te defiendes a puñetazos, lo más probable es que recibas algún corte en el dorso de la mano. Desde luego, no lo recibirás en las superficies palmares, a no ser que abras los puños en algún momento. Pero lo más significativo es que la mayoría de las lesiones defensivas corresponden a cortes con desplazamiento longitudinal de la hoja.

»El atacante blande el cuchillo o asesta una puñalada y la víctima levanta las manos o los antebrazos para protegerse de la hoja. Si el corte es lo bastante profundo para afectar al hueso, por lo general no se puede decir gran cosa de la superficie cortante.

—Si la superficie cortante es serrada —intervine yo—, cuando la hoja se desliza borra sus propias huellas.

—Por eso mismo este corte es tan interesante —prosiguió—. No cabe duda de que fue infligido con una hoja serrada.

—Lo cual significa que no fue un corte con deslizamiento, sino un machetazo, ¿no es eso? —pregunté, intrigada.

—Sí. —Devolvió el hueso a su envoltorio—. La forma de la huella indica que al menos un centímetro y medio de hoja golpeó el dorso de la mano. —Volvió a su escritorio y concluyó—: Me temo que ésta es toda la información que puedo darte sobre el arma y lo que pudo suceder. Como sabes, hay un gran margen de variabilidad. No puedo decirte el tamaño de la hoja, por ejemplo, ni si la lesión se produjo antes o después de recibir el disparo, ni en qué posición se hallaba la chica cuando recibió el corte.

Tal vez Deborah estuviera tendida de espaldas, tal vez de rodillas o de pie, y mientras regresaba a mi coche empecé a analizarlo. El corte de la mano era profundo y tuvo que sangrar profusamente, lo cual parecía indicar que en el momento de sufrir la herida debía de hallarse en la pista forestal o en el bosque, puesto que en el interior del jeep no había sangre. ¿Habría hecho frente a su agresor, aquella gimnasta de cincuenta kilos? ¿Intentó golpearlo? ¿Estaba aterrorizada y luchaba por salvar la vida porque Fred ya había sido asesinado? ¿Y dónde encajaba la pistola? ¿Por qué el asesino había utilizado dos armas, cuando en apariencia no había necesitado la pistola para matar a Fred?

Estaba dispuesta a apostar que a Fred lo habían degollado. Muy probablemente, también le cortaron el cuello a Deborah o la estrangularon después de pegarle el tiro. El asesino no se limitó a disparar y a dejarla morir. No se arrastró por sí misma, semiparalizada, hasta llegar al lado de Fred para cogerlo del brazo. Sus cuerpos habían sido colocados deliberadamente en aquella posición.

Torcí por Constitution y acabé encontrando Connecticut, por donde llegué a una zona en el noroeste de la ciudad que seguramente hubiera sido poco mejor que un barrio de chabolas de no ser por la presencia del Washington Hilton. Se alzaba sobre una pendiente herbosa que ocupaba toda una manzana y era como un magnífico crucero de lujo rodeado por un encrespado mar de polvorientas licorerías, lavanderías automáticas, un club nocturno que presentaba «bailarinas en vivo» y decrépitas hileras de casas con las ventanas rotas y cegadas con tablas y porches de cemento casi en la misma calle. Dejé mi automóvil en el aparcamiento subterráneo del hotel, crucé la avenida Florida y subí los peldaños de la entrada de un mugriento edificio de ladrillo color tostado con una descolorida marquesina azul sobre la puerta. Apreté el timbre del apartamento 28, donde vivía Abby Turnbull.

—¿Quién es?

Apenas reconocí la voz que rugió por el interfono. Cuando me anuncié, no logré entender qué había mascullado Abby. Quizá sólo había gruñido. La cerradura electrónica se abrió con un chasquido.

Entré en un vestíbulo muy mal iluminado con el suelo cubierto por una alfombra de color tostado llena de manchas y una hilera de buzones de latón deslustrado sobre una pared revestida con paneles de aglomerado. Recordé las sospechas de Abby de que alguien manipulaba su correspondencia. Ciertamente, no parecía que se pudiera cruzar fácilmente la puerta del edificio sin disponer de una llave. Los buzones también necesitaban llave. Todo lo que me había dicho en Richmond el otoño anterior me sonaba a falso. Cuando llegué ante su puerta, después de subir cinco tramos de escalera, estaba sin aliento y enojada.

Abby estaba de pie en el umbral.

—¿Qué haces aquí? —me susurró. Tenía el rostro ceniciento.

—Eres la única persona que conozco en este edificio, así que, ¿qué crees que estoy haciendo?

—No has venido a Washington sólo para verme. —Había miedo en sus ojos.

—He venido por un asunto de trabajo.

Más allá de la puerta vi algunos muebles de un blanco ártico, cojines en tonos pastel y unos grabados abstractos de Gregg Carbo, objetos que reconocí de su anterior vivienda en Richmond. Por unos instantes me acosaron imágenes de aquel día terrible. Recordé el cuerpo descompuesto tendido sobre la cama, la policía y los sanitarios que se movían de un lado a otro mientras Abby permanecía sentada en un sofá, las manos temblándole con tanta violencia que a duras penas podía sostener un cigarrillo. Entonces no la conocía, salvo por su reputación, y no me gustaba en absoluto. Tras el asesinato de su hermana, Abby suscitó al menos mi compasión. No se ganó mi confianza hasta más tarde.

—Sé que no vas a creerme —dijo Abby, en el mismo tono apagado—, pero pensaba ir a verte la semana que viene.

—Tengo teléfono.

—No podía llamarte —se excusó. Y seguíamos hablando en la puerta.

—¿No me invitas a entrar, Abby?

Negó con la cabeza.

Me subió un cosquilleo de miedo por la espalda. Miré hacia el interior y le pregunté en voz queda:

—¿Hay alguien ahí dentro?

—Salgamos a pasear —me susurró.

—Abby, por el amor de Dios...

Me miró con determinación y se llevó un dedo a los labios.

Cada vez era mayor mi convicción de que Abby estaba perdiendo el juicio. Sin saber qué otra cosa podía hacer, esperé en el rellano mientras ella iba en busca de su abrigo. Luego la seguí hasta la calle, y nos pasamos casi media hora caminando a paso vivo por la avenida Connecticut, sin hablar ninguna de las dos. Me hizo entrar en el hotel Mayflower y encontró una mesa en el rincón más oscuro del bar. Tras pedir un café exprés, me recosté en el asiento tapizado de cuero y la contemplé, inquieta, desde el otro lado de la mesa.

—Sé que no entiendes lo que está pasando —comenzó a decir, mirando nerviosa a su alrededor. A aquella temprana hora de la tarde, el bar estaba casi vacío.

—¡Abby! ¿Estás bien?

Le temblaba el labio inferior.

—No podía llamarte. ¡Ni siquiera puedo hablar contigo

en mi propio apartamento! Es como lo que te conté en Richmond, pero mil veces peor.

—Tendrías que ver a alguien —dije con mucha calma.

—No estoy loca.

—Estás a un paso de venirte completamente abajo.

Respiró hondo y me miró ferozmente a los ojos.

—Me están siguiendo, Kay. Tengo la certeza de que me han intervenido el teléfono, y ni siquiera puedo estar segura de que no haya dispositivos de escucha ocultos en mi casa. Por eso no te he invitado a entrar. Ya lo ves, adelante. Dime que estoy paranoica, psicótica, lo que quieras pensar. Pero yo vivo en mi mundo y tú no. Yo sé lo que estoy pasando. Sé lo que sé acerca de estos casos y lo que ha estado sucediendo desde que empecé a interesarme por ellos.

—¿Y qué ha estado sucediendo, exactamente?

La camarera nos trajo nuestro pedido. Cuando se fue, Abby respondió:

—Menos de una semana después de haber estado en Richmond hablando contigo, alguien entró en mi apartamento.

—¿Un ratero?

—Oh, no. —Soltó una risa hueca—. De ninguna manera. La persona que entró, o las personas, eran demasiado inteligentes para eso. No me robaron nada.

La miré, con expresión de no comprender.

—En casa tengo un ordenador en el que redacto mis escritos, y en el disco duro hay un fichero acerca de esas parejas y sus muertes violentas. Hace mucho tiempo que tomo notas, y las incorporo a ese fichero. El programa de tratamiento de textos que utilizo tiene una opción que crea automáticamente una copia de seguridad del fichero en que estás trabajando, y la he regulado para que lo haga cada diez minutos. Ya sabes, para asegurarme de que no pierdo nada si se va la luz o algo así. En mi edificio, sobre todo...

—En el nombre de Dios, Abby —la interrumpí—, ¿se puede saber de qué estás hablando?

—Lo que quiero decir es que si entras en un fichero de

mi ordenador y lo tienes abierto diez minutos o más, no sólo se crea una copia de seguridad, sino que, al grabar el fichero, registra la fecha y la hora. ¿Me sigues?

—No estoy segura. —Cogí mi taza de café.

—¿Recuerdas cuando fui a verte?

Asentí con un gesto.

—Anoté muy bien todo lo que me dijo la dependienta del 7-Eleven.

—Sí. Lo recuerdo.

—Y hablé con otras personas, como Pat Harvey, por ejemplo. Cuando llegué a casa, tenía intención de pasar al ordenador las notas de estas entrevistas, pero las cosas se salieron de quicio. Recuerda que nos vimos un martes por la noche y regresé aquí a la mañana siguiente. Bien, pues ese mismo día, el miércoles, hablé con mi jefe de redacción hacia el mediodía y me enteré de que repentinamente había perdido todo interés por la historia. Me dijo que quería retener el caso Harvey-Cheney porque durante el fin de semana el periódico iba a publicar una serie sobre el sida.

»Fue muy extraño —prosiguió—. El caso Harvey-Cheney estaba caliente, el *Post* estaba interesadísimo en el asunto. Y, de pronto, ¿quieres creer que vuelvo de Richmond y me encuentro con que me han asignado otro trabajo? —Hizo una pausa para encender un cigarrillo—. En resumidas cuentas, no tuve un momento libre hasta el sábado, cuando por fin pude sentarme ante el ordenador para trabajar en ese fichero, y ahí estaba: una fecha y una hora que no tenían sentido. Viernes, doce de septiembre, a las dos y trece minutos de la tarde, ¡cuando ni siquiera estaba en casa! Habían abierto ese fichero, Kay. Alguien se metió en él, y sé que no fui yo porque no toqué el ordenador, ni siquiera una vez, hasta el sábado veintiuno, cuando tuve un rato libre.

—Puede que el reloj de tu ordenador estuviera estropeado... —Abby empezó a sacudir la cabeza antes de que yo terminara la frase.

—No lo estaba. Lo comprobé.

—Pero ¿cómo es posible que alguien haya hecho una cosa así? —objeté—. ¿Cómo han podido entrar en tu apartamento sin que nadie los viera, sin que tú lo supieras?

—El FBI podría hacerlo.

—Abby —dije, exasperada.

—Hay muchas cosas que tú no sabes.

—Pues explícamelas, por favor —repliqué.

—¿Por qué crees que pedí la excedencia en el *Post*?

—Según el *New York Times*, estás escribiendo un libro.

—Y tú supones que cuando fui a visitarte en Richmond ya sabía que iba a escribirlo.

—Es más que una suposición —contesté, de nuevo enojada. —No lo sabía. Te lo juro. —Se inclinó hacia adelante, añadió, con voz temblorosa por la emoción—: Me cambiaron de sección. ¿Comprendes qué significa eso?

Me quedé sin habla.

—Lo único que hubiera podido ser peor habría sido que me despidieran, pero eso no podían hacerlo. No había motivos. Dios mío, el año pasado gané un premio de periodismo de investigación, y de repente quieren cambiarme a Sociedad. ¿Te das cuenta? A Sociedad. Ahora, dime cómo entiendes tú todo esto.

—No lo sé, Abby.

—Yo tampoco. —Parpadeó para contener las lágrimas—. Pero tengo mi dignidad. Sé que se está cociendo algo grande, una historia. Y la he vendido. Ya está. Piensa lo que te parezca, pero yo he de sobrevivir. Tengo que vivir, y tenía que apartarme del periódico por algún tiempo. Sociedad. Dios mío, Kay, tengo mucho miedo.

—Háblame del FBI —le pedí, con firmeza.

—Ya te he contado mucho. De cuando me equivoqué en el desvío y fui a parar a Camp Peary y vinieron unos agentes del FBI a hablar conmigo.

—No basta.

—La jota de corazones, Kay —añadió, como si me recordara algo que yo ya sabía.

Cuando se dio cuenta de que yo no tenía ni idea de qué

estaba hablando, su expresión se tiñó de repente de profundo asombro.

—¿No lo sabes? —me preguntó.

—¿Qué jota de corazones?

—En cada uno de los casos se encontró un naipe. —Sus ojos incrédulos estaban clavados en los míos.

Recordé vagamente algo que había leído en una de las contadas transcripciones de las entrevistas policiales que había podido ver. El investigador de Gloucester había interrogado a un amigo de Bruce Phillips y Judy Roberts, la primera pareja. ¿Qué les había preguntado, exactamente? Recordaba que, en su momento, me había parecido bastante peculiar. Cartas. ¿Judy y Bruce solían jugar a las cartas? ¿El amigo había visto alguna vez cartas de juego en el Camaro de Bruce?

—Háblame de esos naipes, Abby.

—¿Has oído hablar del as de picas, de cómo lo utilizaban en Vietnam?

Le dije que no.

—Cada vez que una unidad determinada del ejército norteamericano quería firmar su trabajo después de matar a alguien, dejaba un as de picas sobre el cadáver. De hecho, una empresa que fabrica cartas de juego les proporcionaba cajas de ases exclusivamente para este propósito.

—¿Y qué tiene eso que ver con Virginia? —pregunté, desconcertada.

—Existe un paralelismo. Sólo que aquí no se trata del as de picas, sino de la jota de corazones. En los cuatro primeros casos se encontró una jota de corazones en el coche abandonado.

—¿De dónde has sacado esta información?

—Sabes que no puedo decírtelo, Kay. Pero no procede de una sola fuente. Por eso estoy tan segura.

—¿Y te dijo también alguna de tus fuentes si se encontró una jota de corazones en el jeep de Deborah Harvey?

—¿Se encontró alguna? —Agitó, displicente, su bebida.

—No juegues conmigo —le advertí.

—No es eso. —Me miró a los ojos—. No sé si se encontró una jota de corazones en el jeep. Está claro que se trata de un detalle importante, porque relacionaría indudablemente las muertes de Deborah Harvey y Fred Cheney con las de las cuatro primeras parejas. Y créeme, estoy esforzándome mucho por encontrar esta relación. No estoy segura de que exista. Ni, si existe, de qué significa.

—¿Qué tiene que ver todo esto con el FBI? —pregunté, de mala gana, porque no estaba segura de querer oír la respuesta.

—Se han interesado por estos casos casi desde el primer momento, Kay. Y la cosa va mucho más allá de la habitual participación del VICAP. Hace mucho tiempo que el FBI sabe lo de las cartas. Cuando se encontró una jota de corazones en el Camaro de la primera pareja, sobre el salpicadero, nadie le concedió mucha importancia. Luego desapareció la segunda pareja, y de nuevo se encontró la carta, esta vez en el asiento del acompañante. Cuando Benton Wesley se enteró, inmediatamente empezó a controlarlo todo. Fue a ver al investigador del condado de Gloucester y le pidió que no dijera ni una palabra sobre la jota de corazones que había encontrado en el Camaro, y lo mismo al investigador que llevaba el segundo caso. Cada vez que se encontraba un coche abandonado, Wesley telefoneaba de inmediato al encargado de la investigación. —Hizo una pausa y me observó como si tratara de leerme los pensamientos—. Supongo que no debería sorprenderme que no lo supieras —prosiguió—. En realidad, no creo que a la policía le resultara muy difícil ocultarte lo que se encontraron en el interior de los coches.

—No les resultaría difícil —asentí—. Otra cosa sería que las cartas se hubieran encontrado con los cuerpos. No sé cómo podrían ocultármelo entonces. —Aún no había terminado de pronunciar estas palabras cuando una duda empezó a susurrar en el fondo de mi mente. La policía había tardado horas en llamarme a la escena del crimen. Cuando llegué allí, Wesley ya estaba presente, y los cuerpos de Deborah Harvey y Fred Cheney habían sido manipulados y registrados, en busca de efectos personales—. No me extraña que el FBI quiera mantener este detalle en secreto —seguí razonando—. Podría ser decisivo para la investigación.

—Estoy harta de oír esta mierda —replicó Abby airada—. El detalle de que el asesino deje una carta como firma, por decirlo de alguna manera, sólo puede resultar decisivo para la investigación si el tipo se presenta y confiesa voluntariamente. Si dice que dejó una carta en el coche de cada pareja cuando no hay forma de que hubiera podido saberlo a no ser que verdaderamente fuese él quien lo hizo. No creo que eso ocurra. Y no creo que el FBI intente mantenerlo en secreto sólo para asegurarse de que nada les revienta la investigación.

—Entonces, ¿por qué? —pregunté, inquieta.

—Porque no se trata solamente de unos asesinatos en serie. No se trata solamente de que hay un lunático suelto que tiene manía a las parejas. Este asunto es político. Tiene que serlo. —Sin decir nada más, Abby llamó la atención de la camarera y permaneció en silencio hasta que nos sirvieron nuevamente.

—Kay —continuó, ya más calmada, después de haber tomado unos sorbos de su bebida—, ¿te sorprende que Pat Harvey aceptara hablar conmigo cuando estuve en Richmond?

—Sí, francamente.

—¿Se te ha ocurrido pensar por qué lo hizo?

—Supongo que debía de estar dispuesta a hacer lo que fuese con tal de recuperar a su hija —respondí—, y a veces la publicidad puede ayudar.

Abby meneó la cabeza.

—Cuando hablé con Pat Harvey, me contó muchas cosas que nunca hubiera publicado en el periódico. Y no era la primera vez que nos veíamos, ni mucho menos.

—No comprendo. —Estaba nerviosa, y no se debía únicamente al café exprés.

—Ya conoces su cruzada contra las organizaciones de beneficencia ilegales.

—Vagamente —contesté.

—La información que la alertó sobre todo el asunto vino de mí.

—¿De ti?

—El año pasado empecé a trabajar en un importante artículo de investigación sobre el tráfico de drogas. Según avanzaba, empecé a descubrir muchas cosas que no podía comprobar, y ahí es donde entran en juego las organizaciones de beneficencia fraudulentas. Pat Harvey tiene un apartamento aquí, en el Watergate, y una tarde fui a entrevistarla, a obtener un par de citas para el artículo. Nos pusimos a hablar y acabé contándole las acusaciones que había oído para ver si podía corroborar alguna de ellas. Así empezó la cosa.

—¿Qué acusaciones, exactamente?

—Sobre ACTMAD, por ejemplo —respondió Abby—. En el sentido de que algunas de estas organizaciones antidroga sirven de fachada para los cárteles de la droga y otras actividades ilegales en Centroamérica. Le dije que fuentes que considero dignas de crédito me habían informado de que millones de dólares donados anualmente acababan en los bolsillos de gente como Manuel Noriega. Naturalmente, esto fue antes de que capturasen a Noriega. Pero se cree que los fondos de ACTMAD y otras organizaciones que se dicen benéficas sirven para comprar información a agentes estadounidenses y para facilitar el paso de la heroína por los aeropuertos panameños y, de hecho, por las aduanas de Extremo Oriente y de toda América.

—¿Y Pat Harvey no sabía nada de esto, antes de que la visitaras en su apartamento?

—No, Kay. No creo que hubiera oído decir nada, pero lo cierto es que se indignó. Empezó a investigar y, finalmente, presentó un informe al Congreso. Se formó un subcomité especial de investigación y a ella la invitaron a actuar como asesora, como ya debes saber. Por lo visto, ha descubierto muchas cosas y se ha fijado fecha para celebrar una sesión el próximo abril. A ciertas personas, entre las que figura el

Departamento de Justicia, esto no les hace ninguna gracia. Empezaba a comprender adónde conducía todo esto.

—La DEA, el FBI y la CIA llevan años detrás de algunos de los informadores implicados —prosiguió Abby—. Y sabes cómo funcionan esas cosas. Cuando el Congreso interviene, puede ofrecer una inmunidad especial a cambio de información. En cuanto esos informadores declaren ante el Congreso, el juego ha terminado. El Departamento de Justicia ya no podrá procesarlos bajo ningún concepto.

—Lo cual quiere decir que los esfuerzos de Pat Harvey no deben de estar muy bien vistos por el Departamento de Justicia.

—Lo cual quiere decir que el Departamento de Justicia se sentiría secretamente entusiasmado si toda su investigación se viniera abajo.

—La directora de Política Nacional Antidroga —observé— depende del fiscal general, que controla el FBI y la CIA. Si la señora Harvey tiene un conflicto de intereses con el Departamento de Justicia, ¿por qué el fiscal general no la ata más corto?

—Porque el conflicto no es con el fiscal general, Kay. Lo que ella está haciendo le hará quedar bien. Hará quedar bien a la Casa Blanca. Su «Zarina de la droga» consigue resultados en la lucha contra los delitos por drogas. Lo que el ciudadano medio no comprende es que, por lo que al FBI y la CIA se refiere, las consecuencias de esta sesión del Congreso no son lo bastante importantes. Todo quedará en una revelación pública, los nombres de esas organizaciones y cuáles son sus verdaderas actividades. Eso terminará con grupos como ACTMAD, pero los sinvergüenzas que los dirigen no sufrirán más que un palmetazo en la muñeca. Los agentes que llevan estos casos volverán de vacío, porque no podrán detener a nadie. La gente mala no dejará de hacer cosas malas. Es como cerrar un prostíbulo. Al cabo de un par de semanas, vuelve a abrir en otra esquina.

—Lo que no alcanzo a ver es qué relación tiene todo esto con lo que le ha ocurrido a la hija de Pat Harvey —repetí.

—Empieza por aquí: si tú tuvieras un conflicto con el FBI —comenzó Abby—, y quizás incluso estuvieras en lucha abierta con ellos, ¿cómo te sentirías si tu hija desapareciera y el FBI se ocupara del caso?

No era una idea agradable.

—Con justificación o sin ella, me sentiría muy vulnerable y paranoica. Supongo que me resultaría muy difícil confiar en ellos.

—Acabas de rozar la superficie de los sentimientos de Pat Harvey. Me parece que está convencida de que alguien ha utilizado a su hija para atacarla a ella, que Deborah no ha sido la víctima de un asalto al azar, sino un golpe calculado. Y no está segura de que el FBI no tenga nada que ver...

—A ver si lo entiendo bien —la interrumpí—. ¿Pretendes insinuar que Pat Harvey sospecha que el FBI está detrás de las muertes de su hija y Fred?

—Se le ha metido en la cabeza que los federales tienen algo que ver.

—¿Y vas a decirme que tú también eres de la misma opinión?

—Yo he llegado a un punto en que puedo creerlo todo.

—Santo Dios —musité para mis adentros.

—Ya sé que parece una locura. Pero, al menos, creo que el FBI sabe qué está ocurriendo y quizás incluso quién es el autor, y por eso yo soy un problema. Los federales no quieren verme escarbando por ahí. Les preocupa que pueda dar la vuelta a una piedra y averiguar qué es en realidad lo que se arrastra bajo ella.

—De ser así —objeté—, me parece que el *Post* te ofrecería un aumento, en lugar de enviarte a Sociedad. Nunca he tenido la impresión de que el *Post* se dejara intimidar fácilmente.

—Yo no soy Bob Woodward —replicó, con amargura—. No llevo mucho tiempo en el periódico, y la sección policial es mierda de pollo, el lugar donde se desasnan los novatos. Si el director del FBI o alguien de la Casa Blanca quiere hablar de pleitos o de diplomacia con los jefes del *Post*, a mí no me invitarán a la reunión ni me explicarán forzosamente lo que sucede.

Seguramente tenía razón, pensé. Si el comportamiento de Abby en la sala de redacción era en algo parecido al que exhibía ahora, me parecía muy improbable que nadie sintiera muchos deseos de tratar con ella. De hecho, no estaba segura de que me hubiera sorprendido saber que la habían cambiado de sección.

—Lo siento, Abby —comenté—. Tal vez podría entender que la política fuese un factor en la muerte de Deborah Harvey, pero ¿y los demás? ¿Dónde entran las otras parejas? La primera pareja desapareció dos años y medio antes que Deborah y Fred.

—Kay —respondió furiosa—, no conozco las respuestas, pero juro por Dios que se está ocultando algo. Algo que el FBI o el gobierno no quieren que llegue a conocimiento del público. Fíjate bien en lo que te digo: aunque cesen los asesinatos, si el FBI se sale con la suya estos casos jamás llegarán a resolverse. A eso me enfrento. Y a eso te enfrentas tú también. —Apuró la bebida y añadió—: Y tal vez estuviera bien así, siempre que cesaran los asesinatos. Pero el problema es: ¿cuándo van a cesar? ¿Y no podrían haber cesado antes?

—¿Por qué me cuentas todo esto? —le pregunté, sin rodeos.

—Estamos hablando de jóvenes inocentes que aparecen muertos. Por no mencionar lo evidente, que confío en ti. Y quizá porque necesito una amiga.

—¿Piensas seguir adelante con el libro?

—Sí. Y ojalá haya un último capítulo que escribir.

—Ten cuidado, Abby, por favor.

—Créeme —contestó—. Sé lo que digo.

Cuando salimos del bar había oscurecido y hacía mucho frío. Mientras nos abríamos paso por entre el tumulto de las aceras atestadas, en mi mente reinaba la confusión, y no me sentí mucho mejor mientras recorría el camino de vuelta a Richmond. Hubiera querido hablar con Pat Harvey, pero no me atrevía. Hubiera querido hablar con Wesley, pero sabía que no me revelaría a mí sus secretos, si los tenía, y me sentía más insegura que nunca de nuestra amistad.

Nada más llegar a casa llamé a Marino.

—¿En qué parte de Carolina del Sur vive Hilda Ozimek? —le pregunté.

—¿Por qué? ¿Qué ha averiguado en el Smithsonian?

—Responda a mi pregunta, por favor.

—En un poblacho perdido que se llama Six Mile.

—Gracias.

—¡Oiga! Antes de colgar, ¿le importaría decirme cómo le ha ido por Washington?

—Esta noche no, Marino. Si mañana no puedo localizarle, póngase usted en contacto conmigo.

7

A las 5.45 de la mañana, el aeropuerto internacional de Richmond estaba desierto. Los restaurantes estaban cerrados, había periódicos apilados ante las rejas metálicas de las tiendas de objetos de regalo y un empleado sonámbulo empujaba lentamente un carrito de la basura y recogía envoltorios de chicle y colillas de cigarrillo.

Encontré a Marino en la terminal de USAir, con los ojos cerrados y el impermeable enrollado detrás de la cabeza, durmiendo en una sala sin aire y provista de iluminación artificial, asientos vacíos y una moqueta azul con lunares. Durante un instante fugaz lo vi como si no lo conociera, y mi corazón se conmovió de un modo dulce y nostálgico. Marino había envejecido.

No creo que llevara más de unos días en mi nuevo empleo cuando lo vi por primera vez. Estaba en el depósito, realizando una autopsia, cuando entró un hombretón de rostro impasible y se colocó al otro lado de la mesa. Aún recordaba la intensidad de su frío escrutinio. Tuve la incómoda sensación de que me disecaba tan minuciosamente como disecaba yo a mi paciente. «Así que usted es la nueva jefa.» Lanzó el comentario como un desafío, como si me retara a declarar que me creía capaz de desempeñar un cargo que ninguna mujer había desempeñado hasta entonces.

«Soy la doctora Scarpetta —le respondí—. Y supongo que usted debe de pertenecer a la policía de Richmond.»

Masculló su nombre y esperó en silencio mientras yo

extraía varias balas de su caso de homicidio y le extendía un recibo por ellas. A continuación, se retiró sin tan siquiera un «adiós» o un «encantado de haberla conocido», dejando establecida nuestra relación profesional. Tuve la sensación de que me desdeñaba sin otro motivo que mi sexo, y yo a mi vez lo juzgué como un idiota con el cerebro escabechado por la testosterona. A decir verdad, me había intimidado mortalmente.

Se me hacía difícil mirar a Marino ahora e imaginar que alguna vez lo había encontrado amenazador. Parecía viejo y derrotado, con la camisa tirante sobre su barriga prominente, los desordenados mechones de cabello cano, la frente contraída en lo que no era un ceño de severidad ni de enojo, sino una serie de profundas arrugas fruto del desgaste de la tensión y el disgusto crónicos.

—Buenos días. —Le toqué el hombro con suavidad.

—¿Qué hay en la bolsa? —murmuró, sin abrir los ojos.

—Creía que estaba dormido —respondí, sorprendida.

Se enderezó en el asiento y bostezó. Me acomodé a su lado, abrí la bolsa de papel y saqué dos tazas de café de plástico aislante y *bagels* con queso crema que había preparado en casa y calentado en el microondas justo antes de salir en plena oscuridad.

—Supongo que no ha desayunado, ¿verdad? —Le tendí una servilleta.

—Parecen *bagels* auténticos.

—Lo son —le aseguré, y desenvolví el mío.

—Creía que me había dicho que el avión salía a las seis.

—A las seis y media. Estoy segura de que le dije a esa hora. ¿Lleva mucho tiempo esperando?

—Bueno, pues sí, bastante.

—Lo siento.

—Tiene los billetes, ¿no?

—En el bolso —contesté. En ocasiones, Marino y yo parecíamos un viejo matrimonio.

—Si quiere que le diga la verdad, no estoy seguro de que esta idea suya valga lo que nos cuesta. Yo no lo pagaría de mi bolsillo, aunque pudiera. Pero tampoco me gusta verla hacer el primo, doctora. Me quedaría más tranquilo si al menos intentara que se lo abonaran.

—Yo no me quedaría más tranquila. —Ya lo habíamos discutido antes—. No pienso presentar ninguna nota de gastos, ni usted tampoco. Si presentamos nota, dejamos un rastro de papel. Además —concluí, tomando un sorbo de café—, puedo permitírmelo.

—Si pudiera ahorrarme seiscientos pavos, dejaría un rastro de papel de aquí a la luna.

—Absurdo. Le conozco demasiado bien para creerme eso.

—Sí. Absurdo es la palabra. Todo este asunto es una patochada de principio a fin. —Vació varios sobrecitos de azúcar en su café—. Creo que esa Abby Turnbull le ha revuelto los sesos.

—Gracias —repliqué, bruscamente.

Empezaban a llegar otros pasajeros, y era asombroso el poder de Marino para hacer que el mundo se ladeara ligeramente sobre su eje. Había elegido para sentarse una zona reservada para no fumadores, y acto seguido había cogido un cenicero de pie situado varias hileras más abajo y lo había colocado junto a su silla. Esto sirvió de invitación subliminal para que otros fumadores semidespiertos se instalaran cerca de nosotros, y algunos de ellos fueron en busca de más ceniceros. Cuando llegó el momento de embarcar, apenas quedaba un cenicero en la zona de fumadores y nadie parecía saber muy bien dónde sentarse. Violenta y decidida a no participar en esta ocupación hostil, dejé mi paquete dentro del bolso.

Marino, a quien volar aún le gustaba menos que a mí, durmió sin parar hasta Charlotte, donde pasamos a un avión de hélice del servicio de cercanías que me recordó desagradablemente lo poco que separa la frágil carne humana del aire vacío. Me había tocado trabajar en unas cuantas catástrofes y sabía qué era ver un avión y sus pasajeros desparramados por varios kilómetros de terreno. Advertí que no había aseos ni servicio de bebidas, y cuando los motores se pusieron en marcha el aparato se estremeció como si sufriera un ataque. Durante la primera parte del viaje tuve el privilegio especial de ver cómo los pilotos charlaban entre sí, se desperezaban y bostezaban, hasta que una azafata avanzó por el pasillo central y corrió la cortina de un tirón. El aire era cada vez mucho más turbulento, y de vez en cuando aparecía una montaña entre la niebla. La segunda vez que el avión perdió altura bruscamente, e hizo que mi estómago llegara a la garganta, Marino aferró los apoyabrazos de su asiento con tanta fuerza que se le pusieron blancos los nudillos.

—Jesucristo —masculló, y empecé a arrepentirme de haberle traído desayuno. Parecía estar a punto de vomitar—. Si este cacharro logra llegar entero a tierra, me tomaré una copa, y me importa una mierda la hora que sea.

—Invito yo, oiga —dijo el hombre que ocupaba el asiento delante de nosotros, volviéndose.

Marino contemplaba fijamente un extraño fenómeno que se producía en el pasillo central, ante nosotros. De una tira de metal que sujetaba el borde de la moqueta se alzaba una condensación fantasmagórica que yo no había visto en ningún vuelo anterior. Parecía que las nubes se filtraran al interior del avión. Marino se lo hizo notar a la azafata, con un sonoro «¿Qué mierda es eso?», pero ella no le prestó la menor atención.

—La próxima vez le echaré fenobarbital en el café —le advertí, apretando los dientes.

—La próxima vez que decida irse a hablar con una echadora de cartas que vive en el quinto coño no pienso acompañarla. Durante media hora volamos en círculos sobre Spartanburg, nos bamboleamos de un lado a otro y pudimos oír el golpeteo de las ráfagas de lluvia congelada contra los cristales. No podíamos aterrizar por culpa de la niebla y, sinceramente, llegué a creer que podíamos morir. Pensé en mi madre. Pensé en Lucy, mi sobrina. Hubiera debido ir a casa por Navidad, pero me agobiaban las preocupaciones y no quería que me preguntaran por Mark. «Estoy muy ocupada, mamá. En estos momentos me es imposible ir.» «Pero si es Navidad, Kay.» No recordaba la última vez que mi madre había llorado, pero siempre notaba cuándo tenía ganas de llorar. Su voz sonaba extraña. Separaba mucho las palabras. «Lucy se llevará una gran desilusión», me dijo. Le envié a Lucy un generoso cheque y la llamé por teléfono la mañana de Navidad. Me añoraba muchísimo, pero creo que yo aún la añoraba más a ella.

De repente, las nubes se abrieron y el sol iluminó las ventanillas. Espontáneamente, todos los pasajeros, incluso yo, dedicamos una salva de aplausos a Dios y a los pilotos. Celebramos nuestra supervivencia charlando de un lado a otro del pasillo como si todos nos conociéramos de siempre.

—O sea que quizá Hilda la Bruja vela por nosotros —comentó sarcásticamente Marino, el rostro bañado en sudor.

—Quizá sí —respondí, y respiré hondo mientras el aparato tomaba tierra.

—Sí, bueno, dele las gracias de mi parte.

—Puede dárselas usted mismo, Marino.

—Ajá —replicó, con un bostezo y plenamente recuperado—. Parece una persona muy agradable. Quizá, por una vez, pueda dejar temporalmente de lado sus prejuicios.

—Ajá —repitió.

Cuando telefoneé a Hilda Ozimek, tras obtener su número del servicio de información, esperaba encontrarme con una mujer astuta y suspicaz que entrecomillaba todos sus comentarios con el signo del dólar. Por el contrario, resultó ser sencilla y amable, y asombrosamente confiada. No me formuló preguntas ni pidió que me identificara. Sólo en un momento dio muestras de preocupación, y fue cuando mencionó que no podría ir a esperarnos al aeropuerto.

Puesto que pagaba yo y me sentía de humor para dejarme conducir, le dije a Marino que eligiera el coche que quisiera. Como un adolescente en su primer trayecto de prueba hacia la virilidad, escogió un Thunderbird nuevecito de color negro, con techo solar, radiocasete, ventanillas eléctricas y asientos envolventes con tapicería de cuero, y arrancó en dirección oeste con el techo solar abierto y la calefacción conectada mientras yo le explicaba con mayor detalle lo que Abby me había dicho en Washington.

—Sé que movieron los cuerpos de Deborah Harvey y Fred Cheney. Y ahora creo que entiendo por qué.

—Pues yo no estoy tan seguro —replicó—. ¿Por qué no me lo explica pasito a pasito?

—Usted y yo llegamos al área de descanso antes de que nadie registrara el jeep —comencé—. Y no vimos ninguna jota de corazones en el salpicadero, en el asiento ni en ninguna otra parte.

—Eso no quiere decir que no pudiera estar en la guantera, por ejemplo, y que la policía no la encontrara hasta que los perros terminaron de husmear. —Puso el cambio automático en la posición de «carretera» y añadió—: Si es cierto todo eso de la carta. Como ya le dije, es la primera vez que oigo hablar del asunto.

—Supongamos que es verdad, por seguir el argumento.

—La escucho.

—Wesley llegó al área de descanso después que nosotros, o sea que él tampoco vio ninguna carta. Luego, la policía registró el jeep, y puede estar seguro de que Wesley se hallaba presente o, si no, de que llamó a Morrell y le preguntó qué habían encontrado. Si no había ninguna jota de corazones, y estoy dispuesta a apostar que no la había, eso debió de dar a Wesley mucho en qué pensar. Tuvo que llegar a la conclusión de que o bien la desaparición de Deborah y Fred no estaba relacionada con la desaparición y muerte de las anteriores parejas, o bien, si Deborah y Fred ya estaban muertos, cabía la posibilidad de que esta vez el asesino hubiera dejado la carta junto a los cuerpos.

—Y cree que movieron los cuerpos antes de su llegada, porque los polis buscaban la carta.

—Los polis o Benton. Sí, eso es lo que pienso. Si no, no encuentro ningún sentido a este asunto. Benton y la policía saben que no deben tocar ningún cadáver antes de que llegue el médico forense. Pero, por otra parte, Benton no quería arriesgarse a que la hipotética jota de corazones llegara al depósito con los cadáveres. No querría que yo ni nadie la encontrara ni supiera de su existencia.

—En tal caso, lo lógico sería que nos hubiera pedido que mantuviésemos cerrada la boca, en lugar de dedicarse a registrar —adujo Marino—. Y no estaba él solo allá en el bosque. Había otros policías con él. Si Benton encontró una carta, tuvieron que darse cuenta.

—Es evidente —asentí—. Pero también debió de pensar que cuanta menos gente lo supiera, mejor. Y si yo encontraba un naipe entre los efectos personales de Deborah y Fred, eso constaría en mi informe escrito. La fiscalía, los miembros de mi personal, las familias, las compañías de seguros... Tarde o temprano, los informes de la autopsia los verá mucha gente.

—Muy bien, muy bien. —Marino empezaba a impacientarse—. ¿Y qué? Quiero decir, ¿qué importancia tiene?

—No lo sé. Pero si lo que Abby insinúa es verdad, el hecho de que aparezcan estas cartas debe de ser muy importante para alguien.

—No se lo tome a mal, doctora, pero esa Abby Turnbull nunca ha sido santa de mi devoción. No me gustaba cuando trabajaba en Richmond, y puede estar segura como la muerte de que no me cae mejor ahora que está en el *Post*.

—Nunca he sabido que dijera una mentira —observé.

—Ajá. Nunca lo ha sabido.

—El inspector de Gloucester se refería a los naipes en una transcripción que leí.

—Y quizá fue ahí donde Abby recogió la pelota, y ahora va corriendo por la calle con ella. Hace suposiciones, trata de adivinar. Lo único que le importa algo es su libro.

—En estos momentos está fuera de sí. Está asustada y furiosa, pero aun así no estoy de acuerdo con la forma en que ha descrito su carácter.

—Claro —replicó—. Viene a Richmond, se presenta como la amiga largo tiempo perdida, dice que no quiere nada de usted... y luego tiene usted que leer el *New York Times* para enterarse de que está escribiendo un jodido libro acerca de estos casos. Oh, sí. Es una verdadera amiga, doctora.

Cerré los ojos y escuché una canción de música *country* que sonaba suavemente en la radio. Los rayos de sol que caían sobre mi regazo a través de la ventanilla y la temprana hora a que me había levantado de la cama me afectaron como una bebida bien cargada. Me quedé traspuesta. Cuando quise darme cuenta, nos bamboleábamos lentamente por una carretera sin asfaltar en mitad de ninguna parte.

—Bienvenida a la ciudad de Six Mile —anunció Marino.

—¿Qué ciudad?

No había población, ni siquiera un colmado o una gasolinera a la vista. A ambos lados de la carretera se extendía una espesura de árboles, las montañas de Blue Ridge eran una bruma en la lejanía y las casas eran pobres y tan dispersas que se podría disparar un cañón sin que el vecino lo oyera.

Hilda Ozimek, vidente del FBI y oráculo del Servicio Secreto, vivía en una casita blanca de madera, con neumáticos pintados de blanco dispuestos en el patio delantero, en el que probablemente crecían pensamientos y tulipanes al llegar la primavera. Tallos de maíz secos descansaban en el porche, y en el camino de acceso había un oxidado Chevrolet Impala con los neumáticos deshinchados. Un perro roñoso se puso a ladrar; era feo como el pecado y lo bastante grande para hacerme vacilar mientras decidía si bajar del coche o no. Pero entonces la puerta de rejilla se abrió con un chirrido y el perro se alejó al trote sobre tres patas, evitando apoyar la delantera derecha, hacia la mujer que nos contemplaba con ojos entornados en la radiante y fría mañana.

—Quieto, Tootie. —Palmeó el cuello del perro—. Ahora vete al patio de atrás.

El perro agachó la cabeza y, meneando la cola, se marchó cojeando hacia la parte trasera de la casa.

—Buenos días —saludó Marino, apoyando los pies en los peldaños de madera del porche.

Por lo menos se mostraba cortés, algo que hasta ese momento no creí que fuera posible.

—Hace un día espléndido —respondió Hilda Ozimek. Tenía al menos sesenta años y parecía tan campechana como el pan de maíz. Llevaba pantalones de poliéster negro que se extendían sobre sus anchas caderas, un suéter beige abrochado hasta el cuello, calcetines gruesos y zapatillas. Sus ojos eran de color azul claro, y un pañuelo rojo le cubría el cabello. Le faltaban varios dientes. Me dio la impresión de que Hilda Ozimek no se miraba nunca al espejo ni prestaba la menor atención a su envoltorio físico, a no ser que la incomodidad o el dolor la obligaran a ello.

Nos invitó a pasar a una pequeña sala de estar repleta de muebles enmohecidos y estanterías llenas de volúmenes inesperados, ordenados en apariencia sin ningún criterio razonable. Había libros sobre religión y psicología, biografías, textos de historia, y una sorprendente selección de novelas de algunos de mis autores preferidos: Alice Walker, Pat Conroy y Keri Hulme. La única indicación de las inclinaciones ultramundanas de nuestra anfitriona consistía en varias obras de Edgar Cayce y una media docena de cristales colocados sobre mesas y anaqueles. Marino y yo nos sentamos en un sofá junto a una estufa de queroseno, y Hilda frente a nosotros, en un sillón sumamente acolchado; la luz del sol, que se filtraba por las persianas abiertas de la ventana situada a sus espaldas, dibujaba rayas blancas en su cara.

—Espero que no hayan tenido ningún problema y lamento mucho no haber podido ir a esperarlos al aeropuerto, pero es que ya no conduzco.

—Sus instrucciones eran excelentes —la tranquilicé—. Hemos encontrado la casa sin ningún problema.

—Si no le importa que se lo pregunte —intervino Marino—, ¿cómo se desplaza? No he visto ninguna tienda ni nada adonde se pueda ir andando.

—Mucha gente viene a que les haga lecturas o sólo para hablar. De alguna manera, siempre tengo lo que necesito o puedo conseguir que alguien me lleve.

Sonó un teléfono en otra habitación y fue silenciado al instante por un contestador automático.

—¿En qué puedo serles útil? —preguntó Hilda.

—He traído fotografías —respondió Marino—. La doctora dijo que quería usted verlas. Pero antes me gustará aclarar un par de cosas. No se ofenda ni nada, señorita Ozimek, pero eso de leer la mente es algo que nunca me ha merecido demasiada confianza. Quizás usted pueda ayudarme a entenderlo un poco mejor.

Que Marino se mostrara tan abierto, sin el menor indicio de belicosidad en el tono, era algo fuera de lo común, y me volví para mirarlo de soslayo, bastante asombrada. Observaba a Hilda con la franqueza de un chiquillo, y su expresión reflejaba una extraña mezcla de curiosidad y melancolía.

—En primer lugar, déjeme que le diga que yo no leo la mente —corrigió Hilda en un tono completamente prosaico—. Y ni siquiera acaba de gustarme el nombre de vidente, aunque, supongo que por falta de un término mejor, así me llama todo el mundo y así me describo yo misma. Todos tenemos esta capacidad: un sexto sentido, una parte del cerebro que la mayoría de la gente prefiere no utilizar. Yo lo explico como una intuición aumentada. Capto la energía que surge de la gente y me limito a transmitir las impresiones que me vienen a la cabeza.

—Y eso es lo que hizo cuando estuvo con Pat Harvey —apuntó él.

Hilda asintió.

—Me llevó al cuarto de Debbie, me enseñó fotos suyas y luego me llevó al área de descanso donde encontraron el jeep.

—¿Qué impresiones captó? —pregunté.

Reflexionó durante unos instantes, la mirada perdida en la lejanía.

—No las recuerdo todas... Ésa es la cuestión. Cuando hago lecturas me pasa lo mismo. La gente suele volver y me habla de cosas que les dije y de lo que pasó más tarde, pero no siempre me acuerdo de lo que he dicho, a menos que me ayuden.

—¿Recuerda algo de lo que le dijo a la señora Harvey? —quiso saber Marino, y parecía decepcionado.

—Cuando me enseñó la foto de Debbie, supe al instante que la chica estaba muerta.

—¿Y el muchacho? —le preguntó.

—Vi una fotografía suya en el periódico y también supe que estaba muerto. Supe que ambos estaban muertos.

—De modo que ha leído todo lo que han publicado los periódicos sobre estos casos —concluyó Marino.

—No —respondió Hilda—. No leo los periódicos. Pero vi la foto del chico porque la señora Harvey la había recortado para enseñármela. No tenía ninguna foto suya, comprenda; sólo de su hija.

—¿Le importaría explicarnos cómo supo que estaban muertos?

—Fue una sensación. Una impresión que capté cuando toqué sus fotografías.

Marino hundió la mano en el bolsillo de atrás del pantalón y sacó la cartera.

—Si le enseño una foto de alguien, ¿podrá hacer lo mismo? ¿Decirme sus impresiones?

—Lo intentaré —aceptó ella, y cogió la instantánea que le tendía.

Cerró los ojos y empezó a deslizar las yemas de los dedos sobre la fotografía, trazando círculos lentos. Permaneció al menos un minuto de esta manera antes de volver a hablar.

—Percibo un sentimiento de culpa. Ahora bien, no sé si es porque esta mujer se sentía culpable cuando le tomaron la fotografía o así es como se siente ahora. Pero lo capto con mucha fuerza. Conflicto, culpa. Adelante, atrás. Toma una decisión y al momento siguiente ya está dudando. Adelante y atrás.

—¿Está viva? —preguntó Marino, con un carraspeo.

—Percibo que está viva —contestó Hilda, sin dejar de

frotar la fotografía—. También recibo la impresión de un hospital. Algo médico. Aunque no sé si eso significa que está enferma o si es alguien cercano a ella quien lo está. Pero tiene relación con algo médico, una preocupación. O quizá la tendrá en un futuro.

—¿Alguna otra cosa? —insistió Marino.

Volvió a cerrar los ojos y frotó la fotografía un poco más.

—Mucho conflicto —repitió—. Es como si hubiera pasado algo, pero a ella le resultara muy difícil sobreponerse. Dolor. Pero ella considera que no tiene elección. Es todo lo que capto. —Alzó la mirada hacia Marino.

Cuando éste recobró la fotografía, tenía la cara enrojecida. Devolvió la cartera al bolsillo sin decir palabra, abrió el maletín y sacó una grabadora de microcasetes y un sobre de papel marrón que contenía una serie de fotos retrospectivas que empezaba en la pista forestal del condado de New Kent y terminaba en el bosque, donde se encontraron los cuerpos de Deborah Harvey y Fred Cheney. Hilda las extendió sobre la mesita de café y empezó a pasar los dedos sobre cada una de ellas. Estuvo un rato muy largo sin decir nada, con los ojos cerrados; mientras, el teléfono seguía sonando en la habitación de al lado. Cada vez que llamaban intervenía el contestador, sin que ella por lo visto se diera cuenta. Llegué a la conclusión de que su talento estaba más solicitado que el de cualquier médico.

—Capto miedo. —Empezó a hablar muy rápidamente—. Aunque no sé si es porque alguien lo sintió cuando se tomaron estas fotos; puede ser que alguien lo sintiera en estos lugares en algún momento anterior. Pero hay miedo. —Asintió con la cabeza, los ojos todavía cerrados—. Decididamente, lo capto en todas las fotos. En todas. Un miedo muy grande.

Como los ciegos, Hilda pasaba los dedos de una fotografía a otra, leyendo algo que para ella parecía tan tangible como las facciones de una persona.

—Siento muerte aquí —explicó mientras tocaba tres fotografías distintas—. La siento con fuerza. —Eran fotografías del claro donde se habían encontrado los cuerpos—. Pero aquí no la siento. —Sus dedos retornaron a las fotos de la pista forestal y a una parte del bosque por la que había pasado cuando me llevaron al claro bajo la lluvia.

Miré a Marino por el rabillo del ojo. Estaba inclinado hacia adelante, los codos sobre las rodillas, los ojos fijos en Hilda. Hasta el momento, no nos había dicho nada espectacular. Ni Marino ni yo creímos nunca que Deborah y Fred hubieran sido asesinados en la pista forestal, sino en el claro donde aparecieron sus cuerpos.

—Veo un hombre —continuó Hilda—. De tez clara. No es muy alto. Ni bajo. De estatura media y esbelto, pero no delgado. No sé quién es, pero como no capto nada con mucha intensidad, debo suponer que se trata de alguien que tuvo un encuentro con la pareja. Capto un ambiente amistoso. Oigo risas. Es como si hubiera tenido una relación amistosa con la pareja; ya me entienden: quizá se conocieron en alguna parte, y no sé por qué pienso esto, pero tengo la sensación de que en un momento u otro se rieron con él. Que confiaban en él.

Habló Marino:

—¿No puede ver nada más acerca de este hombre? ¿Qué aspecto tenía?

Hilda siguió frotando las fotografías.

—Veo oscuridad. Es posible que tenga una barba oscura o algo oscuro que le tape parte de la cara. Quizá va vestido con ropa oscura. Pero lo que es seguro es que lo percibo en relación con la pareja y con el lugar donde fueron tomadas las fotos. —Abrió los ojos y levantó la mirada hacia el techo—. Tengo la sensación de que el primer encuentro fue amistoso. Nada que les diera motivo de preocupación. Pero luego hay miedo. En ese lugar, en el bosque, hay un miedo muy grande.

—¿Qué más? —Marino estaba tan en vilo que se le hinchaban las venas del cuello. Si se inclinaba un centímetro más hacia adelante, se caería del sofá.

—Dos cosas —respondió ella—. Tal vez no signifiquen

nada, pero vienen a mí. Percibo la sensación de otro lugar que no aparece en estas fotos, y es un lugar relacionado con la chica. Quizá la llevaron a algún lugar o fue a algún lugar. Es posible que ese lugar esté cerca. O quizá no. No lo sé, pero recibo la sensación de un sitio muy lleno, de cosas que agarran. De pánico, de mucho ruido y movimiento. En estas impresiones no hay nada bueno. Y luego hay una cosa perdida. La percibo como algo de metal que tiene que ver con la guerra. No capto nada más, excepto que no percibo nada malo; no percibo que el objeto en sí sea dañino.

—¿Quién perdió esa cosa de metal, sea lo que sea? —quiso saber Marino.

—Tengo la sensación de que es una persona que aún está viva. No capto ninguna imagen, pero siento que es un hombre. Percibe el objeto como algo perdido, no desechado, y no está muy preocupado por él pero tiene cierto interés. Como si de vez en cuando pensara en ese objeto que ha perdido.

Quedó en silencio mientras el teléfono volvía a sonar.

—¿Le dijo algo de esto a Pat Harvey cuando habló con ella el otoño pasado? —pregunté.

—Cuando me llamó —respondió Hilda—, aún no se habían encontrado los cuerpos. No vi estas fotos.

—Entonces, no percibió ninguna de estas impresiones.

Reflexionó intensamente.

—Fuimos al área de descanso y me condujo al sitio exacto en que se habían encontrado el jeep. Permanecí un rato allí. Recuerdo que había un cuchillo.

—¿Qué cuchillo? —preguntó Marino.

—Vi un cuchillo.

—¿Qué clase de cuchillo? —insistió, y recordé que Gail, la cuidadora del perro, había abierto la puerta del jeep con una navaja del ejército suizo que le había prestado Marino.

—Un cuchillo largo —contestó Hilda—. Como un cuchillo de caza, o quizás una especie de cuchillo militar. Parece que había algo característico en el mango... Negro, de goma, quizá, con una de esas hojas que sirven para cortar cosas duras, como madera.

—No sé si la entiendo —comenté, aunque me hacía una idea de a qué se refería. Pero no quería darle pistas.

—Con dientes. Como una sierra. Supongo que estoy intentando decir que tenía una hoja serrada —respondió.

—¿Eso es lo que le vino a la cabeza cuando estaba allí, en el área de descanso? —preguntó Marino, contemplándola con incredulidad.

—No percibí nada que fuese amenazador —continuó—. Pero vi el cuchillo y supe que cuando dejaron el jeep allí la pareja no iba en su interior. No percibí su presencia en el área de descanso. No estuvieron allí en ningún momento. —Hizo una pausa y, frunciendo el entrecejo, volvió a cerrar los ojos—. Recuerdo que sentí nerviosismo. Tuve la sensación de alguien nervioso y con mucha prisa. Vi oscuridad, como si fuera de noche. Y luego alguien que andaba muy deprisa. Pero no pude ver quién era.

—¿Puede ver a esa persona ahora? —pregunté.

—No. No lo veo.

—¿Lo? ¿Era un hombre?

Una nueva pausa.

—Creo que tengo la sensación de que era un hombre.

Esta vez habló Marino.

—¿Le dijo todo esto a Pat Harvey cuando fue con ella al área de descanso?

—En parte, sí —contestó Hilda—. No me acuerdo de todo lo que le dije.

—Necesito ir a dar un paseo —masculló Marino, y se puso en pie. Hilda no se mostró sorprendida ni molesta porque se fuera, ni porque la puerta se cerrara tras él de un portazo.

—Hilda —comencé—, cuando se entrevistó con Pat Harvey, ¿captó algo acerca de ella? ¿Tuvo la sensación, por ejemplo, de que sabía algo de lo que le había ocurrido a su hija?

—Capté una sensación de culpa muy intensa, como si se sintiera responsable. Pero eso ya era de esperar. Cuando trato con los parientes de alguien que ha muerto o desaparecido, siempre percibo culpa. Lo que no era tan corriente era su aura.

—¿Su aura?

Sabía qué se entendía por aura en medicina, una sensación peculiar que puede preceder a los paroxismos epilépticos, pero no creía que Hilda se refiriese a eso.

—Para la mayoría de la gente, las auras son invisibles —me explicó—. Yo las veo como colores. Un aura que rodea a la persona. Un color. El aura de Pat Harvey era gris.

—¿Significa eso algo?

—El gris no es ni muerte ni vida —respondió—. Yo lo asocio con la enfermedad. Alguien que está enfermo de cuerpo, mente o alma. Como si algo le robara el color de la vida.

—Supongo que es lógico, si tenemos en cuenta su estado emocional en aquellos momentos —observé.

—Podría ser. Pero recuerdo que me produjo una mala impresión. Me dio la sensación de que estaba en peligro. Su energía no era buena, no era positiva ni sana. Tuve la sensación de que estaba en peligro porque ella misma se abría al mal, o quizá atraía el mal sobre sí misma por sus propios actos.

—¿Había visto antes un aura de color gris?

—No a menudo.

No pude resistirme a preguntarlo:

—¿Ve algún color en mí?

—Amarillo con un poco de marrón.

—Eso es interesante —comenté—. Nunca llevo ropa de esos colores. De hecho, no creo que en casa tenga nada amarillo ni marrón. Pero me encanta la luz del sol y el chocolate.

—Su aura no tiene nada que ver con los colores o los alimentos que le gustan. —Sonrió—. El amarillo puede significar espiritualidad. Y el marrón suelo asociarlo con el buen sentido, con el sentido práctico. Alguien que toca de pies al suelo. Su aura me parece muy espiritual, pero también muy práctica. Ahora bien, ésta es sólo mi interpretación. Los colores significan una cosa distinta para cada persona.

—¿Y Marino?

—Un fino reborde rojo. Eso es lo que veo a su alrededor —contestó—. Con frecuencia el rojo significa ira, pero me parece que él necesita más rojo.

—No lo dirá usted en serio —me extrañé, porque lo último que se me hubiera ocurrido era que Marino necesitara más ira.

—Cuando alguien está bajo de energía, le digo que necesita más rojo en su vida. Ese color da energía. Ayuda a hacer las cosas, a enfrentarse a cualquier problema. El rojo puede ser muy bueno, si se canaliza adecuadamente. Pero tengo la sensación de que él teme sus sentimientos, y eso es lo que lo debilita.

—Hilda, ¿ha visto usted retratos de las otras parejas que desaparecieron?

Hizo un gesto de asentimiento.

—La señora Harvey tenía sus fotos. De los periódicos.

—¿Y las tocó usted? ¿Las leyó?

—Sí.

—¿Qué percibió?

—Muerte —dijo—. Todos aquellos jóvenes estaban muertos.

—¿Y el hombre de tez clara que quizá tuviera una barba o algo oscuro que le tapaba parte de la cara?

Reflexionó unos instantes.

—No lo sé. Pero recuerdo que capté esa sensación amistosa de que hablaba antes. En su primer encuentro no hubo miedo. Capté la impresión de que al principio ninguno de los jóvenes tuvo miedo.

—Ahora me gustaría preguntarle por una carta —le expliqué—. Ha dicho usted que lee las cartas a la gente. ¿Se refiere a cartas normales de juego?

—Se puede utilizar casi cualquier cosa. Las cartas del tarot, una bola de cristal... No tiene importancia. Estas cosas sólo son herramientas. Cualquier cosa que le ayude a concentrarse puede servir. Pero, sí, utilizo una baraja de naipes corrientes.

—¿Cómo lo hace?

—Pido a la persona que corte la baraja, y luego voy sacando las cartas de una en una y comento las impresiones que me vienen a la mente.

—Si saliera la jota de corazones, ¿tendría eso un significado especial? —quise saber.

—Todo depende de la persona con quien esté tratando, de la energía que yo recoja de esa persona. Pero la jota de corazones es lo mismo que el caballo de copas en la baraja del tarot.

—¿Es una carta buena o mala?

—Depende de a quién represente la carta en relación con la persona a quien le hago la lectura —me explicó—. En el tarot, las copas son cartas de amor y emoción, como las espadas y los oros son cartas de dinero y negocios. La jota de corazones sería una carta de amor y emoción. Y eso podría ser muy bueno. Pero también podría ser muy malo, si el amor se ha agriado o se ha vuelto vengativo, rencoroso.

—¿Qué diferencia puede haber entre una jota de corazones y el diez o la reina del mismo palo, por ejemplo?

—La jota de corazones es una figura —señaló—. Yo diría que esta carta representa a un hombre. Ahora bien, el rey de corazones también es una figura, aunque yo lo asocio con el poder, con alguien que es visto o se ve a sí mismo en una posición de control, de mando, tal vez un padre o un jefe, algo así. La jota, como el caballo, podría representar a alguien que es visto o se ve a sí mismo como un soldado, un defensor, un campeón. Puede ser alguien relacionado con el mundo de los negocios. Tal vez se dedique al deporte, a la competición. Podría ser muchas cosas, pero en vista de que los corazones son cartas de amor y de emoción, podría decirse, sea quien sea la persona representada por esa carta, que hay un elemento emocional en contraposición a un elemento de dinero o de trabajo.

Volvió a sonar el teléfono.

Tras un breve silencio, Hilda añadió con serenidad:

—No confíe siempre en lo que oiga, doctora Scarpetta.

—¿Acerca de qué? —le pregunté un poco, sorprendida.

—Algo que le importa mucho le causa desdicha y pesar. Tiene que ver con una persona: una amistad, una relación sentimental. Podría tratarse de algún miembro de su familia; no lo sé. Decididamente, es alguien de gran importancia en su vida. Pero escucha e imagina usted muchas cosas. Cuidado con lo que le dicen.

Mark, pensé, o acaso Benton Wesley. No pude resistirme a preguntar:

—¿Es alguien actualmente presente en mi vida? ¿Alguien con quien suelo verme?

Hizo una pausa.

—Puesto que percibo cierta confusión, muchos elementos desconocidos, tendré que decir que no es alguien con quien actualmente esté en contacto. Percibo un distanciamiento; no necesariamente geográfico, entienda, sino emocional. Una distancia que hace que le resulte a usted difícil confiar. Mi consejo es que lo deje correr, que no haga nada al respecto, por ahora. Vendrá una resolución; no puedo decirle cuándo ocurrirá, pero todo irá bien si se relaja, si no presta atención a los elementos discordantes ni actúa impulsivamente.

»Y aún hay otra cosa —continuó—. Va más allá de lo que tiene delante y no sé de qué se trata. Pero hay algo que usted no ve y que tiene relación con el pasado, algo importante que ocurrió en el pasado. Vendrá a usted y la conducirá a la verdad, pero no reconocerá su significado a no ser que antes se abra. Déjese guiar por su fe.

Inquieta por Marino, me levanté y me asomé a la ventana.

Marino se tomó dos bourbons con agua en el aeropuerto de Charlotte y otro más cuando estábamos en el aire. Durante el viaje de regreso a Richmond tuvo muy poco que decir. Hasta que no estuvimos en el aparcamiento, junto a nuestros coches, no me decidí a tomar la iniciativa.

—Debemos hablar —dije, sacando las llaves.

—Estoy muerto.

—Son casi las cinco —observé—. ¿Por qué no viene a cenar a casa?

Miró hacia el otro lado del aparcamiento, entornando los ojos bajo el sol. No hubiera sabido decir si estaba furioso o al borde de las lágrimas; no recordaba haberlo visto nunca tan alterado.

—¿Está enfadado conmigo, Marino?

—No, doctora. Ahora mismo quiero estar solo.

—Ahora mismo, creo que no debería estarlo.

Se abrochó el botón superior del abrigo, farfulló un «hasta luego» y se alejó a paso vivo.

Volví a casa, completamente agotada; mientras estaba en la cocina, ocupada como una autómata en cosas sin importancia, sonó el timbre de la puerta. Al atisbar por la mirilla, me asombró ver a Marino.

—Tenía esto en el bolsillo —me explicó en cuanto le abrí la puerta. Me entregó el pasaje usado de avión y una serie de papeles del coche alquilado, todo completamente inútil—. He pensado que podía necesitarlo para la declaración de la renta o lo que fuera.

—Gracias —respondí. Me daba cuenta de que no había venido por eso. Ya tenía los recibos de las tarjetas de crédito. Nada de lo que me traía era necesario—. Estaba preparando la cena. Ya que está aquí, ¿por qué no se queda?

—Quizás un ratito. —Evitaba mirarme a los ojos—. Luego tengo cosas que hacer.

Me siguió a la cocina y se sentó a la mesa mientras yo seguía cortando pimientos rojos y añadía los pedacitos a la cebolla picada que estaba salteando en aceite de oliva.

—Ya sabe dónde está el bourbon —observé, mientras revolvía la sartén.

Se levantó y se dirigió hacia el mueble bar.

—De paso —grité—, podría prepararme un escocés con soda. No respondió, pero a su vuelta dejó la bebida que le había pedido al alcance de mi mano y se apoyó en el tajo de carnicero. Eché la cebolla y el pimiento encima del tomate que se sofreía en otra sartén y empecé a dorar las salchichas.

—No hay segundo plato —me disculpé mientras trabajaba.

—Por lo que veo, no creo que haga falta.

—Sería perfecto un poco de cordero al vino blanco, pecho de ternera o cerdo asado. —Llené una olla con agua y la puse al fuego—. Con el cordero hago cosas asombrosas, pero tendré que demostrárselo otro día.

—Tal vez debería dejar de cortar cadáveres y abrir un restaurante.

—Supongo que tengo que tomármelo como un cumplido.

—Sí, claro. —Su rostro carecía de expresión. Estaba encendiendo un cigarrillo—. ¿Y qué nombre le da a esto? —Señaló la olla con el mentón.

—Fideos gruesos verdes y amarillos con pimiento y salchichas —respondí, y añadí las salchichas desmenuzadas a la salsa—. Pero si realmente quisiera impresionarle, lo llamaría *le pappardelle del Cantunzein.*

—No se moleste. Ya estoy impresionado.

—Marino. —Lo miré de soslayo—. ¿Qué ha pasado esta mañana?

Respondió con una pregunta.

—¿Le ha contado a alguien lo que le dijo Vessey de que la marca en el hueso había sido hecha con una hoja serrada?

—Hasta ahora, solamente a usted.

—Es difícil comprender cómo Hilda Ozimek ha podido pensar en eso, que le viniera a la mente un cuchillo de caza con el filo serrado cuando Pat Harvey la llevó al área de descanso.

—Es difícil —asentí; eché la pasta en el agua hirviendo—. Hay cosas en la vida que no pueden razonarse ni explicarse, Marino.

La pasta fresca se cuece en segundos, y enseguida la escurrí y la pasé a un cuenco que mantenía caliente en el horno. Eché la salsa, añadí mantequilla y rallé un trozo de parmesano fresco, y a continuación anuncié a Marino que la cena estaba lista.

—Tengo corazones de alcachofa en el frigorífico. —Coloqué los platos—. Pero ensalada no. Lo que sí hay es pan en el congelador.

—No necesito nada más —rehusó con la boca llena—. Esto está bueno. Muy bueno.

Yo apenas había tocado mi plato cuando Marino ya estaba a punto para repetir. Era como si no hubiese comido en una semana. No se cuidaba, y se le notaba. Su corbata necesitaba un buen lavado en seco, a una pernera de los pantalones se le había descosido el dobladillo y su camisa tenía manchas amarillentas en las axilas. Todo en él pregonaba a gritos su necesidad de atención, y eso me repelía tanto como me inquietaba. No había ningún motivo para que un adulto inteligente se hundiera en la decadencia como una casa abandonada. Pero yo sabía que su vida estaba fuera de control, que en cierto sentido era incapaz de cuidarse. Algo andaba muy mal en él. Me levanté y saqué un tinto Mondavi del botellero.

—Marino —empecé, mientras llenaba nuestros vasos—, ¿de quién era esa fotografía que enseñó a Hilda? ¿Era su mujer?

Se recostó en el respaldo de la silla y evitó mirarme.

—No tiene que decirme nada, si no quiere, pero hace algún tiempo que no es usted el mismo. Resulta evidente.

—Lo que dijo esa mujer me trastornó.

—¿Lo que dijo Hilda?

—Ajá.

—¿Le gustaría contármelo?

—No se lo he contado a nadie. —Hizo una pausa y cogió el vaso de vino. Su expresión era dura, y tenía la mirada baja—. En noviembre pasado volvió a Jersey.

—Creo que no me ha dicho nunca cómo se llama su esposa.

—¡Uf! —exclamó con amargura—. Éste es todo un comentario.

—Sí, en efecto. Se guarda usted muchas cosas.

—Siempre he sido así. Pero supongo que el hecho de ser policía lo empeora. Estoy muy acostumbrado a oír a los muchachos lamentarse y despotricar de sus mujeres, sus amigas, sus hijos. Vienen a llorar sobre tu hombro y te crees que son tus hermanos. Luego, cuando te toca a ti tener un problema, cometes el error de abrirles tu alma y antes de que te des cuenta, te has convertido en la comidilla de todo el departamento de policía. Hace mucho que aprendí a tener la boca cerrada. —Hizo una pausa y sacó la cartera—. Se llama Doris. —Me tendió la fotografía que había enseñado a Hilda Ozimek aquella misma mañana.

Doris tenía una cara agradable y un cuerpo rollizo y confortable. Estaba de pie, en una pose rígida, vestida para la iglesia, con expresión renuente y cohibida. La había visto cien veces, porque el mundo estaba lleno de Doris. Eran las dulces mujercitas que se sentaban en el balancín del porche a soñar en el amor mientras contemplaban mágicas noches estrelladas, con aromas de verano. Eran espejos, pues sus mismas imágenes reflejaban a las personas significativas en sus vidas. Medían su importancia por los servicios que prestaban, sobrevivían asesinando sus expectativas centímetro a centímetro, y un día despertaban locas de furor.

—En junio hubiéramos cumplido treinta años de casados —prosiguió Marino cuando le devolví la fotografía—. Pero de repente resulta que no es feliz. Dice que trabajo demasiado, que no me ve nunca el pelo. Que no me conoce. Cosas así. Pero no nací ayer. Ésta no es la verdadera historia.

—¿Cuál es, entonces?

—Empezó el año pasado, cuando su madre tuvo un ataque. Doris fue a cuidarla. Entre sacar a su madre del hospital, ingresarla en una residencia y ocuparse de todo pasó casi un mes en el norte... Cuando volvió a casa era distinta. Como si fuera otra persona.

—¿Qué cree que ocurrió?

—Sé que conoció a un tipo que se quedó viudo hace un par de años. Es un agente de la propiedad y la ayudó a vender la casa de su madre. Doris lo mencionó un par de veces como si no tuviera importancia. Pero allí pasaba algo. El teléfono sonaba por la noche y, cuando contestaba yo, la otra persona colgaba. Doris corría a recoger el correo antes que yo. Más tarde, en noviembre, hizo las maletas de repente y se marchó con la excusa de que su madre la necesitaba.

—¿Ha vuelto a casa desde entonces? —le pregunté.

Negó con la cabeza.

—Telefonea de vez en cuando. Dice que quiere el divorcio.

—Marino, lo siento.

—Su madre está en una residencia, ya sabe. Y Doris la cuida y sale con ese agente de la propiedad, supongo. Tan pronto deprimida como feliz. Quiere volver a casa, pero no quiere. Ahora se siente culpable, ahora le importa todo un comino. Es lo que dijo Hilda al ver la foto. Adelante y atrás.

—Ha de ser muy doloroso para usted.

—Ya. —Arrojó la servilleta sobre la mesa—. Es libre de hacer lo que quiera. Que se joda.

Comprendí que no lo decía en serio. Estaba destrozado, y su dolor me partía el corazón. Al mismo tiempo, no podía por menos que comprender a su esposa. No debía de ser nada fácil amar a Marino.

—¿Quiere que vuelva a casa?

—He vivido más años con ella de los que tenía cuando nos conocimos. Pero no nos engañemos, doctora. —Me miró fugazmente con ojos asustados—. Mi vida es una mierda. Siempre con el dinero justo y saliendo en mitad de la noche por llamadas urgentes. Organizamos unas vacaciones y en el último momento surge algo y Doris tiene que deshacer el equipaje y esperar en casa, como el fin de semana del Día del Trabajo, cuando desaparecieron la joven Harvey y su novio. Ésa fue la gota que colmó el vaso.

—¿Ama usted a Doris?

—Ella cree que no.

—Tal vez debería procurar que entienda cómo se siente usted —le sugerí—. Tal vez debería demostrarle que la quiere mucho y que no la necesita tanto.

—No lo entiendo. —Parecía desconcertado.

Nunca lo entendería, pensé, deprimida.

—Cuide de usted mismo —le expliqué—. No espere que ella lo haga por usted. Quizás así verá las cosas de otra manera.

—No gano suficiente dinero, y con eso está dicho todo, capítulo y versículo.

—Estoy segura de que a su esposa no le importa tanto el dinero. Preferiría sentirse importante y amada.

—El otro tipo tiene una casa muy grande y un Chrysler New Yorker. Último modelo, con tapicería de cuero y todos los accesorios. —No respondí—. El año pasado se fue a Hawai de vacaciones. —Marino empezaba a irritarse.

—Doris ha pasado la mayor parte de su vida con usted. Por elección propia, con Hawai o sin Hawai...

—Hawai sólo es una trampa para turistas —me interrumpió, y encendió un cigarrillo—. Yo, personalmente, preferiría irme a pescar a la isla de Buggs.

—¿Se le ha ocurrido pensar que Doris puede haberse hartado de ser su madre?

—Doris no es mi madre —replicó.

—Entonces, ¿cómo es que desde que se ha ido empieza usted a dar la impresión de que necesita desesperadamente una madre, Marino?

—Porque no tengo tiempo para coser botones, cocinar, lavar y toda esa mierda.

—Yo también estoy ocupada, y encuentro tiempo para toda esa mierda.

—Sí, y además tiene una criada. Y seguramente gana cien de los grandes al año.

—Cuidaría de mí misma aunque sólo ganara diez de los grandes al año —le aseguré—. Lo haría porque me respeto y porque no quiero ser una carga para nadie. Quiero que alguien se preocupe por mí, pero existe una gran diferencia entre estas dos cosas.

—Si conoce usted todas las respuestas, doctora, ¿cómo es que está divorciada? ¿Y cómo es que su amigo Mark está en Colorado y usted aquí? Por lo que veo, no creo que sea usted una experta en relaciones sentimentales.

Una oleada de sangre me subió por el cuello.

—En realidad, Tony no se preocupaba por mí, y cuando por fin me di cuenta, me marché. En cuanto a Mark, tiene un problema con los compromisos.

—¿Y usted sí estaba comprometida con él? —Marino me lanzó una mirada casi feroz.

No respondí.

—¿Por qué no se fue al Oeste con él? Quizás estaba demasiado comprometida con su cargo de jefa.

—Teníamos problemas, y es verdad que en parte por culpa mía. Mark estaba enfadado y decidió marcharse..., quizá para dejar clara su postura, quizá sólo para alejarse de mí —expliqué, consternada al ver que no era capaz de mantener mi voz libre de emoción—. Profesionalmente, no me hubiera sido posible acompañarlo, pero es que jamás existió esa posibilidad.

Marino mostró de pronto una expresión avergonzada.

—Lo siento. No lo sabía.

Permanecí en silencio.

—Por lo visto, estamos los dos en el mismo barco —añadió.

—En algunos aspectos —asentí, y no quise reconocer ante mí misma cuáles eran esos aspectos—. Pero yo sé cuidarme sola. Si Mark regresa algún día, no me encontrará hecha un pingajo, con la vida completamente estropeada. Lo quiero, pero no lo necesito. Tal vez debería usted intentar lo mismo con Doris.

—Sí. —Me pareció animado—. Quizá lo haga. Creo que me tomaría una taza de café.

—¿Sabe usted prepararlo?

—Lo dice en broma —respondió, sorprendido.

—La primera lección, Marino. Preparar el café.

Mientras le mostraba las maravillas técnicas de una cafetera que no exigía más que un coeficiente intelectual de cincuenta, Marino siguió cavilando sobre las aventuras del día.

—Una parte de mí no quiere tomarse en serio lo que dijo Hilda —me explicó—. Pero a la otra parte no le queda más remedio que tomárselo en serio. Me refiero a que me ha dado en qué pensar.

—¿En qué sentido?

—A Deborah Harvey le dispararon con una nueve milímetros. El casquillo no se ha encontrado. Resulta difícil creer que el pájaro pudiera encontrar el casquillo en la oscuridad. Eso me hace pensar que Morrell y los demás no lo buscaron en el lugar adecuado. Recuerde que Hilda se preguntaba si no había otro lugar, y que habló de algo perdido. Algo metálico que tenía que ver con la guerra. Eso podría ser un casquillo vacío.

—También dijo que no era un objeto peligroso —le recordé.

—Un casquillo vacío no puede hacer daño ni a una mosca. Lo que hace daño es la bala, y sólo cuando la disparan.

—Y las fotografías que examinó fueron tomadas el otoño pasado —proseguí—. Sea lo que fuere ese objeto perdido, quizás estuviera allí entonces, pero no ahora.

—¿Cree que el asesino regresó a buscarlo a la luz del día?

—Hilda dijo que la persona que perdió ese objeto metálico estaba preocupada por él.

—Yo no creo que regresara —dijo Marino—. Es demasiado cuidadoso. Sería un riesgo excesivo. Cuando desaparecieron los chicos, la zona se llenó de policías y sabuesos. Puede estar segura de que el asesino no se expuso tanto. Tiene que ser muy listo para llevar tanto tiempo haciendo lo que hace sin que le hayan echado la mano encima, ya se trate de un psicópata ya de un profesional a sueldo.

—Es posible —concedí, mientras el café empezaba a hervir.

—Creo que deberíamos volver allí y echar una ojeada. ¿No le parece?

—Francamente, me había pasado esa idea por la cabeza.

8

A la luz de una tarde clara el bosque no parecía tan ominoso, hasta que Marino y yo llegamos cerca del pequeño claro. Allí, la leve fetidez de carne humana en descomposición era un insidioso recordatorio. Las piñas y agujas de pino habían sido desplazadas y acumuladas en montoncitos por la acción de palas y cedazos. Haría falta tiempo y repetidas lluvias para que los restos tangibles del asesinato dejaran de ser perceptibles en aquel lugar.

Marino había traído un detector de metales y yo llevaba un rastrillo. Sacó los cigarrillos y miró a su alrededor.

—No creo que valga la pena hurgar por aquí —comentó—. Ya lo han repasado media docena de veces.

—Y supongo que también habrán examinado a fondo el camino —añadí, volviendo la vista hacia la senda que habíamos seguido desde la pista forestal.

—No necesariamente, porque no había camino cuando trajeron a la pareja aquí el otoño pasado.

Comprendí lo que quería decir. El sendero de hojas desplazadas y tierra apisonada lo habían creado los agentes de policía y demás personas interesadas en su ir y venir desde la pista forestal.

Marino paseó la mirada por el bosque y añadió:

—El caso es, doctora, que ni siquiera sabemos dónde aparcaron. Es fácil suponer que dejaron el coche cerca de donde lo hemos dejado nosotros y que llegaron hasta aquí más o menos como nosotros, pero todo depende de si el asesino quería venir precisamente aquí.

—Tengo la sensación de que el asesino sabía adónde se dirigía —respondí—. No es lógico suponer que abandonó la pista forestal en un punto elegido al azar y llegó aquí tras vagar sin rumbo en la oscuridad.

Se encogió de hombros y conectó el detector de metales.

—Por probar no se pierde nada.

Empezamos por el perímetro del sitio donde nos encontrábamos y examinamos el sendero, barriendo metros de maleza y hojarasca por ambos lados mientras regresábamos lentamente hacia la pista forestal. Durante casi dos horas nos dedicamos a explorar cualquier claro entre los árboles y la espesura que pareciese mínimamente accesible para un ser humano; el primer zumbido de alta frecuencia del detector recompensó nuestros esfuerzos con una lata de cerveza Old Milwaukee, y el segundo con un sacacorchos oxidado. La tercera alerta no sonó hasta que nos hallamos en el límite del bosque, a la vista de nuestro coche, cuando descubrimos un cartucho de escopeta con el cilindro de plástico rojo descolorido por los años.

Apoyada en el rastrillo, contemplé decepcionada el sendero que acabábamos de recorrer y me puse a pensar. Reflexioné sobre lo que nos había dicho Hilda acerca de otro lugar relacionado con el caso, quizás un lugar al que el asesino había conducido a Deborah, y reconstruí mentalmente la imagen del claro y los cadáveres. Mi primera idea había sido que si en algún momento Deborah había conseguido librarse del asesino, quizá fuera cuando éste los conducía en la oscuridad desde la pista forestal hacia el claro. Pero al examinar bien el bosque, esta teoría me parecía insostenible.

—Aceptemos como punto de partida que el asesino estaba solo —le dije a Marino.

—Muy bien, la escucho. —Se enjugó la mojada frente en la manga del chaquetón.

—Si usted fuera el asesino y hubiera raptado a dos personas para obligarlas, quizás a punta de pistola, a venir hasta aquí, ¿a cuál de las dos mataría primero?

—El chico es el que más problemas puede darme —respondió sin vacilar—. Yo me ocuparía primero de él y me guardaría a la chiquita para luego.

Aún me parecía difícil de concebir. Trataba de imaginarme a una persona obligando a dos rehenes a caminar por aquellos bosques después de oscurecido, y seguía con la mente en blanco. ¿El asesino llevaba linterna? ¿Conocía tan bien el bosque que hubiera podido llegar al claro con los ojos vendados? Formulé estas preguntas a Marino en voz alta.

—Yo también he intentado imaginármelo —contestó—. Se me ocurren un par de ideas. En primer lugar, seguramente les ató las manos a la espalda. Segundo, yo en su lugar, mientras andáramos por el bosque, llevaría cogida a la chica con la pistola apoyada en sus costillas. De esta manera el novio estaría manso como un corderito. Un falso movimiento y me cargo a la chica. En cuanto a la linterna, por fuerza debió de tener alguna luz para moverse por aquí.

—¿Cómo puede sostener una pistola, una linterna y la chica al mismo tiempo? —objeté.

—Fácil. ¿Quiere que se lo demuestre?

—No especialmente.

Marino extendió una mano hacia mí y di un paso atrás.

—El rastrillo. Caramba, no sea tan nerviosa.

Me entregó el detector de metales y yo le di el rastrillo.

—Supongamos que el rastrillo es Deborah, ¿de acuerdo? La agarro por el cuello con el brazo izquierdo y sostengo la linterna con la mano izquierda, así. —Hizo la demostración—. En la mano derecha llevo la pistola, apoyada en su espalda. No hay problema. Fred va un par de pasos por delante y sigue el haz de la linterna, mientras yo lo vigilo como un halcón. —Se detuvo y volvió la mirada hacia el sendero—. No creo que se movieran muy deprisa.

—Y menos si estaban descalzos —apunté.

—Sí, y tengo la impresión de que lo estaban. Si ha de traerlos hasta aquí, no puede atarles los pies. Pero si los obliga a quitarse los zapatos, hace que vayan más despacio, les dificulta la huida. Puede que después de cargárselos se quede de los zapatos como recuerdo.

—Puede. —Estaba pensando otra vez en el bolso de Deborah. Pregunté—: Si Deborah llevaba las manos atadas a la espalda, ¿cómo llegó aquí su bolso? No tenía ninguna correa, ninguna manera de colgárselo del brazo o del hombro. No estaba atado al cinturón, y de hecho no parece que Deborah llevara ningún cinturón. Si alguien te lleva al bosque por la fuerza, a punta de pistola, ¿por qué habrías de llevarte el bolso contigo?

—Ni idea. Eso me tiene preocupado desde el primer momento.

—Hagamos un último intento —propuse.

—Oh, mierda.

Cuando llegamos de nuevo al claro, las nubes habían ocultado el sol y empezaba a hacer viento, de tal manera que parecía que la temperatura hubiera descendido cinco o seis grados. Estaba muy húmeda de sudor por el esfuerzo, tenía frío y me temblaban los músculos de los brazos de tanto rastrillar. Me acerqué al borde del claro más alejado del camino y examiné una zona tras la cual se extendía un terreno tan inhóspito que dudaba de que ni tan sólo los cazadores se aventurasen en él. La policía había cavado y tamizado quizá tres metros en esa dirección antes de toparse con una infestación de kudzú que había proyectado sus metástasis sobre casi media hectárea. Los árboles envueltos en la malla verde de esta enredadera parecían dinosaurios prehistóricos encabritados sobre un compacto mar verde. Toda planta, arbusto y pino viviente moría lentamente por estrangulación.

—Válgame Dios —exclamó Marino cuando empecé a internarme allí con el rastrillo—. ¿Ahí quiere que nos metamos?

—No iremos muy lejos —le prometí.

No tuvimos necesidad.

El detector de metales respondió casi de inmediato. Cuando Marino lo pasó sobre una zona a menos de cinco metros del lugar donde se habían encontrado los cuerpos, el pitido se volvió aún más fuerte y agudo. Descubrí que rastrillar kudzú era peor que peinar una cabellera enmarañada, y finalmente tuve que hincarme de rodillas para arrancar hojas y palpar raíces con los dedos enfundados en unos guantes quirúrgicos hasta que toqué algo duro y frío que, como supe antes de verlo, no era lo que buscaba.

—Guárdelo para el peaje —dije decepcionada, y lancé a Marino una moneda de veinticinco centavos sucia de tierra.

A muy pocos pasos de allí, el detector de metales avisó de nuevo, y esta vez mis esfuerzos sobre manos y rodillas tuvieron su recompensa. Cuando palpé la dura e inconfundible forma cilíndrica, aparté la enredadera con delicadeza hasta ver el destello del acero inoxidable, un casquillo de bala todavía tan brillante como la plata bruñida. Lo recogí con precaución, procurando tocar su superficie lo menos posible, mientras Marino se agachaba y sostenía abierta una bolsa oficial de plástico transparente.

—Nueve milímetros, Federal —leyó en voz alta la marca del casquillo a través del plástico—. Que me cuelguen.

—El asesino estaba más o menos aquí cuando disparó contra ella —musité, y una extraña sensación recorrió mis nervios al recordar que Hilda dijo que Deborah había estado en «un sitio muy lleno», entre cosas que la «agarraban». Kudzú.

—Si el disparo fue de cerca —añadió Marino—, la chica no pudo caer muy lejos de aquí.

Me interné un poco más y él me siguió con el detector.

—¿Cómo diablos pudo ver para matarla, Marino? —pregunté—. Dios mío. ¿Se imagina este lugar de noche?

—Había luna.

—Pero no llena —objeté.

—Lo bastante llena para que la oscuridad no fuera absoluta. Hacía meses que los investigadores habían determinado las condiciones meteorológicas. La noche del viernes treinta y uno de agosto, cuando desapareció la pareja, la temperatura rondaba los veinte grados, la luna estaba tres cuartas partes llena y el cielo despejado.

Aunque el asesino estuviera provisto de una linterna

potente, seguía sin comprender cómo pudo obligar a dos rehenes a caminar por el bosque en plena noche sin sentirse tan desorientado y vulnerable como ellos. Lo único que podía imaginar era confusión y muchos traspiés.

¿Por qué no se limitó a matarlos en la pista forestal, arrastrar los cadáveres unos metros hacia la espesura y largarse? ¿Por qué tuvo que llevarlos hasta allí?

Y, no obstante, lo mismo había pasado con las otras parejas. También sus cuerpos habían aparecido en lugares remotos y boscosos, como éste.

Marino contempló la masa de enredaderas con una expresión desagradable en el rostro y comentó:

—No sabe cuánto me alegro de que no tengamos un buen clima para las serpientes.

—Una idea encantadora —repliqué, un poco acobardada.

—¿Quiere seguir adelante? —preguntó, en un tono que daba a entender que él no sentía el menor interés por aventurarse ni un centímetro más en aquel erial gótico.

—Creo que ya hemos tenido bastante por hoy. —Salí de entre las enredaderas kudzú tan deprisa como pude, con la piel de gallina. La sola mención de las serpientes había podido conmigo. Estaba al borde de un ataque de ansiedad de tamaño natural. Eran casi las cinco cuando emprendimos el regreso hacia el coche, a través de un bosque cada vez más lóbrego y repleto de sombras. Por cada ramita que crujía bajo los pies de Marino, me daba un salto el corazón. Las ardillas que se encaramaban precipitadamente a los árboles y los pájaros que alzaban el vuelo desde las ramas eran alarmantes intrusiones en el fantasmagórico silencio.

—Dejaré esto en el laboratorio mañana a primera hora —me informó—. También tengo que ir al juzgado. Un modo estupendo de pasar el día libre.

—¿Qué caso?

—El caso de un tal Bubba, que le pegó un tiro a su amigo llamado Bubba y con un zángano llamado Bubba como único testigo.

—No habla usted en serio.

—Vaya —exclamó, y abrió las portezuelas del coche—. Tan en serio como una escopeta recortada. —Mientras ponía el motor en marcha, masculló—: Empiezo a odiar este trabajo, doctora. Se lo juro.

—En estos momentos odia usted al mundo entero, Marino.

—No, se equivoca —protestó, e incluso se echó a reír—. Usted me cae bien.

El último día de enero empezó para mí cuando el correo matutino trajo una comunicación oficial de Pat Harvey. Sucinta y sin rodeos, me advertía que si no recibía una copia de los informes de la autopsia y del análisis toxicológico de su hija antes de que terminara la siguiente semana, solicitaría un mandamiento judicial. Había enviado un duplicado de la carta a mi superior inmediato, el Comisionado de Salud y Servicios Humanos, cuya secretaria no tardó ni una hora en telefonear para citarme a su despacho.

Dejé las autopsias que me esperaban abajo, salí del edificio y recorrí a pie el breve trayecto por Franklin hasta la estación de la calle Main, que después de permanecer vacía durante años, se había convertido en centro comercial por una breve temporada, hasta que fue adquirida por el Estado. En cierto sentido, la histórica construcción de ladrillo rojo, con su torre del reloj y su techumbre de tejas rojas, volvía a ser una estación, una parada temporal para los funcionarios estatales obligados a mudarse de lugar mientras se remozaba el edificio Madison y se le arrancaba todo el amianto. El gobernador había nombrado comisionado al doctor Paul Sessions hacía dos años y aunque los encuentros cara a cara con mi jefe eran poco frecuentes, resultaban bastante agradables. Sin embargo, tenía la sensación de que esta vez la historia podía ser muy distinta. Su secretaria me había hablado en un tono de disculpa, como si supiera que me hacían ir para echarme una bronca.

El comisionado disponía de varias oficinas en la segunda planta, a la que se llegaba por una escalinata de mármol pulimentada por los pies de los incontables viajeros que habían subido y bajado aquellos escalones en una época terminada hacía mucho tiempo. Los espacios que el comisionado se había apropiado para su uso habían sido antes una tienda de artículos de deporte y un comercio donde se vendían cometas de colores y carretes de hilo. Habían derribado tabiques y rellenado los huecos de las ventanas con ladrillo; los despachos tenían paneles en las paredes, moqueta y un elegante mobiliario. El doctor Sessions estaba familiarizado con el perezoso funcionamiento del gobierno y se había instalado en sus cuarteles provisionales como si la mudanza fuese permanente.

Su secretaria me recibió con una sonrisa de conmiseración que me hizo sentir peor, se apartó del teclado girando la silla y descolgó el teléfono.

Anunció mi llegada y al instante se abrió la puerta de roble macizo situada frente a su escritorio y el doctor Sessions me invitó a pasar.

Enérgico, con una rala cabellera de color castaño y unas gafas de montura gruesa que le comían la estrecha cara, el doctor Sessions era una prueba viviente de que los seres humanos no estaban hechos para participar en carreras de larga distancia. Tenía un pecho de tuberculoso y tan poca grasa corporal que en muy contadas ocasiones se quitaba la chaqueta del traje y a menudo iba de manga larga en pleno verano, porque era un friolero crónico. Todavía llevaba enyesado el brazo izquierdo, que se había roto hacía varios meses durante una carrera en la costa Oeste, al tropezar con una percha que los pies de los demás corredores que iban por delante de él habían eludido y que le hizo caer rodando por tierra. Seguramente fue el único participante que, sin acabar la carrera, había aparecido en los periódicos.

Tomó asiento tras su escritorio, la carta de Pat Harvey centrada sobre el secante, su rostro desacostumbradamente severo.

—Supongo que ya habrá leído esto, ¿no es así? —Dio unos golpecitos sobre la carta con el dedo índice.

—Sí —respondí—. Es comprensible que Pat Harvey esté tan interesada en conocer los resultados del examen de su hija.

—El cuerpo de Deborah Harvey se encontró hace once días. ¿Debo entender que aún no sabe qué la mató a ella ni a Fred Cheney?

—Sé qué la mató. En cuanto a él, la causa de la muerte sigue siendo desconocida.

Parecía desconcertado.

—Doctora Scarpetta, ¿le importaría explicarme por qué no ha remitido esta información a los Harvey ni al padre de Fred Cheney?

—La explicación es muy sencilla. Los casos están aún sin resolver y se están llevando a cabo nuevos estudios especiales. Y el FBI me ha pedido que no dé ninguna información a nadie.

—Entiendo. —Se quedó mirando la pared como si en ella hubiera una ventana que diera al exterior, aunque en realidad no la había.

—Si usted me pide que envíe los informes, doctor Sessions, lo haré inmediatamente. De hecho, para mí sería un alivio que me ordenara cumplir la petición de Pat Harvey.

—¿Por qué? —Ya conocía la respuesta, pero quería oír lo que yo tuviera que decir.

—Porque la señora Harvey y su marido tienen derecho a saber qué le ocurrió a su hija —respondí—. Bruce Cheney tiene derecho a enterarse de lo que sabemos o no sabemos acerca de su hijo. Esta espera es angustiosa para todos ellos.

—¿Ha hablado con la señora Harvey?

—No recientemente.

—¿Ha hablado con ella después de que se encontraran los cuerpos, doctora Scarpetta? —Jugueteaba con el cabestrillo.

—La llamé en cuanto quedó confirmada la identificación, pero no he vuelto a hablar con ella desde entonces.

—¿Y ella ha intentado ponerse en contacto con usted?

—En efecto.

—¿Y usted se ha negado a hablar con ella?

—Ya le he explicado por qué —observé—. No creo que fuera muy diplomático por mi parte ponerme al teléfono y decirle que el FBI no quiere que facilite ninguna información.

—No ha comentado estas instrucciones del FBI con nadie, entonces.

—Acabo de comentarlas con usted.

Descruzó y volvió a cruzar las piernas.

—Y yo se lo agradezco. Pero no me parece conveniente que hable del asunto con nadie más. Y menos con los periodistas.

—Hago todo lo posible por esquivarlos.

—El *Washington Post* me ha llamado esta mañana.

—¿Quién del *Post*?

Empezó a rebuscar entre sus notas mientras yo esperaba con desasosiego. No quería creer que Abby fuera capaz de actuar a mis espaldas y por encima de mí.

—Alguien llamado Clifford Ring. —Levantó la mirada hacia mí—. De hecho, no es la primera vez que llama, ni soy la única persona a la que ha intentado sonsacar información. También ha estado importunando a mi secretaria y a otros miembros de mi personal, como mi delegado y el secretario de Recursos Humanos. Supongo que también la habrá telefoneado a usted, y por eso recurrió finalmente a la administración, porque, según dijo, «la directora forense no quiere hablar conmigo».

—Han llamado muchos periodistas. No recuerdo cómo se llama la mayoría de ellos.

—Bien. El señor Ring parece creer que existe una operación para ocultar información, una especie de conspiración, y a juzgar por el sentido de sus preguntas parece disponer de datos que avalan esta opinión.

Era extraño, pensé. Al parecer el *Post* no había renunciado a investigar estos casos, como tan calurosamente me había asegurado Abby.

—Parece tener la impresión —prosiguió el comisionado— de que su oficina se niega a colaborar y que, por lo tanto, participa en esa supuesta conspiración.

—Y supongo que está en lo cierto. —Hice lo posible para que mi voz no revelara el disgusto que sentía—. Y eso me deja atrapada en el medio. O me opongo a Pat Harvey o al Departamento de Justicia, y, francamente, de poder elegir, preferiría complacer a la señora Harvey. Tarde o temprano, tendré que responder ante ella. Es la madre de Deborah. No tengo por qué responder ante el FBI.

—No me interesa ponerme a mal con el Departamento de Justicia.

No necesitaba explicarme por qué. Una parte sustancial del presupuesto departamental del comisionado se financiaba con dinero procedente de fondos federales, que incluso goteaba hasta mi oficina para subvencionar la recogida de datos necesarios para las diversas agencias de prevención de accidentes y de seguridad en el tráfico. El Departamento de Justicia sabía jugar duro. Si enfrentarse a los federales no secaba una fuente de ingresos muy necesarios, al menos podíamos estar seguros de que nos amargarían la vida. Lo último que deseaba el comisionado era tener que justificar todas las hojas de papel de carta y todos los lápices adquiridos con el dinero de la subvención. Yo ya sabía cómo funcionaban las cosas. Todos tendríamos que contar hasta la última moneda, y el papeleo acabaría asfixiándonos.

El comisionado recogió la carta con el brazo bueno y la estudió unos instantes.

—De hecho —observó—, puede que la única solución consista en dejar que la señora Harvey cumpla su amenaza.

—Si obtiene un mandamiento judicial, no me quedará más remedio que entregarle lo que quiere.

—Soy consciente de ello. Y la ventaja es que el FBI no podrá hacernos responsables. La desventaja, naturalmente, está en la publicidad negativa que recibiremos —reflexionó en voz alta—. Desde luego, el Departamento de Salud y Servicios Humanos no quedará muy bien parado si la gente se entera de que un juez tuvo que obligarnos a entregar a Pat Harvey algo a lo que la ley le concede pleno derecho. Supongo que eso contribuiría a corroborar las sospechas de nuestro amigo, el señor Ring.

El ciudadano medio ni siquiera sabía que la Oficina de Exámenes Forenses formaba parte de Salud y Servicios Humanos. Era yo la que iba a quedar mal. El comisionado, en buena tradición burocrática, me ponía en situación de recibir las críticas de frente porque no quería disgustar al Departamento de Justicia.

—Naturalmente —caviló—, Pat Harvey se lo tomará como afrenta y utilizará todo el poder de su cargo. Aunque quizá se trate de un farol.

—Lo dudo —repliqué, simplemente.

—Ya veremos. —Se puso en pie y me acompañó hasta la puerta—. Escribiré a la señora Harvey y le diré que he hablado con usted. —Apostaría cualquier cosa a que lo hará, pensé—. Y si puedo ayudarla en algo, no dude en decírmelo.

Sonrió, pero evitó mirarme a los ojos.

Acababa de decirle que necesitaba ayuda. Lo mismo habría dado que tuviera los dos brazos rotos: no pensaba mover ni un dedo.

En cuanto llegué a mi oficina, pregunté a los recepcionistas y a Rose si había telefoneado algún periodista del *Post*. Después de hacer memoria y examinar viejas libretas de notas, todos seguían sin recordar a ningún Clifford Ring. Difícilmente podía acusarme de negarle mi colaboración si ni siquiera había intentado comunicarse conmigo, razoné. Aun así, me sentía perpleja.

—A propósito —añadió Rose cuando me disponía a marchar pasillo abajo—, Linda preguntaba por usted. Dice que necesita verla con urgencia.

Linda era especialista en armas de fuego. Marino debía de haber traído ya el casquillo vacío. Bien.

El laboratorio de armas de fuego y herramientas se hallaba en la tercera planta, y hubiera podido pasar por una tienda de armas de segunda mano. Revólveres, carabinas, escopetas y pistolas cubrían prácticamente hasta el último centímetro del banco de trabajo, y las pruebas envueltas en papel marrón se amontonaban en el suelo formando una pila que llegaba hasta el techo. Estaba a punto de llegar a la conclusión de que todo el mundo había salido a almorzar cuando oí la apagada detonación de una pistola tras una puerta cerrada. Junto al laboratorio había un cuartito que se utilizaba para probar las armas disparando contra un depósito de acero galvanizado lleno de agua.

Dos tiros después apareció Linda, con un 38 Special en una mano y las balas disparadas y las vainas vacías en la otra. Era una mujer esbelta y femenina, con una larga cabellera castaña, huesos bien formados y ojos color avellana muy separados. Una bata de laboratorio protegía una falda negra con vuelo y una blusa de seda amarillo claro con un broche de oro en la garganta. Si viajara sentada junto a ella en un avión y tuviera que adivinar a qué se dedicaba, habría dicho que a enseñar poesía o a dirigir una galería de arte.

—Malas noticias, Kay —comenzó a decirle, mientras dejaba el revólver y la munición utilizada sobre su escritorio.

—Espero que no tengan que ver con el casquillo que ha traído Marino —comenté.

—Eso me temo. Cuando iba a grabar mis iniciales y el número del laboratorio, me he llevado una sorpresita. —Se acercó al microscopio de comparación—. Mira. —Me ofreció la silla—. Dicen que una imagen vale por mil palabras.

Tomé asiento y miré por el ocular. El casquillo de acero inoxidable estaba en el campo de luz situado a la izquierda.

—No comprendo —musité, ajustando el enfoque. Grabadas justo en el interior de la boca del cartucho se distinguían las iniciales «J.M.»—. Creía que Marino te lo había entregado a ti.

—Exacto. Llegó hace cosa de una hora —respondió Linda—. Le pregunté si había grabado él esas iniciales y me dijo que no. Ya lo suponía, desde luego. Sus iniciales son P.M., no

J.M., y lleva demasiado tiempo en el negocio para hacer una cosa así.

Aunque algunos policías grababan sus iniciales en las vainas de cartucho, como hacían también algunos forenses en las balas extraídas de los cuerpos, los especialistas en armas de fuego desaprobaban esta práctica. Aplicar un objeto punzante al metal es peligroso, porque siempre existe el riesgo de desfigurar posibles marcas dejadas por el bloque de cierre, el percutor o el tubo de expulsión, u otras características necesarias para la identificación, como surcos o estrías. Marino tenía demasiada experiencia para hacerlo. Como yo, siempre inscribía sus iniciales en la bolsa de plástico y dejaba intacta la evidencia.

—¿Debo creer que estas iniciales ya estaban en el casquillo cuando Marino lo trajo? —pregunté.

—Eso parece.

J. M. «Jay Morrell», pensé, confundida. ¿Cómo podía llevar sus iniciales una vaina de cartucho encontrada en el lugar del crimen?

—Quizás alguno de los policías que estuvieron presentes allí lo llevaba en el bolsillo por algún motivo y lo perdió sin darse cuenta —especuló Linda—. A lo mejor tenía un agujero en el bolsillo, por ejemplo.

—Me resulta difícil de creer —respondí.

—Bien, tengo otra teoría y te la voy a contar. Pero no te gustará, y a mí tampoco me gusta mucho. Podría ser que se tratara de una vaina recargada.

—Entonces, ¿por qué habría de estar marcada con las iniciales de un investigador? ¿Y a quién se le ocurriría recargar un casquillo marcado como prueba?

—Ya ha ocurrido antes, Kay, y yo no te he dicho nada de esto, ¿de acuerdo?

Me limité a escuchar.

—Tanto el número de armas como la cantidad de munición y las vainas cargadas que la policía recoge y entrega a los tribunales son astronómicos y valen mucho dinero. A veces la gente se vuelve codiciosa, incluso los jueces. Se quedan con parte de este material o lo venden a comerciantes de armas o a otros aficionados. Supongo que es remotamente posible que este casquillo fuera recogido por algún policía o presentado ante un tribunal como prueba en un momento u otro, y finalmente acabara recargado. Acaso quien lo disparó no tenía ni idea de que en su interior llevaba grabadas las iniciales de alguien.

—No podemos demostrar que este casquillo corresponde a la bala que encontré en una vértebra lumbar de Deborah Harvey, ni podremos demostrarlo mientras no encontremos la pistola —le recordé—. Ni siquiera podemos afirmar con certeza que sea un cartucho Hydra-Shok. Lo único que sabemos es que es de nueve milímetros, Federal.

—Es cierto. Pero la patente de las balas Hydra-Shok la tiene Federal desde finales de los años ochenta. Aunque no sé si eso puede tener alguna importancia.

—¿Sabes si Federal vende proyectiles Hydra-Shok para recarga? —pregunté.

—Ése es el problema. No. En el mercado sólo pueden adquirirse cartuchos completos. Pero eso no significa que alguien pudiera obtener balas por algún otro medio. Robándolas de la fábrica o a través de un contacto que las robara de la fábrica. Incluso yo misma podría conseguirlas, por ejemplo, si dijera que estoy trabajando en un proyecto especial. ¿Quién sabe? —Recogió una lata de Diet Coke que tenía sobre el escritorio y concluyó—: Ya no hay muchas cosas que me sorprendan.

—¿Sabe Marino lo que has descubierto?

—Le he telefoneado.

—Gracias, Linda —me despedí; me puse en pie y empecé a formular mi propia teoría, que era muy distinta de la de ella y, por desgracia, bastante más probable. La mera idea me ponía furiosa. Al llegar a mi despacho, me apresuré a descolgar el teléfono y marqué el número del avisador de Marino, que me devolvió la llamada casi de inmediato.

—¡Qué gilipollas! —dijo, sin más preámbulo.

—¿Quién, Linda? —pregunté, sobresaltada.

—Me refiero al idiota de Morrell. ¡Qué hijoputa menti-
roso! Acabo de hablar por teléfono con él. Al principio decía que no sabía de qué le estaba hablando, hasta que le acusé
de robar pruebas para recargarlas y le pregunté si también
robaba pistolas y cartuchos nuevos. Le dije que me ocuparía de que Asuntos Internos investigara todos sus trapos
sucios. Entonces empezó a cantar.

—Grabó sus iniciales en el casquillo y lo dejó allí deliberadamente, ¿no es cierto, Marino?

—Exacto. Encontraron la maldita vaina la semana pasada. La auténtica. Y entonces el gilipollas va y siembra esta
pista falsa, y ahora viene gimiendo que sólo cumplía órdenes
del FBI.

—¿Dónde está el casquillo auténtico? —pregunté; la
sangre me palpitaba en las sienes.

—Lo tiene el laboratorio del FBI. Usted y su seguro ser-
vidor nos pasamos toda una tarde en el bosque, y ¿sabe una
cosa, doctora? Todo el tiempo estuvimos vigilados. Tienen
el maldito lugar sometido a vigilancia física. Qué suerte que
a ninguno de los dos se nos ocurrió meternos entre las matas para echar una meadita, ¿eh?

—¿Ha hablado con Benton?

—Mierda, no. Pero por mí, como si se la machaca.
—Marino colgó violentamente el auricular.

9

El Globe and Laurel tenía algo de tranquilizador que me hacía sentir segura. De ladrillo, con líneas sencillas y ni una pizca de ostentación, el restaurante ocupaba una parcela en Triangle, Virginia septentrional, junto a la base del Cuerpo de Marines de Estados Unidos. La estrecha franja de jardín delantero estaba siempre pulcra, los arbustos de boj cuidadosamente podados, el aparcamiento ordenado, todos los automóviles encajados dentro de los límites pintados del espacio correspondiente.

El lema *Semper fidelis* estaba inscrito sobre la puerta, y cuando pasabas al interior te recibía la crema de los «siempre fieles»: eran jefes de policía, generales de cuatro estrellas, secretarios de defensa, directores del FBI y la CIA, una colección de fotografías tan familiares para mí que tuve la sensación de que los hombres que sonreían severamente en ellas eran un grupo de amigos a los que llevaba tiempo sin ver. El mayor Jim Yancey, cuyas botas de combate del Vietnam reposaban sobre el piano situado al otro extremo de la barra, cruzó a grandes pasos la alfombra de tartán rojo de las Tierras Altas y me interceptó.

—Doctora Scarpetta —me saludó, con un apretón de manos y una sonrisa—. Temía que no le hubiera gustado la comida la última vez que estuvo aquí y que por ese motivo tardaba tanto en volver. —El atuendo informal del mayor, un suéter con cuello de cisne y pantalones de pana, no lograba camuflar su anterior profesión. Era tan militar como un casco de combate, con su porte orgullosamente erecto, sin un gramo de grasa y los cabellos blancos cortados a cepillo. Aunque ya pasaba de la edad de la jubilación, aún parecía en plena forma para la lucha, y no me resultó difícil imaginarlo bamboleándose en un jeep sobre terreno accidentado o comiendo sus raciones de campaña directamente de la lata en una selva azotada por las lluvias monzónicas.

—Nunca he comido mal aquí, y usted lo sabe —respondí, afectuosamente.

—Está usted buscando a Benton, y él la busca a usted. La espera al fondo —señaló—, en su madriguera de costumbre.

—Gracias, Jim. Ya conozco el camino. Me he alegrado mucho de volver a verle.

Me guiñó el ojo y regresó a la barra.

Fue Mark quien me llevó por primera vez al restaurante del mayor Yancey, cuando yo viajaba hasta Quantico dos fines de semana cada mes para estar con él. Mientras caminaba bajo un techo cubierto de insignias de policía y pasaba ante los recuerdos del viejo cuerpo expuestos en las paredes, los recuerdos me agitaron el corazón. Podía ver las mesas que habíamos ocupado Mark y yo, y se me antojó extraño que estuvieran ocupadas por desconocidos, absortos en sus propias conversaciones. No había estado en el Globe desde hacía casi un año. Dejé el comedor principal y me dirigí hacia la zona más reservada, donde Wesley me esperaba, en su «madriguera», una mesa en un rincón junto a una ventana con cortinas rojas. Estaba bebiendo algo y no sonrió cuando nos saludamos formalmente. Se presentó un camarero de esmoquin negro para tomar nota de mi pedido. Wesley alzó la cabeza y me miró con ojos tan impenetrables como la cámara acorazada de un banco, y yo respondí del mismo modo. Él había señalado el principio del primer round e íbamos a empezar el combate.

—Me preocupa mucho comprobar que tenemos un problema de comunicación, Kay —comenzó.

—Yo pienso exactamente lo mismo —repliqué, con la calma férrea que había perfeccionado en el estrado de los testigos—. A mí también me preocupa nuestro problema de comunicación. ¿Tiene el FBI intervenido mi teléfono, me hace seguir por la calle también? Espero que quienquiera que estuviese oculto en el bosque obtuviera unas buenas fotografías de Marino y de mí. —Wesley respondió con la misma calma.

—Tú, personalmente, no estás sometida a vigilancia. La que está sometida a vigilancia es la zona del bosque en que Marino y tú fuisteis detectados ayer por la tarde.

—Tal vez si me hubieras tenido informada —observé, con ira contenida— habría podido anunciarte por anticipado que Marino y yo habíamos decidido volver allí.

—En ningún momento se me ocurrió que pudierais hacerlo.

—Entra en mi rutina hacer visitas retrospectivas al lugar del crimen. Has trabajado conmigo el tiempo suficiente para saberlo.

—Bien. He cometido un error. Pero ahora ya lo sabes. Y preferiría que no volvieras más por allí.

—No tengo el propósito de hacerlo —le anuncié, con terquedad—, pero si surgiera la necesidad, será un placer comunicártelo por adelantado. Lo mismo da, en realidad, puesto que de todos modos te vas a enterar. Y, ciertamente, no necesito malgastar el tiempo recogiendo pruebas sembradas por tus agentes o por la policía.

—Kay —dijo, con voz más suave—, no pretendo entorpecer tu trabajo.

—Me habéis mentido, Benton. Me dijisteis que no se había encontrado ningún casquillo en el lugar y luego descubro que el laboratorio del FBI tiene uno desde hace más de una semana.

—Cuando decidimos montar un dispositivo de vigilancia, tratamos de que no se produjera ninguna filtración —me explicó—. Cuanta menos gente supiera lo que hacíamos, mejor.

—Evidentemente, debéis de suponer que es posible que el asesino vuelva al lugar.

—Existe esa posibilidad.

—¿La tuvisteis también en cuenta en los cuatro casos anteriores?

—Esta vez es distinto.

—¿Por qué?

—Porque dejó una pista, y él lo sabe.

—Si estuviera tan preocupado por el casquillo, desde el otoño hasta ahora ha tenido mucho tiempo para volver a buscarlo —objeté.

—Tal vez no contaba con que nos daríamos cuenta de que Deborah Harvey había recibido un disparo, que encontraríamos una bala Hydra-Shok en su cuerpo.

—No creo que el individuo en cuestión sea estúpido —dije.

Reapareció el camarero y me sirvió un escocés con soda.

—El casquillo que encontrasteis lo dejamos nosotros —prosiguió Wesley—. No lo negaré. Y, sí, Marino y tú os internasteis en una zona sometida a vigilancia física. Había dos hombres escondidos en el bosque. Vieron todo lo que hacíais, y os vieron recoger el casquillo. Si no me hubieras llamado tú, te habría llamado yo.

—Me gustaría creerlo.

—Te lo habría explicado. No tenía otra alternativa, en realidad, porque sin darte cuenta has volcado el carro de las manzanas. Y tienes razón. —Cogió su vaso—. Hubiera debido decírtelo por adelantado; entonces no habría ocurrido nada de esto y no nos veríamos obligados a suspender nuestro plan o, mejor dicho, a aplazarlo.

—¿Qué es lo que habéis aplazado, exactamente?

—Si Marino y tú no hubierais intervenido, los periódicos de mañana habrían publicado una noticia dirigida al asesino. —Hizo una pausa—. Desinformación para hacerle salir a la luz, para inquietarlo. La noticia se publicará igualmente, pero no hasta el lunes.

—¿Y con qué propósito? —pregunté.

—Queremos que crea que el examen de los cuerpos nos ha revelado algo. Un detalle que nos hace suponer que dejó una pista importante en el lugar del crimen. Algunas insinuaciones por aquí y por allá; con muchas negativas y «sin comentarios» por parte de la policía. Todo calculado para dar a entender que, sea cual sea esa pista, aún no hemos conseguido encontrarla. El asesino sabe que dejó un casquillo vacío. Si se pone lo bastante paranoico y regresa a buscarlo, estaremos esperándolo, lo veremos recoger el que dejamos nosotros, lo fotografiaremos y luego lo detendremos.

—El casquillo no os sirve de nada si no tenéis el asesino y el arma. ¿Por qué habría de arriesgarse a regresar, y sobre todo si cree que la policía está registrando el lugar en busca de esa pista? —pregunté.

—Puede estar preocupado por muchas razones, porque perdió el control de la situación. Tuvo que perderlo, o no habría necesitado disparar a Deborah por la espalda. Seguramente no habría necesitado disparar en absoluto. Por lo visto, asesinó a Cheney sin utilizar la pistola. ¿Cómo puede saber lo que estamos buscando, Kay? Quizá sea un casquillo, quizás otra cosa. No sabe con certeza en qué estado se hallaban los cuerpos cuando los encontramos. No sabemos qué les hizo, ni él sabe realmente que has descubierto tú en las autopsias. Y puede que no vuelva allí al día siguiente de publicarse la noticia, pero es posible que lo intente al cabo de una o dos semanas, si todo parece tranquilo.

—Dudo de que tus tácticas de desinformación den resultado —comenté.

—Quien no arriesga, no gana nada. El asesino dejó una pista. Seríamos tontos si no aprovecháramos este detalle.

La abertura era demasiado ancha para que pudiera resistirme a meterme por ella.

—¿Aprovechasteis también para algo las pistas encontradas en los cuatro primeros casos, Benton? Tengo entendido que en todas las ocasiones se encontró una jota de corazones en el interior del vehículo. Un detalle que, por lo visto, os habéis esforzado mucho en suprimir.

—¿Quién te lo ha dicho? —preguntó, con expresión imperturbable. Ni siquiera parecía sorprendido.

—¿Es verdad?

—Sí.

—¿Y habéis encontrado una carta en el caso Harvey-Cheney?

Wesley desvió la mirada y llamó al camarero con una inclinación de cabeza.

—Te recomiendo el filet mignon. —Abrió la carta—. O, si no, las costillas de cordero.

Mientras elegía la comida, el corazón me latía con fuerza. Encendí un cigarrillo, incapaz de sosegarme, buscando desesperada una manera de salir adelante.

—No has respondido a mi pregunta.

—No creo que sea relevante para tu papel en la investigación —contestó.

—La policía dejó pasar varias horas antes de llamarme a la escena del crimen. Y cuando llegué, habían movido y manipulado los cuerpos. Los investigadores me ocultaron información y tú me pides que aplace indefinidamente mi informe sobre la causa y manera de las muertes de Fred y Deborah. Entre tanto, Pat Harvey amenaza con pedir un mandamiento judicial para que dé a conocer mis conclusiones. —Hice una pausa. Él se mantenía imperturbable—. Finalmente —proseguí, con palabras que empezaban a morder—, vuelvo al lugar del crimen sin saber que está sometido a vigilancia y me entero más tarde que la evidencia que encontré había sido sembrada. ¿Y crees que los detalles de estos casos no son relevantes para mi papel en la investigación? Ya ni siquiera sé si tengo algún papel en la investigación. O, por lo menos, pareces decidido a conseguir que no lo tenga.

—En absoluto tengo esa intención.

—Entonces, alguien la tiene.

No respondió.

—Si se encontró una jota de corazones en el jeep de Deborah o cerca de los cuerpos, es importante que yo lo sepa. Una cosa así relacionaría decididamente las muertes de las cinco parejas. Y si en Virginia anda suelto algún asesino reincidente, eso me importa muchísimo.

Entonces me cogió con la guardia baja.

—¿Qué le has contado a Abby Turnbull?

—No le he contado nada —protesté; el corazón me latía cada vez más fuerte.

—Te has reunido con ella, Kay. Estoy seguro de que no lo vas a negar.

—Te lo ha dicho Mark, y estoy segura de que no lo vas a negar.

—Mark no tiene por qué saber que has visto a Abby en Richmond o en Washington a menos que tú misma se lo hayas dicho. Y, en todo caso, no tendría por qué comunicarme esta información.

Lo miré con firmeza. ¿Cómo podía Wesley saber que había visto a Abby en Washington a menos que realmente estuviera bajo vigilancia?

—Cuando Abby me visitó en Richmond —respondí—, telefoneó Mark y le comenté que estaba con ella. ¿Debo entender que no te dijo nada?

—No me lo dijo.

—Entonces, ¿cómo lo has sabido?

—Hay cosas que no puedo decir. Tendrás que confiar en mí.

El camarero nos trajo las ensaladas y empezamos a comer en silencio.

Wesley no volvió a hablar hasta que nos sirvieron el plato principal.

—Estoy sometido a una gran presión —comenzó en voz queda.

—Ya lo veo. Se te ve exhausto, consumido.

—Gracias, doctora —replicó, en tono irónico.

—También has cambiado en otros aspectos —insistí.

—Estoy seguro de que tú lo ves así.

—Me dejas de lado, Benton.

—Supongo que mantengo las distancias porque me haces preguntas a las que no puedo responder, lo mismo que Marino. Y eso aumenta la presión. ¿Comprendes?

—Estoy intentando comprender —le aseguré.

—No puedo decírtelo todo. ¿No podemos dejar las cosas así?

—No del todo. Porque aquí es donde entramos en conflicto. Yo tengo información que necesitas. Y tú tienes información que yo necesito. No pienso darte la mía hasta que me des la tuya.

Me sorprendió que se echara a reír.

—¿Crees que podemos hacer un trato en estos términos? —insistí.

—Por lo visto, no tengo otra alternativa.

—No la tienes.

—Sí, encontramos una jota de corazones en el caso Harvey-Cheney. Sí, hice mover los cuerpos antes de que llegaras allí, y sé que no es lo correcto, pero no tienes ni idea de por qué son tan importantes las cartas ni los problemas que acarrearía el que se divulgara su existencia. Si se enterasen los periódicos, por ejemplo. Y ahora no puedo decirte nada más al respecto.

—¿Dónde estaba la carta? —pregunté.

—La encontramos en el bolso de Deborah Harvey. Cuando un par de policías me ayudaron a darle la vuelta, encontramos el bolso bajo su cuerpo.

—¿Debo entender que el asesino llevó el bolso hasta el bosque?

—Sí. Es completamente ilógico suponer que Deborah lo llevara hasta allí.

—En los demás casos —señalé—, la carta estaba a la vista, en el interior del vehículo.

—Exactamente. El lugar en el que se encontró esta vez es una nueva incongruencia. ¿Por qué no la dejó en el jeep? Otra incongruencia es que en los casos anteriores se trataba de naipes Bycicle. La carta que se encontró junto a Deborah es de una marca distinta. Y luego está la cuestión de las fibras.

—¿Qué fibras? —pregunté.

Aunque había encontrado fibras en todos los cuerpos descompuestos, en general correspondían a la propia ropa de las víctimas o a la tapicería de sus vehículos. Las escasas fibras desconocidas que había recogido no establecían ninguna relación entre los casos y, hasta el momento, habían resultado inútiles.

—En los cuatro casos anteriores al asesinato de Deborah y Fred —explicó Wesley—, se recogieron fibras de algodón blanco en el asiento del conductor de todos los vehículos abandonados.

—Eso es nuevo para mí —observé; de nuevo me sentía indignada.

—Las fibras fueron analizadas en nuestros laboratorios —explicó.

—¿Y cuál es tu interpretación? —pregunté.

—La cuestión de las fibras es interesante. Puesto que ninguna de las víctimas llevaba prendas de algodón blanco en el momento de la muerte, debo deducir que las fibras las dejó el criminal, y eso implica que condujo los vehículos de sus víctimas después de asesinarlas. Pero eso ya lo suponíamos desde el principio. Hay que tener en cuenta su vestimenta. Y una de las posibilidades es que llevara una especie de uniforme cuando se encontró con las parejas. Pantalones de algodón blanco. No sé. Pero en el asiento del conductor del jeep de Deborah no se encontró ninguna fibra de algodón blanco.

—¿Qué se encontró en el jeep?

—Nada que en estos momentos me sirva de algo. De hecho, el interior estaba inmaculado. —Hizo una pausa, mientras cortaba el filete—. La cuestión es que, en este caso, el modus operandi resulta lo bastante distinto para tenerme muy preocupado, debido a las restantes circunstancias.

—Debido a que una de las víctimas es la hija de la «Zarina de la droga» y a que aún consideras que lo ocurrido con Deborah puede tener motivaciones políticas, relacionadas con las actividades de su madre contra la droga —concluí.

Hizo un gesto de asentimiento.

—No podemos descartar que los asesinatos de Deborah y su amigo fueran deliberadamente planeados de manera que se parecieran a los otros casos.

—Si sus muertes no están relacionadas con las otras y son obra de un profesional —observé, escéptica—, ¿cómo te explicas que el asesino supiera lo de las cartas, Benton? Ni siquiera yo conocía la existencia de la jota de corazones hasta hace muy poco. Desde luego, no ha podido leerlo en la prensa.

Su respuesta me sorprendió.

—Pat Harvey lo sabe.

Abby, pensé. Y hubiera apostado algo a que Abby había comunicado la información a la señora Harvey y que Wesley estaba enterado de ello.

—¿Cuánto hace que la señora Harvey sabe lo de las cartas?

—Cuando apareció el jeep de su hija, me preguntó si habíamos encontrado alguna carta. Y volvió a llamarme cuando se descubrieron los cuerpos.

—No comprendo —comenté—. ¿Cómo puede ser que el otoño pasado ya lo supiera? Eso parece indicar que conocía los detalles de los otros casos antes de que Deborah y Fred desaparecieran.

—Conocía algunos detalles. Pat Harvey empezó a interesarse por estos casos mucho antes de tener una motivación personal.

—¿Por qué?

—Ya conoces algunas de las teorías que circulan —contestó—. Sobredosis de droga. Una extraña droga sintética recién salida a la calle, los chicos se van al bosque para hacer una fiesta y acaban muertos. O un traficante que se divierte vendiendo droga mala en un lugar remoto y viendo morir a las parejas.

—Conozco las teorías, y no hay nada que las sostenga. Los resultados de toxicología dieron negativo en cuanto a drogas en las ocho primeras muertes.

—Ya recuerdo los informes —replicó en tono reflexivo—. Pero considero que eso no excluye forzosamente la posibilidad de que los chicos tomaran drogas. Sus cuerpos eran poco más que esqueletos. No parece que quedara mucho que analizar.

—Quedaba algo de tejido muscular. Con eso es suficiente. Los análisis de cocaína y heroína, por ejemplo. Nosotros, por lo menos, esperábamos encontrar metabolitos de benzoilocogonina o morfina. En cuanto a las drogas sintéticas, realizamos las pruebas para análogos de PCP y anfetaminas.

—¿Qué me dices de China White? —apuntó, refiriéndose a un analgésico sintético muy potente cuyo uso estaba bastante extendido en California—. Según tengo entendido, no hace falta mucho para llegar a la sobredosis y es difícil detectarlo.

—Cierto. Menos de un miligramo puede ser mortal, lo cual quiere decir que su concentración es demasiado baja para detectarla sin recurrir a procedimientos analíticos especiales, como el RIA. —Al advertir su expresión confusa, le expliqué—: Radioinmunoensayo, un procedimiento basado en las reacciones de anticuerpos a drogas específicas. A diferencia de los procedimientos de análisis convencionales, el RIA puede detectar niveles muy bajos de droga, y por eso lo utilizamos para buscar China White, LSD, THC.

—Que no se encontraron.

—En efecto.

—¿Y el alcohol?

—Cuando los cuerpos están tan descompuestos, el alcohol es un problema. Algunas de las pruebas resultaron negativas, y otras por debajo de cero coma cinco, posiblemente a consecuencia de la descomposición. Dicho de otro modo, no obtuvimos un resultado concluyente.

—¿Tampoco en Harvey y Cheney?

—Por ahora, no hemos hallado indicios de droga —le dije—. ¿Qué interés tenía Pat Harvey por los primeros casos?

—No me malinterpretes —me advirtió—. No he dicho que se tratara de una de sus principales preocupaciones. Pero cuando era fiscal del Estado debió de recibir soplos confidenciales, información reservada, e hizo unas cuantas preguntas. Política, Kay. Supongo que si se hubiera demostrado que las muertes de esas parejas de Virginia estaban relacionadas con la droga, tanto si eran accidentales como si se hubiese tratado de homicidios, habría utilizado la información para reforzar su campaña contra la droga.

Eso explicaría por qué la señora Harvey parecía tan informada cuando almorcé en su casa el otoño pasado, pensé. Sin duda tenía información archivada en su despacho, por su temprano interés por estos casos.

—En vista de que sus indagaciones al respecto no conducían a nada —prosiguió Wesley—, creo que debió de desentenderse bastante del asunto, hasta que desaparecieron su hija y Fred. Entonces, como puedes imaginar, lo rememoró todo.

—Sí, puedo imaginarlo. Y también puedo imaginar qué amarga ironía si hubiera resultado que la hija de la «Zarina de la droga» había muerto por drogas.

—No creas que a la señora Harvey se le escapa el asunto —observó Wesley con expresión ceñuda.

Recordarlo me puso de nuevo en tensión.

—Tiene derecho a saber, Benton. No puedo aplazar eternamente los informes.

Ladeó la cabeza e indicó al camarero que podía servir los cafés.

—Necesito que me des más tiempo, Kay.

—¿Para tus tácticas de desinformación?

—Tenemos que intentarlo, dejar que la noticia se publique sin interferencias. En cuanto la señora Harvey reciba su informe, se desatarán todas las furias. Créeme, en estos momentos sé mejor que tú cómo reaccionará. Acudirá a los periódicos, y todo lo que estamos preparando para atraer al asesino se irá a la mierda.

—¿Y si obtiene un mandamiento judicial?

—Eso lleva tiempo. No ocurrirá mañana. ¿Seguirás dándole largas un poco más, Kay?

—Aún no has terminado de explicarme lo de la jota de corazones —le recordé—. Si los mató un asesino a sueldo, ¿cómo podía saber lo de las cartas?

Wesley respondió de mala gana.

—Pat Harvey no recoge información ni investiga las situaciones ella sola. Tiene ayudantes, personal. Habla con otros políticos, con quien sea, incluso con parlamentarios. Todo depende de a quién divulgó su información y quién hay por ahí que desee destruirla, suponiendo que sea éste el caso, y no pretendo afirmar que lo sea.

—Un asesinato pagado, camuflado para que se parezca a los casos anteriores —especulé—. Pero el asesino cometió un error. No sabía que debía dejar la jota de corazones en el coche. La dejó junto al cadáver de Deborah, en su bolso. ¿Quizás alguien relacionado con las organizaciones de beneficencia fraudulentas contra las que se supone que Pat Harvey ha de declarar?

—Estamos hablando de gente mala que conoce a otra gente mala. Traficantes de droga. Delincuencia organizada. —Removió el café con aire abstraído—. La señora Harvey no está llevando bien la situación. Está muy afectada. En estos momentos, esa audiencia del congreso no es precisamente lo que más ocupa su atención.

—Entiendo. Y sospecho que no está precisamente en términos amistosos con el Departamento de Justicia, debido a esa misma audiencia.

Wesley apoyó cuidadosamente la cucharilla en el borde del plato.

—Es cierto —admitió, y alzó la mirada hacia mí—. Lo que está intentando conseguir no nos ayudará en nada. Está muy bien que quiera acabar con ACTMAD y otros montajes semejantes, pero no es suficiente. Queremos presentar acusaciones. Antes había cierta fricción entre ella y la DEA, el FBI y también la CIA.

—¿Y ahora? —insistí.

—Ahora es peor, porque la afecta personalmente y tiene que confiar en la ayuda del FBI para resolver el homicidio de su hija. Está paranoica, se niega a cooperar. Intenta actuar a espaldas nuestras, tomar el asunto en sus manos. —Con un suspiro, añadió—: La señora Harvey es un problema, Kay.

—Seguramente ella dice lo mismo del FBI.

Esbozó una sonrisa torcida.

—Estoy seguro.

Yo quería prolongar el juego de póquer mental para comprobar si Wesley me ocultaba alguna otra cosa, así que le di más información.

—Por lo visto, Deborah sufrió una lesión defensiva en el índice izquierdo. No un corte, sino un machetazo, infligido por un cuchillo de hoja serrada.

—¿En qué parte del índice? —preguntó, y se inclinó un poco hacia adelante.

—La dorsal. —Alcé una mano para mostrárselo—. Arriba, cerca del primer nudillo.

—Interesante. Atípico.

—Sí. Es difícil reconstruir cómo lo recibió.

—O sea que sabemos que iba armado con un cuchillo —reflexionó en voz alta—. Eso refuerza mis sospechas de que algo le salió mal en el bosque. Pasó algo que no se esperaba. Puede que utilizara la pistola para someter a la pareja, pero que pensara matarlos con el cuchillo. Quizá, cortándoles la garganta. Pero entonces sucedió algo imprevisto. De un modo u otro, Deborah consiguió liberarse y el asesino le pegó un tiro por la espalda, y quizá luego la degolló para completar el trabajo.

—¿Y después colocó los cadáveres de manera que quedaran como los otros? —pregunté—. ¿Cogidos del brazo, boca abajo y completamente vestidos?

Se quedó mirando la pared por encima de mi cabeza. Pensé en las colillas que se habían encontrado en todos los casos. Pensé en los paralelismos. El hecho de que esta vez el naipe fuese de una marca distinta y hubiese aparecido en otro lugar no demostraba nada. Los asesinos no son máquinas. Sus hábitos y rituales no son una ciencia exacta ni están grabados en la piedra. Nada de lo que Wesley me había revelado, incluyendo la ausencia de fibras de algodón blanco en el jeep de Deborah, bastaba para convalidar la teoría de que los homicidios de Fred y Deborah no guardaban relación con los otros casos. Experimentaba la misma confusión que me embargaba siempre que visitaba Quantico; allí nunca sabía si las armas disparaban munición real o de fogueo, si los helicópteros transportaban marines en una auténtica misión o agentes del FBI en maniobras, ni si los edificios que componían la ficticia población de Hogan's Alley, en terrenos de la Academia, eran habitables o simples fachadas estilo Hollywood.

No podía seguir presionando a Wesley. No iba a decirme nada más.

—Se está haciendo tarde —observó—. Te espera un largo viaje de vuelta.

Aún me quedaba una última observación.

—No quiero que la amistad se mezcle con todo esto, Benton.

—Eso se da por sobreentendido.

—Lo que ocurrió entre Mark y yo...

—No influye en nada —me interrumpió, y su voz fue firme, pero no desprovista de amabilidad.

—Era tu mejor amigo.

—Me gustaría creer que todavía lo es.

—¿Me consideras culpable de que se fuera a Colorado, de que dejara Quantico?

—Sé por qué se fue —contestó—. Lamento que se fuera. Era muy bueno para la Academia.

La estrategia del FBI para atraer al asesino mediante métodos de desinformación no se materializó el lunes siguiente. O bien el FBI había cambiado de idea o bien se les había adelantado Pat Harvey, que había convocado una rueda de prensa para aquel mismo día.

A mediodía se situó ante las cámaras, en su despacho de Washington, el patetismo incrementado por la presencia junto a ella de Bruce Cheney, el padre de Fred. Ella tenía un aspecto lastimoso. Ni la cámara ni el maquillaje lograban ocultar lo mucho que había adelgazado ni los círculos oscuros bajo sus ojos.

—¿Cuándo empezaron estas amenazas, señora Harvey, y cuál era su naturaleza? —le preguntó un periodista.

—La primera llegó poco después de que empezara a investigar las organizaciones de beneficencia. Supongo que eso fue hace poco más de un año —respondió, sin emoción—. Recibí una carta remitida a mi casa de Richmond. No divulgaré la naturaleza exacta de lo que decía, pero la amenaza se dirigía contra mi familia.

—¿Y cree usted que estaba relacionada con su investigación sobre las organizaciones fraudulentas como ACT-MAD?

—No cabe duda. Hubo otras amenazas, la última apenas dos meses antes de la desaparición de mi hija y Fred Cheney.

El rostro de Bruce Cheney apareció en la pantalla. Estaba pálido y parpadeaba bajo la luz deslumbradora de los focos de la televisión.

—Señora Harvey...

—Señora Harvey...

Los periodistas se interrumpían unos a otros, y Pat Harvey impuso silencio mientras la cámara se centraba de nuevo en ella.

—El FBI estaba al corriente de la situación, y en su opinión las amenazas, las cartas, procedían de una sola fuente —declaró.

—Señora Harvey...

—Señora Harvey —una periodista elevó la voz sobre el tumulto—, no es ningún secreto que el Departamento de Justicia y usted tienen distintas prioridades, un conflicto de intereses que se deriva de su investigación sobre las organizaciones benéficas. ¿Insinúa usted que el FBI sabía que la seguridad de su familia estaba en peligro *y no hizo nada*?

—Es más que una insinuación —afirmó.

—¿Está acusando de incompetencia al Departamento de Justicia?

—De lo que acuso al Departamento de Justicia es de conspiración —dijo Pat Harvey.

Lancé un gemido y eché mano a un cigarrillo; mientras,

el alboroto y las interrupciones crecían. Has perdido, pensé, mirando con incredulidad el televisor instalado en la pequeña biblioteca médica de mi despacho, en el centro.

Todavía fue a peor. Y se me llenó de espanto el corazón cuando la señora Harvey volvió su fría mirada hacia la cámara y, uno por uno, nombró a todos los relacionados con la investigación, incluyéndome a mí. No omitió a nadie y no hubo nada sagrado, ni siquiera el detalle de la jota de corazones. Cuando Wesley me dijo que Pat Harvey se negaba a cooperar y que era un problema, se había quedado muy corto. Bajo su coraza de dureza, era una mujer enloquecida por la furia y el dolor. Aturdida, la oí acusar abiertamente y sin reservas a la policía, al FBI y a la Oficina de Exámenes Forenses de complicidad en una «ocultación».

—Están echando tierra deliberadamente sobre la verdad de estos casos —concluyó—, cuando ello sólo sirve a su propio interés y conlleva la pérdida inaceptable de vidas humanas.

—¡Cuánta mierda! —masculló Fielding, mi delegado, que estaba sentado cerca.

—¿Qué casos? —preguntó a gritos un periodista—. ¿La muerte de su hija y el amigo, o se refiere también a las otras cuatro parejas?

—A todos —dijo la señora Harvey—. Me refiero a todos los jóvenes perseguidos como animales y asesinados.

—¿Y qué se pretende ocultar?

—La identidad del responsable o responsables —respondió, como si le constara—. No ha habido ninguna intervención por parte del Departamento de Justicia para poner fin a estas muertes. Los motivos son políticos. Cierta agencia federal está protegiendo a los suyos.

—¿Podría concretar, por favor? —gritó una voz.

—Cuando haya terminado mi investigación lo revelaré todo.

—¿En la audiencia? —le preguntaron—. ¿Insinúa que el asesinato de Deborah y su amigo...?

—Se llama Fred.

Era Bruce Cheney quien había hablado, y de pronto su rostro lívido llenó la pantalla del televisor.

La sala quedó en silencio.

—Fred. Se llama Frederick Wilson Cheney. —La voz del padre temblaba de emoción—. No es sólo «el amigo de Deborah». También él está muerto, asesinado. ¡Mi hijo! —Se le atascaron la palabras en la garganta y agachó la cabeza a un lado para ocultar las lágrimas.

Apagué el televisor, alterada e incapaz de permanecer sentada.

Rose había permanecido todo el rato de pie en el umbral, mirando. Se volvió hacia mí y meneó la cabeza lentamente.

Fielding se puso en pie, se desperezó y se ciñó el cordón de la bata verde.

—Acaba de joderse ella sola ante todo el maldito mundo —anunció, y salió de la biblioteca.

Estaba sirviéndome una taza de café cuando empecé a captar qué había dicho Pat Harvey. Empecé a comprenderla realmente a medida que sus frases resonaban en mi cabeza.

«Perseguidos como animales y asesinados...»

Sus palabras sonaban como salidas de un guión. No me parecieron fatuas, improvisadas ni metafóricas. «¿Una agencia federal está protegiendo a los suyos?»

Una cacería.

Una jota de corazones es como el caballo de copas. Alguien que es visto o se ve a sí mismo como un competidor, un defensor. Uno que batalla, me había dicho Hilda Ozimek.

Un caballero. Un soldado.

«Una cacería.»

Todos los asesinatos fueron calculados minuciosamente y preparados metódicamente. Bruce Phillips y Judy Roberts desaparecieron en junio. Sus cuerpos se encontraron a mediados de agosto, cuando se abrió la temporada de caza. Jim Freeman y Bonnie Smyth desaparecieron en julio, y sus cuerpos se encontraron el día que se levantó la veda de la codorniz y el faisán.

Ben Anderson y Carolyn Bennett desaparecieron en marzo, y sus cuerpos se encontraron en noviembre, durante la temporada del ciervo.

Susan Wilcox y Mark Martin desaparecieron a finales de febrero, y sus cuerpos fueron descubiertos a mediados de mayo, durante la temporada de primavera del pavo.

Deborah Harvey y Fred Cheney se esfumaron el fin de semana del Día del Trabajo y no se los encontró hasta pasados varios meses, cuando los bosques estaban llenos de cazadores en pos de conejos, ardillas, zorros, faisanes y mapaches.

Esta coincidencia no me había llamado la atención porque la mayoría de los cadáveres descarnados y descompuestos que llegan a mi oficina han sido encontrados por cazadores. Cuando alguien muere en el bosque o se arroja allí su cadáver, lo más probable es que la persona que descubra los restos sea un cazador. Pero es posible que el asesino previera de antemano dónde y cuándo debían de descubrirse los cuerpos de las parejas. El asesino quería que encontraran a sus víctimas, pero no de inmediato, de modo que las mataba fuera de temporada, sabiendo que no era muy probable que las descubrieran hasta que los cazadores volvieran a salir al bosque. Para entonces, los cuerpos ya estaban descompuestos, y las lesiones que les había infligido habían desaparecido con los tejidos. Si había violación de por medio, no quedarían rastros de semen. Casi toda la evidencia residual habría sido arrastrada por el viento y lavada por la lluvia. Incluso podía ocurrir que para el asesino fuera importante que los cuerpos fuesen descubiertos por cazadores, porque en sus fantasías también él era un cazador. El más grande de los cazadores.

Los cazadores perseguían animales, cavilé la tarde siguiente, sentada ante mi escritorio. Los guerrilleros, los agentes especiales militares y los soldados de fortuna persiguen a seres humanos.

En el área en que habían desaparecido las parejas y se las había encontrado muertas estaban Fort Eustis, Langley Field y algunas otras instalaciones militares, como el West Point de la CIA, camuflado bajo la fachada de una base militar llamada Camp Peary. «La Granja», nombre que se da a Camp Peary en las novelas de espionaje y en los reportajes de investigación sobre temas de inteligencia, era el lugar donde se entrenaba a los oficiales en las actividades paramilitares de infiltración, exfiltración, demoliciones, saltos nocturnos en paracaídas y otras operaciones clandestinas.

Abby Turnbull se equivocó en un cruce y fue a dar ante la entrada de Camp Peary, y a los pocos días se presentaron unos agentes del FBI que la buscaban.

Los federales estaban paranoicos, y yo empezaba a sospechar por qué. Después de leer las crónicas de los periódicos sobre la conferencia de prensa de Pat Harvey, todavía quedé más convencida.

Tenía unos cuantos periódicos sobre el escritorio, entre ellos el *Post*, y había estudiado varias veces los artículos. El del *Post* venía firmado por Clifford Ring, el periodista que había estado importunando al comisionado y al personal del Departamento de Salud y Servicios Humanos. El señor Ring sólo me citaba de pasada, cuando daba a entender que Pat Harvey utilizaba incorrectamente su cargo público para intimidar y amenazar a todos los interesados a fin de que divulgaran los detalles sobre la muerte de su hija. Era suficiente para hacer que me preguntara si el señor Ring no sería el contacto de Benton Wesley en los medios de comunicación, el conducto del FBI para divulgar noticias amañadas, y eso en sí no habría sido tan malo en realidad. Lo que me inquietaba era el enfoque del artículo.

Lo que yo había supuesto que se presentaría como la noticia sensacional del mes se interpretaba, por el contrario, como la colosal degradación de una mujer de la que pocas semanas antes se hablaba como posible vicepresidenta de Estados Unidos. Yo era la primera en reconocer que la diatriba de Pat Harvey en la rueda de prensa había sido cuando menos temeraria, prematura en el mejor de los casos. Pero se me antojaba extraño que no se hiciera ningún intento serio de corroborar sus acusaciones. Los periodistas que cubrían este caso no parecían inclinados a coleccionar los sospechosos «sin comentarios» de costumbre, las evasivas insinceras de los burócratas gubernamentales que tanto gustan de perseguir.

La única presa de los medios de comunicación, por lo visto, era la señora Harvey, y no mostraban ninguna piedad hacia ella. Se la ridiculizaba, no sólo en letra impresa, sino también en las caricaturas políticas. Uno de los funcionarios más respetados de la nación era presentado como una mujercita histérica, entre cuyas «fuentes» se contaba una vidente de Carolina del Sur. Aun sus más fieles aliados se echaban atrás y meneaban la cabeza mientras sus enemigos la remataban sutilmente con ataques envueltos en una suave capa de simpatía. «Su reacción es ciertamente comprensible a la luz de su terrible pérdida personal —decía uno de sus detractores del Partido Demócrata, que añadía—: Me parece sensato pasar por alto su imprudencia. Consideremos sus acusaciones como los golpes y dardos de una mente turbada en lo más hondo.» Otro dijo: «Lo que le ha sucedido a Pat Harvey constituye un ejemplo trágico de autodestrucción, provocada por problemas personales demasiado abrumadores para sobrellevarlos.»

Introduje el informe de la autopsia de Deborah Harvey en mi máquina de escribir y borré «sin determinar» de los espacios reservados para el modo y la causa de la muerte. Escribí «homicidio» y «exsanguinación debida a una lesión por bala de pistola en la región lumbar y heridas incisas». Después de enmendar el certificado de defunción y el informe forense, fui al vestíbulo e hice fotocopias para su familia. Adjunté también una carta en la que exponía mis hallazgos y me disculpaba por la demora, atribuyéndola a la larga espera de los resultados de toxicología, que aún eran provisionales. Todo eso le concedía a Benton Wesley: Pat Harvey no sabría por mí que Wesley me había coaccionado para que aplazara indefinidamente el anuncio de los resultados de los exámenes medicolegales de su hija.

Los Harvey lo recibirían todo: mis observaciones de la inspección ocular y las microscópicas, el hecho de que la primera serie de pruebas toxicológicas era negativa, la bala en la región lumbar de Deborah, la lesión defensiva en la mano y la conmovedora y detallada descripción de sus prendas de vestir, o de lo que había quedado de ellas. La policía había recuperado los pendientes, el reloj y el anillo que le había regalado Fred por su aniversario.

También envié copia de los informes de Fred Cheney a su padre, aunque lo más que podía decir era que la muerte de su hijo era por homicidio, por «violencia indeterminada».

Descolgué el teléfono y marqué el número de la oficina de Benton Wesley, sólo para que me informaran que no estaba allí. A continuación, probé en su casa.

—Voy a enviar la información —le anuncié directamente cuando se puso al aparato—. Quería que lo supieras.

Silencio.

Luego, con voz muy calmada, me preguntó:

—Kay, ¿has oído la conferencia de prensa?

—Sí.

—¿Y has leído los periódicos de hoy?

—Vi la conferencia de prensa por televisión y he leído los periódicos. Me doy cuenta de que ella misma se ha pegado un tiro en el pie.

—Me temo que se lo ha pegado en la cabeza.

—Pero no sin ayuda.

Hubo una pausa, y Wesley preguntó:

—¿Qué quieres decir?

—Tendré mucho gusto en explicártelo detenidamente. Esta noche. Cara a cara.

—¿Aquí? —Advertí una nota de alarma en su voz.

—Sí.

—Ah..., no es una buena idea. Esta noche no.

—Lo siento. Pero la cosa no puede esperar.

—No lo entiendes, Kay. Confía en mí...

Lo interrumpí.

—No, Benton. Esta vez no.

10

Un viento helado causaba estragos en las oscuras formas de los árboles, y a la escasa luz de la luna el terreno parecía accidentado y ominoso mientras conducía hacia la casa de Benton Wesley. Había pocas farolas, y las rutas rurales estaban mal señalizadas. Finalmente, me detuve ante una estación de servicio con una sola isla de bombas de gasolina en la parte delantera. Encendí la luz interior y examiné la hoja de papel en la que había anotado el camino. Estaba perdida.

La tienda estaba cerrada, pero divisé un teléfono público junto a la entrada. Acerqué el coche hasta allí, dejé los faros encendidos y el motor en marcha y me apeé. Marqué el número de Wesley y me respondió su esposa, Connie.

—¡Sí que te has embrollado bien! —comentó cuando terminé de explicarle lo mejor que pude dónde me encontraba.

—Oh, Dios —exclamé, con un gemido.

—Bueno, en realidad no queda tan lejos. Lo que ocurre es que es complicado llegar hasta aquí desde donde estás ahora. —Hizo una pausa y decidió—: Creo que lo mejor será que no te muevas, Kay. Métete en el coche y cierra las portezuelas. Iremos a buscarte y tú nos sigues. Quince minutos, ¿de acuerdo?

Puse la marcha atrás y retrocedí hasta dejar el coche aparcado más cerca de la carretera, conecté la radio y esperé. Los minutos se hacían largos como horas. No pasaba ni un solo automóvil. Los faros iluminaban una cerca blanca, al otro lado de la carretera, que encerraba un prado cubierto de escarcha. La luna era una astilla pálida que flotaba en la brumosa oscuridad. Fumé varios cigarrillos mientras paseaba nerviosamente la mirada de un lado a otro.

Traté de imaginar si habría sido así para las parejas asesinadas, qué significaría que te llevaran por la fuerza al bosque, descalzo y maniatado. Debían de saber que iban a morir. Tenían que estar aterrorizados por lo que el asesino podía hacerles antes. Pensé en mi sobrina, Lucy. Pensé en mi madre, en mi hermana, en mis amistades. Temer por el dolor y la muerte de alguien a quien amas tenía que ser peor que temer por la propia vida. Fijé la mirada en unos faros que se aproximaban por la oscura y angosta carretera. Un coche que no reconocí dio la vuelta y se detuvo no lejos del mío. Al vislumbrar el perfil de su conductor, la adrenalina me corrió por las venas como una descarga eléctrica.

Mark James descendió del que supuse sería un coche de alquiler. Bajé el cristal de la ventanilla y lo miré fijamente, demasiado sorprendida para hablar.

—Hola, Kay.

Wesley me había dicho que no era una buena noche, había intentado convencerme de que no fuera, y ahora comprendía por qué. Mark estaba de visita. Tal vez Connie le había pedido que viniera a buscarme, o tal vez se había ofrecido él. No podía imaginar cuál habría sido mi reacción si hubiera llegado a casa de Wesley y me hubiera encontrado a Mark sentado en la sala.

—Desde aquí a casa de Benton hay un verdadero laberinto —dijo Mark—. Te aconsejo que dejes el coche. No le pasará nada. Te llevaré luego para que no te pierdas en el camino de vuelta.

Sin decir palabra, aparqué el coche más cerca de la tienda y subí al suyo.

—¿Cómo estás? —preguntó con voz queda.

—Bien.

—¿Y tu familia? ¿Cómo está Lucy?

Lucy todavía me preguntaba por él. Nunca sabía qué contestarle.

—Bien —repetí.

Al contemplar su rostro, sus fuertes manos posadas sobre el volante, todos los contornos, surcos y venas que tan familiares y maravillosos eran para mí, el corazón me dolió de emoción. Lo odiaba y lo amaba al mismo tiempo.

—¿Va bien el trabajo?

—Por favor, deja de ser tan condenadamente cortés, Mark.

—¿Prefieres que me ponga grosero como tú?

—Yo no me he puesto grosera.

—¿Qué coño quieres que diga?

No contesté. Conectó la radio y nos internamos más profundamente en la noche.

—Ya sé que resulta violento, Kay. —Mantenía la vista fija al frente—. Lo siento. Benton sugirió que viniera a buscarte.

—Muy considerado por su parte —contesté, con sarcasmo.

—No lo he dicho en ese sentido. Si no me lo hubiese pedido, yo habría insistido en venir. No podías imaginarte que yo estuviera aquí.

Tomamos una curva cerrada y llegamos ante la parcela de Wesley.

Cuando nos detuvimos en el camino de acceso, Mark comentó:

—Creo que lo mejor será que te advierta que Wesley no está de muy buen humor.

—Yo tampoco —repliqué fríamente.

Habían encendido el fuego en la sala, y Wesley estaba sentado junto al hogar, con un maletín abierto apoyado contra la pata de su asiento y una bebida en la mesita cercana. No se levantó cuando entré, pero inclinó ligeramente la cabeza mientras Connie me invitaba a sentarme en el sofá. Me senté en un extremo, y Mark en el otro.

Connie se fue a buscar café y comencé de inmediato:

—Mark, no sabía que estuvieras metido en todo esto.

—No hay mucho que saber. He estado unos días en

Quantico y pasaré la noche con Connie y Benton antes de regresar mañana a Denver. No participo en la investigación ni me han asignado a los casos.

—De acuerdo, pero los conoces. —Me hubiera gustado saber de qué habían hablado Wesley y Mark en mi ausencia. Me habría gustado saber qué le había dicho Wesley de mí.

—Los conoce —respondió Wesley.

—Entonces, os lo preguntaré a los dos —dije—. La encerrona a Pat Harvey, ¿se la tendió el FBI? ¿O fue la CIA?

Wesley no se movió ni cambió de expresión.

—¿Qué te hace suponer que ha habido una encerrona?

—Evidentemente, la táctica de desinformación del FBI pretendía algo más que atraer al asesino. Alguien tenía la intención de destruir la credibilidad de Pat Harvey, y la prensa lo ha conseguido por completo.

—Ni siquiera el presidente tiene tanta influencia sobre los medios de comunicación. En este país, no.

—No insultes mi inteligencia, Benton —protesté.

—Lo que hizo estaba previsto. Digámoslo así.

—Y vosotros tendisteis la trampa —dije.

—Nadie habló por ella en la conferencia de prensa.

—No importa, porque no hizo falta. Alguien se aseguró de que sus acusaciones se reflejaran en la prensa como los desvaríos de una lunática. ¿Quién aleccionó a los periodistas, a los políticos, a sus antiguos aliados? ¿Quién filtró el dato de que consultaba a una vidente? ¿Fuiste tú, Benton?

—No.

—Pat Harvey habló con Hilda Ozimek el pasado otoño —proseguí—. Pero no se ha publicado hasta ahora, lo cual quiere decir que la prensa no lo ha sabido hasta ahora. Ha sido una vileza, Benton. Tú mismo me dijiste que el FBI y el Servicio Secreto han recurrido a Hilda Ozimek en más de una ocasión. Y seguramente por eso la señora Harvey oyó hablar de ella.

Connie regresó con mi café y volvió a salir tan rápidamente como había entrado.

Sentía los ojos de Mark sobre mí, la tensión. Wesley seguía mirando el fuego.

—Creo que conozco la verdad. —No hice ningún esfuerzo para disimular mi indignación—. Y tengo la intención de sacarla a la luz. Si no podéis acomodaros a eso, no creo que me sea posible seguir acomodándome a vosotros.

—¿Qué insinúas, Kay? —Wesley volvió la mirada hacia mí.

—Si vuelve a ocurrir, si muere otra pareja, no puedo garantizar que los periodistas no se enteren de lo que realmente está pasando...

—Kay. —Fue Mark quien me interrumpió, y me negué a mirarlo. Hacía todo lo posible por mantenerlo al margen—. No vayas a dar un traspié como el de la señora Harvey.

—No se puede decir que ella tropezara sola —objeté—. Creo que tiene razón. Se está ocultando algo.

—Le has enviado tus informes, supongo —dijo Wesley.

—Sí. No seguiré tomando parte en esta manipulación.

—Ha sido un error.

—El error fue no enviarlos antes.

—¿Figura en ellos información sobre la bala que extrajiste del cadáver de Deborah? ¿Especifica que era una Hydra-Shok de nueve milímetros?

—La marca y el calibre deben aparecer en el informe de balística —le expliqué—. Yo no envío copias de los informes de balística, como no las enviaría de los informes policiales, porque en ningún caso se han redactado en mi oficina. Pero me gustaría saber por qué te interesa tanto este detalle.

En vista de que Wesley no respondía, intervino Mark.

—Benton, esto hay que solucionarlo.

Wesley permaneció en silencio.

—Creo que Kay debe saberlo —añadió Mark.

—Creo que ya lo sé —intervine—. Creo que el FBI tiene motivos para temer que el asesino es un agente federal que se ha desquiciado; muy posiblemente, alguien de Camp Peary.

El viento gemía en los aleros, y Wesley se levantó para arreglar el fuego.

Puso otro tronco, lo cambió de lugar con el atizador y retiró las cenizas del hogar, sin apresurarse. De nuevo sentado, cogió el vaso y preguntó:

—¿Cómo has llegado a esa conclusión?

—No importa —contesté.

—¿Te lo ha dicho alguien directamente?

—No, no directamente. —Saqué los cigarrillos—. ¿Cuánto hace que lo sospechas, Benton?

Respondió tras una vacilación.

—Creo que te conviene más ignorar los detalles. De veras lo creo. Sólo será una carga. Y muy pesada.

—Ya llevo una carga muy pesada. Y estoy cansada de tropezar con desinformación.

—Tienes que asegurarme que nada de lo que hablemos saldrá de esta habitación.

—Me conoces demasiado bien para preocuparte ahora por eso.

—Camp Peary entró en escena poco después de que empezaran los casos.

—¿Debido a su cercanía?

Miró hacia Mark.

—Explícaselo tú —le dijo.

Volví la cara hacia el hombre que en otro tiempo había compartido mi cama y dominado mis sueños. Vestía unos pantalones de pana azul marino y una camisa de rayas rojas y blancas que ya le había visto otras veces. Era de piernas largas y esbelto. Su cabellera oscura era gris en las sienes, los ojos verdes, la barbilla fuerte, las facciones refinadas, y todavía gesticulaba levemente y se inclinaba hacia adelante al hablar.

—En parte, la CIA se interesó porque los casos sucedían muy cerca de Camp Peary —comenzó Mark—. Y estoy seguro de que no te sorprenderás si te digo que la CIA está al corriente de casi todo lo que sucede en las cercanías de su campo de entrenamiento. Saben más de lo que nadie imaginaría y, de hecho, en las maniobras de rutina se suele utilizar a los habitantes y escenarios locales.

—¿Qué clase de maniobras? —quise saber.

—De observación, por ejemplo. Los oficiales que se entrenan en Camp Peary hacen prácticas de observación utilizando a los ciudadanos locales como cobayas, a falta de otra palabra mejor. Los oficiales montan operaciones de vigilancia en lugares públicos, restaurantes, bares, centros comerciales. Siguen a la gente en coche, a pie, toman fotografías y todo eso. Naturalmente, nadie sabe que lo hacen. Y no perjudican a nadie, supongo, aunque a los habitantes de la zona no les gustaría demasiado saber que son seguidos, observados o fotografiados.

—Eso creo —asentí, incómoda.

—En estas maniobras —prosiguió—, también se hace otro tipo de prácticas. Un oficial puede fingir que ha tenido una avería en el coche y hacer parar a un automovilista para pedirle ayuda, para ver hasta qué punto es capaz de ganarse su confianza. Puede hacerse pasar por un agente de la ley, por el conductor de una grúa, por cualquier cosa. Son todo prácticas para las operaciones en el extranjero, para enseñar a la gente a espiar sin ser espiados.

—Y es un modus operandi que se acerca a lo que está ocurriendo con estas parejas —concluí.

—De eso se trata —intervino Wesley—. Algún alto cargo de Camp Peary empezó a preocuparse. Nos pidieron que ayudáramos a controlar la situación. Y luego, cuando la segunda pareja apareció muerta y se comprobó que el modus operandi era el mismo, quedó establecida la pauta. La CIA empezó a sentir pánico. Ya son unos paranoicos de por sí, Kay, y lo último que necesitaban era descubrir que uno de sus oficiales de Camp Peary se dedicaba a practicar asesinatos.

—La CIA nunca ha reconocido que Camp Peary sea su principal base de entrenamiento —observé.

—Es del conocimiento público —dijo Mark, mirándome a los ojos—. Pero tienes razón, la CIA no lo ha reconocido nunca. Ni desea hacerlo.

—Más motivo, entonces, para que no quisieran ver relacionados los asesinatos con Camp Peary —comenté; me preguntaba qué debía de estar sintiendo él. Quizá no sintiera nada.

—Éste y muchos otros motivos —tomó la palabra Wesley—. La publicidad sería devastadora, ¿y cuándo fue la última vez que leíste algo positivo sobre la CIA? Imelda Marcos fue acusada de robo y estafa, y la defensa aseguró que todas las transacciones de los Marcos se realizaron con el pleno consentimiento y beneplácito de la CIA... —No estaría tan tenso, no temería tanto mirarme si no sintiera nada—. Luego se supo que la CIA tenía en nómina a Noriega. —Wesley seguía su argumentación—. No hace mucho, se publicó que la protección de la CIA a un narcotraficante sirio permitió colocar una bomba en un 747 de PanAm que estalló sobre Escocia y causó la muerte de doscientas setenta personas. Por no hablar de otra acusación más reciente, la de que la CIA está financiando ciertas guerras de drogas en Asia a fin de desestabilizar algunos gobiernos de la zona.

—Si finalmente resulta que las parejas fueron asesinadas por un agente de la CIA de Camp Peary —observó Mark, apartando la vista de mí—, ya puedes imaginar cuál sería la reacción de la gente.

—Es inconcebible —dije, y me esforcé por concentrarme en la conversación—. Pero ¿por qué está tan segura la CIA de que estos asesinatos han sido cometidos por uno de los suyos? ¿Qué pruebas tienen?

—Más que nada, circunstanciales —me explicó Mark—. El toque militar de dejar un naipe. La semejanza entre el modus operandi del asesino y los ejercicios que se realizan en el interior de la Granja y en las calles de las poblaciones vecinas. Por ejemplo, las zonas boscosas donde se han encontrado los cuerpos recuerdan mucho las «zonas de matanza» del interior de Camp Peary, donde los agentes practican con granadas y armas automáticas y utilizan todos los trucos del oficio, como los dispositivos de visión nocturna, que les permiten moverse por el bosque en plena oscuridad. También se entrenan en técnicas de defensa y aprenden a desarmar a un enemigo, a mutilar y a matar con las manos desnudas.

—En vista de que la causa de la muerte de las parejas no es evidente —dijo Wesley—, cabía preguntarse si no las asesinaban sin utilizar armas. Por estrangulación, por ejemplo. O aunque las degollaran, eso también es algo que se relaciona con la guerrilla: la eliminación del enemigo de forma rápida y silenciosa. Le cortas la tráquea y ya no hace ningún ruido.

—Pero a Deborah Harvey le pegaron un tiro —objeté.

—Con un arma automática o semiautomática —replicó Wesley—; bien una pistola o bien algo parecido a una Uzi. Munición poco corriente, relacionada con agentes de la ley, mercenarios, gente que tiene por blanco a seres humanos. No se usan balas explosivas ni munición Hydra-Shok para cazar ciervos. —Tras una pausa, añadió—: Creo que esto te permitirá comprender mejor por qué no queremos que Pat Harvey se entere del tipo de arma y munición que se utilizó para matar a su hija.

—¿Y las amenazas a las que la señora Harvey se refirió en la rueda de prensa? —pregunté.

—Es verdad —reconoció Wesley—. Poco después de que fuera nombrada directora de Política Nacional Antidroga, alguien le envió mensajes con amenazas contra ella y su familia. No es verdad que el FBI no se lo tomara en serio. Ya la han amenazado antes y siempre nos lo hemos tomado en serio. Sospechamos quién se esconde tras las amenazas más recientes y no creemos que estén relacionadas con el homicidio de Deborah.

—La señora Harvey acusó también a «una agencia federal» —recordé—. ¿Se refería a la CIA? ¿Está enterada de lo que acabáis de contarme?

—Eso me preocupa —admitió Wesley—. Ha hecho comentarios que permiten suponer que sabe algo, y lo que dijo en la rueda de prensa aún aumenta mi aprensión. Cabe en lo posible que se refiriese a la CIA, pero también podría ser que no. Pat Harvey tiene una red formidable. Para empezar, tiene acceso a información de la CIA, siempre que esté relacionada con el tráfico de drogas. Y más inquietante todavía es su estrecha amistad con un antiguo embajador ante las Naciones Unidas que forma parte del Consejo Asesor del presidente sobre Inteligencia Extranjera. Los miembros de este consejo tienen derecho a recibir informes de alto secreto sobre cualquier tema en cualquier momento. El consejo sabe lo que está ocurriendo, Kay. Es posible que la señora Harvey lo sepa todo.

—Así que se le tiende una trampa estilo Martha Mitchell, ¿verdad? —pregunté—. Para que quede como una persona irracional e indigna de crédito, de manera que nadie se la pueda tomar en serio, para que nadie la crea luego si le da por revelarlo todo, ¿no es eso?

Wesley deslizó el pulgar por el borde de su vaso.

—Es lamentable. Se ha mostrado incontrolable, totalmente reacia a cooperar. Y lo más irónico es que, por razones evidentes, estamos más interesados que ella misma en descubrir quién mató a su hija. Estamos haciendo todo lo que podemos, hemos movilizado todo lo que se nos ha ocurrido para detener a este individuo... o individuos.

—Lo que dices no concuerda con tu anterior sugerencia de que Deborah Harvey y Fred Cheney fueron víctimas de un asesino a sueldo, Benton —protesté, encolerizada—. ¿O acaso estabas lanzando una cortina de humo para ocultar los verdaderos temores del FBI?

—No sé si los mató un asesino a sueldo —respondió con expresión torva—. Francamente, es muy poco lo que sabemos. Podría ser un atentado político, como ya te he explicado. Pero si nos enfrentamos a un agente de la CIA que se ha vuelto loco, o a alguien por el estilo, entonces puede ser que los casos de las cinco parejas estén relacionados, que se trate de asesinatos en serie.

—Podría ser un ejemplo de escalada —señaló Mark—. Pat Harvey ha salido mucho en las noticias, sobre todo durante este último año. Si se trata de un agente de la CIA que se dedica a hacer prácticas de asesinatos, quizá lo sedujo la idea de elegir como blanco a la hija de un alto cargo.

—Así aumentaría la emoción, el riesgo —prosiguió Wesley—, y la caza se parecería más al tipo de operaciones que suelen asociarse con Centroamérica, con el Cercano Oriente, con las neutralizaciones políticas... Asesinatos, en otras palabras.

—Tenía entendido que la CIA ya no se dedica al negocio de los asesinatos, desde la presidencia de Ford —observé—. De hecho, tenía entendido que incluso le está vedado participar en intentos de golpe en los que un dirigente extranjero corra peligro de perder la vida.

—Así es —reconoció Mark—. En teoría, la CIA no debe participar en estas actividades. En teoría, los soldados norteamericanos en Vietnam no debían matar civiles. En teoría, los policías no deben hacer un uso excesivo de la fuerza sobre sospechosos y detenidos. Cuando se reduce todo al individuo, a veces las cosas se descontrolan. Se rompen las normas.

No pude por menos que pensar en Abby Turnbull. ¿Cuánto sabía de todo esto? ¿Le había dicho algo la señora Harvey? ¿Era ésta la verdadera naturaleza del libro que había empezado a escribir? No era extraño que sospechara que tenía los teléfonos intervenidos o que estaba sometida a vigilancia. La CIA, el FBI e incluso el Consejo Asesor del presidente sobre Inteligencia Extranjera, que tenía acceso directo al despacho Oval por la puerta trasera, tenían buenos motivos para estar inquietos por lo que Abby pudiera escribir, y ella tenía muy buenas razones para sentirse paranoica. Era muy posible que estuviera en auténtico peligro.

El viento había cesado y una leve niebla se posaba sobre las copas de los árboles cuando Wesley cerró la puerta detrás de nosotros. Mientras seguía a Mark hacia su coche, experimenté una sensación de resolución y ratificación ante todo lo que se había dicho, pero aun así me sentía más perturbada que antes.

Llevábamos algún tiempo en marcha cuando por fin hablé.

—Lo que le está pasando a Pat Harvey es indignante. Ha

perdido a su hija, y ahora pretenden destruir su carrera y su reputación.

—Benton no ha tenido nada que ver con filtraciones a la prensa o «encerronas», como tú dices.

Mark mantenía la vista fija en la oscura y estrecha carretera.

—No se trata de lo que yo diga, Mark.

—Sólo citaba tus palabras —replicó.

—Tú sabes qué está pasando. No te hagas el ingenuo.

—Benton ha hecho todo lo que ha podido por ella, pero la señora Harvey tiene una *vendetta* personal contra el Departamento de Justicia. Para ella, Benton sólo es otro agente federal dispuesto a jugársela.

—Si yo estuviera en su lugar, quizá pensaría lo mismo.

—Conociéndote, no me extrañaría.

—¿Y eso qué quiere decir? —pregunté, impulsada por una cólera que iba mucho más allá de Pat Harvey.

—No quiere decir nada.

Los minutos fueron pasando en silencio y la tensión crecía. No reconocía la carretera en que estábamos, pero sabía que el tiempo que nos quedaba de estar juntos se acercaba a su fin. Finalmente, Mark entró en el aparcamiento de la estación de servicio y se detuvo junto a mi coche.

—Lamento que hayamos tenido que vernos en estas circunstancias —dijo con voz queda. Al ver que yo no respondía, añadió—: Pero no lamento que nos hayamos visto, no lamento que haya sucedido.

—Buenas noches, Mark.

Me dispuse a bajar del coche.

—No te vayas, Kay.

Apoyó una mano en mi brazo.

Me quedé quieta.

—¿Qué quieres?

—Hablar contigo. Por favor.

—Pues si tanto interés tienes en hablar conmigo, ¿por qué no lo has intentado antes? —repliqué con emoción, y aparté el brazo—. En todos estos meses no has hecho ningún esfuerzo por hablar conmigo.

—Lo mismo puedo decir yo. Te telefoneé el pasado otoño y no me devolviste la llamada.

—Sabía lo que ibas a decirme y no quería oírlo —alegué, y me di cuenta de que él también se encolerizaba.

—Perdona. Olvidaba que siempre has tenido una asombrosa capacidad de leerme el pensamiento. —Posó ambas manos sobre el volante y volvió la vista al frente.

—Ibas a decirme que no existía ninguna posibilidad de reconciliación, que todo había terminado. Y no me interesaba escuchar cómo expresabas lo que ya suponía.

—Piensa lo que quieras.

—¡No se trata de lo que yo quiera pensar! —Detestaba el poder que tenía de hacerme perder los estribos.

—Escucha. —Respiró hondo—. ¿Crees que existe alguna posibilidad de declarar una tregua y olvidar el pasado?

—Ni una.

—Espléndido. Gracias por ser tan razonable. Al menos, lo he intentado.

—¿Que lo has intentado? ¿Cuánto hace que te fuiste? ¿Ocho meses? ¿Nueve? ¿Qué demonios has intentado, Mark? No sé qué me estás pidiendo, pero es imposible olvidar el pasado. Es imposible que nos encontremos en cualquier lugar y finjamos que nunca hubo nada entre los dos. Me niego a actuar así.

—No te pido eso, Kay. Lo que te estoy pidiendo es que olvidemos las peleas, los enfados, todo lo que nos dijimos entonces.

En realidad, no podía recordar exactamente qué nos habíamos dicho ni explicar en qué nos habíamos enfrentado. Reñíamos sin estar seguros de por qué reñíamos hasta que la riña se centraba en nuestras heridas y no en las diferencias que la habían provocado.

—Cuando te llamé, en septiembre pasado —prosiguió, con calor—, no fue para decirte que no había esperanza de reconciliación. De hecho, cuando marqué tu número sabía que me arriesgaba a que tú me lo dijeras. Y al ver que no me llamabas, fui yo quien sacó conclusiones.

—No hablas en serio.

—Y una mierda que no.

—Bueno, puede que hicieras bien en sacar conclusiones. Después de lo que hiciste...

—¿Después de lo que hice? —preguntó, incrédulo—. ¿Y lo que hiciste tú?

—Lo único que yo hice fue hartarme y cansarme de hacer concesiones. Nunca intentaste de veras conseguir un traslado a Richmond. No sabías qué querías, y pretendías que yo cediera y me adaptara y arrancara mis raíces cuando tú lo tuvieras todo calculado. Por mucho que te quiera, no puedo renunciar a lo que soy, y nunca te he pedido que renuncies a lo que tú eres.

—Sí que me lo pediste. Aunque hubiera podido conseguir un traslado a la oficina de Richmond, no era eso lo que yo quería.

—Bien. Me alegro de que hicieras lo que querías.

—Kay, la cosa fue al cincuenta por ciento. También fue culpa tuya.

—No fui yo quien se marchó. —Se me llenaron los ojos de lágrimas, y susurré—: Oh, mierda.

Mark sacó un pañuelo y lo depositó con delicadeza sobre mi regazo.

Mientras me enjugaba los ojos, me acerqué a la portezuela y apoyé la cabeza en el cristal. No quería llorar.

—Lo siento —se disculpó.

—El hecho de que lo sientas no cambia nada.

—No llores, por favor.

—Lloraré si me da la gana —repliqué, de un modo ridículo.

—Lo siento —repitió, esta vez en un susurro, y creí que iba a tocarme. Pero no me tocó. Se recostó en el asiento y alzó la mirada hacia el techo—. Escucha —prosiguió—. Si quieres que te diga la verdad, ojalá te hubieras marchado tú. Entonces serías tú quien la había cagado, y no yo.

No dije nada. No me atrevía.

—¿Me has oído?

—No estoy segura —respondí, vuelta aún hacia la ventanilla. Mark cambió de posición. Noté sus ojos sobre mí.

—Mírame, Kay. —Obedecí de mala gana—. ¿Por qué crees que he estado viniendo por aquí? —me preguntó en voz baja—. Intento volver otra vez a Quantico, pero es difícil. Parece que es mal momento. Con los recortes en el presupuesto federal y el estado de la economía, el FBI se ve bastante apurado. Hay muchas razones.

—¿Quieres decir que profesionalmente te sientes insatisfecho?

—Quiero decir que cometí un error.

—Lamento los errores profesionales que hayas podido cometer —le aseguré.

—No me refiero sólo a eso, y tú lo sabes.

—Entonces, ¿a qué te refieres? —Estaba decidida a hacérselo decir.

—Ya sabes a qué me refiero. A nosotros. Nada ha sido lo mismo.

Vi brillar sus ojos en la oscuridad. Su expresión era casi feroz.

—¿Lo ha sido para ti? —insistió.

—Creo que los dos hemos cometido muchos errores.

—Me gustaría empezar a corregir algunos, Kay. No quiero que lo nuestro termine así. Hace mucho tiempo que lo pienso, pero... Bueno, no sabía cómo decírtelo. No sabía si querías saber de mí, si estabas con otra persona.

No quise reconocer que yo me había preguntado lo mismo acerca de él y que me aterrorizaban las respuestas.

Se acercó a mí y me cogió la mano. Esta vez no pude retirarla.

—He intentado por todos los medios descubrir en qué fallamos —prosiguió—. Lo único que sé es que yo soy obstinado y que tú eres obstinada. Yo quería salirme con la mía y tú querías salirte con la tuya. Y así estamos. No sé cómo habrá sido tu vida desde que me fui, pero apostaría a que no te lo has pasado muy bien.

—Qué arrogancia por tu parte decir algo así.

Sonrió.

—Sólo intento estar a la altura de la imagen que tienes de mí. Una de las últimas cosas que me llamaste antes de que me marchara fue cabrón arrogante.

—¿Eso fue antes o después de que te llamara hijo de puta?

—Creo que antes.

—Según recuerdo, tú también me dedicaste unos cuantos epítetos seleccionados. Y creía que acababas de proponer que olvidáramos lo que nos dijimos entonces.

—Y tú has dicho «por mucho que te quiera».

—¿Y eso?

—«Por mucho que te quiera.» En presente. No intentes retirarlo; lo he oído. —Alzó mi mano y se la llevó a la cara. Sus labios se movieron sobre mis dedos—. He intentado dejar de pensar en ti. No puedo. —Hizo una pausa, su cara cerca de la mía—. No te pido que digas lo mismo.

Pero me lo estaba pidiendo, y le respondí.

Le toqué la mejilla y él tocó la mía. Luego besamos los lugares donde se habían posado nuestros dedos hasta que cada uno encontró los labios del otro. Y no dijimos nada más. Dejamos de pensar por completo hasta que el parabrisas se iluminó de súbito y la noche empezó a palpitar en rojo. Nos arreglamos frenéticamente la ropa mientras un policía, linterna y radio portátil en mano, descendía del coche patrulla que se había detenido junto al nuestro.

Mark ya estaba abriendo su portezuela.

—¿Todo bien? —preguntó el policía y se inclinó para examinar el interior. Sus ojos vagaron de un modo desconcertante por el escenario de nuestra pasión. Su expresión era severa, y tenía un bulto inverosímil en la mejilla derecha.

—Todo bien —respondí, horrorizada, mientras buscaba a tientas con el pie descalzo sin demasiado disimulo. Por lo visto, había perdido un zapato.

El hombre dio un paso atrás y escupió un chorro de jugo de tabaco.

—Estábamos conversando —le explicó Mark, que tuvo

la suficiente presencia de ánimo para no enseñarle la placa. El policía sabía condenadamente bien que en el momento de acercarse estábamos haciendo muchas cosas. Conversar no era una de ellas.

—Bien, pues si piensan seguir con su conversación —dijo—, les agradecería que se fueran a otra parte. No es prudente quedarse con el coche parado a estas horas de la noche, ha habido algunos problemas. Si no son de por aquí, quizá no sepan que han desaparecido algunas parejas.

Siguió con su sermón mientras se me helaba la sangre.

—Tiene usted razón. Muchas gracias —dijo Mark por fin—. Nos vamos ahora mismo.

El policía inclinó la cabeza en señal de asentimiento, escupió de nuevo y lo vimos subir a su coche. Salió a la carretera y se alejó lentamente.

—Jesús —farfulló Mark entre dientes.

—No lo digas —le rogué—. No comentes siquiera lo estúpidos que somos. Dios mío.

—¿Te das cuenta de lo fácil que es? —Lo dijo a pesar de todo—. Dos personas en un coche parado en la oscuridad y alguien los aborda. Mierda, llevo la maldita pistola en la guantera. Ni he pensado en cogerla hasta que he visto al tipo delante de mis narices, y entonces ya hubiera sido demasiado tarde...

—Basta, Mark. Por favor.

Su risa me sobresaltó.

—¡No tiene gracia!

—Llevas la blusa mal abrochada —me explicó, y tomó aire.

«¡Mierda!»

—Confiemos en que no te haya reconocido, doctora Scarpetta.

—Gracias por una idea tan tranquilizadora, señor FBI. Y ahora me voy a casa. —Abrí la portezuela—. Ya me has metido en bastantes líos por una noche.

—¡Oye! Si has empezado tú.

—Puedo asegurarte que no.

—¿Kay? —Se puso serio—. ¿Qué hacemos ahora? Yo vuelvo a Denver mañana. No sé qué ocurrirá, ni qué podré hacer que ocurra, ni siquiera si debo intentar que ocurra algo.

No había respuestas fáciles. Nunca las hubo para nosotros.

—Si no intentas nada, no ocurrirá nada.

—¿Y tú? —me preguntó.

—Tenemos mucho de que hablar, Mark.

Encendió los faros y se abrochó el cinturón de seguridad.

—¿Qué me dices? —insistió—. Para intentarlo hacemos falta los dos.

—Es curioso que seas tú quien lo diga.

—No, Kay. No empieces, por favor.

—Tengo que pensar. —Saqué mis llaves. De pronto, me sentía agotada.

—No juegues conmigo.

—No estoy jugando contigo, Mark —respondí, y le toqué la mejilla.

Nos besamos una última vez. Yo hubiera querido que el beso durara horas, pero también quería irme. Nuestra pasión siempre había sido imprudente. Vivíamos para momentos que nunca parecían prometer ninguna clase de futuro.

—Te llamaré —me prometió.

Abrí la puerta de mi automóvil.

—Hazle caso a Benton —añadió—. Puedes confiar en él. Estás metida en un asunto muy malo.

Puse el motor en marcha.

—Me gustaría que te mantuvieras al margen.

—Es lo que siempre deseas —repliqué.

Mark llamó a la noche siguiente, y volvió a llamar dos noches después. Cuando telefoneó la tercera vez, el día diez de febrero, lo que dijo me hizo salir en busca de la última edición de *Newsweek*.

Los ojos apagados de Pat Harvey miraban a la nación desde la portada de la revista. Un titular en gruesas letras negras proclamaba EL ASESINATO DE LA HIJA DE LA «ZARINA DE LA DROGA», y la «exclusiva», en el interior, era un refrito de su rueda de prensa, de las acusaciones de conspiración y de los casos de los otros adolescentes que habían desaparecido sin dejar huella hasta que se encontraron sus cuerpos descompuestos en los bosques de Virginia. Aunque yo había rehusado una entrevista, la revista había encontrado una fotografía de archivo en la que se me veía subiendo la escalinata del Tribunal John Marshall de Richmond. El pie rezaba: «La jefa de Medicina Forense informa de sus conclusiones bajo amenaza de mandamiento judicial.»

—Ya estoy acostumbrada. Va con el cargo —tranquilicé a Mark, al devolverle la llamada.

Incluso cuando telefoneó mi madre, aquella misma noche, conservé la calma hasta que dijo:

—Aquí al lado tengo a alguien que se muere por hablar contigo, Kay.

Mi sobrina, Lucy, siempre había tenido un talento especial para exasperarme.

—¿Cómo es que te has metido en un lío? —preguntó.

—No me he metido en ningún lío.

—La revista dice que sí, y que alguien te amenazó.

—Es demasiado complicado para explicártelo ahora, Lucy.

—Es imponente —prosiguió, sin inmutarse—. Mañana me llevaré la revista a la escuela y se la enseñaré a todos.

«Espléndido», pensé.

—La señora Barrows —añadió, refiriéndose a la tutora de su clase— ya me ha preguntado si podrías venir para el día de la profesión, en abril...

Hacía un año que no veía a Lucy. No parecía posible que estuviera ya en el segundo curso de la escuela secundaria, y aunque yo sabía que llevaba lentes de contacto y tenía permiso de conducir, todavía me la imaginaba como una chiquilla regordeta y quejica que quería que la llevara a la cama, una *enfant terrible* que, por alguna extraña razón, me había cogido apego antes de aprender a gatear. Jamás podría olvidar la primera Navidad después de su nacimiento, cuando volé a Miami para pasar una semana con mi hermana. Lucy, al parecer, dedicaba hasta su último minuto despierta a observarme, siguiendo todos mis movimientos con dos ojos que eran como dos lunas luminosas. Sonreía cuando le cambiaba los pañales y se ponía a chillar en cuanto yo salía de la habitación.

—¿Te gustaría pasar una semana conmigo este verano? —le pregunté.

Lucy vaciló y, finalmente, respondió sin ocultar su desengaño.

—Supongo que eso significa que no puedes venir para el día de la profesión.

—Ya veremos, ¿de acuerdo?

—No sé si podré ir este verano. —Su voz delataba cierto mal humor—. Tengo un empleo y no sé si podré dejarlo.

—Es magnífico que tengas un empleo.

—Sí. En una tienda de ordenadores. Pienso ahorrar para comprarme un coche. Quiero un deportivo, un descapotable, y algunos de los antiguos se encuentran muy baratos.

—Eso son trampas mortales —protesté antes de poder contenerme—. No te compres una cosa así, Lucy, por favor. ¿Por qué no vienes a verme a Richmond? Miraremos por ahí y buscaremos un coche que sea bonito y seguro.

Lucy había cavado una trampa y, como de costumbre, yo había caído en ella. Era una experta en manipulación, y no hacía falta un psiquiatra para comprender por qué. Lucy era víctima de desatención crónica por parte de su madre, mi hermana.

—Eres una jovencita inteligente y perfectamente capaz de pensar por ti misma —dije, cambiando de táctica—. Sé que tomarás una buena decisión sobre la mejor manera de utilizar tu tiempo y tu dinero, Lucy. Pero si pudieras hacerme un hueco este verano, quizá podríamos ir a alguna parte. A la playa o a la montaña, como prefieras. No has estado nunca en Inglaterra, ¿verdad?

—No.

—Bueno, es una posibilidad.

—¿En serio? —preguntó, suspicaz.

—En serio. Hace años que no voy —añadí; empezaba a cogerle gusto a la idea—. Creo que ya es hora de que veas Oxford y Cambridge, los museos de Londres... Concertaré una visita a Scotland Yard, si te interesa, y si podemos arreglarlo todo para ir en junio a lo mejor encontramos entradas para Wimbledon.

Silencio. A continuación, replicó alegremente:

—Sólo te tomaba el pelo. En realidad no quiero un deportivo, tía Kay.

A la mañana siguiente no hubo autopsias, y me senté ante mi escritorio dispuesta a reducir los montones de papel. Tenía otras muertes que investigar, clases que impartir y juicios que reclamaban mi testimonio, pero no podía concentrarme. Cada vez que me planteaba otra cosa, mi atención volvía hacia las parejas. Pasaba por alto algo importante, algo que tenía justo delante de mis narices.

Tenía la sensación de que debía de estar relacionado con el asesinato de Deborah Harvey.

La chica era una gimnasta, una atleta con un soberbio control de su cuerpo. Quizá no fuera tan fuerte como Fred, pero tenía que haber sido más ágil y más rápida. Suponía que el asesino había subestimado su potencial atlético y que por eso había perdido momentáneamente el control de la situación en el bosque. Mientras contemplaba abstraída uno de los informes que debía revisar, recordé las palabras de Mark. Había hablado de «zonas de matanza» donde los agentes de Camp Peary utilizaban armas automáticas, granadas y dispositivos de visión nocturna para darse caza unos a otros en los campos y bosques. Traté de imaginármelo. Empecé a concebir una trama horripilante.

Quizá cuando el asesino secuestró a Deborah y Fred y los condujo a la pista forestal les tenía preparado un juego terrorífico. Les ordenó que se quitaran zapatos y calcetines y les ató las manos a la espalda. Si utilizaba gafas de visión nocturna, que multiplican la luz de la luna, hubiera podido ver perfectamente incluso en la oscuridad del bosque, donde pensaba perseguirlos uno a uno.

Pensé que Marino estaba en lo cierto. El asesino debió de eliminar primero a Fred. Quizá le ordenó que echara a correr, le dio una posibilidad de escapar, y mientras Fred huía a trompicones por entre árboles y matorrales, presa del pánico, el asesino lo observaba, capaz de ver y moverse con facilidad, el cuchillo en la mano. En el momento oportuno, no le habría sido muy difícil caer sobre su víctima por la espalda, echarle la cabeza hacia atrás apretando con el antebrazo bajo la barbilla y seccionarle la tráquea y las arterias carótidas. Este ataque al estilo comando era rápido y silencioso. Si los cuerpos no se encontraban hasta pasado algún tiempo, al forense le resultaría difícil determinar la causa de la muerte, pues tejidos y cartílagos se habrían descompuesto.

Llevé la trama más lejos. Quizás el sadismo del asesino lo llevó también a obligar a Deborah a contemplar cómo su amigo era perseguido y asesinado en la oscuridad. Se me ocurrió que, una vez en el bosque, el asesino debió de atarle los tobillos para evitar que se escapara, pero no tuvo en cuenta su elasticidad. Podía ser que, mientras se ocupaba de Fred, Deborah hubiera logrado colocar sus manos atadas bajo las nalgas y pasar las piernas entre los brazos, con lo que las manos le habrían quedado delante. Eso le permitiría desatarse los pies y defenderse.

Alcé ambas manos ante mí como si las tuviera atadas por la muñeca. Si Deborah había entrelazado los dedos para formar un puño doble y había golpeado con él, y si el asesino había tenido el reflejo defensivo de levantar las manos, en una de las cuales sostenía el cuchillo que acababa de utilizar para dar muerte a Fred, la herida en el índice izquierdo de Deborah resultaba comprensible. A continuación, Deborah se echó a correr como una loca y el asesino, sorprendido con la guardia baja, le disparó por la espalda.

¿Estaba en lo cierto? No podía saberlo. Pero seguí representando mentalmente este guión una vez y otra y no encontré ningún fallo. Lo que no encajaba eran algunas hipótesis. Si la muerte de Deborah era un encargo pagado realizado por un profesional o bien obra de un agente federal psicópata que la había elegido de antemano porque era hija de Pat Harvey, ¿cómo podía ser que ese individuo no supiera que Deborah era una gimnasta de categoría olímpica? ¿No tuvo en cuenta que debía de ser excepcionalmente ágil y rápida, no incluyó este detalle en sus planes?

¿Le habría disparado por la espalda?

La forma en que Deborah había sido asesinada, ¿se correspondía con el perfil frío y calculador de un asesino profesional?

Por la espalda.

Cuando Hilda Ozimek examinó las fotografías de los adolescentes muertos, detectó miedo. Evidentemente, las víctimas habían tenido miedo. Pero hasta este momento no se me había ocurrido pensar que quizás el asesino también había tenido miedo. Disparar contra alguien por la espalda es de cobardes. Cuando Deborah se enfrentó a su atacante, éste se acobardó. Perdió el control. Cuanto más reflexionaba sobre ello, más convencida me sentía de que Wesley y quizá todos los demás se engañaban acerca de ese individuo. Dar caza en el bosque a unos adolescentes descalzos y maniatados, después de oscurecer, cuando uno va armado, está familiarizado con el terreno y dispone quizá de un dispositivo de visión nocturna, es como tirar contra peces en un barril. Es hacer trampa. Es demasiado fácil. No me pareció el modus operandi que elegiría un asesino experto que disfrutara con el riesgo.

Y luego estaba la cuestión de las armas.

Si yo fuera un agente de la CIA a la caza de una presa humana, ¿qué utilizaría? ¿Una Uzi? Tal vez. Pero probablemente elegiría una pistola de nueve milímetros, algo que cumpliera con su función, nada más, nada menos. Usaría cartuchos corrientes, nada que llamara la atención. Balas vulgares de punta hueca, por ejemplo. Lo que no utilizaría sería algo que se saliera de lo corriente, como balas Exploder o Hydra-Shok.

La munición. ¡Piensa, Kay! No recordaba cuándo había sido la última vez que había extraído balas Hydra-Shok de un cadáver.

Era un tipo de munición originalmente pensado para los agentes de la ley, y presentaba mayor expansión en el momento del impacto que cualquier otra bala disparada desde un cañón de cinco centímetros. Cuando el proyectil de plomo acabado en punta hueca y su característico centro sobreelevado entra en el cuerpo, la presión hidrostática fuerza la envoltura a abrirse como los pétalos de una flor. Tiene muy poco retroceso, lo que facilita el fuego de repetición. Las balas muy pocas veces salen del cuerpo, y los destrozos que causan en órganos y tejidos blandos son devastadores.

A este asesino le gustaba la munición especial. Sin duda habría ajustado la mira de su pistola de acuerdo con sus cartuchos preferidos. Usar una de las municiones más mortíferas probablemente le daba seguridad, le hacía sentirse importante y poderoso. Quizás incluso fuese supersticioso al respecto.

Descolgué el teléfono y le expliqué a Linda lo que necesitaba.

—Sube ahora mismo —contestó.

Cuando llegué al laboratorio de armas de fuego, encontré a Linda sentada ante un terminal de ordenador.

—De momento, este año no ha habido ningún caso, excepto el de Deborah Harvey, naturalmente —me explicó, desplazando el cursor por la pantalla—. Uno el año pasado. Y uno el anterior. Nada más respecto a Federal. Pero he encontrado dos casos con Scorpion.

—¿Scorpion? —repetí, intrigada, y me incliné sobre su hombro.

—Una versión anterior —explicó—. Unos diez años antes de que Federal comprara la patente, Hydra-Shok Corporation fabricaba básicamente la misma munición. En concreto, cartuchos Scorpion del treinta y ocho y Copperhead tres cincuenta y siete. —Pulsó varias teclas para imprimir lo que había descubierto—. Hace ocho años nos llegó un caso en el que se utilizaron balas Scorpion calibre treinta y ocho. Pero no era humano.

—¿Cómo has dicho? —le pregunté, desconcertada.

—Por lo visto, la víctima era de la variedad canina. Un perro. Recibió, vamos a ver..., recibió tres disparos.

—La muerte del perro, ¿estaba relacionada con algún otro caso? ¿Suicidio, homicidio, robo?

—Con los datos que tengo, no puedo decírtelo —respondió Linda, en tono de disculpa—. Sólo sé que en el cadáver del perro se encontraron tres balas Scorpion. No se las ha relacionado nunca con nada. Supongo que el caso quedó sin resolver.

Ella arrancó el papel de la impresora y me lo entregó.

En muy raras ocasiones, mi oficina realizaba autopsias a animales. A veces un guarda jurado nos enviaba un ciervo cazado fuera de temporada, y si un animal doméstico resultaba muerto durante la comisión de un delito o era encontrado muerto junto con sus propietarios, le echábamos una mirada, extraíamos las balas o realizábamos análisis toxicológicos en busca de drogas. Pero no emitíamos certificados de defunción ni informes de autopsia para los animales. Era improbable que encontrara nada en los archivos acerca de este perro muerto a tiros hacía ocho años.

Telefoneé a Marino y lo puse al corriente.

—No lo dirá en serio —exclamó.

—¿Podría enterarse sin hacer mucho ruido? No quiero llamar la atención de nadie. Puede que no sea nada, pero corresponde a la jurisdicción de West Point, y eso es interesante. Los cuerpos de la segunda pareja aparecieron en West Point.

—Sí, es posible. Veremos qué puedo hacer —accedió, pero no parecía muy entusiasmado.

A la mañana siguiente, Marino se presentó ante mí cuando terminaba mi trabajo en un muchacho de catorce años que había caído de un camión en marcha la tarde anterior.

—Espero que ese olor no sea suyo. —Marino se acercó a la mesa y olfateó.

—El chico llevaba un frasco de loción para después del afeitado en un bolsillo de los pantalones. Al chocar contra el suelo se rompió, y lo que huele es eso. —Señalé con la cabeza el montón de ropa que había sobre una camilla cercana.

—¿Brut? —Olisqueó de nuevo.

—Eso creo —respondí, abstraída.

—Doris solía comprarme Brut. Un año me regaló Obsession, se lo digo de verdad.

—¿Qué ha averiguado? —Reanudé mi trabajo.

—El perro se llamaba Joder, y le juro que es cierto —respondió Marino—. Pertenecía a un viejo excéntrico de West Point, un tal Joyce.

—¿Ha podido averiguar por qué trajeron el perro a esta oficina?

—No estaba relacionado con ningún otro caso. Un favor, supongo.

—El veterinario del Estado debía de estar de vacaciones —comenté, porque ya había ocurrido antes.

En el otro extremo de mi edificio se encuentra el Departamento de Salud Animal, que dispone incluso de un depósito donde se realizan autopsias a animales. Normalmente, los cadáveres se enviaban al veterinario del Estado, pero había excepciones. Si se lo solicitaban, los patólogos forenses complacían a la policía y no se negaban a echar una mano cuando el veterinario estaba ilocalizable. A lo largo de mi carrera había examinado perros torturados, gatos mutilados, una yegua que había sufrido un asalto sexual y un pollo envenenado que alguien había dejado en el buzón de un juez. Las personas eran tan crueles con los animales como lo eran unas con otras.

—El señor Joyce no tiene teléfono, pero un contacto me ha dicho que aún vive en el mismo lugar —añadió Marino—.

He pensado acercarme por allí y charlar un rato con él. ¿Quiere usted venir conmigo?

Inserté una hoja nueva en el escalpelo y pensé en mi escritorio cubierto de papeles, en los casos que aguardaban mi dictamen, en las llamadas telefónicas que aún tenía que devolver y las que debía iniciar yo.

—Quizá sea lo mejor —le respondí, sin esperanzas.

Marino vaciló, como si esperara algo.

Cuando alcé la vista hacia él, me di cuenta. Marino se había cortado el pelo. Llevaba unos pantalones de color caqui sujetos por tirantes y una chaqueta de tweed que parecía recién estrenada. La corbata estaba limpia, lo mismo que la camisa amarillo claro. Hasta los zapatos estaban lustrosos.

—Está usted decididamente guapo —comenté, como una madre orgullosa.

—Sí. —Sonrió y se ruborizó—. Rose me ha silbado cuando me dirigía hacia el ascensor. Ha sido curioso. Hacía años que no me silbaba una mujer, excepto Sugar, y Sugar no cuenta.

—¿Sugar?

—Suele merodear por el cruce de Adam y Church. Oh, sí. Un día encontré a Sugar, también llamada Mamá Perro Rabioso, tirada en un callejón con una borrachera de muerte, completamente inconsciente. Estuve a punto de aplastarle el culo. Cometí el error de despertarla. Se puso como una gata salvaje, y durante el camino hasta la jaula no dejó de maldecirme. Cada vez que paso a una manzana de distancia, se pone a chillar, silba, se levanta la falda...

—Y usted que temía haber perdido el atractivo para las mujeres... —concluí.

11

El origen de Joder era indeterminado, aunque estaba muy claro que los marcadores genéticos que había heredado de todos los perros de su familia eran los peores del lote.

—Lo crié desde que era un cachorro acabado de nacer —dijo el señor Joyce, cuando le devolví la fotografía polaroid del perro en cuestión—. Andaba perdido, ¿sabe? Apareció una mañana en la puerta de atrás y me dio pena, así que le eché unas sobras. Después de eso, ya no hubiera podido librarme de él ni para salvar la vida.

Estábamos sentados alrededor de la mesa de la cocina del señor Joyce. La luz del sol se filtraba tenuemente por una ventana polvorienta situada sobre una pila de loza manchada de óxido y un grifo que goteaba. Desde nuestra llegada, quince minutos antes, el señor Joyce no había dedicado ni una palabra amable a su perro asesinado, pero había cariño en su mirada de anciano y las ásperas manos que acariciaban el borde de su taza de café parecían capaces de ternura y afecto.

—¿De dónde sacó ese nombre? —le preguntó Marino.

—En realidad, nunca le puse un nombre. Pero siempre le estaba gritando: «¡Cállate ya, joder! ¡Ven aquí, joder! Si no paras de ladrar te voy a coser la boca, joder.» —Sonrió como si se avergonzara—. Al final llegó a creer que era su nombre, conque me acostumbré a llamarlo así.

El señor Joyce, antes de jubilarse, había sido repartidor

en una empresa dedicada a la fabricación de cemento, y su minúscula casa entre tierras de cultivo constituía un monumento a la pobreza rural. Supuse que el propietario original de la vivienda debía de haber sido un agricultor que tenía la tierra en arriendo, pues la propiedad estaba rodeada por vastos campos en barbecho que, según el señor Joyce, en verano se llenaban de maíz. Y había sido en verano, en una calurosa y sofocante noche de julio, cuando alguien condujo por la fuerza a Bonnie Smyth y Jim Freeman por la poco frecuentada pista de tierra que pasaba ante la casa. Luego llegó noviembre, y yo tuve que recorrer la misma carretera y pasar justo ante la casa del señor Joyce, con la parte trasera de mi automóvil familiar cargada de sábanas plegadas, camillas y bolsas de plástico para los cadáveres.

El espeso bosque donde se habían hallado los cuerpos de la pareja quedaba a menos de tres kilómetros al este de donde vivía el señor Joyce. ¿Una extraña coincidencia? ¿Y si no lo era?

—Cuénteme qué le ocurrió a Joder —le pidió Marino, mientras encendía un cigarrillo.

—Fue un fin de semana —comenzó el señor Joyce—. A mediados de agosto, me parece. Tenía todas las ventanas abiertas y estaba sentado en la sala mirando *Dallas*. Es curioso que lo recuerde. Supongo que eso quiere decir que era un viernes. Y empezaba a las nueve.

—Entonces, debieron disparar contra el perro entre las nueve y las diez —observó Marino.

—Yo diría que sí. No pudo ser mucho antes, porque no habría llegado a casa. Estoy mirando la tele y de repente le oigo gemir y arañar la puerta. En seguida me di cuenta de que le pasaba algo, pero supuse que se habría liado con un gato o algo por el estilo, hasta que abrí la puerta y lo vi.

Sacó una bolsa de tabaco y empezó a liar un cigarrillo con manos firmes y expertas.

—¿Y qué hizo usted? —le urgió Marino.

—Lo metí en la camioneta y lo llevé a casa del doctor Whiteside. Está a unos ocho kilómetros al noroeste.

—¿Un veterinario? —pregunté.

Meneó lentamente la cabeza.

—No, señora. No tenía veterinario, ni conocía a ninguno. El doctor Whiteside cuidó a mi mujer hasta que murió. Es un hombre muy tratable. No sabía adónde ir, si quiere que le diga la verdad. Claro que ya era demasiado tarde. Cuando llegué con el perro, el doctor ya no podía hacer nada en absoluto. Me aconsejó que llamara a la policía. Lo único que se puede cazar a mediados de agosto es el cuervo, y no existe justificación para que nadie ande por ahí después de anochecido tirando contra los cuervos ni contra lo que sea. Así que seguí su consejo. Llamé a la policía.

—¿Tiene idea de quién pudo matar a su perro? —pregunté.

—Como les dije, Joder tenía la manía de perseguir a la gente. Salía corriendo detrás de los coches como si fuera a comerse los neumáticos. Si quieren mi opinión personal, siempre he medio sospechado que fue un policía el que lo mató.

—¿Por qué? —preguntó Marino.

—Cuando le hicieron la autopsia me dijeron que eran balas de revólver. Puede que a Joder le diera por perseguir un coche de la policía y que así ocurriera la cosa.

—¿Aquella noche vio pasar algún coche de la policía por esta carretera? —insistió Marino.

—No. Pero eso no quiere decir que no pasara ninguno. Y tampoco sé dónde estaba cuando le dispararon. No fue por aquí cerca, porque lo habría oído.

—Quizá no, si el volumen del televisor estaba muy alto —objetó Marino.

—Le aseguro que lo habría oído. Aquí no hay mucho ruido, y menos de noche. Cuando se lleva algún tiempo viviendo por aquí, se acaba oyendo cualquier sonido que se salga de lo corriente, por leve que sea. Aunque esté la tele encendida y las ventanas cerradas.

—¿Oyó pasar algún coche por la carretera? —preguntó Marino.

Reflexionó unos instantes.

—Sé que pasó uno poco antes de que Joder viniera a arañar la puerta. La policía me lo preguntó. Tengo la impresión de que quien iba en ese coche mató al perro, y por lo que dijo el agente que hizo el informe, creo que también pensaba más o menos lo mismo. —Hizo una pausa y se volvió a mirar por la ventana—. Algún chaval, seguramente.

En la sala de estar sonó el tañido desafinado de un reloj, y luego el silencio, roto únicamente por el goteo del agua en la pila que medía el paso de los segundos vacíos. El señor Joyce no tenía teléfono. Tenía muy pocos vecinos, y ninguno cerca. Me pregunté si tendría hijos. Por lo visto, no había buscado otro perro ni un gato. No vi ningún indicio de que en la casa viviera nadie más que él.

—El viejo Joder era completamente inútil, pero me acostumbré a tenerlo en casa. ¡Si vieran qué sustos le daba al cartero! Yo me quedaba ahí en la sala, mirando por la ventana y riéndome hasta que me saltaban las lágrimas. ¡Qué cuadro! Un hombrecillo enclenque que no paraba de mirar a todos lados, tan muerto de miedo que no se atrevía a bajar de la furgoneta del correo. El viejo Joder corría en círculos y echaba dentelladas al aire. Lo dejaba ladrar un par de minutos y entonces salía al patio y le pegaba un grito. Sólo tenía que apuntarle con el dedo y Joder se marchaba a toda prisa con la cola entre las patas. —Respiró hondo, el cigarrillo olvidado en el cenicero—. Hay mucha maldad en el mundo.

—Sí, señor —asintió Marino, y se recostó en la silla—. Hay maldad por todas partes, incluso en un lugar tranquilo y agradable como éste. La última vez que estuve por aquí fue hace un par de años, unas semanas antes del día de Acción de Gracias, cuando encontraron a aquella pareja en el bosque. ¿Se acuerda?

—Claro. —El señor Joyce agitó vigorosamente la cabeza—. Nunca había visto un alboroto igual. Estaba fuera, recogiendo leña, cuando de repente empiezan a pasar coches de policía a toda velocidad, con las luces del techo encendidas. Debía de haber al menos una docena, y un par de ambulancias, además. —Se detuvo y contempló a Marino con aire pensativo—. No recuerdo haberlo visto allí. —Luego se volvió hacia mí y añadió—: Supongo que usted también estaba, ¿verdad?

—Sí.

—Ya decía yo. —Hablaba con tono complacido—. Su cara me parecía familiar, y he estado todo el rato hurgándome el cerebro, intentando recordar dónde podía haberla visto antes.

—¿Se acercó usted al lugar donde encontraron los cuerpos? —preguntó Marino en tono despreocupado.

—Con todos los coches de policía que no paraban de pasar, nadie hubiera conseguido que me quedara sentado en casa. No podía imaginar qué estaba ocurriendo. Por ese lado no hay vecinos, sólo bosques. Y me dije, bien, si es un cazador que ha recibido un tiro, eso tampoco tiene lógica. Demasiados policías. Conque subí a mi camioneta y eché carretera abajo. Encontré a un policía parado junto a su coche y le pregunté qué pasaba. Me dijo que unos cazadores habían encontrado dos cadáveres en el bosque. Luego quiso saber si yo vivía cerca. Le dije que sí, y a las primeras de cambio se presenta un inspector a hacerme preguntas.

—¿Recuerda cómo se llamaba ese inspector? —preguntó Marino.

—No sabría decir.

—¿Qué clase de preguntas le hizo?

—Más que nada, quería saber si había visto a alguien por los alrededores, sobre todo hacia las fechas en que había desaparecido la pareja. Coches desconocidos, cosas así.

—¿Y vio usted a alguien?

—Bien, cuando se fue el inspector me puse a pensar, y desde entonces me ha pasado alguna vez por la cabeza —respondió el señor Joyce—. El caso es que la noche en que la policía cree que trajeron aquí a esa pareja y la mataron yo no oí nada, que recuerde. A veces me acuesto temprano. Puede ser que estuviera durmiendo. Pero hace un par de meses, a principios de año, cuando encontraron a esa otra pareja, me acordé de algo.

—¿Se refiere a Deborah Harvey y Fred Cheney? —pregunté.

—La hija de una mujer importante.

Marino asintió con la cabeza, y el señor Joyce prosiguió:

—Esos asesinatos me hicieron pensar de nuevo en los cuerpos que se encontraron aquí, y de pronto me vino a la cabeza. No sé si se han fijado al llegar, pero tengo un buzón junto al camino. Bien, el caso es que pasé unos días malos, quizás un par de semanas, antes de que mataran a la pareja. Me refiero a la de hace años.

—Jim Freeman y Bonnie Smyth —apuntó Marino.

—Sí, señor. Estaba acatarrado, vomitaba, era como si tuviese un dolor de muelas de la cabeza a los pies. Me quedé en cama un par de días, creo, y ni siquiera tenía fuerzas para salir a recoger el correo. La noche a que me refiero empezaba a sentirme con ánimos, así que me levanté, me preparé una sopa y, como me sentó bastante bien, salí a buscar el correo. Debían de ser las nueve o las diez de la noche. Y justo cuando volvía hacia la casa oí un coche. Negro como la pez, iba muy despacio y con las luces apagadas.

—¿En qué dirección iba? —preguntó Marino.

—Por allí. —El señor Joyce apuntó hacia el oeste—. En otras palabras, se alejaba de la zona donde está el bosque, de vuelta hacia la carretera principal. Puede que no sea nada, pero recuerdo que en aquel momento me pareció extraño. Por allí abajo no hay nada, sólo bosques y campos. Pensé que serían unos chavales que habían estado bebiendo o algo así.

—¿Pudo ver bien el coche? —pregunté.

—Creo que era de tamaño mediano y de un color oscuro. Negro, o quizás azul oscuro o rojo oscuro.

—¿Viejo o nuevo? —inquirió Marino.

—No sé si era un último modelo, pero no era viejo. Y seguro que tampoco era uno de esos coches extranjeros.

—¿Cómo lo sabe? —preguntó Marino.

—Por el sonido —respondió el señor Joyce, sin pararse a pensar—. Esos coches extranjeros no suenan igual que los norteamericanos. El motor es más ruidoso, petardea más, no sé cómo decirlo exactamente, pero lo noto. Lo mismo que cuando han llegado ustedes. En seguida he sabido que llevaban un coche norteamericano, seguramente un Ford o un Chevy. El coche que les digo pasó con las luces apagadas y el motor era muy silencioso, muy fino. Por la forma me recordó a uno de esos Thunderbirds nuevos, pero no podría jurarlo. Quizá fuera un Cougar.

—Un deportivo, entonces —señaló Marino.

—Según cómo se mire. Para mí, un Corvette es un deportivo. Un Thunderbird o un Cougar son de capricho.

—¿Pudo ver cuánta gente iba en el coche? —le pregunté.

Meneó la cabeza.

—Ni idea, la verdad. Estaba muy oscuro, y no me quedé mirándolo.

Marino se sacó del bolsillo una libreta de notas y empezó a hojearla.

—Señor Joyce —comenzó—, Jim Freeman y Bonnie Smyth desaparecieron el veintinueve de julio, un sábado por la noche. ¿Está usted seguro de que vio ese coche antes de que desaparecieran? ¿Seguro que no fue más tarde?

—Tan seguro como que estoy aquí sentado. Lo sé porque estuve enfermo, como acabo de decirles. Empecé a encontrarme mal la segunda semana de julio. Me acuerdo porque el cumpleaños de mi mujer es el trece de julio. Siempre voy al cementerio el día de su cumpleaños y le llevo flores. Acababa de hacerlo, y nada más llegar a casa empecé a encontrarme raro. Al día siguiente estaba demasiado enfermo para levantarme de la cama. —Fijó la mirada en la lejanía durante unos instantes—. Debió de ser el quince o el dieciséis cuando salí a recoger el correo y vi el coche.

Marino sacó sus gafas de sol, listo para marcharse.

El señor Joyce, que no había nacido ayer, le preguntó:

—¿Creen que lo de esas parejas asesinadas tiene algo que ver con la muerte de mi perro?

—Estamos comprobando muchas cosas. Y es mejor que no hable de esta conversación con nadie.

—No diré ni una palabra; no, señor.

—Se lo agradecería.

Nos acompañó hasta la puerta.

—Vuelvan cuando quieran —nos invitó—. En julio estarán maduros los tomates. Ahí detrás tengo un huerto con los mejores tomates de Virginia. Pero no hace falta que esperen hasta entonces para visitarme. Cuando quieran. Yo siempre estoy aquí. —Permaneció en el porche, mirándonos, mientras nos alejábamos.

Marino me dio su opinión mientras seguíamos la pista de tierra hacia la carretera principal.

—El coche que vio un par de semanas antes de que mataran a Jim Freeman y Bonnie Smyth allá en el bosque me parece sospechoso.

—Y a mí también.

—En cuanto al perro, tengo mis dudas. Si lo hubieran matado unas semanas antes de que Jim y Bonnie desaparecieran, o incluso unos meses, creería que hemos dado con algo. Pero, diablos, a Joder se lo cargaron cinco años antes de que muriese la primera pareja.

«Zonas de matanza», pensé. Quizás habíamos dado con algo, de todos modos.

—Marino, ¿ha pensado que tal vez nos las vemos con alguien para quien el lugar de la muerte es más importante que la elección de las víctimas?

Me miró de soslayo, atento a mis palabras.

—Es posible que el asesino se pase mucho tiempo buscando el lugar perfecto —proseguí—. Cuando lo encuentra, captura a su presa y la lleva a ese punto cuidadosamente elegido. Lo más importante es el lugar, y la época del año. Al perro del señor Joyce lo mataron a mediados de agosto. La época más calurosa del año, pero fuera de temporada en lo que a la caza se refiere, exceptuando a los cuervos. Todas las parejas han sido asesinadas fuera de temporada. En todos los casos, los cuerpos fueron encontrados por cazadores semanas o meses más tarde, una vez abierta la veda. Es sistemático.

—¿Sugiere acaso que el asesino estaba explorando los bosques en busca de un lugar donde cometer sus asesinatos cuando se presentó el perro y le estropeó los planes? —Me miró con expresión ceñuda.

—Sólo sopeso ideas.

—No se ofenda, pero creo que ésta puede tirarla directamente por la ventana. A no ser que ese pájaro se pasara años enteros fantaseando sobre los asesinatos antes de ponerse manos a la obra.

—Yo diría que el individuo en cuestión tiene una vida fantástica muy activa.

—Tal vez debería dedicarse a trazar perfiles psicológicos —comentó—. Empieza usted a hablar como Benton.

—Y usted empieza a hablar como si ya hubiera descartado a Benton.

—No es eso. Es sólo que en estos momentos no estoy de humor para tratar con él.

—Aún sigue siendo su compañero de VICAP, Marino. Usted y yo no somos los únicos que estamos bajo presión. No sea demasiado duro con él.

—Últimamente parece que se le da bien eso de repartir consejos gratis —rezongó.

—Alégrese de que sean gratis, Marino, porque necesita usted todos los consejos que pueda conseguir.

—¿Quiere cenar algo?

Eran casi las seis de la tarde.

—Esta noche tengo ejercicio —respondí, contrariada.

—Jesús. Supongo que eso será lo próximo que me aconseje.

La mera idea nos hizo a los dos sacar nuestros cigarrillos.

Llegué tarde a la clase de tenis, a pesar de que hice todo lo posible, menos saltarme los semáforos en rojo, para llegar a tiempo a Westwood. Se me rompió uno de los cordones de las zapatillas, el mango de la raqueta me resbalaba de entre los dedos y había un bufete mexicano en el piso de arriba, lo cual quería decir que la galería de observación estaba llena de gente sin nada mejor que hacer que comer tacos, beber margaritas y contemplar mi humillación. Después de mandar cinco reveses seguidos mucho más allá de la línea de fondo, empecé a flexionar las rodillas y golpear la pelota más despacio. Los tres tiros siguientes fueron a dar en la red. Las voleas eran patéticas, las dejadas horrorosas. Cuanto más me esforzaba, peor lo hacía.

—Se abre usted demasiado pronto y golpea demasiado tarde. —Ted pasó a mi lado de la red—. Demasiado balanceo hacia atrás y demasiado poco acompañamiento. ¿Y qué pasa entonces?

—Que empiezo a pensar en dedicarme al bridge —respondí, mientras mi frustración se convertía en ira.

—La cara de la raqueta queda abierta. Lleve la raqueta hacia atrás en seguida, gire el hombro, apoyé el pie y golpee la pelota hacia adelante. Y manténgala pegada a las cuerdas tanto tiempo como pueda.

Me acompañó a la línea de fondo e hizo una demostración, enviando varias pelotas por encima de la red mientras yo lo contemplaba presa de los celos. Ted tenía una definición muscular como dibujada por Miguel Ángel y una coordinación excelente, y además era capaz de dar a la pelota el efecto que quisiera sin esforzarse en absoluto, de manera que rebotara sobre mi cabeza o quedara muerta a mis pies. Me pregunté si los grandes deportistas se daban cuenta de cómo nos hacían sentir a los demás.

—Casi todo su problema es de cabeza, doctora Scarpetta —me explicó—. Se presenta usted aquí y quiere ser Martina, cuando le iría mucho mejor ser usted misma.

—Bien, lo que es evidente es que no puedo ser Martina —mascullé.

—Se esfuerza demasiado por ganar puntos, cuando debería tratar de no perderlos. Juegue con inteligencia, coloque bien la pelota y procure mantener el juego hasta que su oponente cometa un fallo o le dé una ocasión clara de marcar un tanto. Es así como se juega aquí. Los partidos en un club no se ganan, se pierden. Si alguien la derrota no es porque haya ganado más puntos que usted, sino porque usted ha perdido más. —Me dirigió una mirada reflexiva y añadió—: Apuesto a que en su trabajo no es tan impaciente. Apuesto a que devuelve todas las pelotas, por así decirlo, y puede seguir haciéndolo toda la jornada.

Yo no estaba tan segura, pero las recomendaciones de Ted ejercieron el efecto contrario al que pretendía. Apartaron mis pensamientos del tenis. Jugar con inteligencia. Más tarde, en la bañera, reflexioné detenidamente sobre ello.

No venceríamos nunca al asesino. Sembrar casquillos y artículos en los periódicos eran tácticas ofensivas que no habían dado resultado. Era tiempo de utilizar un poco de estrategia defensiva. Los criminales que escapan a la justicia no son perfectos, sino afortunados. Cometen errores. Todos los cometen. El problema está en reconocer esos errores, comprender su significado y determinar lo que es deliberado y lo que no.

Pensé en las colillas que habíamos encontrado junto a los cadáveres. ¿Las había dejado el asesino intencionadamente? Era lo más probable. ¿Constituían un error? No, porque eran inútiles como prueba y no podíamos averiguar la marca. Las jotas de corazones encontradas en los vehículos se habían dejado de forma deliberada, y tampoco eran un error. No habíamos encontrado huellas dactilares en ellas y, en todo caso, su propósito podía ser el de hacernos pensar lo que la persona que las había dejado quería que pensáramos.

Disparar contra Deborah Harvey, estaba segura, había sido un error. Luego estaba el pasado del asesino, que era lo que en aquellos momentos ocupaba mi atención. No pudo pasar de ciudadano respetuoso de la ley a asesino consumado en un abrir y cerrar de ojos. ¿Qué pecados había cometido antes, qué actos de maldad?

Para empezar, podía haber matado el perro de un anciano hacía ocho años. Si yo estaba en lo cierto, había cometido otro error, porque ese incidente permitía suponer que residía en la zona, que no era un recién llegado. Y eso hizo que me preguntara si no habría matado antes.

A la mañana siguiente, nada más terminar la reunión con el personal, hice que mi analista informática, Margaret, me proporcionara un listado con todos los homicidios que se habían producido en ochenta kilómetros a la redonda de Camp Peary en los últimos diez años. Aunque no buscaba necesariamente un homicidio doble, eso fue exactamente lo que obtuve.

Los números C0104233 y C0104234. Nunca había oído hablar de estos casos, relacionados entre sí, que databan de varios años antes de mi llegada a Virginia. Regresé a mi despacho, cerré las puertas y estudié los expedientes con creciente excitación. Jill Harrington y Elizabeth Mott habían sido asesinadas ocho años antes, en septiembre, un mes después de la muerte del perro del señor Joyce.

Las dos mujeres contaban menos de veinticinco años en el momento de su desaparición, ocho años antes, la noche del viernes catorce de septiembre. Sus cuerpos se hallaron a la mañana siguiente en el cementerio de una iglesia. No encontraron el Volkswagen de Elizabeth hasta el día siguiente, en el aparcamiento de un motel, junto a la carretera 60, en Lightfoot, muy cerca de Williamsburg.

Empecé a estudiar los informes de las autopsias y los diagramas de los cuerpos. Elizabeth Mott había recibido un disparo en el cuello, tras el cual, se conjeturaba, fue apuñalada una vez en el pecho y degollada. Estaba completamente vestida, sin indicios de asalto sexual, no se recuperó ninguna bala y tenía marcas de ligaduras en torno a las muñecas. No había lesiones defensivas. Los informes de Jill, sin embargo, eran harina de otro costal. Presentaba cortes defensivos en ambas manos y antebrazos, y contusiones y laceraciones en la cara y el cuero cabelludo, como si la hubieran golpeado con una pistola. Además, tenía la blusa desgarrada. Por lo visto había presentado una tremenda resistencia, hasta que terminó con once puñaladas.

Según los recortes de periódico incluidos en el expediente, la policía del condado de James City declaró que las mujeres habían sido vistas por última vez bebiendo cerveza en el Anchor Bar and Grill de Williamsburg, donde permanecieron aproximadamente hasta las diez de la noche. Se suponía que habían conocido allí a su atacante, que habían salido con él y lo habían seguido hasta el motel donde más tarde se encontró el coche de Elizabeth. En algún momento, el atacante las secuestró, acaso en el aparcamiento, y las obligó a conducirlo al cementerio, donde las asesinó.

En esta teoría había muchos puntos que no parecían encajar. En el asiento trasero del Volkswagen la policía encontró rastros de sangre que carecían de explicación. El grupo sanguíneo no coincidía con el de ninguna de las dos mujeres. Si la sangre era del asesino, ¿qué había podido ocurrir? ¿Luchó con una de las mujeres en el asiento de atrás? De ser así, ¿cómo no se había encontrado también sangre de ella? Si las dos mujeres viajaban delante y él atrás, ¿cómo recibió la herida? Tampoco era lógico suponer que se hubiera cortado mientras luchaba con Jill en el cementerio. Después de asesinarlas, tuvo que llevar su coche desde el cementerio hasta el motel, de modo que la sangre hubiera debido estar en el asiento del conductor y no detrás. Finalmente, si el individuo pensaba asesinar a las mujeres tras mantener relaciones sexuales, ¿por qué no se limitó a matarlas en la habitación del motel? ¿Y por qué los exámenes físicos de las mujeres daban negativo en cuanto a semen? ¿Habían mantenido relaciones sexuales con aquel individuo y se habían lavado luego? ¿Dos mujeres con un hombre? ¿Un *ménage à trois*? Bueno, me dije, no había mucho que yo no hubiera visto en mi trabajo.

Llamé al despacho de la analista informática y contestó Margaret.

—Necesito que me hagas otro favor —pedí—. Quiero una lista con todos los casos de homicidio investigados por el inspector R. P. Montana, del condado de James City, que dieran positivo en cuanto a drogas.

—En seguida. —Oí el tableteo de los dedos sobre el teclado.

Cuando recibí el listado comprobé que el inspector Montana había investigado seis casos positivos en cuanto a drogas. Los nombres de Elizabeth Mott y Jill Harrington aparecían en la lista, porque la autopsia había revelado la presencia de alcohol en su sangre. En ambos casos se trataba de niveles insignificantes, inferiores a un 0,05. Por otra parte, Jill había dado positivo en cuanto a clordiazepóxido y clinidio, medicamentos activos que se encuentran en el Librax.

Descolgué el teléfono, llamé al departamento de policía del condado de James City y pregunté por el inspector Montana. Me dijeron que ahora era capitán en Asuntos Internos y pasaron mi llamada a su oficina.

Pensaba ser muy cautelosa. Si Montana se daba cuenta de que yo creía que los asesinatos de las dos mujeres podían estar relacionados con las muertes de las otras cinco parejas, temía que se echara atrás, que no quisiera hablar.

—Montana —respondió una voz gruesa.

—Soy la doctora Scarpetta —me presenté.

—¿Qué tal, doctora? Parece que en Richmond siguen matándose a tiros, por lo que veo.

—La cosa no mejora —asentí—. Estoy estudiando una serie de homicidios positivos en cuanto a drogas —le expliqué—, y me gustaría hacerle un par de preguntas sobre unos cuantos casos antiguos que he encontrado en el ordenador.

—Dispare. Pero hace tiempo de eso. No sé si recordaré todos los detalles.

—Básicamente me interesa la situación, los detalles que rodean cada muerte. La mayor parte de sus casos se produjeron antes de que llegara yo a Richmond.

—Sí, claro, en la época del doctor Cagney. Trabajar con él fue toda una experiencia. —Montana se echó a reír—. Nunca olvidaré cómo solía hurgar en los cadáveres sin molestarse en ponerse guantes. No había nada que lo inmutara, salvo los críos. No le gustaba trabajar con niños.

Empecé a revisar la información del listado, y nada de lo que Montana recordaba de cada caso me sorprendió. La bebida y los problemas domésticos culminaban en tiroteos en los que el marido mataba a la mujer o viceversa; el divorcio Smith & Wesson, como solía llamarlo la policía sin el menor respeto. Un hombre con una curda descomunal había sido golpeado hasta morir por varios compañeros borrachos tras una partida de póquer que acabó mal. Un padre con un 0,30 de alcohol en sangre había muerto tiroteado por su hijo. Y así sucesivamente. Los casos de Jill y Elizabeth me los guardé para el final.

—Los recuerdo muy bien —dijo Montana—. Muy extraño lo que les pasó a esas dos chicas. Nunca hubiera dicho que fueran de esas que se van a un motel con un tipo al que acaban de conocer en el bar. Las dos tenían estudios universitarios y buenos empleos. Eran inteligentes y atractivas. En mi opinión, el tipo que las mató tenía que ser pero que muy listo. No podía tratarse de ningún palurdo. Siempre he sospechado que fue alguien que estaba de paso, no un residente de la zona.

—¿Por qué?

—Porque si hubiera sido alguien de por aquí, creo que no nos habría costado tanto encontrar a un sospechoso. Un asesino reincidente, ésa es mi opinión. Se liga mujeres en los bares y las asesina. Quizás un tipo que pasa mucho tiempo en la carretera, golpea en distintas poblaciones y sigue adelante.

—¿Hubo también robo en este caso? —pregunté.

—En apariencia no. Lo primero que pensé cuando me lo asignaron fue que quizá las chicas usaban narcóticos para colocarse y se fueron con alguien para hacer una compra, quizá quedaron con él en el motel para correrse una juerga o para intercambiar dinero por cocaína. Pero el asesino no se llevó el dinero ni las joyas, y nunca encontré nada que me hiciera sospechar que las chicas esnifaban o se pinchaban.

—Por los informes de toxicología, veo que Jill Harrington dio positivo en cuanto a Librax, además del alcohol —observé—. ¿Sabe algo de eso?

Reflexionó unos instantes.

—Librax... No. No me suena.

Le di las gracias sin preguntarle nada más.

El Librax es una droga terapéutica bastante versátil que se utiliza como relajante muscular y para aliviar la ansiedad y la tensión. Quizá Jill tenía la espalda mal o padecía dolores por lesiones deportivas, o quizá sufriera trastornos psicosomáticos como, por ejemplo, espasmos en el tracto gastrointestinal. Mi próxima tarea consistía en localizar a su médico. Para empezar, telefoneé a uno de los forenses de Williamsburg y le pedí que me enviara por fax el apartado de las Páginas Amarillas donde figuraban las farmacias de su zona. Luego marqué el número del avisador de Marino.

—¿Tiene algún amigo en la policía de Washington? ¿Alguien en quien pueda confiar? —le pregunté cuando me devolvió la llamada.

—Conozco a un par de muchachos. ¿Por qué?

—Es muy importante que pueda hablar con Abby Turnbull, y creo que no es prudente que la llame directamente.

—Porque no quiere correr el riesgo de que alguien se entere.

—Exactamente.

—Si me lo pregunta —comentó—, no creo que sea prudente que hable con ella de ninguna manera.

—Comprendo su punto de vista, Marino, pero no me hará cambiar de opinión. ¿Podría ponerse en contacto con alguno de sus amigos de allí y pedirle que vaya al apartamento de Abby, que trate de localizarla?

—Creo que comete un error. Pero sí, me ocuparé de eso.

—Sólo tiene que decirle que necesito hablar con ella. Quiero que se ponga en contacto conmigo inmediatamente. —Le di su dirección a Marino.

Para entonces, la copia de las Páginas Amarillas que me interesaban ya había llegado al fax situado en el vestíbulo y Rose vino a dejarla sobre mi escritorio. Durante el resto de la tarde, llamé a todas las farmacias de Williamsburg que pudieran contar a Jill Harrington entre su clientela. Finalmente, encontré una que la tenía registrada en sus archivos.

—¿Era una cliente habitual? —pregunté.

—Desde luego. Y Elizabeth Mott también lo era. Vivían

no muy lejos de aquí, en un complejo de apartamentos que hay un poco más abajo. Unas jóvenes muy agradables. Nunca olvidaré el disgusto que me llevé.

—¿Vivían juntas?

—Déjeme ver. —Una pausa—. Parece que no. Las direcciones y los números de teléfono son distintos, pero el complejo de apartamentos es el mismo. Old Towne, a unos tres kilómetros de aquí. Es un sitio bastante bueno. Está lleno de jóvenes, estudiantes de la Universidad William and Mary.

A continuación me leyó el historial farmacéutico de Jill. En un periodo de tres años había presentado recetas para diversos antibióticos, antitusígenos y otros medicamentos relacionados con los mundanos gérmenes de la gripe e infecciones de las vías respiratorias y urinarias que habitualmente afligen a la masa popular. Apenas un mes antes de su asesinato había acudido con una receta de Septra, que por lo visto había dejado de tomar en el momento de su muerte, puesto que en su sangre no se detectó trimetoprima ni sulfametoxazol.

—¿Le vendió alguna vez Librax? —pregunté.

Esperé mientras el farmacéutico lo consultaba.

—No, señora. No tengo constancia de eso.

Tal vez la receta fuese de Elizabeth, pensé.

—¿Y su amiga, Elizabeth Mott? —insistí—. ¿Se presentó alguna vez con una receta de Librax?

—No.

—¿Sabe usted si también eran clientes de alguna otra farmacia?

—Me temo que ahí no puedo ayudarla. Ni idea.

Me dio los nombres de otras farmacias cercanas. Ya había telefoneado a la mayoría de ellas, y las llamadas a las restantes me confirmaron que ninguna de las dos mujeres había presentado una receta de Librax ni de ninguna otra droga. El Librax en sí no era forzosamente importante, reflexioné. Pero me intrigaba considerablemente quién lo había recetado y por qué.

12

Abby Turnbull había sido periodista de sucesos en Richmond cuando Elizabeth Mott y Jill Harrington fueron asesinadas. Estaba dispuesta a apostar cualquier cosa a que Abby no sólo recordaba los casos, sino que probablemente sabía más sobre ellos que el propio capitán Montana. A la mañana siguiente me llamó desde una cabina y dejó un número donde le dijo a Rose que me esperaría durante quince minutos. Abby insistió en que devolviera su llamada desde un «lugar seguro».

—¿Ocurre algo malo? —me preguntó Rose con voz contenida mientras me quitaba los guantes quirúrgicos.

—Sólo Dios lo sabe —respondí, mientras me desabrochaba la bata.

El «lugar seguro» más cercano en que pude pensar era un teléfono público situado junto a la puerta de la cafetería de mi edificio. Sin aliento, y un tanto apresurada para respetar el plazo de Abby, marqué el número que mi secretaria me había dado.

—¿Qué está pasando? —preguntó Abby de inmediato—. Se ha presentado un policía en mi apartamento diciendo que lo enviabas tú.

—Es verdad —la tranquilicé—. Por todo lo que me has contado, no me ha parecido buena idea llamarte directamente a casa. ¿Estás bien?

—¿Por eso querías que te llamara? —Su voz expresaba decepción.

—Entre otras cosas. Tenemos que hablar.

Hubo un largo silencio en la línea.

—El sábado voy a estar en Williamsburg —dijo al fin—. ¿Cena en el Trellis a las siete?

No le pregunté qué iba a hacer en Williamsburg. No estaba segura de querer saberlo, pero el sábado, al aparcar mi automóvil en Merchant's Square, descubrí que mis aprensiones se desvanecían a cada paso. Me resultaba difícil pensar en asesinatos y otros actos de barbarie mientras bebía sidra caliente en el cortante aire invernal de uno de mis lugares favoritos de Estados Unidos.

Era temporada baja para el turismo pero aún se veía bastante gente por las calles, deambulando, curioseando en las tiendas restauradas y paseando en carruajes de caballos conducidos por cocheros de librea, calzón corto y tricornio. Mark y yo habíamos hablado de pasar un fin de semana en Williamsburg. Alquilaríamos una de las casas del Barrio Histórico, pasearíamos por las aceras adoquinadas bajo el resplandor de las farolas de gas y cenaríamos en una de las tabernas, y luego beberíamos vino ante el hogar hasta caer dormidos uno en brazos del otro.

Naturalmente, ninguno de estos proyectos se había cumplido; la historia de nuestra relación se componía más de deseos que de recuerdos. ¿Llegaría alguna vez a ser de otro modo? No hacía mucho, Mark me había prometido por teléfono que lo sería. Pero ya me lo había prometido antes, y yo también. Mark seguía en Denver y yo seguía aquí.

En La Platería compré un colgante de plata de ley en forma de piña, trabajada a mano, y una hermosa cadena. Lucy tendría un tardío regalo de San Valentín de su olvidadiza tía. Una incursión en La Botica me proporcionó jabones para el cuarto de los invitados, jabón de afeitar aromático para Fielding y Marino y popurrí de flores secas para Bertha y Rose. A las siete menos cinco estaba ya en el Trellis buscando a Abby. Cuando llegó, con media hora de retraso, la esperaba con impaciencia en una mesa dispuesta junto a una jardinera con un arbusto de cordobán.

—Lo siento —se disculpó con calor, mientras se quitaba el abrigo—. Me han retenido. He venido tan deprisa como he podido.

Parecía agitada y exhausta, y sus ojos se paseaban con nerviosismo de un lado a otro. El Trellis estaba lleno de gente que hablaba en voz baja a la luz vacilante de las velas. Me pregunté si Abby tendría la sensación de que la habían seguido.

—¿Has estado todo el día en Williamsburg? —pregunté.

Asintió con un gesto.

—No sé si me atrevo a preguntarte qué has estado haciendo.

—Investigar —fue todo lo que dijo.

—No en las cercanías de Camp Peary, espero. —La miré a los ojos. Comprendió perfectamente lo que insinuaba.

—Ya lo sabes —respondió.

Vino la camarera y enseguida se dirigió a la barra para encargar un Bloody Mary para Abby.

—¿Cómo te has enterado? —preguntó Abby, y encendió un cigarrillo.

—Sería mejor preguntar cómo has conseguido enterarte tú.

—No puedo decírtelo, Kay.

Claro que no podía. Pero ya lo sabía. Pat Harvey.

—Tienes una fuente —dije, sopesando las palabras—. Deja que te pregunte sólo esto: ¿qué interés tiene esa fuente en que tú lo sepas? No te pasa la información sin tener un buen motivo para hacerlo.

—Soy plenamente consciente de ello.

—Entonces, ¿por qué?

—La verdad es importante. —Abby fijó la mirada en la lejanía—. Yo también soy una fuente.

—Entiendo. Revelas lo que descubres a cambio de información.

No dijo nada.

—¿Y eso me incluye también a mí? —pregunté.

—No voy a perjudicarte, Kay. ¿Lo he hecho alguna vez? —Me miró con firmeza.

—No —contesté sinceramente—. Hasta ahora, no lo has hecho nunca. La camarera dejó el Bloody Mary delante de ella y Abby lo agitó con el tallo de apio de un modo ausente.

—Lo único que puedo decirte —proseguí— es que pisas terreno peligroso. No necesito explicar más. Tú debes saberlo mejor que nadie. ¿Vale la pena? ¿Crees que tu libro vale el precio que estás pagando, Abby? —En vista de que no me respondía, suspiré y añadí—: Supongo que no lograré hacerte cambiar de idea, ¿verdad?

—¿Te has metido alguna vez en algo de lo que no puedes salir?

—Me ocurre constantemente. —Esbocé una sonrisa irónica—. Es lo que me está pasando ahora.

—A mí también.

—Entiendo. ¿Y si te equivocas, Abby?

—No soy yo quien puede equivocarse —contestó—. Sea cual sea la verdad acerca del autor de esos asesinatos, lo cierto es que el FBI y las demás agencias interesadas actúan en base a ciertas sospechas y toman decisiones que se derivan de ellas. Eso tiene un valor periodístico. Si los federales y la policía se equivocan, eso sólo añade un capítulo más.

—Lo encuentro muy frío —observé con desasosiego.

—Hablo desde un punto de vista profesional, Kay. Cuando tú hablas como profesional, a veces también pareces muy fría. Hablé con Abby justo después de que se encontrara el cuerpo de su hermana asesinada. Si en aquella horrible ocasión no me había mostrado fría, lo mejor que podía decirse era que había adoptado una actitud clínica.

—Necesito que me ayudes en algo —comencé—. Hace ocho años asesinaron a dos mujeres muy cerca de aquí. Sus nombres eran Elizabeth Mott y Jill Harrington.

Me contempló con curiosidad.

—No creerás...

—No sé qué creo —la interrumpí—. Pero necesito conocer los detalles de esos casos. En mis archivos hay muy poco. Yo aún no estaba en Virginia. Pero he visto recortes de periódico en los expedientes, y algunos artículos llevan tu firma.

—Me resulta difícil imaginar que lo que les pasó a Jill y Elizabeth pueda estar relacionado con los otros casos.

—De modo que las recuerdas —observé con gran alivio.

—Nunca las olvidaré. Fue una de las contadas ocasiones en que mi trabajo me produjo pesadillas.

—¿Por qué te resulta tan difícil imaginar una relación?

—Por varias razones. No se encontró ninguna jota de corazones. No abandonaron el coche en la carretera, sino en el aparcamiento de un motel, y los cuerpos no aparecieron semanas o meses después de los hechos, casi descompuestos en el bosque, sino a las veinticuatro horas. Las dos víctimas eran mujeres y pasaban de los veinte años; no eran adolescentes. Además, ¿encuentras lógico que el asesino golpeara entonces y luego se pasara cosa de cinco años sin actuar de nuevo?

—Estoy de acuerdo contigo —asentí—. El marco temporal no encaja con el perfil del típico asesino reincidente, y el modus operandi no parece concordar con los otros casos. Además, la selección de las víctimas tampoco concuerda.

—Entonces, ¿a qué viene tanto interés? —Tomó un sorbo de su bebida.

—Estoy buscando a tientas y me intrigan esos casos que quedaron sin resolver —reconocí—. No es frecuente que secuestren y asesinen a dos personas. No se hallaron indicios de asalto sexual. Las mujeres fueran asesinadas cerca de aquí, en la misma zona en que se han producido las otras muertes.

—Y el asesino utilizó una pistola y un cuchillo —añadió Abby en tono reflexivo.

De modo que sabía lo de Deborah Harvey.

—Existen ciertos paralelismos —respondí, evasiva.

Abby no parecía convencida, pero sí interesada.

—¿Qué quieres saber, Kay?

—Todo lo que recuerdes sobre ellas. Lo que sea. Cualquier cosa.

Reflexionó durante un largo instante, jugueteando con su bebida.

—Elizabeth trabajaba en el departamento de ventas de una empresa local de ordenadores, y le iba sumamente bien —comenzó—. Jill acababa de terminar sus estudios de derecho en William and Mary y había entrado en una pequeña empresa de Williamsburg. Nunca pude tragarme la historia de que se fueron a un motel para tener relaciones sexuales con un mal bicho al que acababan de conocer en un bar. A mi modo de ver, ninguna de las dos era ese tipo de mujer. Además, ¿las dos con un solo hombre? Desde el primer momento me pareció extraño. Y luego estaban las manchas de sangre en el asiento posterior del coche, que no se correspondían con el grupo sanguíneo de ninguna de las dos. —La abundancia de recursos de que Abby hacía gala nunca dejaba de sorprenderme. De un modo u otro, había logrado conocer los resultados de serología—. Debo suponer que la sangre pertenecía al asesino. Y había mucha, Kay. Vi el coche. Parecía que hubieran apuñalado a alguien en el asiento de atrás. Lógicamente, eso situaría ahí al asesino, pero a nadie se le ocurrió una buena interpretación de lo que pudo haber ocurrido. La policía era de la opinión que las mujeres encontraron a ese animal en el Anchor Bar and Grill. Pero si se marchó con las dos en el coche de ellas y estaba dispuesto a matarlas, ¿cómo pensaba regresar luego para recoger su coche?

—Depende de lo lejos que estuviera el bar del motel. Hubiera podido volver a pie hasta su coche después de cometer los asesinatos.

—El motel queda a unos siete u ocho kilómetros del Anchor Bar, que ya no existe, dicho sea de paso. Las mujeres fueron vistas por última vez en el bar, hacia las diez de la noche. Si el asesino hubiera dejado su coche allí, lo más probable es que cuando regresara a buscarlo ya no hubiera ningún otro en el aparcamiento, y eso no hubiera sido muy inteligente. Algún policía hubiera podido fijarse en el coche, o por lo menos el encargado del turno de noche, cuando cerró el bar para irse a casa.

—Eso no excluye que el asesino dejara su coche en el

motel, se llevara a las mujeres en el de Elizabeth y luego regresara, recogiera su coche y se marchara —observé.

—No, no lo excluye. Pero si condujo su propio coche hasta el motel, ¿cuándo subió al de ellas? La idea de que estuvieran los tres juntos en una habitación del motel y luego el asesino las obligara a conducirlo al cementerio nunca me ha parecido convincente. ¿Por qué habría de tomarse esa molestia, de correr ese riesgo? Habrían podido echarse a chillar en el aparcamiento, incluso resistirse. ¿Por qué no las mató dentro de la habitación?

—¿Se comprobó si habían estado los tres juntos en una de las habitaciones?

—Ésa es otra cosa —respondió—. Yo misma interrogué al conserje que estuvo de servicio aquella noche. El Palm Leaf es un motel de bajo precio, junto a la carretera 60, en Lightfoot. No es precisamente un lugar con mucho movimiento de gente. Sin embargo, el conserje no recordaba a ninguna de las dos mujeres. Tampoco recordaba que nadie hubiera tomado una habitación cerca de donde se encontró el Volkswagen. De hecho, la mayoría de las habitaciones de aquella parte del motel estaban vacías. Y, más importante aún, no se registró nadie que luego se fuera sin devolver la llave. Es difícil creer que ese tipo tuviera la ocasión o las ganas de pasar por recepción para devolver la llave antes de irse. No, ciertamente, después de haber cometido los crímenes. Tenía que estar cubierto de sangre.

—¿Cuál era tu teoría cuando escribiste los artículos?

—La misma que ahora. No creo que conocieran al asesino en el bar. Creo que ocurrió algo poco después de que Jill y Elizabeth salieran de allí.

—¿Por ejemplo?

Abby frunció el entrecejo y empezó a agitar de nuevo el combinado.

—No lo sé. No eran la clase de gente que recoge autoestopistas, y menos a esas horas de la noche. Y nunca he creído que fuera un asunto de drogas. No se pudo comprobar que Jill ni Elizabeth consumieran heroína, cocaína ni nada parecido, y en sus apartamentos no se encontró nada que permitiera suponerlo. No fumaban, no bebían en exceso. Las dos solían correr, eran fanáticas de la salud.

—¿Sabes adónde se dirigían cuando salieron del bar? ¿Volvían directamente a casa? ¿Podría ser que se hubieran detenido en algún otro lugar?

—Si lo hicieron, no hay ninguna evidencia.

—¿Y salieron del bar solas?

—No encontré a nadie que recordara haberlas visto hablar con otra persona mientras estuvieron bebiendo en el bar. Según recuerdo, tomaron un par de cervezas y charlaron en una mesa apartada. Nadie recordaba haberlas visto salir con un hombre.

—Quizá se encontraron con alguien en el aparcamiento al salir —aventuré—. Quizás incluso el individuo las estaba esperando en el coche de Elizabeth.

—Dudo de que hubieran dejado el coche abierto, pero supongo que es posible.

—¿Sabes si solían frecuentar ese bar?

—Según recuerdo, no, pero habían estado allí antes.

—¿Era un tugurio de mala muerte?

—También lo pensé, puesto que era un punto de encuentro habitual para militares —respondió—. Pero cuando estuve allí me recordó un pub inglés. Civilizado. La gente conversaba y jugaba a los dardos. Era el tipo de local al que podías ir con una amiga y sentirte a gusto sin que nadie se metiera contigo. En teoría, el asesino tuvo que ser alguien de paso en la ciudad o quizá un militar destinado temporalmente a esta zona. No fue nadie conocido.

Quizá no, pensé. Pero debieron de creer que era alguien en quien podían confiar, al menos de entrada, y recordé lo que había dicho Hilda Ozimek acerca de que en un primer momento los encuentros habían sido «amistosos». Me pregunté qué imágenes le vendrían a la mente si le mostraba fotografías de Elizabeth y Jill.

—¿Sabes si Jill tenía algún problema médico? —pregunté.

Meditó unos instantes, con expresión perpleja.

—No recuerdo.

—¿De dónde era?

—De Kentucky, me parece.

—¿Solía ir allí a menudo?

—No saqué esa impresión. Creo que iba a casa durante las vacaciones y poco más.

Entonces no era probable que le hubieran recetado el Librax en Kentucky, donde vivía su familia.

—Has dicho que acababa de empezar a trabajar de abogado —proseguí—. ¿Viajaba mucho? ¿Tenía motivos para desplazarse a menudo fuera de la ciudad?

Esperó mientras nos servían las ensaladas y luego contestó:

—Jill tenía un amigo en la facultad de derecho. No recuerdo su nombre, pero hablé con él, le pregunté por sus hábitos y actividades. Según dijo, sospechaba que Jill tenía una aventura sentimental.

—¿Qué le hacía sospechar tal cosa?

—Durante el tercer año en la facultad, Jill viajaba a Richmond casi todas las semanas, en teoría porque buscaba un empleo, le gustaba mucho Richmond y quería encontrar un puesto en alguna empresa de esa ciudad. El amigo me contó que con frecuencia tenía que prestarle sus apuntes, porque con estas excursiones a Richmond perdía clases. Él lo encontraba extraño, sobre todo en vista de que había entrado en una empresa de Williamsburg nada más graduarse. Me habló mucho del tema, porque temía que estos viajes pudieran estar relacionados con su asesinato, si salía con alguien de Richmond que estuviera casado, por ejemplo, y le hubiera amenazado con contárselo todo a su mujer. Quizá tenía una aventura con alguien conocido, un abogado o un juez destacado, que no podía permitirse el escándalo y prefirió silenciar a Jill para siempre. O le encargó a alguien que lo hiciera, y Elizabeth tuvo la desgracia de estar en medio.

—¿Tú qué opinas?

—La pista no condujo a nada, como el noventa por ciento de las informaciones que recibo.

—¿Sabes si Jill estaba relacionada sentimentalmente con el estudiante que te contó todo esto?

—Creo que a él le habría gustado —contestó Abby—. Pero no, no tenían ninguna relación sentimental. Yo saqué la impresión de que en parte sospechaba por eso. Era un joven muy seguro de sí, y estaba convencido de que si Jill no había sucumbido a sus encantos era porque ya salía con otra persona que nadie conocía. Un amante secreto.

—¿Se sospechó en algún momento de ese estudiante? —pregunté.

—En absoluto. Cuando se cometieron los asesinatos estaba fuera de la ciudad, y pudo comprobarse sin la menor duda.

—¿Hablaste con alguno de los otros abogados de la empresa en que trabajaba Jill?

—Por ahí no llegué muy lejos —respondió—. Ya sabes cómo son los abogados. De todos modos, cuando la asesinaron apenas llevaba unos meses en la empresa. No creo que sus colegas la conocieran muy bien.

—Por lo que dices, no parece que Jill fuera extrovertida —apunté.

—La describían como una persona carismática e ingeniosa, pero reservada.

—¿Y Elizabeth?

—Era más abierta, me parece. Supongo que tenía que serlo, si era buena vendedora.

El resplandor de las farolas de gas expulsaba la oscuridad de las aceras adoquinadas cuando regresamos al aparcamiento de Merchant's Square. Una gruesa capa de nubes ocultaba la luna, y el aire era frío y cargado de humedad.

—Me gustaría saber qué estarían haciendo ahora esas parejas, de seguir juntas, cómo habrían ido las cosas —comentó Abby, la barbilla hundida en el cuello del abrigo, las manos en los bolsillos.

—¿Qué crees que estaría haciendo Henna? —pregunté, con suavidad, refiriéndome a su hermana.

—Probablemente seguiría en Richmond. Y supongo que aún estaríamos allí las dos.

—¿Lamentas haberte ido?

—Hay días en que lo lamento todo. Desde que murió Henna, es como si no hubiera tenido alternativas ni libre albedrío. Es como si me hubiera movido a impulsos de cosas que no puedo controlar.

—No lo veo así. Tú decidiste trabajar en el *Post* y mudarte a Washington. Y ahora has decidido escribir un libro.

—Del mismo modo que Pat Harvey decidió convocar aquella rueda de prensa y hacer todas esas cosas que tanto la han perjudicado —replicó.

—Sí, ella también ha tomado decisiones.

—Cuando pasas por algo así, no sabes lo que haces, aunque creas saberlo —prosiguió—. Y nadie puede entender realmente lo que se siente a menos que haya sufrido lo mismo. Te sientes aislada. Vas a los sitios y la gente te esquiva, no se atreven a mirarte a la cara y hablar contigo porque no saben qué decir. De modo que se susurran unos a otros: «¿Ves aquella de allí? Es la hermana de la chica que murió estrangulada.» O bien: «Ésa es Pat Harvey. La que mataron era hija suya.» Tienes la impresión de estar viviendo en una cueva. Te da miedo estar sola, te da miedo estar con gente, te da miedo estar despierta y te da miedo irte a dormir por lo horrible que resulta el despertar. Corres sin parar y te agotas. Si miro atrás, me doy cuenta de que todo lo que he hecho desde la muerte de Henna ha sido casi una locura.

—Creo que te las has arreglado notablemente bien.

—No sabes las cosas que he hecho, los errores que he cometido.

—Vamos. Te llevaré hasta tu coche —dije, pues ya habíamos llegado a Merchant's Square.

Mientras sacaba las llaves oí cómo arrancaba un automóvil en el aparcamiento a oscuras. Estábamos dentro del Mercedes, las portezuelas cerradas con seguro y los cinturones abrochados, cuando un Lincoln nuevo se detuvo junto a nosotras y la ventanilla del conductor descendió con un zumbido eléctrico.

Abrí mi ventanilla justo lo suficiente para oír qué quería el hombre. Era joven, de buena presencia, y parecía estar luchando con un mapa.

—Perdone. —Me sonrió con aire desvalido—. ¿Podría indicarme cómo se llega a la Sesenta y cuatro este desde aquí?

Noté la creciente tensión de Abby mientras yo respondía brevemente a su pregunta.

—Mira la matrícula —me urgió Abby cuando el Lincoln empezó a alejarse. Al mismo tiempo, abrió su bolso y sacó una libreta y una pluma.

—E, N, T, ocho, nueve, nueve —leí rápidamente. Ella lo anotó—. ¿Qué sucede? —pregunté, desconcertada.

Al salir del aparcamiento, Abby miró a derecha e izquierda en busca del coche desconocido.

—¿Te fijaste en ese coche cuando llegamos al aparcamiento?

Tuve que reflexionar. Cuando llegamos allí, el aparcamiento estaba casi vacío. Recordaba vagamente haber visto un coche que podía ser el Lincoln aparcado en un rincón mal iluminado.

Se lo dije así a Abby, y añadí:

—Pero me había parecido que estaba vacío.

—Exacto. Porque la luz interior no estaba encendida.

—Supongo que no.

—¿Y consultaba el mapa a oscuras, Kay?

—Buen argumento —concedí, sorprendida.

—Y si no es de la ciudad, ¿cómo explicas la pegatina de aparcamiento que llevaba en el parachoques trasero?

—¿Una pegatina de aparcamiento? —repetí.

—Con el logotipo de Williamsburg Colonial. La misma pegatina que me dieron hace años, cuando se descubrieron restos de esqueletos en el yacimiento arqueológico de Martin's Hundred. Hice una serie de artículos, venía mucho por aquí y la pegatina me permitía aparcar en el Barrio Histórico y en Carter's Grove.

—¿O sea que el tipo trabaja aquí y necesita que le expliquen cómo se llega a la autopista? —musité.

—¿Lo has mirado bien? —preguntó Abby.

—Bastante bien. ¿Crees que era el mismo hombre que te siguió aquella noche en Washington?

—No lo sé... Pero es posible... ¡Maldita sea, Kay! ¡Esto me está volviendo loca!

—Bueno, hasta aquí podíamos llegar —dije con firmeza—. Dame ese número de matrícula. Voy a hacer algo al respecto.

A la mañana siguiente Marino me telefoneó para darme un mensaje críptico.

—Si no ha leído el *Post*, le aconsejo que salga y compre un ejemplar.

—¿Desde cuándo lee el *Post*?

—Desde nunca, si puedo evitarlo. Benton me advirtió hace cosa de una hora. Llámeme luego. Estoy en el centro.

Me enfundé un traje de calentamiento y una chaqueta de esquí y conduje bajo un aguacero hasta el drugstore más cercano. Pasé casi media hora en el interior del coche, con la calefacción a tope y los limpiaparabrisas trabajando como un metrónomo inexorable bajo la fría e intensa lluvia. Lo que leí me abrumó. Varias veces me pasó por la cabeza que si los Harvey no demandaban a Clifford Ring, tendría que hacerlo yo.

En la portada venía el primer artículo de una serie de tres sobre Deborah Harvey, Fred Cheney y las demás parejas que habían muerto asesinadas. No respetaba ni lo más sagrado. El reportaje de Ring era tan exhaustivo que incluía detalles que incluso yo ignoraba.

Poco antes de que Deborah Harvey fuera asesinada, le había confiado a una amiga sus sospechas de que su padre era un alcohólico y que estaba liado con una azafata a la que doblaba en edad. Por lo visto, Deborah había escuchado a hurtadillas varias conversaciones telefónicas entre su padre y la supuesta amante. La azafata vivía en Charlotte y, según el artículo, Harvey estaba con ella la noche en que su hija y Fred Cheney desaparecieron, y por eso no pudo ser localizado por la policía ni por la señora Harvey. Irónicamente, estas sospechas no suscitaron en Deborah ningún rencor hacia su padre, sino hacia su madre, que, consumida por su carrera, no estaba nunca en casa y, por consiguiente, a ojos de Deborah era la culpable de la afición al alcohol y la infidelidad de su padre.

Columna tras columna de vitriólica prosa acababan pintando el retrato patético de una poderosa mujer empeñada en salvar el mundo mientras su propia familia se desintegraba por culpa de su negligencia. Pat Harvey se había casado con un hombre rico; su casa de Richmond era un palacio, y sus aposentos en el hotel Watergate estaban llenos de antigüedades y valiosas obras de arte, entre las que se contaban un Picasso y un Remington. Llevaba la ropa precisa, asistía a las fiestas adecuadas, su decoro era impecable, su política y su conocimiento de los asuntos mundiales revelaban su brillantez.

Sin embargo, concluía Ring, tras esta fachada plutocrática e impecable acechaba «una mujer obsesionada, nacida en un barrio obrero de Baltimore; una persona, según la describen sus colegas, atormentada por una inseguridad que la impulsa constantemente a demostrar su valía». Pat Harvey, aseguraba, era megalómana. Cuando se la amenazaba o se la sometía a prueba, reaccionaba de un modo irracional, si no furibundo.

En cuanto a los homicidios que se habían producido en Virginia durante los tres últimos años, Ring se mostraba igualmente implacable. Revelaba los temores de la CIA y el FBI de que el asesino pudiera ser alguien de Camp Peary, y servía esta revelación envuelta en tales insinuaciones que hacía quedar mal a todos los interesados.

La CIA y el Departamento de Justicia estaban implicados en un enmascaramiento de la verdad, y su paranoia era tan aguda que habían alentado a los investigadores de Virginia a ocultarse información unos a otros. Se habían sembrado pistas falsas en el lugar de uno de los crímenes. Se había «filtrado» desinformación a la prensa, e incluso se sospechaba que algunos periodistas estaban sometidos a vigilancia. Se suponía que Pat Harvey, mientras tanto, estaba al corriente de todo esto, y su indignación no respondía a criterios de justicia, como lo demostraba su actitud durante la tristemente célebre rueda de prensa. Enzarzada en una pelea territorial con el Departamento de Justicia, la señora Harvey había aprovechado información confidencial para incriminar y hostigar a las agencias federales con las que venía enfrentándose cada vez más abiertamente a causa de su campaña contra organizaciones benéficas fraudulentas como ACTMAD.

El ingrediente final de este cocido venenoso era yo. Había retenido información sobre el caso y ocultado datos a petición del FBI, hasta que la amenaza de un mandamiento judicial me había obligado a entregar mis informes a las familias. Me había negado a hablar con la prensa. Aunque no tenía ninguna obligación formal de responder ante el FBI, Clifford Ring insinuaba la posibilidad de que mi vida privada influyera en mi comportamiento profesional. «Según una fuente próxima a la jefa de Medicina Forense de Virginia —rezaba el artículo—, en los dos últimos años la doctora Scarpetta ha mantenido una relación sentimental con un agente especial del FBI, ha visitado Quantico con frecuencia y se halla en muy buenos términos con algunos miembros de la Academia, como Benton Wesley, el agente encargado de estos casos.»

Traté de imaginar cuántos lectores sacarían la conclusión de que Wesley y yo éramos amantes.

Al mismo tiempo que mi integridad y mi moral, también se ponía en tela de juicio mi competencia profesional como patóloga forense. De los diez casos en cuestión, solamente en uno había sido capaz de determinar la causa de la muerte, y cuando descubrí un corte en uno de los huesos de Deborah, quedé tan acongojada por la posibilidad de habérselo infligido yo misma con un escalpelo, afirmaba Ring, que realicé «un viaje a Washington bajo la nevada, con los esqueletos de Harvey y Cheney en el maletero del Mercedes, para pedir consejo a un antropólogo forense del Museo Nacional Smithsonian de Historia Natural».

Al igual que Pat Harvey, había «consultado a una vidente». Había acusado a los investigadores de manipular los restos de Fred Cheney y Deborah Harvey y había regresado luego al bosque para buscar yo misma un casquillo de bala porque no confiaba en que la policía fuera capaz de encontrarlo. También me había arrogado la tarea de interrogar a los testigos, como a la empleada de un 7-Eleven en el que Fred y Deborah habían sido vistos por última vez con vida. Además, fumaba, bebía, tenía licencia para llevar mi treinta y ocho oculto, casi me habían matado en varias ocasiones, estaba divorciada y «procedía de Miami». Esto último, en cierto modo, parecía la explicación de todo lo anterior.

Tal como lo presentaba Clifford Ring, yo era una mujer arrogante, belicosa e intratable, que en cuestión de medicina forense no sabía distinguir su culo de un agujero en el suelo.

«Abby», pensé mientras aceleraba hacia mi casa por calles que la lluvia había vuelto resbaladizas. ¿Era eso lo que quería decir la noche anterior cuando se refirió a los errores que había cometido? ¿Acaso había pasado información a su colega Clifford Ring?

—Eso no me cuadra —objetó Marino más tarde, mientras bebíamos café en mi cocina—. No es que haya cambiado de opinión sobre ella. Sigo creyendo que sería capaz de vender a su abuela por un buen artículo. Pero ahora está escribiendo un libro importante, ¿no? No es lógico que comparta su información con la competencia, y menos si está quemada con el *Post*.

—Parte de la información ha tenido que salir de ella. —Me resultaba duro admitirlo—. La referencia a la empleada del 7-Eleven, por ejemplo. Aquella noche fuimos Abby y yo juntas. Y sabe lo de Mark.

—¿Cómo? —Marino me contempló con curiosidad.

—Yo se lo dije.

Se limitó a menear la cabeza.

Tomé un sorbo de café y me quedé mirando la lluvia al otro lado de la ventana. Abby había intentado telefonear dos veces desde mi regreso del drugstore. Yo había permanecido inmóvil junto al contestador, escuchando su tensa voz. Aún no estaba preparada para hablar con ella. Me asustaba pensar lo que podría decirle.

—¿Cómo reaccionará Mark? —dijo Marino.

—Por suerte, el artículo no citaba su nombre.

Sentí otra oleada de ansiedad. Típico en los agentes del FBI, y especialmente de aquellos que habían pasado años bajo cobertura profunda, el secretismo de Mark en lo que a su vida personal se refería rozaba los límites de la paranoia. La alusión del periódico a nuestra relación lo molestaría considerablemente, o así me lo temía. Tenía que telefonearle. O tal vez no. No sabía qué hacer.

—Sospecho que parte de la información vino de Morrell —proseguí, pensando en voz alta. Marino permaneció en silencio—. Y no entiendo cómo diablos pudo saber Ring que habíamos ido a ver a Hilda Ozimek.

Marino dejó la taza y el plato, se inclinó hacia adelante y me miró a los ojos.

—Ahora me toca a mí dar un consejo.

Me sentí como una niña a punto de recibir una regañina.

—Es como un gran camión de cemento lanzado cuesta abajo y sin frenos. No podrá detenerlo, doctora. Lo más que puede hacer es apartarse de su camino.

—¿Le importaría traducírmelo? —pregunté, impaciente.

—Usted haga su trabajo y olvídese de lo demás. Si la interrogan, y estoy seguro de que lo harán, limítese a decir que no ha hablado nunca con Clifford Ring y que no sabe nada del asunto. En otras palabras: desentiéndase de todo. Si se pone a discutir con la prensa, acabará como Pat Harvey. Todo el mundo la tomará por idiota.

Tenía toda la razón.

—Y si tiene algo de sentido común, procure estar algún tiempo sin hablar con Abby.

Asentí con la cabeza.

—Mientras tanto —añadió Marino, poniéndose en pie—, tengo que comprobar unas cuantas cosas. Si sale algo, ya se lo diré.

Eso me hizo recordar. Fui a buscar el bolso y saqué la hoja de papel en la que Abby había anotado el número de matrícula.

—¿Podría averiguar a quién corresponde esta matrícula? Un Lincoln modelo Mark Seven de color gris oscuro. A ver qué sale.

—¿Alguien que la seguía? —Se guardó el papel en un bolsillo.

—No lo sé. El conductor se detuvo para preguntarme el camino, pero no creo que estuviera perdido.

—¿Dónde? —preguntó, mientras lo acompañaba hacia la puerta.

—En Williamsburg. Estaba con el coche parado en un aparcamiento vacío. Eso fue anoche, a las diez y media o las once, en Merchant's Square. Acababa de subir a mi coche cuando de pronto encendió las luces, se acercó y me preguntó cómo se llegaba a la autopista.

—Hmm —replicó Marino—. Seguramente algún policía de paisano muerto de aburrimiento, esperando que alguien se saltara un semáforo en rojo o hiciera un giro prohibido. O puede que quisiera ligar con usted. Una mujer bien plantada que anda sola en su Mercedes a esas horas de la noche...

No le expliqué que Abby estaba conmigo. No quería otro sermón.

—No sabía que ahora los policías condujeran Lincolns nuevos —objeté.

—Fíjese cómo llueve. Que mierda —se quejó, y echó a correr hacia su coche.

Fielding, mi delegado, nunca estaba demasiado preocupado o atareado para no dedicar un instante a contemplarse en cualquier superficie reflectante que encontrara en su camino, ya fueran cristales de ventana, monitores de ordenador o las mamparas de seguridad a prueba de balas que separaban el vestíbulo de nuestras oficinas interiores. Cuando salí del ascensor en la planta baja lo encontré parado ante la puerta de acero inoxidable del frigorífico del depósito, alisándose el cabello.

—Lo llevas demasiado largo —observé—. Ya empieza a cubrirte las orejas.

—Y el tuyo empieza a volverse un poco gris. —Me dirigió una amplia sonrisa.

—Ceniza. El cabello rubio se vuelve de color ceniza, nunca gris.

—De acuerdo. —Se ajustó distraídamente el cordón de la bata verde, con unos bíceps que sobresalían como pomelos. Fielding no podía parpadear sin flexionar algún músculo formidable. Cada vez que lo veía encorvado sobre su microscopio, me recordaba una versión esteroide de *El pensador* de Rodin.

—Se han llevado a Jackson hace unos veinte minutos —comentó; se refería a uno de los casos de la mañana—. Asunto terminado. Pero ya tenemos otro para mañana. El tipo que estaba en cuidados intensivos por el tiroteo del fin de semana.

—¿Qué programa tienes para el resto de la tarde? —le pregunté—. Y ahora que me acuerdo, ¿no tenías que declarar ante un tribunal en Petersburg?

—El acusado ha confesado. —Consultó su reloj de pulsera—. Hace cosa de una hora.

—Ha debido de enterarse de que tú asistías al juicio.

—La celda de ladrillo que el Estado llama mi oficina está llena de informes hasta el techo. Ése es mi programa para la tarde. O lo era, al menos. —Me contempló con aire reflexivo.

—Tengo un problema en el que espero que puedas ayudarme —le expliqué—. Necesito seguir la pista a una receta que debió de presentarse en una farmacia de Richmond hace unos ocho años.

—¿En qué farmacia?

—Si lo supiera —respondí, mientras entrábamos en el ascensor para subir a la segunda planta—, no tendría un problema. Se trata de organizar una maratón telefónica, por así decirlo. Reunir a tanta gente como sea posible y llamar a todas las farmacias de Richmond.

Fielding hizo una mueca.

—Jesús, Kay, tiene que haber al menos un centenar.

—Ciento treinta y tres. Las he contado. Seis de nosotros, con una lista de veintidós o veintitrés cada uno. Eso es bastante manejable. ¿Tu puedes ayudarme?

—Por supuesto. —Parecía deprimido.

Además de Fielding, recluté a mi administrador, a Rose, a otra secretaria y a la analista informática. Nos reunimos en la sala de conferencias con varias copias de la lista de farmacias. Mis instrucciones fueron muy claras. Discreción. Ni una palabra sobre lo que estábamos haciendo, ni siquiera a familiares, amigos o la policía. Puesto que la receta debía de haberse extendido al menos hacía ocho años y Jill había fallecido, era muy probable que los datos ya no estuvieron en los ficheros activos. Les encargué que pidieran al encargado que consultara los archivos de la farmacia. Si algún farmacéutico se negaba a cooperar o no parecía dispuesto a darnos la información, que me pasaran a mí esa llamada.

A continuación, nos encerramos en nuestros despachos respectivos.

Dos horas más tarde, Rose se presentó ante mi escritorio frotándose suavemente la oreja derecha.

Me entregó una hoja de llamada. Al verla, no pude contener una sonrisa de triunfo.

—Drugstore Boulevard, en la esquina de Boulevard y Broad. Jill Harrington llevó recetas de Librax en dos ocasiones. —Me dio las fechas.

—¿Qué médico las había extendido?

—La doctora Anna Zenner —respondió.

«Santo Dios».

Disimulé mi sorpresa y felicité a Rose.

—Eres maravillosa. Puedes tomarte el resto del día libre.

—Hubiera tenido que irme a las cuatro y media. Ya pasa de la hora.

—Pues tómate tres horas para almorzar mañana. —La hubiera abrazado—. Y diles a los demás que misión cumplida. Ya pueden colgar los teléfonos.

—¿Verdad que la doctora Zenner fue la presidenta de la Academia de Medicina de Richmond no hace mucho tiempo? —preguntó Rose, desde el umbral—. Me parece que he leído algo sobre ella. ¡Ah, sí! Es la música.

—Ella fue presidenta de la Academia hace dos años. Y, sí, toca el violín en la Sinfónica de Richmond.

—De modo que la conoce. —Mi secretaria parecía impresionada.

Demasiado bien, pensé, mientras descolgaba el teléfono. Aquella noche, cuando estaba en casa, Anna Zenner me devolvió la llamada.

—Veo en los periódicos que últimamente has estado muy ocupada, Kay —comenzó—. ¿Ya puedes con todo?

Me pregunté si habría leído el *Post*. El capítulo de aquella mañana incluía una entrevista con Hilda Ozimek y una fotografía de ella con un pie que rezaba: «La vidente sabía que estaban todos muertos.» El artículo citaba también a parientes y amigos de las parejas asesinadas, y media página estaba ocupada por un gráfico a color que indicaba dónde se habían encontrado los coches abandonados y los cadáveres. Camp Peary aparecía ominosamente situado en el centro de esta constelación como la calavera y las tibias en el mapa de un pirata.

—Me las arreglo bien —respondí—. Y todo iría aún mejor si pudieras ayudarme en una cosa. —Le expliqué lo que necesitaba y añadí—: Mañana te mandaré por fax una copia del formulario donde se cita el artículo del código que me concede derechos legales sobre el historial de Jill Harrington.

Era un formulismo. Aun así, me resultaba violento tener que recordarle mi autoridad legal.

—Puedes traer el papel en persona. ¿Qué tal si cenamos juntas el miércoles, a las siete?

—No hace falta que te molestes...

—No es molestia, Kay —me interrumpió calurosamente—. Ya echaba de menos tus visitas.

13

Los edificios art deco de color pastel del distrito residencial me recordaban Miami Beach. Las casas eran de color rosa, amarillo y azul Wedgwood, con llamadores de latón bruñido y brillantes gallardetes hechos a mano aleteando sobre las entradas, una imagen que el clima aún volvía más incongruente. La lluvia se había convertido en nieve.

El tráfico era atroz, de hora punta, y tuve que dar dos vueltas a la manzana antes de descubrir un hueco para aparcar a una distancia razonable de mi tienda de vinos favorita. Elegí cuatro buenas botellas, dos de tinto, dos de blanco.

Conduje por Monument Avenue, donde unas estatuas ecuestres de generales confederados se erguían sobre el tráfico con aire fantasmal entre los remolinos lechosos de la nieve. Durante el verano anterior recorrí aquel camino cada semana para ver a Anna, hasta que las visitas empezaron a espaciarse en otoño para interrumpirse por completo en el invierno.

Tenía el consultorio en su vivienda, una encantadora casa antigua pintada de blanco con el tejado a dos vertientes, en una zona donde las calles eran de adoquines cubiertos de asfalto y las farolas de gas brillaban al anochecer. Llamé al timbre para anunciar mi llegada, como hacían todos sus pacientes, y pasé a un corredor que conducía a la sala de espera de Anna. Sillones tapizados de cuero rodeaban una mesita cargada de revistas, y una alfombra oriental antigua cubría el suelo de madera. Había una caja en un rincón con juguetes para sus pacientes más jóvenes, un escritorio de recepción, una cafetera y una chimenea.

Al final de un largo pasillo estaba la cocina, donde se guisaba algo que me hizo recordar que me había saltado el almuerzo.

—¿Kay? ¿Eres tú?

La inconfundible voz de pronunciado acento alemán sonó al mismo tiempo que unas enérgicas pisadas, y Anna, después de enjugarse las manos en el delantal, me saludó con un abrazo.

—¿Has dejado cerrada la puerta?

—Sí, y sabes que deberías cerrarla por dentro cuando se va el último paciente, Anna. —Se lo repetía cada vez.

—Tú eres mi última paciente.

La seguí a la cocina.

—¿Te traen vino tus pacientes?

—No lo consentiría. Y no los invito a cenar ni me relaciono socialmente con ellos. Por ti rompo todas las reglas.

—Sí. —Suspiré—. ¿Cómo podré pagártelo?

—Espero que no sea con tus servicios. —Dejó la bolsa de la compra sobre un mostrador.

—Te prometo que sería muy delicada.

—Y yo estaría muy desnuda y muy muerta, y me importaría un bledo toda tu delicadeza. ¿Te has propuesto emborracharme o es que estaban de rebajas?

—Me olvidé de preguntarte qué ibas a preparar —le expliqué—, y no sabía si traer blanco o tinto. Así que, para estar segura, he traído dos de cada.

—En tal caso, recuérdame que no te diga nunca lo que pienso cocinar. ¡Santo cielo, Kay! —Dejó las botellas sobre el mármol—. Esto tiene un aspecto maravilloso. ¿Quieres que abramos una ahora o prefieres algo más fuerte?

—Algo más fuerte, por favor.

—¿Lo de costumbre?

—Sí, gracias. —Contemplé la gran cazuela que burbujeaba sobre el fogón y añadí—: Espero que sea lo que creo que es. —Anna preparaba un chile fabuloso.

—Nos hará entrar en calor. He echado una lata de los chiles verdes y tomates que trajiste la última vez que estuviste en Miami. Los guardo como oro en paño. Hay una hogaza de pan casero en el horno, y ensalada de col. Y, a propósito, ¿cómo está tu familia?

—Lucy ha empezado de repente a interesarse por los chicos y los coches, pero no me lo tomaré en serio hasta que le interesen más que su ordenador —respondí—. Mi hermana publica otro libro infantil el mes que viene, y sigue sin tener la menor idea acerca de la niña que se supone que está educando. En cuanto a mi madre, aparte de sus protestas de costumbre por lo que se ha hecho de Miami, donde ya nadie habla inglés, está muy bien.

—¿Fuiste a verlas por Navidad?

—No.

—¿Te lo ha perdonado tu madre?

—Todavía no.

—No se lo reprocho. Las familias deben reunirse por Navidad.

No respondí.

—Pero me parece bien —añadió, para mi sorpresa—. No tenías ganas de ir a Miami y no fuiste. Te he dicho siempre que las mujeres hemos de aprender a ser egoístas, y parece que tú estás aprendiendo, ¿no?

—Creo que el egoísmo siempre se me ha dado muy bien.

—Cuando dejes de sentirte culpable por él, sabré que estás curada.

—Todavía me siento culpable, conque supongo que no estoy curada. Tienes razón.

—Sí. Ya lo veo.

La observé mientras descorchaba una botella para dejarla respirar. Llevaba la blusa de algodón blanco arremangada hasta los codos, y sus antebrazos eran tan firmes y robustos como los de una mujer que tuviera la mitad de sus años. Ignoraba qué aspecto había tenido Anna en su juventud, pero cerca de cumplir los setenta años seguía siendo una figura imponente de marcadas facciones teutónicas, cabello blanco corto y ojos azul celeste. Anna abrió un armario, sacó botellas y en un abrir y cerrar de ojos me sirvió un escocés con soda y empezó a prepararse un manhattan.

—¿Qué ha sido de tu vida desde la última vez que nos vimos, Kay? —Llevamos las bebidas a la mesa de la cocina—. Eso debió de ser antes del día de Acción de Gracias. Claro que luego hablamos por teléfono. Tu preocupación por el libro, ¿verdad?

—Sí, ya sabes lo del libro de Abby, o al menos sabes tanto como yo. Y sabes lo de estos casos. Y lo de Pat Harvey. Todo. —Saqué los cigarrillos.

—Lo he seguido en los periódicos. Tienes buen aspecto. Un poco cansada, quizá. ¿No estás demasiado delgada?

—Nunca se puede estar demasiado delgada —repliqué.

—Te he visto en peores condiciones, eso quería decir. De modo que sabes llevar la tensión del trabajo.

—Unos días mejor que otros.

Anna se llevó el manhattan a los labios y contempló la cocina con aire reflexivo.

—¿Y Mark?

—Nos hemos visto —le expliqué—. Y hemos hablado por teléfono. Sigue confuso e inseguro. Y supongo que yo también. Así que no sé si hay nada nuevo.

—Os habéis visto. Eso es nuevo.

—Todavía le quiero.

—Eso no es nuevo.

—Es muy difícil, Anna. Siempre lo ha sido. No sé por qué soy incapaz de dejar este asunto.

—Porque los sentimientos son intensos, pero a los dos os asusta comprometeros. Los dos queréis vivir vuestra propia vida, y que sea interesante. Vi que el periódico hablaba de él.

—Ya lo sé.

—¿Y?

—No se lo he dicho.

—No creo que sea necesario. Si no lo ha visto él mismo, seguro que alguien del FBI se lo habrá dicho. Si le hubiera sentado mal te llamaría, ¿no?

—Tienes razón —admití, aliviada—. Me habría llamado.

—O sea que al menos mantenéis el contacto. ¿Eres más feliz ahora?

Lo era.

—¿Tienes esperanzas?

—Estoy dispuesta a ver qué sucede —respondí—, pero no estoy segura de que funcione.

—Nadie puede estar nunca seguro de nada.

—Ésa es una verdad muy triste —asentí—. No estoy segura de nada. Sólo sé lo que siento.

—Entonces, vas por delante del pelotón.

—Sea cual sea el pelotón, si yo voy por delante, ésa es otra triste verdad.

Se levantó para sacar el pan del horno. La observé mientras llenaba con chile los boles de alfarería, aliñaba la ensalada de col y escanciaba el vino. Recordé entonces el impreso que había traído conmigo, lo saqué de la cartera y lo dejé sobre la mesa.

Anna ni siquiera le echó una ojeada mientras servía la cena y tomaba asiento.

—¿Quieres examinar su historial? —me preguntó.

Conocía a Anna lo suficiente para saber que no habría incluido los detalles de sus sesiones de terapia. La gente como yo tiene derechos legales sobre los historiales médicos, y cabe la posibilidad de que estos documentos acaben ante un tribunal. La gente como Anna es demasiado astuta para hacer constar las confidencias en un papel oficial.

—¿Por qué no me lo resumes? —sugerí.

—Le diagnostiqué un trastorno de adaptación —comenzó.

Era como si yo hubiera dicho que la muerte de Jill se debía a un paro cardíaco o respiratorio. Tanto si te pegan un tiro como si te atropella un tren, te mueres porque dejas de respirar y se para el corazón. El diagnóstico de trastorno de adaptación era un cajón de sastre sacado directamente de las páginas del *Manual diagnóstico y estadístico de los trastornos mentales*. Permitía que el paciente se beneficiara del seguro sin divulgar ni una migaja de información útil acerca de su historial o sus problemas.

—Toda la raza humana padece un trastorno de adaptación —observé.

Anna sonrió.

—Respeto tu ética profesional —añadí—. Y no tengo ninguna intención de incluir en mi expediente ninguna información que consideres confidencial. Pero es importante que sepa todo lo que pueda arrojar la menor chispa de luz sobre el asesinato de Jill. Si había algo en su forma de vivir, por ejemplo, que hubiera podido ponerla en peligro.

—Yo también respeto tu ética profesional.

—Gracias. Y ahora que ya hemos establecido nuestra mutua admiración por la integridad y el sentido de la justicia de la otra, ¿podemos dejar a un lado los formalismos y conversar?

—Naturalmente, Kay —contestó con voz suave—. Me acuerdo muy bien de Jill. Es difícil no acordarse de una paciente fuera de lo común, sobre todo si ha muerto asesinada.

—¿En qué era especial?

—¿Especial? —Anna sonrió con tristeza—. Una joven muy brillante y cautivadora. Todo eso tenía a su favor. Esperaba con impaciencia sus visitas. Si no hubiera sido paciente mía, me habría gustado tenerla por amiga.

—¿Cuánto tiempo llevaba viéndote?

—Tres o cuatro veces por mes durante más de un año.

—¿Por qué tú? —pregunté—. ¿Por qué no alguien de Williamsburg, más cerca de donde vivía?

—Tengo bastantes pacientes que no viven en la ciudad. Algunos vienen hasta de Filadelfia.

—Porque no quieren que nadie sepa que visitan la consulta de un psiquiatra.

—Por desgracia —asintió—, a mucha gente le aterroriza la idea de que se enteren los demás. Te sorprendería saber cuánta gente ha salido de mi consulta por la puerta de atrás.

Yo no le había dicho a nadie que visitaba a una psiquiatra, y si Anna no se hubiera negado a cobrarme, le habría pagado las sesiones en efectivo. Lo último que necesitaba era que algún empleado de la sección de Beneficios Sociales encontrara mis papeles del seguro y empezara a extender rumores por todo el Departamento de Salud y Servicios Humanos.

—En tal caso, es evidente que Jill no quería que nadie supiera que frecuentaba a una psiquiatra —concluí—. Y eso podría explicar también por qué llevaba sus recetas de Librax a una farmacia de Richmond.

—Antes de que llamaras, no sabía que comprara el Librax en Richmond. Pero no me extraña. —Cogió la copa de vino.

El chile estaba tan picante que me hacía saltar las lágrimas. Pero era excelente. De los mejores que había hecho Anna, y así se lo dije. A continuación, le expliqué lo que probablemente ya sospechaba.

—Es muy posible que Jill y su amiga, Elizabeth Mott, fueran asesinadas por el mismo individuo que ha matado a estas parejas —comencé—. O, por lo menos, entre esos homicidios y los posteriores existen ciertas semejanzas que me preocupan.

—No me interesa conocer los detalles de los casos en que estás trabajando, a menos que juzgues necesario contármelos. De modo que empieza a preguntar y yo intentaré recordar todo lo que pueda sobre la vida de Jill.

—¿Por qué le preocupaba tanto que se supiera que iba al psiquiatra? ¿Qué es lo que ocultaba? —le pregunté.

—Jill pertenecía a una prominente familia de Kentucky, y la aceptación y la aprobación de la familia eran muy importantes para ella. Estudió en los lugares adecuados, le fue bien y estaba en camino de convertirse en una abogada de éxito. Su familia estaba muy orgullosa de ella. No lo sabían.

—¿Qué no sabían? ¿Que visitaba a una psiquiatra?

—Eso tampoco lo sabían —respondió Anna—. Pero, lo más importante, no sabían que mantenía una relación homosexual.

—¿Con Elizabeth? —Supe la respuesta antes de terminar la pregunta. Alguna vez se me había ocurrido la posibilidad.

—Sí. Jill y Elizabeth trabaron amistad durante el primer curso de Jill en la facultad de derecho. Luego se hicieron amantes. Era una relación muy intensa, muy difícil, cargada de conflictos. Era la primera vez para las dos, o al menos así me lo presentó Jill. Debes recordar que no conocí a Elizabeth ni oí jamás su versión. Jill vino a verme, en principio, porque quería cambiar. No quería ser homosexual, y esperaba que la terapia pudiera redimir su heterosexualidad.

—¿Existía alguna esperanza? —pregunté.

—Ignoro qué habría ocurrido a la larga —dijo Anna—. Lo único que puedo decirte es que, según lo que contaba Jill, sus lazos con Elizabeth eran muy poderosos. Saqué la impresión de que Elizabeth se tomaba la relación con más tranquilidad que Jill, que intelectualmente no podía aceptarla y emocionalmente no podía renunciar a ella.

—Debía de ser un suplicio.

—Las últimas veces que la vi, la tensión se había acentuado. Acababa de terminar los estudios de derecho. El futuro se abría ante ella y era tiempo de tomar decisiones. Empezó a sufrir problemas psicosomáticos. Colitis espástica. Le receté Librax.

—¿Te dijo alguna vez algo que te permitiera sospechar quién pudo haberlas matado?

—Ya pensé en ello, y estudié minuciosamente el asunto después de los hechos. Cuando lo leí en el periódico, no podía creerlo. Había visto a Jill apenas tres días antes. No sabría decirte cuánto me concentré en todo lo que me había dicho. Tenía la esperanza de recordar algo, algún detalle que pudiera ser útil. Pero no ha sido así.

—¿Las dos escondían sus relaciones al mundo?

—Sí.

—¿No había ningún chico con el que Jill o Elizabeth salieran de vez en cuando, para guardar las apariencias?

—Me dijo que ninguna de las dos salía con nadie. No pudo tratarse de celos, a menos que hubiese algo que yo desconozco. —Miró de soslayo mi bol vacío—. ¿Más chile?

—Sería incapaz.

Se levantó para cargar el lavavajillas. Estuvimos un rato sin hablar. Anna se desató el delantal y lo colgó de un gancho en el armario de las escobas. Luego llevamos las copas y la botella de vino a su madriguera.

Era mi habitación favorita. Estantes con libros ocupaban dos de las paredes, y en la tercera había una ventana mirador a través de la cual Anna podía contemplar desde su desordenado escritorio las flores que nacían o la nieve que caía en su pequeño patio trasero. Desde aquella ventana yo había visto florecer las magnolias en una fanfarria de blanco limón y había visto apagarse las últimas chispas brillantes del otoño. Hablábamos de mi familia, de mi divorcio y de Mark. Hablábamos del sufrimiento y de la muerte. Desde el sillón orejero con gastada tapicería de cuero en el que ahora me sentaba, conducía a Anna por los entresijos de mi vida, al igual que había hecho Jill Harrington.

Eran amantes. Eso las relacionaba con las otras parejas asesinas y hacía mucho más inverosímil la teoría de un ligue en el bar, y así se lo comenté a Anna.

—Estoy de acuerdo contigo —respondió.

—Fueron vistas por última vez en el Anchor Bar and Grill. ¿Te habló Jill de ese lugar?

—No citó el nombre. Pero me habló de un bar al que iban de vez en cuando, un sitio donde podían hablar. A veces iban a restaurantes apartados donde nadie las conocía. A veces daban largos paseos en coche. Por lo general, emprendían estas excursiones cuando se hallaban en mitad de una discusión altamente emocional acerca de su relación.

—Si aquel viernes en el Anchor tuvieron una discusión de este tipo, seguramente debían de estar alteradas, y puede que una u otra se sintiera rechazada y despechada —apunté—. ¿Podría ser que una de las dos ligara con un hombre y flirteara con él para hacer reaccionar a la otra?

—No diré que sea imposible —respondió Anna—, pero me extrañaría mucho. Nunca tuve la impresión de que ni Jill ni Elizabeth se dedicaran a estos juegos. Más bien me inclino a sospechar que aquella noche, cuando hablaron, la conversación era muy intensa y ninguna de las dos prestaba atención a lo que las rodeaba, concentradas exclusivamente la una en la otra.

—Entonces, cualquiera que las observara pudo oír lo que hablaban.

—Ése es el riesgo que se corre cuando se mantienen conversaciones personales en público, y ya se lo había comentado alguna vez a Jill.

—Si tanto miedo tenía de que alguien sospechara de ellas, ¿por qué se arriesgaba?

—Flaqueaba a menudo, Kay. —Anna cogió la copa de vino—. Cuando estaba a solas con Elizabeth, le resultaba demasiado fácil deslizarse hacia la intimidad. Abrazos, consuelos, lágrimas... y no se tomaba ninguna decisión.

Eso me sonaba a conocido. Cuando Mark y yo discutíamos, en su casa o en la mía, terminábamos inevitablemente en la cama. Luego, uno de los dos se iba y los problemas seguían en pie.

—Anna, ¿has pensado alguna vez que su relación podía tener algo que ver con lo que les pasó? —pregunté.

—Si acaso, creo que su relación aún contribuye a que resulte más insólito. Yo diría que una mujer sola en un bar con intenciones de ligar corre mucho más peligro que dos mujeres juntas que no quieren llamar la atención.

—Volvamos al tema de sus hábitos y costumbres —propuse.

—Vivían en el mismo edificio de apartamentos, pero no juntas, por guardar las apariencias. La cosa funcionaba. Podían llevar una vida independiente y reunirse por la noche en el apartamento de Jill. Jill prefería estar en su casa. Recuerdo que una vez me dijo que si su familia o quien fuera telefoneaba alguna noche y no la encontraba en casa tendría que dar explicaciones. —Hizo una pausa para reflexionar—. Jill y Elizabeth hacían ejercicio, estaban en muy buena forma. Creo que corrían, aunque no siempre juntas.

—¿Por dónde corrían?

—Creo que había un parque no lejos de donde vivían.

—¿Alguna otra cosa? ¿Cines, tiendas, centros comerciales que acostumbraran frecuentar?

—No se me ocurre nada.

—¿Qué te dice tu intuición? ¿Qué te decía entonces?

—Me parece que Jill y Elizabeth debieron de tener una conversación difícil aquella noche. Seguramente querían estar a solas y las habría molestado cualquier intrusión.

—Entonces, ¿qué?

—Está claro que en un momento u otro aquella noche se encontraron con su asesino.

—¿Puedes imaginar cómo debió de suceder?

—Siempre he opinado que fue algún conocido, o al menos alguien de quien sabían lo suficiente para no desconfiar de él. A no ser que las secuestraran a punta de pistola una o más personas, ya en el aparcamiento del bar o en algún otro lugar al que fueron luego.

—¿Y si las hubiera abordado un desconocido en el aparcamiento del bar para pedirles que lo llevaran a alguna parte porque se le había estropeado el coche, o algo así?

Anna empezó a negar con la cabeza antes de que yo hubiera terminado.

—No concuerda con la impresión que me formé de ellas. A no ser, como digo, que se tratara de algún conocido.

—¿Y si el asesino se hubiera hecho pasar por policía, quizás, y las hubiera detenido para un control rutinario de tráfico?

—Ésa es otra cuestión. Supongo que incluso nosotras seríamos vulnerables a eso.

Anna parecía cansada, así que le di las gracias por la cena y por su atención. Sabía que nuestra conversación era difícil para ella. Traté de imaginar cómo me sentiría si estuviera en su lugar.

A los pocos minutos de llegar a casa, sonó el teléfono.

—Nada más irte he recordado otro detalle, aunque seguramente carece de importancia —me explicó Anna—. Jill me contó una vez que hacían crucigramas juntas cuando querían quedarse en casa las dos solas, las mañanas de domingo, por ejemplo. Lo más probable es que sea un dato insignificante, pero se trata de una costumbre, de algo que hacían juntas.

—¿Con un libro de crucigramas o con periódicos?

—No lo sé. Pero Jill leía varios periódicos, Kay. Normalmente, siempre se traía algo para leer mientras esperaba la hora de la visita. El *Wall Street Journal*, el *Washington Post*.

Le di las gracias de nuevo y le dije que la próxima vez me tocaría a mí cocinar. Luego telefoneé a Marino.

—Hace ocho años alguien asesinó a dos mujeres en el condado de James City. —Fui directa al grano—. Es posible que haya una relación. ¿Conoce al inspector Montana?

—Sí. Nos hemos visto alguna vez.

—Tenemos que reunirnos con él, revisar los casos. ¿Este hombre es capaz de mantener la boca cerrada?

—Que me cuelguen si lo sé —contestó Marino.

Montana era como su nombre: grande, enjuto, con unos brumosos ojos azules incrustados en una cara curtida y sincera, coronada por una tupida mata de pelo gris. Su acento era el de un natural de Virginia, y en su conversación abundaban los «sí, señora». A la tarde siguiente, Marino, él y yo nos reunimos en mi casa, donde tendríamos intimidad y nadie nos interrumpiría.

Montana debía de haber gastado todo su presupuesto anual para película en el caso de Jill y Elizabeth, pues cubrió la mesa de la cocina con fotografías de sus cuerpos en el lugar del crimen, del Volkswagen abandonado en el motel Palm Leaf, del Anchor Bar and Grill y, curiosamente, de todos los rincones de los apartamentos de ambas mujeres, sin olvidar armarios ni despensas. Llevaba un maletín repleto de notas, mapas, transcripciones de entrevistas, gráficos, inventarios de evidencias y listas de llamadas telefónicas. A los policías que rara vez tienen homicidios en su jurisdicción se les ha de reconocer una cosa: los investigan minuciosamente; casos así sólo se presentan una o dos veces en toda su carrera.

—El cementerio está al lado mismo de la iglesia. —Me acercó una de las fotos.

—Parece muy antigua —observé, admirando la pizarra y el ladrillo envejecidos por la intemperie.

—Lo es y no lo es. Fue construida en el siglo XVIII y se conservó muy bien hasta hace cosa de veinte años, cuando se incendió por culpa de un cortocircuito. Recuerdo que vi el humo mientras estaba de patrulla, y pensé que ardía la granja de algún vecino. No sé qué sociedad histórica se interesó por el edificio y lo restauró. Se supone que quedó igual que antes, por dentro y por fuera.

»Se llega por esta carretera secundaria que ve aquí —señaló otra fotografía—, que está a menos de tres kilómetros al oeste de la carretera Sesenta y unos siete kilómetros al oeste del Anchor Bar, donde las chicas fueron vistas por última vez la noche anterior.

—¿Quién descubrió los cadáveres? —preguntó Marino, recorriendo con la mirada el despliegue de fotografías.

—Un celador que trabajaba para la iglesia. Llegó el sábado por la mañana para limpiar y dejarlo todo preparado para el domingo. Dice que nada más bajar del coche vio lo que le parecieron dos personas durmiendo en la hierba, a unos seis metros de la cancela del cementerio, por la parte interior. Los cuerpos eran visibles desde el aparcamiento de la iglesia. Por lo visto, al que lo hizo no le importaba mucho que los descubrieran.

—¿Debo suponer que aquel viernes por la noche no hubo ninguna actividad en la iglesia? —pregunté.

—No, señora. Estaba cerrada con llave. No había nadie.

—¿Sabe si la iglesia programa alguna vez actividades para la noche de los viernes?

—De vez en cuando. A veces, los grupos juveniles se reúnen un viernes por la noche, a veces ensaya el coro, cosas así. La cuestión es que, si el asesino eligió de antemano el cementerio para cometer los crímenes, no le encuentro ningún sentido. No podía contar con que la iglesia estuviera vacía, esa ni ninguna otra noche de la semana. Ésta es una de las razones por las que enseguida sospeché que el asesino había elegido sus víctimas al azar, quizás en el bar. No hay mucho en estos casos que me haga pensar que los homicidios estaban cuidadosamente planeados.

—El asesino iba armado —le recordé—. Tenía un cuchillo y una pistola.

—El mundo está lleno de gente que lleva cuchillos y pistolas en el coche, e incluso encima —dijo, en tono desapasionado.

Recogí las fotografías de los cadáveres in situ y empecé a examinarlas detenidamente.

Las mujeres yacían sobre el césped a menos de un metro la una de la otra, entre dos lápidas de granito inclinadas. Elizabeth estaba boca abajo, con las piernas algo separadas, el brazo izquierdo bajo el estómago y el derecho extendido junto al cuerpo. Esbelta, con una cabellera corta de color castaño, vestíamos tejanos y un suéter blanco, con el cuello manchado de rojo oscuro. En otra fotografía habían dado la vuelta al cadáver, la pechera del jersey empapada de sangre, los ojos con la mirada apagada de los muertos. El corte en la garganta era poco profundo y la herida de bala en el cuello no la habría incapacitado de inmediato, según leí en el informe de la autopsia. Fue la puñalada en el pecho lo que le causó la muerte.

Las lesiones de Jill eran mucho más devastadoras. Estaba tendida de espaldas, con la cara tan cubierta de sangre seca que no pude ver qué aspecto tenía en vida, salvo que llevaba corto el cabello, de color negro, y que tenía una nariz recta y bonita. Al igual que su compañera, era esbelta. Vestía tejanos y una camisa de algodón amarillo claro, ensangrentada, por fuera de los pantalones y abierta de un tirón hasta la cintura, de manera que dejaba al descubierto múltiples puñaladas, varias de las cuales le habían atravesado el sujetador. Tenía cortes profundos en manos y antebrazos. El corte del cuello era superficial, probablemente infligido cuando ya estaba muerta o casi muerta.

Las fotografías resultaban de gran valor por una razón básica: revelaban algo que no había podido averiguar ni por los recortes de periódico ni repasando los informes archivados en mi oficina.

Miré a Marino de soslayo y nuestros ojos se encontraron. Me volví hacia Montana.

—¿Qué se hizo de sus zapatos?

14

—Pues, mire usted, es interesante que lo mencione —respondió Montana—. Nunca he podido explicarme por qué las chicas se quitaron los zapatos, a no ser que estuvieran en el motel, se vistieran para salir y no quisieran molestarse en ponérselos. Encontramos los zapatos y los calcetines dentro del Volkswagen.

—¿Hacía calor aquella noche? —preguntó Marino.

—Sí. Pero, de todos modos, lo lógico habría sido que se calzaran cuando se vistieron.

—No nos consta que entraran en ninguna habitación del motel —le recordé a Montana.

—En eso lleva razón —reconoció.

Me pregunté si Montana habría leído la serie del *Post* donde se revelaba que a las otras parejas asesinadas les faltaban los zapatos y los calcetines. Si la había leído, por lo visto aún no había establecido la relación.

—¿Tuvo mucho contacto con la periodista Abby Turnbull cuando preparaba su reportaje sobre los asesinatos? —le pregunté.

—Aquella mujer me seguía como una lata de conservas atada a la cola de un perro. A cualquier parte que fuese, allí me la encontraba.

—¿Recuerda si en algún momento le dijo que Jill y Elizabeth iban descalzas? ¿Le enseñó alguna vez las fotografías del lugar del crimen? —pregunté, porque Abby era demasiado lista para olvidar un detalle como éste, sobre todo en vista de la importancia que había adquirido.

Montana respondió sin pararse a pensar.

—Hablé con ella, pero no, señora. No le enseñé las fotos. Y pensaba mucho lo que le decía. Ya ha leído usted lo que publicaron los periódicos, ¿verdad?

—He visto algunos artículos.

No se hablaba para nada de cómo iban vestidas las chicas, ni si la blusa de Jill estaba rasgada o si iban las dos descalzas. Conque Abby no lo sabía, pensé, aliviada.

—En las fotos de las autopsias se advierte que las dos mujeres presentaban marcas de ligaduras en torno a las muñecas —observé—. ¿Encontraron lo que utilizó el asesino para atarlas?

—No, señora.

—Entonces, por lo visto, retiró las ligaduras después de matarlas —concluí.

—Era muy cauteloso. No encontramos casquillos de bala, ningún arma, y nada que pudiera utilizar para atarlas. No había rastros de semen. Se supone que no llegó a violarlas o, si lo hizo, no hubo forma de averiguarlo. Y estaban las dos completamente vestidas. En cuanto al desgarrón de la blusa —añadió, y cogió una fotografía de Jill—, pudo hacérselo durante un forcejeo.

—¿Recuperó algún botón en el lugar del crimen?

—Varios. En el césped, cerca del cadáver.

—¿Y colillas?

Montana empezó a revisar sus papeles sin apresurarse.

—Nada de colillas. —Se detuvo y separó uno de los informes—. Pero voy a decirle qué más encontramos. Un encendedor, un bonito encendedor de plata.

—¿Dónde? —preguntó Marino.

—A unos cinco metros de donde estaban los cuerpos. Como pueden ver, el cementerio está rodeado por una verja de hierro. Se entra por esta cancela. —Nos mostró otra fotografía—. El encendedor estaba entre la hierba, a un par de metros de la cancela. Uno de esos encendedores caros en forma de pluma, de esos que se usan para encender pipas.

—¿Funcionaba bien? —preguntó Marino.

—Perfectamente, y estaba limpio y bruñido —recordó Montana—. Estoy bastante seguro de que no pertenecía a ninguna de las chicas. Ellas no fumaban, y no hablé con nadie que recordara haberlas visto con un encendedor como ése. Tal vez se le cayó del bolsillo al asesino, no hay forma de saberlo. Pudo perderlo cualquiera, quizás alguien que estuvo por allí uno o dos días antes. Ya saben que a la gente le gusta entrar en los cementerios antiguos y mirar las tumbas.

—¿Comprobaron si había alguna huella en el encendedor? —preguntó Marino.

—La superficie no era buena. La plata está cubierta de estrías cruzadas, como las que llevan algunas de esas estilográficas de lujo. —Alzó la mirada, pensativo—. Seguramente debió de costar cien pavos.

—¿Conserva todavía el encendedor y los botones que encontró en el cementerio? —pregunté.

—Conservo todas las pruebas de estos casos. Siempre he confiado en que algún día los resolveríamos.

Montana confiaba menos que yo en resolverlos, y cuando se retiró, al cabo de un rato, Marino y yo empezamos a discutir lo que realmente ocupaba nuestra atención.

—Es el mismo cabrón —dijo Marino, con expresión de incredulidad—. El maldito pájaro las obligó a descalzarse, igual que a las otras parejas. Para evitar que huyeran mientras las conducía allí donde tenía pensado matarlas.

—Que no era el cementerio —apunté—. No creo que fuera ése el lugar elegido.

—Ajá. Creo que con esas dos se tuvo más problemas de los que se había imaginado. No cooperaron, o pasó algo que le hizo perder la serenidad; quizás algo relacionado con la sangre que había en el asiento de atrás del Volkswagen. Así que las hizo parar cuando encontró el lugar adecuado, que resultó ser una iglesia oscura y desierta con un pequeño cementerio. ¿Tiene un mapa de Virginia por ahí?

Fui a mi despacho a buscarlo. Marino lo desplegó sobre la mesa de la cocina y lo estudió durante un largo instante.

—Mire —dijo al fin, con una expresión intensa en el

rostro—. El desvío de la iglesia está justo aquí, en la carretera Sesenta, unos tres kilómetros antes de llegar a la carretera que conduce a la zona de bosques donde Jim Freeman y Bonnie Smyth fueron asesinados cinco o seis años más tarde. Y eso quiere decir que el otro día, cuando fuimos a ver al señor Joyce, pasamos por delante mismo de la maldita carretera que lleva a la iglesia donde se cargaron a las dos chicas.

—Dios mío —musité—. Me pregunto...

—Sí, yo también me lo pregunto —me interrumpió Marino—. Quizás el pájaro exploraba el bosque; después de todo, quizá buscaba un lugar adecuado cuando Joder lo sorprendió. Así que se carga al perro. Al cabo de un mes, más o menos, secuestra a sus primeras víctimas. Su idea es obligarlas a que lo conduzcan a esta zona del bosque, pero las cosas se tuercen y decide terminar el viaje antes de lo previsto. O quizás está confuso, desorientado, y señala a Jill o Elizabeth un desvío equivocado. Cuando ve la iglesia, se da cuenta de que no han torcido por donde debían y se le cruzan los cables. Puede que ni supiera dónde diablos estaban.

Traté de imaginármelo. Una de las mujeres conducía y la otra iba junto a ella, en el asiento delantero. El asesino iba detrás y las amenazaba con una pistola. ¿Qué ocurrió para que perdiera tanta sangre? ¿Se le había disparado el arma accidentalmente? Eso era muy improbable. ¿Se había cortado con el cuchillo? Tal vez, pero también me resultaba muy difícil imaginarlo. En las fotografías de Montana advertí que la sangre parecía empezar con un goteo sobre la parte de atrás del reposacabezas del acompañante. También había gotas en la parte de atrás del respaldo, y mucha sangre en la alfombrilla del suelo. Eso situaba al asesino justo detrás del asiento del acompañante, inclinado hacia adelante. ¿Le había sangrado la cabeza o la nariz?

¿Una hemorragia nasal?

Se lo sugerí a Marino.

—Tuvo que ser acojonante. Había mucha sangre. —Reflexionó unos instantes—. Puede que alguna de las mujeres echara el codo hacia atrás y le diera en la nariz.

—¿Cómo habría reaccionado usted si una de las mujeres lo atacara así? —pregunté—. Suponiendo que fuera usted un asesino.

—No habría vuelto a hacerlo. Seguramente no le habría pegado un tiro dentro del coche, pero es posible que le pegara en la cabeza con la pistola.

—No había sangre en el asiento delantero —le recordé—. Ni el menor indicio de que ninguna de las dos resultara herida en el interior del coche.

—Hmm.

—Es desconcertante, ¿verdad?

—Sí. —Frunció el ceño—. Va en el asiento de atrás, inclinado hacia adelante, y de repente empieza a sangrar. Eso no lo entiende ni Dios.

Preparé otra cafetera mientras empezábamos a exponer ideas. En principio, seguía existiendo el problema de cómo un individuo consigue someter a dos personas.

—El coche pertenecía a Elizabeth —señalé—. Supongamos que conducía ella. Evidentemente, en esos momentos no tenía atadas las manos.

—Pero Jill quizá sí. Quizá le ató las manos durante el viaje. Pudo ordenarle que se llevara las manos a la nuca para atárselas desde el asiento de atrás.

—O pudo ordenarle que se diera la vuelta y apoyara los brazos en el reposacabezas —sugerí—. Quizá fue entonces cuando ella le pegó en la cara, si es eso lo que ocurrió.

—Puede ser.

—En cualquier caso —proseguí—, supondremos que cuando el coche se detuvo Jill ya estaba maniatada y descalza. A continuación, hizo que Elizabeth se quitara los zapatos y le ató las manos. Luego las obligó a entrar en el cementerio amenazándolas con la pistola.

—Jill tenía muchos cortes en las manos y los brazos —observó Marino—. ¿Podría habérselos producido al intentar protegerse de un cuchillo con las manos atadas?

—Siempre y cuando llevara las manos atadas por delante del cuerpo y no por la espalda.

—Habría sido más inteligente atarles las manos por la espalda.

—Seguramente el asesino lo descubrió por las malas y perfeccionó sus técnicas —respondí.

—¿Y Elizabeth no presentaba lesiones defensivas?

—Ninguna.

—El pájaro mató primero a Elizabeth —dictaminó Marino.

—¿Cómo lo hubiera hecho usted? Recuerde que ha de controlar a dos rehenes.

—Las hubiera obligado a tenderse boca abajo sobre la hierba. Habría apoyado la pistola en la nuca de Elizabeth para violarla, y tendría preparado el cuchillo para usarlo contra ella. Si en aquel momento me hubiera sorprendido con un gesto de resistencia, quizás habría apretado el gatillo y la habría matado de un tiro sin habérmelo propuesto.

—Eso podría explicar por qué recibió el tiro en el cuello —añadí—. Si el asesino le había puesto la pistola en la nuca, quizás, al resistirse, hizo que se desviara el cañón. La situación me recuerda bastante la muerte de Deborah Harvey, salvo que dudo mucho de que estuviera tendida cuando recibió el tiro.

—A este tipo le gusta utilizar una hoja —replicó Marino—. Sólo usa la pistola cuando las cosas no le salen como tenía planeado. Y hasta ahora sólo ha ocurrido dos veces, que sepamos. Con Elizabeth y con Deborah.

—Le pega un tiro a Elizabeth. ¿Y luego qué, Marino?

—La remata y se ocupa de Jill.

—Con Jill tuvo que luchar —le recordé.

—Pues claro que luchó. Acaban de matar a su amiga. Jill sabe que no tiene salvación; lo mismo da que luche con todas sus fuerzas.

—A no ser que ya estuviera luchando con él —apunté.

Marino entornó los ojos como solía hacer cuando se sentía escéptico.

Jill era abogada. No podía creerla tan ingenua como para ignorar las crueldades que los humanos se infligen unos a otros. Cuando las dos amigas fueron conducidas al cementerio en plena noche, sospecho que Jill ya sabía que ambas iban a morir. Quizás una de ellas, si no las dos, empezó a forcejear mientras el asesino abría la cancela de hierro. Si el encendedor de plata pertenecía al asesino, tal vez se le había caído del bolsillo en ese momento. Luego, y quizá Marino tenía razón, el asesino obligó a las dos mujeres a tenderse boca abajo, pero cuando empezó con Elizabeth, Jill fue presa del pánico y trató de proteger a su amiga. La pistola se disparó y Elizabeth recibió un balazo en el cuello.

—Las lesiones de Jill transmiten una sensación de frenesí, de alguien que está rabioso y asustado porque ha perdido el control de la situación —señalé—. Quizás el asesino le golpeó la cabeza con la pistola, se echó encima de ella, le rasgó la blusa y comenzó a propinarle puñaladas. Como gesto de despedida, les corta la garganta. Y luego se va en el Volkswagen, lo abandona en el motel y se marcha de allí a pie, quizás hacia el lugar donde ha dejado su coche.

—Estaría cubierto de sangre —objetó Marino—. Es interesante que no se encontrara rastro de sangre en el sitio del conductor, sólo en el asiento de atrás.

—En ninguno de los otros casos se encontró sangre en el asiento del conductor —respondí—. Este asesino es muy cuidadoso. Es posible que cuando se dispone a cometer un asesinato se lleve una muda de ropa, toallas, qué sé yo.

Marino hundió la mano en el bolsillo, sacó su navaja del ejército suizo y empezó a recortarse las uñas encima de una servilleta. Sólo Dios sabía lo que Doris había tenido que soportar durante todos esos años. Probablemente Marino no se molestaba nunca en vaciar un cenicero, colocar un plato en el fregadero ni recoger la ropa sucia del suelo. No quería ni pensar cómo quedaría el cuarto de baño cuando Marino saliera de él.

—¿Esa oportunista de Abby Turnbull aún intenta hablar con usted? —preguntó sin alzar la mirada.

—Preferiría que no hablara de ese modo de ella.

No contestó.

—Hace días que no lo intenta, al menos que yo sepa.

—Quizá le interese saber que Clifford Ring y ella tienen algo más que una relación profesional, doctora.

—¿Qué quiere decir? —pregunté, intranquila.

—Quiero decir que ese artículo que Abby preparaba sobre las parejas asesinadas no tuvo nada que ver con que la retirasen de la sección de sucesos. —Iba ya por la uña del pulgar izquierdo, y los fragmentos caían sobre la servilleta—. Por lo visto, Abby se estaba volviendo tan lunática que en la redacción ya no quedaba nadie que quisiera tratar con ella. La situación acabó por estallar el otoño pasado, justo antes de que viniera a Richmond y se viera con usted.

—¿Qué pasó? —pregunté, mirándolo a los ojos.

—Por lo que me han contado, montó una escenita en mitad de la sala de redacción. Derramó una taza de café sobre el regazo de Ring y salió de estampida sin decir a los directores adónde diablos se iba ni cuándo volvería. Fue entonces cuando la destinaron a Sociedad.

—¿Quién le ha contado todo esto?

—Benton.

—¿Y cómo sabe Benton lo que ocurre en la redacción del *Post*?

—No se lo pregunté. —Marino cerró la navajita y volvió a guardársela en el bolsillo. Luego se levantó, dobló la servilleta de papel y la tiró a la basura—. Una cosa más —añadió, de pie en medio de la cocina—. Ese Lincoln que le interesaba...

—¿Sí?

—Un Mark Seven de 1990. Registrado a nombre de un tal Barry Aranoff, de treinta y ocho años de edad y raza blanca, residente en Roanoke. Es vendedor, trabaja para una compañía de material médico. Por lo visto, pasa mucho tiempo en la carretera.

—Ha hablado con él, entonces —comenté.

—Con su mujer. Él estaba fuera, desde hace dos semanas.

—¿Dónde se supone que estaba cuando yo vi el coche?

—Su mujer dijo que no lo sabía con certeza. En ocasiones visita una ciudad distinta cada día, se mueve sin parar de un lado a otro, incluso fuera del Estado. Su territorio llega hasta Boston por el norte. Según recordaba la mujer, hacia la fecha que usted dice debía de estar en Tidewater, y luego tenía que coger un avión en Newport News para ir a Massachusetts.

Guardé silencio, y Marino creyó que me sentía avergonzada. Pero no era así. Estaba pensando.

—Escuche, hizo usted muy bien. No tiene nada de malo anotar una matrícula y comprobarla. Debería alegrarse de saber que no la seguía ningún espía.

No respondí. Marino prosiguió:

—Lo único que se le escapó fue el color. Usted dijo que era un Lincoln gris oscuro, y el coche de Aranoff es marrón.

Aquella noche relampagueó sobre las convulsas copas de los árboles mientras una tormenta propia del verano descargaba su violento arsenal. Yo estaba sentada en la cama, hojeaba varios periódicos mientras esperaba que la línea del capitán Montana diera señal de llamada.

O tenía el teléfono estropeado o alguien llevaba más de dos horas hablando. Cuando me quedé sola, recordé un detalle de una de las fotografías que me hizo pensar en lo último que me dijo Anna. En el apartamento de Jill, junto a un sillón reclinable, había sobre la alfombra un montón de informes legales, varios periódicos de fuera de la ciudad y un ejemplar del *New York Times Magazine*. Nunca me han interesado los crucigramas: bien sabe Dios que ya tengo bastantes enigmas por resolver. Pero sabía que el crucigrama del *Times* tenía numerosísimos adeptos.

Descolgué el auricular y volví a marcar el número particular de Montana. Esta vez mi esfuerzo se vio recompensado.

—¿Ha pensado alguna vez en comprarse otro teléfono? —le pregunté, en tono afable.

—He pensado en comprarle a mi hija adolescente su propia centralita —replicó.

—Tengo una pregunta.

—Dispare.

—Cuando estuvo en los apartamentos de Jill y Elizabeth, supongo que revisaría el correo.

—Sí, señora. Controlamos el correo durante bastante tiempo, para saber qué llegaba, quién les escribía, revisamos las facturas de sus tarjetas de crédito y todo eso.

—¿Qué puede decirme de las suscripciones de Jill a periódicos que recibía por correo?

Permaneció en silencio.

—Lo siento —me disculpé—. Debe de tener los expedientes en su oficina...

—No, señora. He venido directo a casa, los tengo aquí delante. Solamente estaba pensando. Ha sido un día muy largo. ¿Le importa esperar un momento?

Oí ruido de papeles.

—Bueno, había un par de facturas, publicidad... Pero ningún periódico.

Sorprendida, le expliqué que Jill tenía en su apartamento varios periódicos de fuera de la ciudad.

—De alguna parte tuvo que sacarlos.

—Quizá de los vendedores automáticos —sugirió—. Hay muchos en la zona de la universidad. Yo diría que es lo más probable.

El *Washington Post* o el *Wall Street Journal* quizá, pensé. Pero no el *New York Times* del domingo. Sin duda procedía de algún drugstore o papelería, de algún lugar donde Jill y Elizabeth solieran detenerse cuando salían a desayunar los domingos por la mañana. Le di las gracias a Montana y colgué.

Apagué la luz y me acosté; la lluvia tamborileaba sobre el tejado con un ritmo inexorable. Me arropé bien con el edredón. Pensamientos e imágenes se sucedían al azar, y pronto me vi soñando con el bolso rojo de Deborah Harvey, húmedo y cubierto de tierra.

Vander, del laboratorio de huellas dactilares, ya había

terminado de examinarlo, y yo había estado leyendo su informe el día anterior.

—¿Qué piensa hacer? —me preguntaba Rose. El bolso, cosa extraña, se hallaba en una bandeja de plástico, sobre el escritorio de Rose—. No puede devolverlo a la familia tal como está.

—Claro que no.

—¿Y si sacamos las tarjetas de crédito y demás, lo lavamos todo bien y lo enviamos así? —El rostro de Rose se contrajo en una expresión de furia. Apartó la bandeja de un empujón y se echó a gritar—: ¡Lléveselo de aquí! ¡No puedo soportarlo!

De repente me encontré en la cocina. Desde la ventana vi llegar a Mark. Iba en un coche desconocido, pero de algún modo lo identifiqué. Registré precipitadamente el bolso en busca de un cepillo y me peiné a toda prisa. Luego eché a correr hacia el cuarto de baño para lavarme los dientes, pero no me dio tiempo. Sonó el timbre de la puerta, una sola vez.

Mark me estrechó entre sus brazos y susurró mi nombre como un leve grito de dolor. Traté de imaginar por qué había venido, por qué no estaba en Denver.

Mientras me besaba, empujó la puerta con el pie. La puerta se cerró de golpe con un estrépito tremendo.

Abrí los párpados. Estaba tronando. Los relámpagos iluminaron mi dormitorio una y otra vez mientras el corazón me latía salvajemente.

A la mañana siguiente hice dos autopsias, y luego subí a ver a Neils Vander, jefe de sección del laboratorio de huellas dactilares. Lo encontré en la sala de ordenadores del Sistema de Identificación Automática de Huellas Dactilares, sumido en profunda reflexión ante la pantalla de un monitor. Yo llevaba en la mano mi copia del informe sobre el examen del bolso de Deborah Harvey, y la dejé encima del teclado.

—Tengo que preguntarte una cosa. —Alcé la voz sobre el zumbido sordo del ordenador, y Vander contempló el informe con ojos preocupados. Mechones de rebelde cabello gris se encaramaban sobre sus orejas—. ¿Cómo has podido descubrir algo en ese bolso después de todo el tiempo que llevaba en el bosque? Estoy asombrada.

Volvió la vista a la pantalla.

—El bolso es de nailon, impermeable, y las tarjetas de crédito estaban protegidas por fundas de plástico y guardadas en un compartimiento con cremallera. Cuando las metí en el depósito de adhesivo, enseguida apareció un montón de borrones y huellas parciales. Ni siquiera tuve que usar el láser.

—Impresionante. —Esbozó una leve sonrisa—. Pero no había nada identificable —añadí.

—Lo siento.

—Lo que más me interesa es el permiso de conducir. Por lo visto, ahí no apareció nada.

—Ni siquiera un borrón —asintió.

—¿Estaba limpio?

—Como un diente de perro.

—Gracias, Neils.

Volvió a abstraerse de inmediato, perdido en su mundo de bucles y espirales.

Bajé a mi despacho y busqué el número del 7-Eleven que Abby y yo habíamos visitado el otoño pasado. Me dijeron que Ellen Jordan, la empleada con la que habíamos hablado, no llegaría hasta las nueve de la noche. Pasé el resto del día trabajando, sin detenerme a almorzar, sin advertir el paso de las horas. Cuando llegué a casa, no me sentía cansada en lo más mínimo.

Estaba cargando el lavavajillas cuando, a eso de las ocho, sonó el timbre de la puerta. Fui a abrir secándome las manos en una toalla de cocina.

Abby Turnbull estaba plantada en el umbral, las solapas del abrigo levantadas, la cara macilenta, los ojos apagados. Un viento frío mecía árboles oscuros en el patio y le revolvía a Abby los cabellos.

—No has respondido a mis llamadas. Espero que no me negarás la entrada en tu casa —comenzó a decir.

—Claro que no, Abby. Por favor. —Abrí completamente la puerta y me hice a un lado.

No se quitó el abrigo hasta que la invité a hacerlo, y, cuando me ofrecí para colgarlo de una percha, rehusó con un gesto y lo dejó sobre el respaldo de una silla, como para darme a entender que no pensaba quedarse mucho rato. Debajo llevaba unos tejanos descoloridos y un grueso jersey marrón salpicado de borrilla. Al pasar junto a ella para limpiar la mesa de la cocina de papeles y periódicos, detecté el olor rancio del humo de tabaco y una insinuación acre de sudor.

—¿Quieres tomar algo? —le pregunté. No sé por qué, pero no podía sentirme enojada con ella.

—Lo que tú tomes me irá bien.

Sacó los cigarrillos mientras yo preparaba las bebidas para ambas. Cuando me senté, se volvió hacia mí.

—No sé cómo empezar —dijo—. Los artículos eran injustos contigo, por no decir más. Y sé qué debes de estar pensando.

—Lo que yo pueda pensar no viene al caso. Preferiría escuchar lo que tengas que decirme.

—Ya te dije que he cometido errores. —Le temblaba ligeramente la voz—. Cliff Ring fue uno de ellos.

Permanecí callada.

—Es un periodista investigador, una de las primeras personas que conocí cuando me instalé en Washington. Un hombre interesante, con un gran éxito en su profesión, brillante y seguro de sí. Yo era vulnerable, acababa de mudarme a una ciudad nueva, acababa de pasar por..., bueno, lo que le ocurrió a Henna. —Desvió la mirada—. Empezamos como amigos, pero enseguida se precipitaron las cosas. No vi cómo era en realidad porque no quería verlo. —Se le quebró la voz y esperé en silencio mientras recobraba la compostura—. Le confié mi vida, Kay.

—De lo que debo deducir que la información que utilizó para realizar sus artículos provenía directamente de ti —concluí.

—No. Provenía de mi trabajo.

—¿Qué quieres decir con eso?

—Nunca hablo con nadie de lo que estoy escribiendo —me explicó Abby—. Cliff sabía que me ocupaba de estos casos, pero nunca entré en detalles. Ni él parecía sentir ningún interés por conocerlos. —La voz de Abby empezó a adquirir un tono airado—. Pero vaya si le interesaban, más que un poco. Así es como funciona él.

—Si nunca entraste en detalles —insistí—, ¿cómo te sacó la información?

—A veces, cuando tenía que salir de la ciudad, le dejaba las llaves del apartamento para que regara las plantas, recogiera el correo y cosas así. Estoy segura de que mandó hacer copias.

Recordé nuestra conversación en el Mayflower. Cuando Abby me dijo que alguien había utilizado su ordenador y empezó a acusar al FBI o la CIA, reaccioné con escepticismo. ¿Acaso un agente experimentado abriría un fichero de textos sin darse cuenta de que podía cambiar la hora y la fecha? Me parecía muy improbable.

—¿Cliff Ring entró en tu ordenador?

—No puedo demostrarlo, pero estoy segura de que lo hizo —dijo Abby—. No puedo demostrar que haya manipulado mi correspondencia, pero sé que lo ha hecho. No es muy difícil abrir un sobre al vapor, cerrarlo otra vez y dejarlo de nuevo en el buzón. No si se tiene una copia de la llave del buzón.

—¿Pero tú sabías que estaba escribiendo esos artículos?

—¡Claro que no! ¡No supe nada en absoluto hasta que abrí el periódico del domingo! Venía a mi apartamento cuando sabía que yo no estaba. Debió de leer todo lo que tenía en el ordenador. Y a partir de ahí empezó a telefonear a gente, a obtener entrevistas e información, cosa que le resultaría bastante fácil, puesto que sabía exactamente dónde debía buscar y qué debía buscar.

—Le resultó fácil porque te habían retirado de la sección de sucesos. Cuando creíste que el *Post* se desentendía de la historia, en realidad tus directores se desentendían de ti.

Abby asintió con gesto airado.

—La historia pasó a unas manos que ellos consideraban más fiables —respondió—. A manos de Clifford Ring.

Comprendí por qué Clifford Ring no había intentado ponerse en contacto conmigo. Debía de saber que Abby y yo éramos amigas. Si me hubiera pedido información sobre los casos, yo habría podido decírselo a Abby, y él no quería que Abby sospechara lo que estaba haciendo hasta que fuera demasiado tarde. Por eso Ring me había evitado, se había dirigido a otras personas.

—Estoy segura de que él... —Abby carraspeó y se llevó el vaso a los labios. Le temblaba la mano—. Puede ser muy persuasivo. Probablemente ganará un premio. Por la serie.

—Lo siento, Abby.

—La culpa sólo es mía. He sido idiota.

—Siempre corremos un riesgo cuando nos permitimos amar...

—Nunca volveré a correr un riesgo como ése —me interrumpió—. Con él todo eran problemas, un problema detrás de otro. Siempre era yo la que hacía concesiones y le daba una segunda oportunidad, y luego una tercera, y una cuarta.

—La gente con la que trabajas, ¿sabía que había algo entre Cliff y tú?

—Íbamos con cuidado —respondió, evasiva.

—¿Por qué?

—La sala de redacción es un lugar muy agobiante, muy propenso al chismorreo.

—Pero vuestros colegas por fuerza tuvieron que veros juntos.

—Íbamos con cuidado —repitió.

—La gente tuvo que notar algo entre vosotros dos. Tensión, al menos.

—Competencia. Protección del propio territorio. Eso habría contestado él si le hubieran preguntado algo.

Y celos, pensé. Abby nunca había sabido disimular muy bien sus emociones. Podía imaginarme sus arranques de celos. Y podía imaginarme que quienes la veían en la sala de redacción los interpretarían equivocadamente, que supondrían que Abby era ambiciosa y estaba celosa de Clifford Ring, cuando no era éste el caso.

Estaba celosa de sus otros compromisos.

—Está casado, ¿verdad, Abby?

Esta vez no pudo contener las lágrimas.

Me levanté para llenar de nuevo los vasos. Ahora me diría que él no era feliz con su mujer, que pensaba divorciarse, y que creyó que lo dejaría todo por ella. La historia era tan gastada y previsible como algo sacado del peor *best-seller*. Yo ya la había oído cien veces. Abby había sido utilizada.

Dejé su bebida sobre la mesa y le di un suave apretón en el hombro antes de volver a mi asiento.

Me contó lo que yo esperaba oír, y me limité a mirarla con tristeza.

—No merezco tu comprensión —sollozó.

—Has sufrido mucho más que yo.

—Todo el mundo ha sufrido. Tú. Pat Harvey. Los padres y los amigos de esos chicos. Si no se hubieran producido estos casos, aún seguiría en Sucesos. Al menos profesionalmente estaría bien. Nadie debería tener el poder de causar tanta destrucción.

Comprendí que ya no pensaba en Clifford Ring. Ahora estaba pensando en el asesino.

—Es verdad. Nadie debería tener ese poder. Y nadie lo tendrá si no lo consentimos.

—Deborah y Fred no lo consintieron. Jill, Elizabeth, Jimmy, Bonnie. Ninguno de ellos. —Su rostro reflejaba una expresión derrotada—. Ninguno quería ser asesinado.

—¿Qué hará ahora Cliff? —pregunté.

—Haga lo que haga, que no cuente conmigo. He cambiado todas las cerraduras.

—¿Y tus temores de tener el teléfono intervenido, de estar vigilada?

—Cliff no es el único que quiere saber qué estoy haciendo. ¡Ya no puedo confiar en nadie! —Sus ojos se llenaron de airadas lágrimas—. Tú eres la última persona a la que querría perjudicar, Kay.

—No sigas, Abby. Puedes pasarte un año entero llorando, pero con eso no arreglas nada.

—Lo siento...

—Basta de disculpas. —La interrumpí con mucha firmeza, pero con suavidad. Ella se mordió el labio inferior y fijó la mirada en el vaso—. ¿Estás dispuesta a ayudarme?

Alzó la vista hacia mí.

—En primer lugar, ¿de qué color era el Lincoln que vimos en Williamsburg la semana pasada?

—Gris oscuro. La tapicería era de cuero oscuro, quizá negro —contestó, y en sus ojos brilló una chispa de vida.

—Gracias. Lo que yo creía.

—¿Qué sucede?

—No estoy segura. Pero hay más.

—¿Más qué?

—Tengo una misión para ti —le anuncié, sonriente—. Pero antes, ¿cuándo vuelves a Washington? ¿Esta noche?

—No lo sé, Kay. —Desvió la mirada hacia la lejanía—. Ahora no puedo volver allí.

Abby se sentía como una fugitiva, y en cierto sentido lo era. Clifford Ring la había expulsado de Washington. Seguramente no sería mala idea que desapareciera durante algún tiempo.

—En el Northern Neck hay una pensión... —comenzó a decir.

—Y yo tengo una habitación para invitados —la interrumpí—. Puedes quedarte un tiempo conmigo.

Me miró unos instantes con incertidumbre y por fin preguntó:

—Kay, ¿tienes idea de cómo se podría interpretar esto?

—Francamente, ahora no me importa.

—¿Por qué no? —Me miró fijamente.

—Tu periódico ya me ha dejado por los suelos. Ahora voy a por todas. Las cosas mejorarán o empeorarán, pero no seguirán igual.

—Por lo menos, a ti no te han despedido.

—Ni a ti tampoco, Abby. Tuviste una aventura y te comportaste con incorrección ante tus colegas al derramar el café en el regazo de tu amante.

—Se lo merecía.

—Estoy segura de ello. Pero no te aconsejaría que le plantaras cara al *Post*. El libro es tu oportunidad de redimirte.

—¿Y tú?

—A mí me interesan los casos. Y tú estás en condiciones de ayudarme, porque puedes hacer cosas que yo no puedo.

—¿Por ejemplo?

—Yo no puedo mentir, inventar, amañar, simular, espiar, chafardear, importunar, sonsacar ni presentarme bajo un nombre o una personalidad que no sean los míos porque soy funcionaria del Estado. Pero tú tienes más libertad de movimientos. Tú eres periodista.

—Muchas gracias —protestó, mientras se dirigía hacia la puerta de la cocina—. Traeré mis cosas del coche.

No era muy frecuente que hubiera invitados en casa, y el dormitorio de la planta baja, por lo general, quedaba reservado para las visitas de Lucy. El suelo de madera estaba cubierto por una alfombra iraní Dergezine, con un diseño floral de vivos colores que convertía toda la habitación en un jardín, en el que mi sobrina podía ser un capullo de rosa o una hierba pestífera, según su comportamiento.

—Veo que te gustan las flores —comentó Abby con aire ausente, tras depositar la bolsa con su ropa encima de la cama.

—La alfombra resulta un poco excesiva en esta habitación —reconocí—, pero cuando la vi tuve que comprarla, y no tenía otro sitio donde ponerla. Además, es virtualmente indestructible, y teniendo en cuenta que Lucy se aloja en este cuarto, el detalle tiene su importancia.

—O al menos la tenía. —Abby se acercó al armario y abrió las puertas—. Lucy ya no es una niña de diez años.

—Debería de haber bastantes perchas ahí dentro. —Fui a comprobarlo—. Si necesitas más...

—Está bien así.

—En el cuarto de baño hay toallas, dentífrico y jabón.

Abby había empezado a deshacer el equipaje y no me prestaba atención.

Me senté al borde de la cama.

Metió trajes y blusas en el armario. Las perchas chirriaron sobre la barra de metal. La observé en silencio, y sentí una punzada de impaciencia.

La situación se prolongó varios minutos. Cajones que se deslizaban, más perchas que chirriaban, el botiquín del cuarto de baño que se abría y volvía a cerrarse con un «clic». Abby guardó la bolsa de los trajes en el armario y miró a su alrededor como si tratara de decidir qué hacía a continuación. Abrió el maletín, del que sacó una novela y una libreta de notas que dejó sobre la mesita de noche. La contemplé con desasosiego cuando abrió el cajón para guardar allí una pistola del calibre treinta y ocho y varias cajas de munición.

Cuando por fin subí ya era medianoche. Antes de acostarme, volví a marcar el número del 7-Eleven.

—¿Ellen Jordan?

—¿Sí? Yo misma. ¿Quién es?

Le dije mi nombre y le expliqué:

—El otoño pasado me contó que cuando Fred Cheney y Deborah Harvey estuvieron en el establecimiento, Deborah intentó comprar cerveza y usted tuvo que pedirle el permiso de conducir.

—Sí, es verdad.

—¿Podría decirme qué hizo exactamente cuando le pidió el permiso?

—Le dije que tenía que ver su permiso de conducir —respondió Ellen, un tanto desconcertada—. Ya me entiende, le pedí que me lo enseñara.

—¿Lo sacó del bolso?

—Claro. Tuvo que sacarlo para que yo lo viera.

—Lo tuvo usted en sus manos, entonces —observé.

—Ajá.

—¿Iba dentro de algo? ¿Dentro de una funda de plástico?

—No iba dentro de nada —contestó—. Me lo dio, yo lo miré y se lo devolví; nada más. —Una pausa—. ¿Por qué?

—Me interesa determinar si tocó usted el permiso de conducir de Deborah Harvey.

—Pues claro. Tuve que tocarlo para poder mirarlo. —Su voz parecía asustada—. No estaré metida en ningún lío ni nada, ¿verdad?

—No, Ellen —la tranquilicé—. No estás metida en ningún lío.

15

La misión de Abby consistía en averiguar lo que pudiera acerca de Barry Aranoff, y por la mañana partió hacia Roanoke. La noche siguiente, regresó escasos minutos antes de que Marino se presentara ante mi puerta. Lo había invitado a cenar. Cuando descubrió a Abby en la cocina, sus pupilas se contrajeron y se le puso roja la cara.

—¿Un Jack Black? —le pregunté.

Al volver del bar encontré a Abby fumando, sentada a la mesa, y a Marino de pie ante la ventana. Había levantado la persiana y contemplaba el comedero del jardín con expresión hosca.

—A estas horas no verá ningún pájaro, a menos que le interesen los murciélagos —observé.

Él no contestó ni volvió la cabeza.

Empecé a servir la ensalada. Estaba escanciando el Chianti cuando Marino ocupó por fin su asiento.

—No me advirtió que tenía compañía —protestó.

—Si se lo hubiera dicho, no habría venido —repliqué con la misma franqueza.

—Yo tampoco lo sabía —dijo Abby, irritada—. Y ahora que ha quedado claro que todos nos alegramos de estar aquí reunidos, disfrutemos de la cena.

Si algo había aprendido de mi fracasado matrimonio con Tony era que nunca se deben buscar confrontaciones después de entrada la noche ni a las horas de comer. Así pues, hice lo que pude por llenar el silencio con charla trivial y esperé hasta que estuvo servido el café antes de abordar las cuestiones que me interesaban.

—Abby se alojará aquí conmigo durante algún tiempo —le expliqué a Marino.

—Eso es cosa suya. —Echó mano al azúcar.

—También es cosa suya. En esto participamos todos.

—Quizá debería explicarme en qué participamos todos, doctora. —Se volvió hacia Abby—. Pero antes me gustaría saber en qué parte de su libro va a salir esta escenita. Así no tendré que tragármelo todo. Podré ir directamente a la página correspondiente.

—A veces puede ser un auténtico pelmazo, Marino —dijo Abby.

—También puedo ser un gilipollas. Todavía no ha tenido usted el placer.

—Gracias por darme algo que esperar con ilusión.

Marino sacó una pluma del bolsillo de la pechera y la arrojó sobre la mesa.

—Será mejor que vaya tomando notas. No me gustaría que citara equivocadamente mis palabras.

Abby lo fulminó con la mirada.

—¡Basta ya! —exclamé, enojada. Se volvieron hacia mí—. Están portándose igual que los demás.

—¿Igual que quién? —preguntó Marino en tono inexpresivo.

—Igual que todos —respondí—. Estoy harta de mentiras, celos y maquinaciones. Espero algo mejor de mis amigos, y los tenía a los dos por amigos. —Eché mi silla hacia atrás y añadí—: Si quieren seguir intercambiando agudezas, adelante. No se priven. Pero yo ya he oído bastante.

Sin mirar a ninguno de los dos, me llevé la taza de café a la sala, conecté el estéreo y cerré los ojos. La música era mi terapia, y últimamente había estado escuchando a Bach. Su *Cantata* número 29 empezó a sonar por la mitad y yo empecé a relajarme. Durante las semanas que siguieron a la partida de Mark, cuando no podía conciliar el sueño, bajaba a la sala, me ponía los auriculares y me rodeaba de Beethoven, Mozart, Pachelbel.

Pasados unos quince minutos, Abby y Marino entraron en la sala, con el aire avergonzado de una pareja mal avenida que acaba de hacer las paces.

—Hemos estado hablando —comenzó Abby, mientras yo desconectaba el equipo de música—. Le he explicado la situación lo mejor que he podido. Hemos empezado a entendernos.

Me alegró oírlo.

—Supongo que será mejor que colaboremos los tres —reconoció Marino—. Qué diablos. Después de todo, en estos momentos Abby no es una verdadera periodista.

Esta observación dolió a Abby, me di cuenta, pero —milagro de milagros— estaban dispuestos a cooperar.

—Cuando salga su libro, probablemente ya habrá terminado todo. Eso es lo importante, que termine. Hace casi tres años que dura y ha habido diez víctimas; doce, si contamos a Jill y Elizabeth. —Meneó la cabeza y sus ojos adquirieron una expresión dura—. El asesino de estas parejas, sea quien sea, no se detendrá, doctora. Seguirá haciéndolo hasta que le echen el guante. Y en investigaciones como ésta, eso suele suceder porque alguien tiene un golpe de suerte.

—Puede que ya hayamos tenido un golpe de suerte —le dijo Abby—. El conductor del Lincoln no era Aranoff.

—¿Está segura? —preguntó Marino.

—Absolutamente. Aranoff tiene el pelo gris; es decir, el poco que le queda. Mide poco más de un metro setenta de estatura y debe de pesar unos noventa kilos.

—¿O sea que lo ha visto?

—No —contestó ella—. Aún seguía de viaje. Llamé a la puerta y su esposa me dejó entrar. Yo llevaba pantalones de faena y botas. Le dije que trabajaba para la compañía eléctrica y que iba a mirar el contador. Nos pusimos a hablar. Me ofreció una Coca-Cola. Mientras estaba en la casa, eché una ojeada por ahí, vi una fotografía de familia y, para asegurarme, le pregunté a la mujer por la foto. Así fue como supe qué aspecto tiene Aranoff. El hombre que vimos no era él. Ni el hombre que me siguió en Washington.

—Supongo que no existe ninguna posibilidad de que se equivocara al mirar el número de matrícula —observó Marino.

—No. Y aunque yo me hubiera equivocado —añadí—, sería una coincidencia increíble. ¿Dos Lincolns modelo Mark Seven de 1990? ¿Y da la casualidad de que Aranoff se encuentra de viaje por la zona de Williamsburg y Tidewater justo cuando yo equivocadamente anoto una matrícula que resulta ser la suya?

—Me parece que Aranoff y yo tendremos que sostener una pequeña e interesante conversación —concluyó Marino.

Unos días más tarde, aquella misma semana, Marino me telefoneó a mi despacho.

—¿Está sentada? —preguntó, sin más preámbulos.

—¿Ha hablado con Aranoff?

—Premio. Salió de Roanoke el lunes, diez de febrero, y visitó Danville, Petersburg y Richmond. El miércoles día doce estaba en la zona de Tidewater, y ahí es donde la cosa empieza a ponerse interesante. El jueves trece, la misma noche en que Abby y usted estuvieron en Williamsburg, Aranoff tenía que estar en Boston. El día anterior, el miércoles doce, dejó su coche en el aparcamiento del aeropuerto de Newport News. De allí voló a Boston y se pasó casi una semana recorriendo la zona en un coche de alquiler. Ayer por la mañana llegó a Newport News, subió al coche y volvió a su casa.

—¿Insinúa acaso que alguien robó las placas de matrícula mientras el coche estaba en el aparcamiento, en la zona de larga estancia, y luego las devolvió? —le pregunté.

—Si Aranoff no me ha mentido, y no veo por qué, no existe otra explicación, doctora.

—Cuando recogió el coche, ¿no advirtió nada que le hiciera sospechar que alguien lo había tocado?

—No. Fuimos los dos al garaje y lo examinamos. Las placas estaban en su lugar, perfectamente atornilladas. Estaban tan sucias como el resto del coche y presentaban algunas manchas que no sé si podrían significar algo o no. No encontré huellas dactilares, pero el individuo que se llevó las placas seguramente llevaba guantes, cosa que explicaría las manchas. No vi ningún arañazo ni huellas de herramientas.

—¿Había dejado el coche en un lugar visible?

—Aranoff dijo que lo había dejado más o menos en el centro del aparcamiento, que estaba casi lleno.

—Si el coche hubiera permanecido varios días allí sin placas de matrícula, seguramente alguien se habría dado cuenta —señalé.

—No necesariamente. La gente no es tan observadora. Cuando dejan el vehículo en el aeropuerto o regresan de un viaje, lo único que les importa es cargar las maletas, coger el avión o llegar lo antes posible a casa. Y aunque alguien se hubiera dado cuenta, no es probable que se tomara la molestia de informar a Seguridad. A fin de cuentas, Seguridad no podría hacer nada hasta que llegara el propietario, y entonces le correspondería a él denunciar el robo de las placas. En cuanto al robo en sí, no creo que resultara muy difícil. Vaya usted al aeropuerto pasada la medianoche y no encontrará ni un alma. Si estuviera en el lugar del asesino, me dirigiría al aparcamiento como si fuera a buscar mi coche, y a los cinco minutos volvería a salir con un juego de placas en el maletín.

—¿Cree usted que ocurrió así?

—Mi teoría es la siguiente —respondió—: El tipo que les pidió información la semana pasada no era ningún policía de paisano, agente del FBI ni nada parecido. Era alguien que no andaba en nada bueno. Podía ser un traficante de drogas, podía ser casi cualquier cosa. Creo que el Mark Seven de color gris oscuro que conducía aquella noche era su coche personal y, para estar más seguro, cuando sale a cometer sus fechorías le cambia las placas por si alguien se fija en el vehículo, una patrulla de la policía o quien sea.

—Es bastante arriesgado, si lo detienen por saltarse un semáforo en rojo o algo así —comenté—. El número de matrícula correspondería a otra persona.

—Cierto. Pero no creo que eso entre en sus planes. Creo que le preocupa más la posibilidad de que alguien se fije en su coche, porque va con la idea de quebrantar la ley, sabe que va a ocurrir algo y no quiere que su número de matrícula esté circulando por la calle cuando eso ocurra.

—¿Por qué no utiliza un coche de alquiler?

—Sería lo mismo que circular con su propia matrícula. Cualquier policía reconoce un coche de alquiler en cuanto lo ve. En Virginia, todos llevan una matrícula que empieza con R. Y si se le sigue la pista, se acaba por llegar a la persona que lo alquiló. Es mucho mejor cambiar las placas, si se tiene la inteligencia suficiente para imaginar una forma segura de hacerlo. Es lo que haría yo, y probablemente recurriría a un aparcamiento de larga estancia. Iría al aeropuerto en mi propio coche, entraría en el aparcamiento cuando hubiera oscurecido, me aseguraría de que nadie me ve y volvería a montar las placas en el coche del que las hubiera quitado.

—¿Y si el propietario vuelve antes y descubre que le han robado las placas?

—Si el coche ya no está en el aparcamiento, me limito a tirar las placas en el basurero más cercano. De un modo u otro, no puedo perder.

—Santo Dios. El hombre que Abby y yo vimos aquella noche podría ser el asesino, Marino.

—El pájaro que vieron aquella noche no era ningún hombre de negocios que se había perdido ni un lunático que las seguía —declaró—. Era alguien que andaba metido en algo ilegal. Eso no quiere decir que sea un asesino.

—La pegatina de aparcamiento...

—Le seguiré la pista. Veremos si Williamsburg Colonial puede proporcionarme una lista de todos los que han recibido una de esas pegatinas.

—El coche que el señor Joyce vio pasar ante su casa con las luces apagadas pudo ser un Lincoln Mark Seven —observé.

—Es posible. El modelo Mark Seven salió en 1990. Jim y Bonnie fueron asesinados en el verano de 1990. Y, a oscuras, un Mark Seven bien puede confundirse con un Thunderbird, que es el coche que el señor Joyce creía haber visto.

—Wesley se lo pasará en grande con esto —musité, incrédula.

—Sí —contestó Marino—. Tengo que llamarlo.

Marzo llegó con la promesa susurrada de que el invierno no duraría eternamente. El sol me calentaba la espalda mientras limpiaba el parabrisas del Mercedes y Abby llenaba el depósito. La brisa era suave, limpia tras varios días de lluvia. Por todas partes había gente que lavaba coches y paseaba en bicicleta, y la tierra, aún no del todo despierta, ya empezaba a rebullir.

Como tantas otras gasolineras en estos tiempos, la que yo frecuentaba contaba también con una tienda de artículos varios y una cafetería, y cuando entré a pagar aproveché para hacerme con dos tazas de café. A continuación, Abby y yo emprendimos la marcha hacia Williamsburg, con las ventanillas medio abiertas y Bruce Hornsby cantando *Harbor Lights* por la radio.

—Antes de salir he llamado a mi contestador automático —me anunció Abby.

—¿Y?

—Alguien me ha telefoneado cinco veces y las cinco ha colgado sin decir nada.

—¿Cliff?

—Me jugaría algo —respondió—. Aunque no creo que quiera hablar conmigo. Sospecho que sólo pretende averiguar si estoy en casa. Seguramente ha pasado unas cuantas veces por delante del aparcamiento, intentando encontrar mi coche.

—¿Por qué habría de hacerlo, si no está interesado en hablar contigo?

—Quizás ignora que he cambiado las cerraduras de la casa.

—Entonces debe de ser idiota. Hubiera debido comprender que sumarías dos y dos en cuanto vieras publicada su serie.

—No es ningún idiota —me aseguró Abby, mirando por la ventanilla.

Abrí el techo solar.

—Sabe que lo sé, pero no es ningún idiota —repitió—. Cliff ha engañado a todo el mundo. No saben que está loco.

—Resulta difícil creer que pueda haber llegado tan lejos si está loco —comenté.

—Ésa es la belleza de Washington —replicó con cinismo—. La gente más poderosa del mundo se encuentra allí, pero la mitad están locos y la otra mitad neuróticos. Casi todos carecen de moral. Es cosa del poder. No sé por qué el caso Watergate sorprendió a nadie.

—¿Qué te ha hecho a ti el poder? —pregunté.

—Sé qué sabor tiene, pero no he estado allí el tiempo suficiente para convertirme en adicta.

—Quizás has estado de suerte.

Permaneció en silencio.

Pensé en Pat Harvey. ¿Qué estaría haciendo? ¿En qué pensaba?

—¿Has hablado con Pat Harvey? —le pregunté a Abby.

—Sí.

—¿Después de que aparecieran los artículos del *Post*?

Asintió con un gesto.

—¿Qué tal está?

—Una vez leí algo que había escrito un misionero en lo que entonces era el Congo. Se refería a un encuentro que tuvo en la selva con un nativo que parecía perfectamente normal hasta que le sonrió. Se había hecho afilar los dientes con una lima. Era un caníbal.

Su voz estaba cargada de ira, y su estado de ánimo se había oscurecido de repente. Yo no tenía ni idea de adónde quería ir a parar.

—Así es Pat Harvey —prosiguió—. El otro día fui a verla antes de salir hacia Roanoke. Comentamos brevemente los artículos del *Post*, y me pareció que se lo estaba tomando todo muy bien hasta que la vi sonreír. Su sonrisa me heló la sangre.

No supe qué decir.

—Entonces me di cuenta de que los artículos de Cliff habían sido la última gota. El asesinato de Deborah llevó a Pat al límite de lo que podía soportar, pero los artículos la empujaron aún más allá. Recuerdo que, cuando hablé con ella, tuve la sensación de que había desaparecido algo. Al cabo de un rato, comprendí que lo que había desaparecido era Pat Harvey.

—¿Sabía que su marido tenía una amante?

—Ahora lo sabe.

—Si es verdad —añadí.

—Cliff no escribe nada que no pueda demostrar o atribuir a una fuente digna de crédito.

Traté de imaginar qué se necesitaría para llevarme a mí al límite. ¿Lucy? ¿Mark? ¿Que tuviera un accidente y perdiera el uso de las manos o me quedara ciega? No sabía qué se necesitaría para hacerme saltar. Quizás era como morir: cuando te has ido, no notas la diferencia.

Llegamos al Old Towne poco después de mediodía. El complejo de apartamentos donde habían vivido Jill y Elizabeth no tenía nada de llamativo, una colmena de edificios que parecían todos iguales. Eran de ladrillo, con unas marquesinas rojas que anunciaban el número en cada una de las entradas. Los jardines se componían de retazos de hierba parduzca, por el frío del invierno, y estrechos arriates de flores; había zonas para cocinar al aire libre, con columpios, mesas de picnic y parrillas.

Nos detuvimos en el aparcamiento y dirigimos la mirada hacia el que había sido el balcón de Jill. Entre los amplios huecos de la barandilla, dos butacas de rejilla blanca y azul se mecían suavemente al viento. Una cadena que hubiera debido sostener una maceta oscilaba suspendida de un gancho en el techo. Elizabeth vivía al otro lado del aparcamiento. Las dos amigas podían verse sin tener que moverse de casa. Podían ver cómo se encendían y se apagaban las luces, saber cuándo se levantaba y se acostaba la otra, cuándo una estaba en casa y cuándo no lo estaba.

Durante unos instantes, Abby y yo compartimos un deprimido silencio.

—Eran algo más que amigas, ¿verdad, Kay? —me preguntó Abby al fin.

—Responder a eso sería hablar de oídas.

Esbozó una sonrisa.

—A decir verdad, algo me imaginé cuando preparaba los artículos. Al menos, me pasó la idea por la cabeza. Pero nadie me hizo jamás la menor insinuación. —Hizo una pausa y miró por la ventanilla—. Creo que sé cómo se sentían.

Me volví hacia ella.

—Debían de sentir lo mismo que yo con Cliff. Siempre a hurtadillas, escondiéndose, gastando la mitad de las energías en preocuparse por lo que pudieran pensar los demás, temiendo que alguien sospechara.

—Lo más irónico —comenté, poniendo el motor en marcha— es que en realidad a los demás les importa un bledo. Están demasiado ocupados con sus cosas.

—Me gustaría saber si Jill y Elizabeth hubieran llegado a descubrirlo algún día.

—Si su amor era más grande que su miedo, hubieran acabado descubriéndolo.

—Y, a propósito, ¿adónde vamos? —Se volvió a contemplar la carretera que iba quedando atrás.

—A dar una vuelta, nada más —respondí—. Vayamos en dirección al centro.

No le había indicado ningún itinerario. Lo único que le había dicho era que quería «echar un vistazo».

—Buscas ese maldito coche, ¿no?

—Mirar no hace daño a nadie.

—¿Y qué piensas hacer si lo encuentras, Kay?

—Anotar el número de matrícula y comprobar a quién pertenece esta vez.

—Bueno. —Se echó a reír—. Si encuentras un Lincoln

Mark Seven de color gris oscuro que lleve una pegatina de Williamsburg Colonial en el parachoques de atrás, te daré cien dólares.

—Pues ve preparando el talonario. Si está por aquí, lo encontraré.

Y lo encontré antes de media hora, siguiendo una regla que no falla para encontrar un objeto perdido: volví sobre mis pasos. Cuando llegué a Merchant's Square, el automóvil estaba parado en el mismo aparcamiento, no lejos del lugar donde lo había visto por primera vez, cuando el conductor se detuvo a preguntarnos una dirección.

—Dios mío —susurró Abby—. No me lo puedo creer.

El coche estaba vacío, y el sol arrancaba destellos al cristal. Por lo visto, acababan de lavarlo y encerarlo. Llevaba una pegatina de aparcamiento en el extremo izquierdo del parachoques de atrás, y la matrícula era ITU-144. Abby la anotó en su libreta.

—Es demasiado fácil, Kay. No puede ser verdad.

—No nos consta que sea el mismo coche. —Adopté un aire científico—. Parece el mismo, pero no lo sabemos.

Estacioné una veintena de aparcamientos más allá, embutiendo el Mercedes entre un automóvil familiar y un Pontiac, y permanecí sentada al volante mientras examinaba los escaparates de las tiendas. Una tienda de objetos de regalo, un taller donde se enmarcaban cuadros, un restaurante. Entre una tienda de tabacos y una panadería vi una librería, pequeña, poco aparente, con el escaparate lleno de volúmenes. Un rótulo de madera pendía sobre la puerta, con el nombre «El Cuarto del Repartidor» pintado en letras de estilo colonial.

—Los crucigramas —dije entre dientes, y un escalofrío me recorrió la espalda.

—¿Qué? —Abby seguía mirando el Lincoln.

—A Jill y Elizabeth les gustaban los crucigramas. Los domingos por la mañana solían desayunar fuera y compraban el *New York Times*.

Empecé a abrir la portezuela.

Abby me puso la mano en el brazo para retenerme.

—No, Kay. Espera un poco. Esto hemos de pensarlo.

Me recosté de nuevo en el asiento.

—No puedes entrar ahí sin más —protestó, y sonó como si fuera una orden.

—Quiero comprar un periódico.

—¿Y si está ahí dentro? ¿Qué harás entonces?

—Quiero ver si es él, el hombre que conducía. Creo que lo reconocería.

—Y él también podría reconocerte.

—La palabra «Repartidor» también puede referirse a los naipes —reflexioné en voz alta mientras una joven de cabellera oscura y rizada se acercaba a la librería, abría la puerta y desaparecía en el interior—. El que reparte las cartas reparte la jota de corazones —añadí y dejé que la frase se desvaneciera en el aire.

—Hablaste con él cuando te preguntó el camino. Tu foto ha salido en la prensa. —Abby empezaba a tomar el mando—. No puedes entrar ahí. Iré yo.

—Iremos las dos.

—¡Es una locura!

—Tienes razón. —Mi decisión estaba tomada—. Tú te quedas aquí. Voy yo.

Salí del coche antes de que pudiera protestar. Ella también salió y se quedó parada junto a la portezuela, con aspecto desvalido, mientras yo avanzaba resueltamente hacia la tienda. No me siguió. Era demasiado sensata para hacer una escena. Cuando posé la mano sobre el frío tirador de la puerta, el corazón me latía con violencia. Al entrar en el establecimiento, sentí que me flaqueaban las rodillas.

El hombre estaba de pie detrás del mostrador; sonriente, rellenaba la factura de una tarjeta de crédito mientras una mujer de mediana edad vestida con un traje de Ultrasuede iba parloteando:

—... para eso están los cumpleaños, ¿no? Le compra una a su marido el libro que una quiere leer...

—Mientras los dos disfruten con las mismas lecturas, no

hay nada que objetar. —Su voz era muy suave, tranquilizadora, una voz en la que se podía confiar.

Ahora que estaba dentro de la tienda, anhelaba desesperadamente salir. Me entraron grandes deseos de echar a correr. En un extremo del mostrador había varias pilas de periódicos, entre los que no faltaba el *New York Times*. Podía coger un ejemplar, pagarlo rápidamente y largarme de allí. Pero no quería mirarlo a los ojos.

Era él.

Giré en redondo y salí de la tienda sin mirar atrás.

Abby me esperaba sentada en el coche, fumando un cigarrillo.

—No puede trabajar aquí y no saber cómo se llega a la Sesenta y cuatro —declaré, mientras ponía el motor en marcha. Abby me comprendió a la perfección.

—¿Quieres telefonear a Marino ahora mismo o prefieres esperar hasta que lleguemos a Richmond?

—Llamaremos ahora mismo.

Encontré un teléfono público y me contestaron que Marino había salido. Le dejé el mensaje: «ITU-144. Que me llame.»

Abby me formuló muchas preguntas, y yo hice todo lo que pude por responderlas. Luego hubo un largo intervalo de silencio mientras circulábamos. Yo tenía acidez de estómago. Pensé en detenerme en alguna parte. Tenía la sensación de que iba a vomitar.

Abby me miraba con fijeza. Advertí su preocupación.

—Dios mío, Kay. Estás blanca como una sábana.

—Me encuentro bien.

—¿Quieres que conduzca yo?

—Estoy bien. En serio.

Cuando llegamos a casa, subí directamente a mi dormitorio. Marqué el número con manos temblorosas. Me respondió el contestador automático de Mark y me disponía a colgar, pero quedé como hipnotizada por su voz.

—En estos momentos no puedo atender su llamada...

Al oír la señal tuve un instante de vacilación, pero en

seguida colgué suavemente el auricular. Al levantar la mirada, descubrí a Abby en el umbral. Por su expresión entendí que sabía lo que yo acababa de hacer.

Me la quedé mirando mientras se me llenaban los ojos de lágrimas, y al instante vino a sentarse junto a mí en el borde de la cama.

—¿Por qué no le has dejado un mensaje? —preguntó en un susurro.

—¿Cómo puedes saber a quién llamaba? —Me esforcé por impedir que me temblara la voz.

—Porque es el mismo impulso que me embarga cuando estoy muy alterada. Quiero llamar por teléfono. Incluso ahora, después de todo lo que ha pasado, aún quiero llamar a Cliff.

—¿Lo has hecho?

Negó con un pausado movimiento de cabeza.

—No lo hagas. No lo hagas nunca, Abby.

Me examinó atentamente.

—¿Ha sido el entrar en la tienda y verlo cara a cara?

—No estoy segura.

—Creo que lo sabes.

Desvié la mirada.

—Cuando me acerco demasiado, lo sé. Ya me ha sucedido antes. A veces me pregunto por qué sucede.

—Las personas como nosotras no podemos evitarlo —dijo ella—. Es como una compulsión; algo nos impulsa. Por eso sucede.

No pude confesarle mi temor. Si Mark hubiera contestado al teléfono, no sé si habría podido confesárselo tampoco a él. Abby tenía la mirada perdida en la lejanía y un tono de voz distante cuando me preguntó:

—Con todo lo que tú sabes sobre la muerte, ¿piensas alguna vez en la tuya?

Me levanté de la cama.

—¿Dónde diablos está Marino? —Descolgué el teléfono para intentar de nuevo localizarlo.

16

Los días se convirtieron en semanas mientras esperaba con impaciencia. No había vuelto a saber de Marino desde que le di la información sobre El Cuarto del Repartidor. No había sabido de nadie. A cada hora que pasaba, el silencio se volvía más estridente y más ominoso.

El primer día de primavera, salí de la sala de conferencias después de haberme pasado tres horas testificando ante dos abogados. Rose me dijo que tenía una llamada.

—¿Kay? Soy Benton.

—Buenas tardes —lo saludé, sintiendo fluir la adrenalina.

—¿Puedes venir a Quantico mañana?

Consulté la agenda. Rose había anotado una conferencia. Podía aplazarse.

—¿A qué hora?

—A las diez, si te va bien. Ya he hablado con Marino.

Antes de que pudiera hacerle ninguna pregunta, me advirtió que no podía decirme nada y que ya me lo explicaría cuando llegara.

Dieron las seis antes de que saliera de mi despacho. El sol se había puesto y el aire era frío. Cuando llegué al camino de acceso a mi casa, vi que había luces encendidas. Abby estaba en casa.

Últimamente nos veíamos muy poco, pues las dos estábamos casi todo el tiempo fuera. Apenas nos hablábamos. Abby nunca iba a hacer la compra, pero de vez en cuando dejaba un billete de cincuenta dólares pegado al frigorífico con cinta adhesiva, una suma que cubría sobradamente lo poco que comía. Cuando empezaba a escasear el vino o el whisky, encontraba un billete de veinte dólares debajo de la botella. Algunos días antes, había encontrado un billete de cinco encima de un paquete de detergente vacío. Vagar por las habitaciones de mi casa se había convertido en una extraña busca del tesoro.

Cuando abrí la puerta principal, Abby salió de pronto al umbral. No la esperaba allí y tuve un sobresalto.

—Lo siento —se disculpó—. Te he oído llegar. No quería asustarte.

Me sentí como una tonta. Desde que Abby vivía conmigo, estaba cada vez más nerviosa. Suponía que no me adaptaba bien a la pérdida de mi intimidad.

—¿Te preparo algo de beber? —preguntó. Parecía cansada.

—Gracias —respondí, y me desabroché el abrigo. Desvié la mirada hacia la sala de estar. Sobre la mesita del centro, junto a un cenicero repleto de colillas, había un vaso de vino y varias libretas de notas.

Me quité el abrigo y los guantes, subí a mi cuarto y los arrojé sobre la cama, deteniéndome el tiempo justo para escuchar los mensajes grabados en el contestador. Mi madre había intentado localizarme. Tenía la oportunidad de ganar un premio si llamaba a cierto número antes de las ocho y Marino había telefoneado para decirme a qué hora pasaría a recogerme por la mañana. Mark y yo seguíamos echándonos de menos, hablando por mediación de nuestros respectivos contestadores.

—Mañana tengo que ir a Quantico —comenté a Abby cuando entré en la sala.

Ella me señaló la bebida que había dejado sobre la mesa.

—Marino y yo tenemos una reunión con Benton —añadí.

Abby cogió el paquete de cigarrillos.

—No sé a qué viene —proseguí—. Quizá lo sepas tú.

—¿Por qué habría de saberlo?

—No paras mucho en casa. No sé qué has estado haciendo.

—Cuando estás en tu despacho, yo tampoco sé qué haces.

—Últimamente no he hecho nada que valga la pena mencionar. ¿Qué te gustaría saber? —respondí en tono informal, tratando de disipar la tensión.

—No te pregunto porque sé lo reservada que eres con tu trabajo. No quiero entrometerme.

Lo interpreté como una forma velada de decirme que si le preguntaba por su trabajo sería yo la que se entrometería.

—Abby, desde hace algún tiempo te veo muy lejana.

—Absorta. No te lo tomes como algo personal, por favor. Ciertamente, tenía mucho en que pensar, acerca del libro que estaba escribiendo, acerca de lo que iba a hacer con su vida. Pero nunca la había visto tan encerrada en sí misma.

—Me preocupa, eso es todo —respondí.

—No entiendes cómo soy, Kay. Cuando me dedico a algo, me consumo por completo. No puedo pensar en otra cosa. —Hizo una pausa—. Tenías razón cuando dijiste que este libro era mi oportunidad de redimirme. Es verdad.

—Me alegra oírlo, Abby. Conociéndote, sé que será un *best-seller*.

—Tal vez. No soy la única que está interesada en escribir un libro sobre estos casos. Mi agente ya ha oído rumores sobre otros contratos. Pero llevo ventaja, y todo irá bien si trabajo deprisa.

—No es tu libro lo que me preocupa. Eres tú.

—Tú también me importas, Kay —dijo Abby—. Te agradezco la ayuda que me has prestado al dejarme vivir aquí. No será por mucho tiempo, te lo prometo.

—Puedes quedarte tanto tiempo como quieras.

Recogió las libretas y su vaso.

—Tengo que empezar a escribir pronto, y no podré hacerlo hasta que disponga de mi propio espacio, mi ordenador.

—Entonces, ahora sólo estás recopilando datos.

—Sí. Estoy averiguando muchas cosas que ni siquiera

sabía que buscaba —concluyó, en tono enigmático, mientras se dirigía hacia su dormitorio.

A la mañana siguiente, al llegar ante la salida de Quantico, el tráfico se detuvo repentinamente. Por lo visto, había habido un accidente en la I-95, algo más al norte, y todos los coches estaban parados. Marino encendió las luces intermitentes y salió a la cuneta, por la que recorrimos unos buenos cien metros, entre bamboleos y con el ruido de los guijarros contra los bajos del automóvil como fondo.

Desde hacía dos horas Marino me informaba sobre sus últimas hazañas domésticas, mientras yo trataba de imaginar qué quería decirnos Wesley y me preocupaba por Abby.

—Nunca había pensado que las persianas de láminas pudieran ser tan cabronas —se quejó, mientras pasábamos ante los cuarteles del Cuerpo de Marines y un campo de tiro—. Primero les echo producto para el polvo, ¿de acuerdo? —Me miró de soslayo—. Y resulta que tardo más de un minuto por lámina, las toallas de papel se me deshacen entre los dedos y acaba todo hecho una porquería. Pero al fin se me ocurrió una idea: descolgué las malditas persianas, las eché en la bañera y luego la llené de agua caliente y jabón de lavar la ropa. Quedaron de maravilla.

—Estupendo —murmuré.

—Además, estoy arrancando el papel de la cocina. Venía con la casa, y a Doris nunca le gustó.

—La cuestión es si le gusta a usted. Es usted quien vive allí ahora.

Se encogió de hombros.

—Si quiere que le diga la verdad, nunca le he prestado mucha atención. Pero supongo que si Doris dice que es feo, seguramente lo es. Habíamos hablado bastante de vender la caravana e instalar una piscina en el patio, conque también le llegó el turno a eso. Espero tenerla lista para el verano.

—Cuidado, Marino —le advertí, con suavidad—. Asegúrese de que lo hace por usted mismo.

No me respondió.

—No haga depender su futuro de una esperanza que quizá no se cumpla.

—No puede hacer ningún daño —dijo al fin—. Aunque Doris no vuelva nunca, no puede hacer ningún daño que las cosas tengan buen aspecto.

—Bien, algún día tendrá que enseñarme su casa —comenté.

—Sí. Con todas las veces que he estado en su hogar y usted aún no ha visto nunca el mío.

Aparcó el coche y nos apeamos. La Academia del FBI seguía extendiendo sus tentáculos hacia los límites exteriores de la base del Cuerpo de Marines de Estados Unidos. El edificio principal, con su fuente y sus banderas, se había reservado para oficinas administrativas, y el centro de actividad se había trasladado a un nuevo edificio adyacente de ladrillo marrón. Advertí que desde mi última visita se había añadido lo que parecía ser un nuevo edificio convertido en dormitorio. A lo lejos sonaba ruido de disparos, como el estallido de fuegos artificiales.

Marino depositó su treinta y ocho en recepción. Firmamos los pases de visitante y nos los prendimos en el pecho. A continuación, Marino me condujo por una serie de atajos, evitando los pasadizos exteriores cubiertos de ladrillo y cristal. Lo seguí hacia una puerta que conducía fuera del edificio y pasamos ante un muelle de carga y a través de una cocina. Finalmente, entramos en la tienda de regalos por la puerta de atrás, y Marino la cruzó sin dirigir ni una sola mirada a la joven dependienta que sostenía una pila de jerseys. Los labios de la muchacha se abrieron en silenciosa protesta ante lo heterodoxo de nuestro paso. Salimos de la tienda, doblamos una esquina y entramos en el bar restaurante llamado La Sala de Juntas, donde Wesley nos esperaba en una mesa apartada.

Fue directo al grano, sin rodeos.

El propietario de El Cuarto del Repartidor era Steven Spurrier. Wesley nos dio su descripción: treinta y cuatro años de edad, blanco, cabello negro y ojos castaños, metro ochenta de estatura, setenta y dos kilos de peso. Spurrier aún no había sido detenido ni interrogado, pero se hallaba bajo vigilancia permanente. Lo que habían observado hasta el momento no era del todo normal.

En varias ocasiones había salido de su casa de dos plantas bien entrada la noche y se había detenido en dos bares y un área de descanso. Por lo visto, nunca permanecía mucho tiempo en el mismo sitio. Siempre iba solo. La semana anterior había abordado a una joven pareja que salía de un bar llamado Tom-Toms. Al parecer, había vuelto a pedir que lo orientaran. No ocurrió nada. La pareja subió a su automóvil y se marchó. Spurrier volvió a su Lincoln y, tras dar unas cuantas vueltas, acabó regresando a casa. En ningún momento cambió las placas de matrícula.

—Hay un problema con las pruebas —nos informó Wesley, mirándome con expresión severa a través de sus gafas sin montura—. Tenemos un casquillo de bala en nuestro laboratorio. Tú tienes la bala de Deborah Harvey en Richmond.

—La bala no la tengo yo —le corregí—. Está en la Oficina de Ciencia Forense. Supongo que ya habréis empezado los análisis de ADN con las muestras de sangre recogidas del coche de Elizabeth Mott.

—Todavía tardaremos una o dos semanas en conocer los resultados.

Asentí con un gesto. El laboratorio genético del FBI utilizaba cinco sondas polimórficas. Cada una de ellas debía permanecer cosa de una semana en el revelador de rayos X, y precisamente por eso había escrito a Wesley algún tiempo antes para sugerirle que le pidiera a Montana la muestra de tapicería manchada de sangre y empezara a analizarla lo antes posible.

—Las pruebas de ADN no valen una mierda si no se pueden comparar con la sangre de un sospechoso —nos recordó Marino.

—Estamos en ello —asintió Wesley, impasible.

—Sí, bueno, yo diría que podemos echarle el guante a Spurrier por lo de las matrículas. Que el muy idiota nos explique por qué se paseaba por ahí con las placas de Aranoff.

—No podemos demostrar que fuera él. Sería la palabra de Kay y Abby contra la de él.

—Sólo necesitamos que un juez nos firme una orden de registro. Entonces empezaremos a escarbar. Quizás encontremos diez pares de zapatos —señaló Marino—. Quizás una Uzi, o balas Hydra-Shok... ¿Quién sabe qué podemos encontrar?

—Pensamos hacerlo —le aseguró Wesley—. Pero cada cosa a su tiempo.

Se levantó para ir a buscar más café, y Marino cogió mi taza y la suya y fue tras él. A aquella hora temprana, el bar estaba desierto. Paseé la mirada por las mesas vacías, el televisor del rincón, y traté de imaginar qué debía de ocurrir allí por la noche. Los agentes que se entrenaban en la Academia vivían como monjes. No se permitía la entrada de personas del sexo opuesto en los dormitorios, donde estaban prohibidos el alcohol y los cigarrillos; además, tampoco se podían cerrar las puertas por dentro. Pero en La Sala de Juntas se servía cerveza y vino. Cuando había estallidos, confrontaciones, indiscreciones, era allí donde se producían. Recordé que Mark me había contado que una noche tuvo que interrumpir una pelea general, cuando un agente novato del FBI llevó demasiado lejos las prácticas y trató de «arrestar» a todo un grupo de veteranos agentes de la DEA. Se volcaron mesas y el suelo acabó cubierto de cerveza y palomitas de maíz.

Wesley y Marino regresaron con el café y, tras dejar su taza sobre la mesa, Wesley se quitó la chaqueta de su traje gris perla y la colgó pulcramente del respaldo de la silla. Advertí que su camisa blanca apenas tenía una arruga. Llevaba una corbata de seda azul pavo real con minúsculas flores de lis blancas, y unos tirantes del mismo tono de azul. La comparación con Marino aún realzaba más el aspecto próspero de su compañero. Con su barriga prominente, Marino no hubiera podido hacer justicia ni al más elegante de los trajes. Pero, había que reconocérselo, últimamente se esforzaba.

—¿Qué se sabe del historial de Spurrier? —pregunté. Wesley anotaba algo y Marino revisaba un expediente. Los dos parecían haber olvidado que había una tercera persona a la mesa.

—No tiene antecedentes —respondió Wesley, alzando la vista—. Nunca ha sido detenido, no ha tenido ni siquiera una multa de tráfico en los últimos diez años. Compró el Lincoln en febrero de 1990 en un concesionario de Virginia Beach. Entregó un Town Car del 86 y pagó el resto en efectivo.

—Debe de estar forrado —comentó Marino—. Conduce coches caros, tiene un nido bien arreglado... Resulta difícil creer que la librería pueda rendir tanto.

—No rinde tanto —explicó Wesley—. Según su declaración del año pasado, obtuvo menos de treinta mil dólares de beneficios. Pero tiene propiedades por más de medio millón: una cuenta de ahorro, terrenos en primera línea de mar, acciones.

—Jesús. —Marino meneó la cabeza.

—¿Alguien que dependa de él? —pregunté.

—No —respondió Wesley—. No está casado y sus padres murieron. Su padre ganó mucho dinero en el mercado inmobiliario de Northern Neck. Murió cuando Steven tenía poco más de veinte años. Sospecho que el dinero procede de ahí.

—¿Y su madre? —insistí.

—Murió un año después que el padre. Cáncer. Tenía cuarenta y dos años cuando nació Steven. Hay también un hermano llamado Gordon. Vive en Texas, es quince años mayor que Steven, está casado y tiene cuatro hijos.

Tras hojear de nuevo sus notas, Wesley nos proporcionó más información. Steven había nacido en Gloucester y estudiado en la Universidad de Virginia, donde se licenció en Lengua Inglesa. Luego ingresó en la marina, pero duró menos de cuatro meses. Los once meses siguientes los pasó en una imprenta, donde su responsabilidad principal consistía en el mantenimiento de la maquinaria.

—Me gustaría saber algo más de esos meses que pasó en la marina —apuntó Marino.

—No hay mucho que contar —contestó Wesley—. Cuando se alistó, lo enviaron a un campamento de instrucción en la zona de los Grandes Lagos. Eligió la especialidad de periodismo y fue destinado a la Escuela de Información de la Defensa en Fort Benjamin Harrison, en Indianápolis. Luego lo destinaron a su puesto de servicio, en Norfolk, a las órdenes del comandante en jefe de la flota del Atlántico. —Apartó la mirada de sus notas—. Su padre murió un mes más tarde, aproximadamente, y a él lo licenciaron por problemas familiares, para que pudiera regresar a Gloucester a cuidar de su madre, que ya estaba enferma de cáncer.

—¿Y el hermano? —preguntó Marino.

—Por lo visto, no podía abandonar su empleo y sus responsabilidades familiares en Texas. —Hizo una pausa y nos observó a los dos—. Quizá hubiera otras razones. Evidentemente, me interesan las relaciones de Steven con su familia, pero por ahora tendremos que conformarnos con lo que ya sabemos.

—¿Por qué? —pregunté.

—En estos momentos, es demasiado arriesgado abordar abiertamente a su hermano. No quiero que telefonee a Steven y lo ponga sobre aviso. De todos modos, es improbable que Gordon se preste a cooperar; en asuntos como éste, los parientes tienden a hacer causa común aunque no se lleven bien.

—Bien, pero con alguien ha hablado —apuntó Marino.

—Con un par de personas de la marina y de la universidad y con su ex patrono en la imprenta.

—¿Y qué le contaron de este pájaro?

—Un solitario —dijo Wesley—. Como periodista no era gran cosa. Le interesaba más leer que hacer entrevistas o escribir artículos. Por lo visto, el empleo en la imprenta se adaptaba muy bien a su carácter. Cuando no había mucho que hacer, se sentaba en un rincón y hundía la nariz en un libro. Su jefe me dijo que a Steven le encantaba trastear con las máquinas y que las tenía siempre impecables. A veces se pasaba días enteros sin hablar con nadie. Según su jefe, era un tipo peculiar.

—¿Le dio otros ejemplos?

—Varios —respondió Wesley—. Una mañana, una empleada de la imprenta se cortó la punta del dedo con una guillotina para papel, y Steven se enfadó muchísimo porque la sangre manchó una máquina que acababa de limpiar. Su reacción a la muerte de su madre también fue anormal. Steven estaba leyendo un libro cuando llamaron del hospital, durante la pausa de mediodía, y no mostró ninguna emoción. Se limitó a volver a su asiento y reanudó la lectura.

—Un tipo verdaderamente afectuoso —comentó Marino.

—Nadie me ha dicho que fuera afectuoso.

—¿Qué sucedió tras la muerte de su madre? —pregunté.

—Supongo que entonces Steven se hizo cargo de la herencia. Se trasladó a Williamsburg, alquiló un local en Merchant's Square y abrió la librería. Eso fue hace nueve años.

—Un año antes de que Jill Harrington y Elizabeth Mott fueran asesinadas —señalé.

Wesley asintió.

—Entonces ya residía en el barrio. Ha estado en el barrio durante todos estos años. No ha dejado de trabajar en la librería desde que la abrió, salvo por un periodo de unos cinco meses, hace cosa de... siete años. La tienda permaneció cerrada durante todo ese tiempo. No sabemos por qué ni dónde estaba Spurrier mientras tanto.

—¿Lleva él mismo la librería? —preguntó Marino.

—Es un negocio pequeño. No tiene empleados. La tienda cierra los lunes. Según me han dicho, cuando no hay clientes se sienta detrás del mostrador y lee algún libro, y si sale de la tienda antes de la hora de cerrar o bien cierra temprano, pone un cartel en la puerta anunciando a qué hora volverá. También tiene un contestador automático. Si alguien busca un libro determinado o quiere que le consiga una obra fuera de catálogo, puede dejar la petición en el contestador.

—Es curioso que alguien tan antisocial haya abierto un negocio que lo obliga a relacionarse con los clientes, aunque sea una relación bastante limitada —observé.

—En realidad, es muy apropiado —objetó Wesley—. La librería constituye el cubil perfecto para un *voyeur*, una persona intensamente interesada en observar a la gente sin tener que relacionarse estrechamente con ella. Según me han dicho, los estudiantes de William and Mary suelen frecuentar su librería, sobre todo porque Spurrier tiene obras poco corrientes y títulos fuera de catálogo, además de novelas y otros libros más populares. También dispone de una amplia selección de novelas de espionaje y revistas militares, lo que atrae clientes de las bases militares cercanas. Si realmente él es el asesino, la posibilidad de observar a las parejas jóvenes y atractivas y al personal militar que entra en su tienda debe de resultarle fascinante, además de suscitar en él sentimientos de insuficiencia, frustración y rabia. Probablemente odia lo que envidia y envidia lo que odia.

—Me gustaría saber si cuando estuvo en la marina se burlaban de él —comenté.

—A juzgar por lo que me han dicho, sí, al menos en cierta medida. Los iguales de Spurrier lo consideraban un mentecato y un perdedor, en tanto que sus superiores lo encontraban arrogante y retraído, aunque nunca planteó problemas de disciplina. Spurrier no tenía éxito con las mujeres y no se relacionaba con sus compañeros, en parte por elección propia y en parte porque los demás no se sentían muy atraídos por su personalidad.

—Puede que su estancia en la marina fuera para él lo más parecido a ser un verdadero hombre —especuló Marino—, a ser lo que quería ser. Entonces su padre se muere y Spurrier tiene que cuidar de su madre enferma. A su modo de ver, lo han jodido.

—Es muy posible —asintió Wesley—. De cualquier manera, el asesino con el que nos enfrentamos debe de creer que todos sus problemas son culpa de los demás. No acepta ninguna responsabilidad. Debe de considerar que su vida la controlan los demás y, en consecuencia, controlar a los demás y su entorno ha acabado convirtiéndose en una obsesión para él.

—Parece que pretenda vengarse del mundo —observó Marino.

—El asesino nos demuestra que tiene poder —prosiguió Wesley—. Si el aspecto militar entra en sus fantasías, y yo creo que sí, debe de considerarse el soldado por excelencia. Mata sin ser descubierto. Supera en astucia al enemigo, juega con él y vence. Incluso es posible que haya dispuesto las cosas de manera que los investigadores sospechen que el culpable es un soldado profesional, quizás alguien de Camp Peary.

—Su propia campaña de desinformación —comenté.

—No puede destruir a los militares —añadió Wesley—, pero puede intentar ensuciar su imagen, degradarla y difamarla.

—Sí, y mientras tanto se ríe de todos nosotros —dijo Marino.

—En mi opinión, el aspecto a tener en cuenta es que las actividades del asesino son producto de fantasías violentas y sexualizadas de temprano origen, en un contexto de aislamiento social. Cree estar viviendo en un mundo injusto, y la fantasía le proporciona una importante válvula de escape. En sus fantasías puede expresar sus emociones y controlar a otros seres humanos, puede ser y obtener todo lo que quiera. Puede controlar la vida y la muerte. Tiene poder para decidir si hiere o mata.

—Es una lástima que Spurrier no se haya limitado a fantasear que asesinaba —observó Marino—. Si lo hubiera hecho así, ahora no estaríamos los tres aquí sentados sosteniendo esta conversación.

—Me temo que la cosa no funciona así —replicó Wesley—. Si tus pensamientos y tu imaginación están dominados por una conducta violenta y agresiva, por fuerza empezarás a actuar de una manera que se aproxime a la expresión real de esos sentimientos. La violencia genera más pensamientos violentos, y los pensamientos violentos generan más violencia. Con el tiempo, la violencia y el asesinato acaban por convertirse en una parte integrante de tu vida adulta, y no ves nada malo en ello. Alguna vez he oído a un asesino reincidente afirmar enfáticamente que sólo había hecho lo que todo el mundo querría hacer.

—Mal haya quien mal piense —comenté.

Fue entonces cuando les expuse mi teoría sobre el bolso de Deborah Harvey.

—Creo que es posible que el asesino supiera quién era Deborah —conjeturé—. Quizá no en el momento de secuestrar a la pareja, pero sí cuando les dio muerte.

—Explícate, por favor —me rogó Wesley; me contemplaba con interés.

—¿Alguno de los dos ha visto el informe sobre las huellas dactilares?

—Sí, yo lo he visto —respondió Marino.

—Entonces sabrá que, cuando Vander examinó el bolso de Deborah, encontró rastros de huellas y borrones en las tarjetas de crédito, pero nada en el permiso de conducir.

—¿Y? —Marino parecía perplejo.

—El contenido del bolso estaba bien conservado porque el nailon es impermeable. Tanto las tarjetas de crédito como el permiso de conducir iban en fundas de plástico dentro de un compartimiento cerrado con cremallera, protegidos de los elementos y de los líquidos orgánicos de la descomposición. Si Vander no hubiera encontrado nada, ahí acabaría todo, pero me parece curioso que encontrara algo en las tarjetas de crédito y nada en el permiso de conducir, y nos consta que Deborah lo sacó en el 7-Eleven, cuando quiso comprar cerveza. O sea que lo tocó, y Ellen Jordan, la dependienta, también lo tocó. Lo que me gustaría saber es si el asesino también tocó el permiso de conducir, y por eso lo limpió luego.

—¿Por qué habría de hacerlo? —preguntó Marino.

—Tal vez Deborah le dijo quién era, cuando el asesino

estaba en el coche con ellos y los amenazaba con la pistola —respondí.

—Interesante —observó Wesley.

—Puede que Deborah fuese una joven modesta, pero conocía bien la importancia de su familia, el poder de su madre —proseguí—. Tal vez se lo dijo al asesino con la esperanza de hacerle cambiar de idea, para advertirle que si les hacía daño caería sobre él todo el peso de la ley. Esto debió de sorprender considerablemente al asesino, que tal vez le exigió alguna prueba de su identidad. En ese punto, quizá se apoderó del bolso para comprobar el nombre en el permiso de conducir.

—Entonces, ¿cómo es que el bolso apareció en el bosque, y por qué dejó la jota de corazones dentro? —preguntó Marino.

—Quizá para ganar un poco de tiempo —contesté—. Sin duda ya sabía que no tardarían en encontrar el jeep, y si estaba enterado de quién era Deborah Harvey, también debía de saber que la mitad de las fuerzas policiales de todo el país se lanzarían en su busca. Quizá le pareció más seguro dejar la carta en un lugar donde no fuese encontrada de inmediato, y por eso la metió en el bolso en vez de dejarla en el coche como las otras veces. Si metía la carta en el bolso y lo dejaba bajo el cadáver de Deborah, podía tener la certeza de que acabaríamos encontrándola, pero no hasta pasado bastante tiempo. Cambia un poco las reglas, pero sigue ganando él.

—No está nada mal. —Marino se volvió hacia Wesley—. ¿Usted qué cree?

—Creo que quizá no sabremos nunca con exactitud qué ocurrió —respondió—, pero no me sorprendería que Deborah hubiera hecho exactamente lo que ha sugerido Kay. Una cosa es cierta: fueran cuales fuesen las súplicas o amenazas de Deborah, el asesino no podía arriesgarse a dejarlos en libertad, porque probablemente Deborah y Fred lo hubieran identificado. Así que siguió adelante con su idea y los mató, pero es posible que este giro inesperado de los acontecimientos perturbara sus planes. Sí —añadió, volviéndose hacia mí—, eso lo obligaría a modificar su ritual. Y también es posible que dejar la carta en el bolso de Deborah fuese una manera de expresar su desprecio hacia ella y lo que ella representaba.

—Una especie de «iros a la mierda» —apuntó Marino.

—Posiblemente —replicó Wesley.

Consiguieron detener a Steven Spurrier el viernes siguiente, después de que dos agentes del FBI y un inspector de la policía local que lo habían vigilado durante todo el día lo siguieran hasta el aparcamiento del aeropuerto de Newport News.

La llamada de Marino me despertó antes del amanecer, y lo primero que pensé fue que había desaparecido otra pareja. Tardé unos instantes en comprender lo que me decía por teléfono.

—Lo han pillado robando otro juego de placas —me explicó—. Ahora está acusado de hurto. Es el único cargo que podían presentar, pero al menos tenemos un motivo razonable para volverlo de arriba abajo.

—¿Otro Lincoln? —pregunté.

—Un modelo de 1991, gris plata. El pájaro está en el calabozo, esperando comparecer ante el juez, aunque no hay manera de encerrarlo por un delito de tan poca monta. Lo único que pueden hacer es darle largas al asunto, retenerlo el mayor tiempo posible. Pero al final tendrán que soltarlo.

—¿No se puede solicitar una orden de registro?

—En este mismo instante, su nido está plagado de policías y federales. Están buscando lo que sea, desde revistas tipo *Soldado de fortuna* hasta Tinker Toys.

—Irá usted allí, supongo —observé.

—Sí. Ya le diré algo.

No me fue posible volver a dormir. Me eché una bata sobre los hombros, bajé las escaleras y encendí la luz del cuarto de Abby.

—Soy yo —le anuncié, mientras se incorporaba. Lanzó un gemido y se tapó los ojos.

Le conté lo que había sucedido. Cuando terminé, fuimos las dos a la cocina y preparamos la cafetera.

—Pagaría lo que fuera por estar presente mientras le registran la casa. —Abby estaba tan excitada que me sorprendió que no saliera de estampida.

Pero permaneció todo el día en casa, repentinamente activa. Limpió su habitación, me ayudó en la cocina e incluso barrió el patio. Quería saber qué había averiguado la policía, y era lo bastante inteligente para comprender que ir a Williamsburg no le serviría de nada, porque no la dejarían entrar en la vivienda de Spurrier ni en la librería.

Marino llegó a primera hora de la tarde, cuando Abby y yo cargábamos el lavavajillas. Nada más verle la cara supe que no nos traía buenas noticias.

—Primero les diré lo que no hemos encontrado —comenzó—. No hemos encontrado ni el más remoto indicio que pueda convencer a un jurado de que Spurrier ha matado jamás una mosca. No había más cuchillos que los de la cocina. No había armas de fuego ni munición. No había trofeos como zapatos, joyas, mechones de cabello ni nada que hubiera podido pertenecer a las víctimas.

—¿Han registrado también la librería? —pregunté.

—Desde luego.

—Y el coche, naturalmente.

—No había nada.

—Pues díganos entonces qué han encontrado —lo urgí, deprimida.

—Las suficientes cosas raras para estar convencido de que es él, doctora —respondió Marino—. Este fulano no es ningún *boy scout*. Le tira la pornografía violenta. Además, tiene libros sobre los militares, especialmente sobre la CIA, y carpetas llenas de recortes de prensa acerca de la CIA. Todo catalogado y etiquetado. El pájaro es más ordenado que una vieja bibliotecaria.

—¿Han encontrado recortes de periódico sobre los casos? —preguntó Abby.

—Sí, e incluso antiguos artículos sobre Jill Harrington

y Elizabeth Mott. También encontramos catálogos de varias tiendas de espionaje, como yo las llamo; esos negocios que venden artilugios de seguridad y supervivencia, desde coches blindados hasta detectores de bombas y gafas para ver de noche. El FBI se encargará de investigarlo, a ver qué ha encargado Spurrier a lo largo de los años. Su ropa también es interesante. En su dormitorio tiene al menos media docena de trajes de calentamiento en fibra de nailon, todos negros o azul marino, sin estrenar, con las etiquetas cortadas como si fueran desechables, para ponérselos por encima de la ropa y tirarlos en cualquier parte después del hecho.

—El nailon desfibra muy poco —comenté—. Las prendas como los anoraks o los trajes de calentamiento apenas sueltan fibras.

—Exacto. Vamos a ver..., ¿qué más? —Marino hizo una pausa y apuró su bebida—. Ah, sí. Dos cajas de guantes quirúrgicos y un lote de esas fundas desechables para los zapatos que usa usted en el depósito de cadáveres.

—¿Fundas para zapatos?

—Exacto. Como las que usa usted para no mancharse de sangre. ¿Y sabe qué? Encontraron también cartas, cuatro barajas completas, sin abrir, todavía envueltas en celofán.

—Supongo que no habrán encontrado ninguna baraja abierta en la que faltara la jota de corazones, ¿verdad? —pregunté esperanzada.

—No. Pero no me extraña. Seguramente retira la jota de corazones y tira el resto de la baraja.

—¿Todas de la misma marca?

—No. Un par de marcas distintas.

Abby estaba sentada en silencio, con los dedos fuertemente entrelazados sobre el regazo.

—No es lógico que no hayan encontrado ningún arma —observé.

—Es un tipo listo, doctora. Es muy cuidadoso.

—No lo bastante. Conservaba los recortes de prensa, los trajes de nailon, los guantes... Y lo han sorprendido robando placas de matrícula, como si se preparara para golpear de nuevo.

—El día que habló con ustedes también llevaba placas robadas —me recordó Marino—, y, que nosotros sepamos, aquel fin de semana no desapareció ninguna pareja.

—Es verdad —reconocí—. Y tampoco llevaba un traje de calentamiento.

—Quizá no se lo ponga hasta el último momento. Incluso es posible que lo lleve en una bolsa de deporte dentro del maletero. Yo diría que tiene una bolsa con el equipo completo.

—¿Encontraron alguna bolsa de deporte? —preguntó Abby directamente.

—No —respondió Marino—. No había ningún equipo para asesinatos.

—Bien —observó Abby—, si alguna vez encuentran una bolsa de deporte con el equipo para asesinatos, quizá entonces encuentren el cuchillo, la pistola, las gafas nocturnas y todo lo demás.

—Seguiremos buscando hasta que saquemos algo en claro.

—¿Dónde está Spurrier ahora? —pregunté.

—Cuando me fui, estaba sentado en su cocina, bebiendo café —contestó Marino—. Absolutamente increíble. Nosotros revolviendo la casa de arriba abajo y él sin inmutarse. Cuando le preguntamos por los trajes, los guantes, las barajas y todo eso, respondió que sólo hablaría en presencia de su abogado. Y luego tomó un sorbo de café y encendió un cigarrillo, como si no estuviéramos allí. Ah, sí, me olvidaba. El pájaro fuma.

—¿Qué marca? —pregunté.

—Dunhill. Seguramente los compra en ese estanco de lujo que hay al lado de su librería. Y utiliza un encendedor de lujo, además. Uno de los caros.

—Evidentemente, eso podría explicar por qué arranca los filtros antes de tirar la colilla en la escena del crimen, si es eso lo que hace —señalé—. Los Dunhill son inconfundibles.

—Ya lo sé —dijo Marino—. Llevan una banda dorada alrededor del filtro.

—¿Llevaban el equipo de identificación de sospechosos?

—Claro. —Sonrió—. Ése es nuestro as en la manga que matará su jota de corazones. Si no podemos aclarar los demás casos, por lo menos sí podremos acusarlo de los asesinatos de Jill Harrington y Elizabeth Mott. Estoy seguro de que el ADN no le dejará escapatoria. Ojalá esos malditos análisis no fueran tan lentos.

Cuando Marino se marchó, Abby me miró fríamente.

—¿Qué te parece? —le pregunté.

—Es todo circunstancial.

—Por el momento, sí.

—Spurrier tiene dinero —añadió—. Contratará los mejores abogados criminalistas que pueda encontrar. Voy a decirte exactamente qué sucederá. El abogado alegará que la policía y los federales tendieron una trampa a su cliente porque necesitaban encontrar urgentemente a un culpable. Se dirá que mucha gente estaba interesada en encontrar un chivo expiatorio, sobre todo en vista de las acusaciones que formuló Pat Harvey.

—Abby...

—Quizás el asesino sea verdaderamente alguien de Camp Peary.

—No puedes decirlo en serio —protesté.

Abby consultó su reloj.

—Quizá los federales ya saben quién es el culpable y se han encargado de resolver el problema. En secreto, cosa que explicaría por qué no ha desaparecido ninguna otra pareja desde Fred y Deborah. Alguien tiene que pagar para que se disipe la nube de sospecha, para que el asunto quede zanjado a satisfacción del público...

Mientras ella seguía hablando, me recosté en el asiento, alcé la cara hacia el techo y cerré los ojos.

—No cabe duda de que Spurrier anda metido en algo, o no se dedicaría a robar placas de matrícula. Pero es posible que venda drogas. Quizá sea un ratero, o lo excite conducir un rato por ahí con placas falsas. ¿Quién sabe? Es lo bastante raro para encajar en el perfil, pero el mundo está lleno de gente rara que nunca ha matado a nadie. ¿Quién puede asegurar que lo que había en su casa no lo dejó el FBI?

—No sigas, por favor —dije en voz baja.

Pero Abby no podía parar.

—Es demasiado convincente. Trajes de nailon, guantes, barajas, pornografía, recortes de periódicos... No es lógico que no hubiera armas ni municiones. A Spurrier lo atraparon por sorpresa; no tenía ni idea de que lo seguían. De hecho, no sólo es ilógico, sino que resulta muy conveniente. Una cosa que los federales no podían dejar es la pistola que disparó la bala que extrajiste del cadáver de Deborah Harvey.

—Tienes razón. Eso no podían dejarlo allí. —Me levanté de la silla y empecé a pasar un trapo por la mesa porque no podía quedarme quieta.

—Es curioso que la única prueba que no podían dejar sea la que no se ha encontrado.

Ya había oído hablar más de una vez de pruebas dejadas por la policía o los agentes federales para llevar a alguien a la cárcel. La ACLU* probablemente tenía un archivo lleno de semejantes acusaciones.

—No me escuchas —se quejó Abby.

—Me voy arriba, a tomar un baño —respondí, cansada.

Se acercó a la pila donde yo estaba escurriendo el trapo.

—¿Kay? —Dejé lo que estaba haciendo y la miré—. Quieres que sea fácil —me reprendió.

—Siempre he querido que las cosas sean fáciles. Casi nunca lo son.

—Quieres que sea fácil —repitió—. No quieres pensar que la gente en quien confías pueda enviar a un inocente a la silla eléctrica para salvar su propio culo.

—Eso es indiscutible. No querría pensarlo. Me niego a pensarlo a menos que haya pruebas. Además, Marino ha

* Siglas de la Unión Norteamericana pro Derechos Civiles. *(N. del T.)*

estado en casa de Spurrier, y él nunca se prestaría a esos manejos.

—Ha estado. —Se apartó de mí—. Pero no fue el primero en llegar. Es posible que al llegar él le enseñaran lo que quisieran que viese.

17

La primera persona que vi al llegar el lunes a la oficina fue a Fielding.

Nada más entrar por la puerta cochera me lo encontré esperando el ascensor, ya vestido con la ropa de trabajo. Me fijé en las fundas de papel azul plastificado que cubrían sus zapatillas deportivas y pensé en lo que la policía había encontrado en casa de Steven Spurrier. Nuestros suministros médicos los proporcionaba una firma por contrato con el Estado, pero en cualquier ciudad había un buen número de comercios que vendían fundas para el calzado y guantes de quirófano. No hacía falta ser médico para comprarlos, como no hacía falta ser agente de policía para comprar un uniforme, una placa o una pistola.

—Espero que hayas descansado bien esta noche —me saludó Fielding, a modo de advertencia, mientras se abrían las puertas del ascensor.

Entramos en la cabina.

—Dame la mala noticia. ¿Qué tenemos esta mañana? —pregunté.

—Seis ingresos, y los seis por homicidio.

—Magnífico —exclamé, irritada.

—Sí, el Club del Cuchillo y la Pistola ha tenido un fin de semana ajetreado. Cuatro muertos por disparo de arma de fuego y dos apuñalados. Ya ha llegado la primavera.

Bajamos en la segunda planta y cuando entré en mi despacho ya me había quitado la chaqueta y estaba arremangándome. Encontré a Marino sentado en una silla, con el maletín sobre las rodillas y un cigarrillo encendido. Supuse que alguno de los casos de la mañana debía de ser suyo, hasta que me entregó dos informes de laboratorio.

—He pensado que le gustaría verlos con sus propios ojos —comentó.

El nombre de Steven Spurrier aparecía mecanografiado en la cabecera de uno de los informes. El laboratorio de serología había completado los análisis de su sangre. El segundo informe tenía ocho años de antigüedad e incluía los resultados de las pruebas realizadas sobre la sangre que se había encontrado en el coche de Elizabeth Mott.

—Naturalmente, todavía tendremos que esperar un poco para recibir los resultados del ADN —comenzó a explicar Marino—, pero, de momento, esto es lo que hay.

Tomé asiento tras el escritorio y empecé a examinar los informes. La sangre encontrada en el Volkswagen era del tipo 0, PGM tipo 1, EAP tipo B, ADA tipo 1 y EsD tipo 1. Esta combinación particular podía encontrarse en aproximadamente un ocho por ciento de la población. Los resultados concordaban con los de las pruebas realizadas a partir de la muestra de sangre de Spurrier. Nuestro sospechoso era del tipo 0, y los tipos de los restantes grupos sanguíneos también coincidían, pero como esta vez se habían analizado más enzimas, la combinación se había reducido a un uno por ciento de la población, aproximadamente.

—No es suficiente para acusarlo de asesinato —le dije a Marino—. Necesitamos algo más concluyente que el hecho de que su tipo de sangre lo incluye en un grupo compuesto por millares de personas.

—Es una vergüenza que el anterior informe no sea más completo.

—Entonces no se comprobaban rutinariamente tantas enzimas como ahora —respondí.

—¿No se podrían repetir las pruebas? —sugirió—. Si pudiéramos concretar más, sería una gran ayuda. Los malditos análisis de ADN con la sangre de Spurrier aún tardarán semanas.

—No se puede hacer nada —le expliqué—. La sangre del coche de Elizabeth es demasiado antigua. Después de tantos años, las enzimas se habrán degradado, y eso quiere decir que los resultados aún serían menos específicos que los de este informe con ocho años de antigüedad. Lo mejor que se podría obtener ahora es la clasificación ABO, y casi la mitad de la población pertenece al grupo 0. No nos queda más remedio que esperar los resultados de las pruebas de ADN. Además —añadí—, aunque pudiera encerrarlo en este mismo instante, ya sabe usted que saldría en libertad bajo fianza. Supongo que sigue sometido a vigilancia, ¿no?

—Está vigilado como un halcón, y puede estar segura de que él lo sabe. Lo bueno del caso es que no resulta muy probable que intente cargarse a nadie. Lo malo es que ha tenido tiempo de destruir todas las pruebas que no encontramos, como las armas asesinas.

—La supuesta bolsa de deporte desaparecida.

—No diga que no fuimos capaces de encontrarla. Hicimos todo lo humanamente posible, excepto arrancar los tablones del suelo.

—Quizás hubieran debido arrancarlos.

—Sí, quizá.

Intentaba imaginar dónde habría podido esconder Spurrier una bolsa de deporte cuando de pronto se me ocurrió. No sé por qué no lo había pensado antes.

—¿Qué complexión tiene Spurrier? —le pregunté.

—No es muy grande, pero se le ve bastante fuerte. Ni una onza de grasa.

—Entonces es probable que haga ejercicio.

—Es probable, sí. ¿Por qué?

—Si es socio de algún club, la YMCA, un gimnasio, es posible que disponga de una taquilla. Yo tengo una en Westwood. Si quisiera esconder algo, ése sería un buen lugar. A nadie le llamaría la atención verlo salir del club con una bolsa de deporte o guardar la bolsa en su taquilla.

—Una idea interesante —admitió Marino, en tono reflexivo—. Preguntaré por ahí, a ver qué puedo averiguar.

Encendió otro cigarrillo y abrió el maletín.

—He traído fotos de su nido, por si le interesa verlas.

Eché un vistazo rápido al reloj.

—Tendremos que ir deprisa. Abajo me espera un montón de trabajo.

Me pasó un grueso sobre marrón lleno de fotografías de dieciocho por veinticuatro. Estaban ordenadas, e irlas mirando una tras otra era como ver la casa de Spurrier a través de los ojos de Marino, empezando por la fachada de estilo colonial bordeada de bojes y un sendero de ladrillo que conducía a la puerta principal, de color negro. Detrás había un camino asfaltado para coches que llevaba a un garaje adosado a la casa.

Extendí unas cuantas fotos sobre la mesa y me encontré en el interior de su sala de estar. Sobre el desnudo suelo de madera había un sofá de cuero gris, junto a una mesa baja de cristal. En el centro de la mesa había una planta de metal con los bordes mellados, montada sobre un fragmento de coral. Un ejemplar reciente del *Smithsonian* estaba perfectamente alineado con los cantos de la mesa. Centrado sobre la revista se veía un mando a distancia que supuse correspondía al proyector de televisión suspendido como una nave espacial del cielo raso, pintado de blanco. La pantalla de televisión, de ochenta pulgadas, estaba dentro de una barra vertical, situada sobre la estantería, repleta de cintas de vídeo pulcramente etiquetadas y de docenas de volúmenes de tapas duras cuyos títulos no alcancé a distinguir. Al lado de la estantería se destacaba la cadena del sofisticado equipo electrónico.

—El pájaro tiene su cine particular —comentó Marino—. Sonido cuadrafónico, con altavoces en todas las habitaciones. Seguramente el montaje le salió más caro que su Mercedes, doctora, y no crea que lo utiliza para relajarse por la noche mirando *Sound of Music*. Esas cintas de la estantería... —Se inclinó sobre el escritorio para señalármelas—. Todas son tipo *Arma letal*, películas sobre Vietnam, justicieros y así. Pero el material bueno de verdad es el del estante de arriba. Las cintas parecen ser los éxitos de taquilla del momento, pero meta una en el vídeo y se llevará una sorpresita. La que lleva el título de *En el estanque dorado*, por ejemplo, tendría que llamarse *En el pozo negro*. Pornografía violenta de la más dura. Ayer, Benton y yo nos pasamos el día mirando toda esa mierda. Era increíble. Cada dos minutos me entraban ganas de darme un baño.

—¿Encontraron también películas caseras?

—No. Y tampoco material fotográfico.

Seguí examinando las fotos. En el comedor había otra mesa de cristal, ésta rodeada de sillas de material acrílico transparente. Advertí que el suelo de madera también estaba desnudo. Aún no había visto una alfombra en ninguna habitación.

La cocina era moderna, inmaculada. Las ventanas estaban protegidas por minipersianas de color gris. No había cortinas ni tapices en ninguna de las habitaciones que había visto, ni siquiera en el piso de arriba, donde aquel individuo dormía. La cama de bronce era de matrimonio, pulcramente hecha, con sábanas blancas pero sin cobertor. Los cajones de la cómoda, abiertos, revelaban los trajes de nailon de las que Marino me había hablado, y en el suelo del armario empotrado había paquetes de guantes quirúrgicos y fundas para el calzado.

—No hay ningún tejido —me asombré, devolviendo las fotos al sobre—. Es la primera vez que veo una casa en la que no hay ni siquiera una alfombra.

—Tampoco hay cortinas. Ni siquiera en la ducha —observó Marino—. Tiene mamparas de cristal. Naturalmente, hay toallas, sábanas, las prendas que usa para vestir.

—Y estoy segura de que las lava constantemente.

—La tapicería del Lincoln es de cuero —añadió Marino—, y las alfombrillas están cubiertas con fundas de plástico.

—¿No tiene ningún animal doméstico?

—No.

—La manera en que ha amueblado la casa puede responder a algo más que a su personalidad.

Marino me miró a los ojos.

—Sí, yo también lo he pensado.

—Fibras, pelos de animal... No debe preocuparse por si deja nada de eso tras él —concluí.

—¿Alguna vez le ha llamado la atención que todos los vehículos abandonados de estos casos estuvieran tan limpios? Le contesté que sí.

—Quizá pasa una aspiradora después de los crímenes —aventuró.

—¿En un túnel de lavado?

—En una gasolinera, en un complejo de apartamentos, en cualquier lugar donde haya una aspiradora para coches que funcione con monedas. Todos los asesinatos se cometieron en plena noche. Si después se detuvo en algún sitio para limpiar el interior del vehículo, no creo que hubiera mucha gente que pudiera ver qué hacía.

—Es posible. ¿Quién sabe lo que hizo? —respondí—. Pero la imagen que me estoy formando es la de una persona obsesivamente pulcra y cuidadosa; alguien muy paranoico y familiarizado con las pruebas que son importantes para los exámenes forenses.

Marino se recostó en el asiento y comentó:

—El 7-Eleven donde Deborah y Fred se detuvieron la noche de su desaparición... Este último fin de semana me acerqué por allí y hablé con la dependienta.

—¿Ellen Jordan?

Asintió con la cabeza.

—Le enseñé una foto de una rueda de identificación y le pregunté si alguno de aquellos tipos se parecía al hombre que se tomó un café en el 7-Eleven cuando Deborah y Fred estuvieron allí. La chica señaló a Spurrier.

—¿Estaba segura?

—Sí. Dijo que llevaba una especie de chaqueta oscura. En realidad, lo único que recordaba es que el tipo llevaba ropa oscura, y se me ocurre que Spurrier ya se había puesto el traje de nailon cuando entró en el 7-Eleven. Le he dado muchas vueltas al asunto. Empecemos con dos cosas que sabemos con seguridad: el interior de los coches abandonados estaba muy limpio, y en los cuatro casos anteriores al de Deborah y Fred se encontraron fibras de algodón blanco en el asiento del conductor, ¿correcto?

—Sí —dije yo.

—Muy bien. Creo que este pájaro merodeaba en busca de víctimas y vio a Fred y Deborah por la carretera, quizá sentados muy juntos, la cabeza de ella apoyada en el hombro de Fred, algo por el estilo. Eso le anima. Los sigue y aparca en el 7-Eleven justo después que ellos. Tal vez se pone entonces el traje de nailon, se cambia dentro del coche, o tal vez ya lo lleva puesto. Entra en el establecimiento, hojea unas revistas, pide café y escucha la conversación. Oye que la dependienta dirige a Fred y Deborah al área de descanso más cercana, donde hay unos aseos. Vuelve a su coche, se dirige al área de descanso a toda velocidad y aparca por allí. Saca la bolsa con las armas, ligaduras, guantes y demás, y se pierde de vista hasta que llegan Deborah y Fred. Probablemente espera hasta que la chica va a utilizar los aseos y entonces se acerca a Fred y le larga un cuento acerca de que su coche ha tenido una avería o cualquier cosa así. Quizá Spurrier le dice que venía del gimnasio, para explicar la forma en que va vestido.

—¿Y si Fred recuerda haberlo visto en el 7-Eleven?

—Lo dudo —replicó Marino—. Pero no importa. El mismo Spurrier pudo tener el atrevimiento de mencionarlo, que había estado tomando un café en el 7-Eleven y se le había estropeado el coche nada más salir. Le explica que acaba de telefonear a una grúa y pregunta si Fred podría llevarlo de vuelta hasta su coche para esperar a que llegue, le promete que no está muy lejos de allí, etcétera. Fred acepta, y al poco rato llega Deborah. En cuanto Spurrier sube al Cherokee, Fred y Deborah están atrapados.

Recordé que habían descrito a Fred como un muchacho atento y generoso. Probablemente habría ayudado a un desconocido en apuros, sobre todo si se trataba de alguien tan persuasivo y pulcro como Steven Spurrier.

—Cuando salen de nuevo a la autopista, Spurrier se agacha y abre la bolsa, se pone los guantes y las fundas para el calzado, saca la pistola y apunta a la cabeza de Deborah...

Pensé en la reacción del perro cuando había husmeado el asiento que se suponía ocupado por Deborah. Lo que el sabueso había detectado era su terror.

—Ordena a Fred que vaya al lugar que Spurrier ya ha elegido de antemano. Cuando llegan a la pista forestal, probablemente Deborah ya está descalza y maniatada. Spurrier ordena a Fred que se quite los zapatos y calcetines y luego le ata las manos por la espalda. Los hace bajar del Cherokee y los conduce hacia el bosque. Quizá lleva puestas unas gafas para ver de noche. Es posible que las llevara también en la bolsa.

»A continuación, empieza a divertirse con ellos —prosiguió Marino con toda frialdad—. Elimina primero a Fred y luego se dedica a Deborah. Ella se resiste, recibe un corte y finalmente Spurrier le pega un tiro. Luego arrastra los cadáveres hasta el claro y los coloca el uno al lado del otro, como si estuvieran cogidos del brazo, bien juntos. Spurrier se fuma unos cigarrillos, quizá sentado en la oscuridad, frente a los cuerpos, disfrutando de la sensación. Después regresa al Cherokee, se quita el traje de nailon, los guantes y las fundas de los zapatos y lo mete todo en una bolsa de plástico que lleva en la bolsa de deporte. Quizá guarda también el calzado de los chicos en la misma bolsa. Se larga de allí, busca un lugar desierto donde haya una aspiradora para coches y limpia el interior del Cherokee, prestando especial atención al asiento del conductor, donde iba sentado. Una vez hecho esto, se deshace de la bolsa de la basura. Sospecho que en ese momento colocó algo sobre el asiento del conductor. Una sábana blanca doblada o una toalla blanca, por ejemplo, en los cuatro primeros casos...

—La mayoría de los gimnasios —lo interrumpí— disponen de toallas para los socios. Tienen una reserva de toallas blancas en los vestuarios. Si es verdad que Spurrier guarda su equipo para matar en la taquilla de algún gimnasio...

Marino no me dejó terminar.

—Sí, ya veo adónde quiere ir a parar. Maldita sea. Será mejor que me ocupe de eso de inmediato.

—Una toalla blanca explicaría la presencia de fibras de algodón en el vehículo —observé.

—Salvo que en el caso de Fred y Deborah debió de utilizar algo distinto. ¿Quién sabe? Quizás esta vez se sentó sobre una bolsa de basura. La cuestión es que probablemente se sentó sobre algo para no dejar fibras de su ropa en el asiento. Recuerde que ya no lleva el traje de nailon, porque a estas alturas debía de estar cubierto de sangre. Sigue conduciendo, abandona el Cherokee donde lo encontramos y luego cruza la autopista para recoger el Lincoln, que ha dejado aparcado en el área de descanso del carril contrario. Se larga de allí. Misión cumplida.

—Seguramente aquella noche pasaron muchos coches por el área de descanso —señalé—. No es probable que alguien se fijara en el Lincoln aparcado. E incluso si a alguien le hubiera llamado la atención, no pasa nada porque lleva una matrícula «prestada».

—Exacto. Ésta es la última tarea: devolver las placas al coche del que las robó o, si eso no es posible, arrojarlas en algún sitio. —Hizo una pausa y se frotó la cara con las dos manos—. Tengo la impresión de que Spurrier eligió un modus operandi desde el primer momento y lo ha seguido con bastante exactitud en todos los casos. Sale a dar vueltas en coche, elige a sus víctimas, las sigue y ya sólo le hace falta que se detengan en alguna parte, un bar o un área de descanso, durante el tiempo suficiente para que él haga sus preparativos. Luego los aborda y les explica un cuento para ganarse su confianza. Quizá sólo golpea una vez de cada cincuenta que sale a merodear. Pero aún así le resulta emocionante.

—Sí, parece una explicación verosímil para los cinco casos más recientes —admití—, pero creo que no funciona tan bien para el de Jill y Elizabeth. Si Spurrier dejó su coche en el motel Palm Leaf, eso está a unos ocho kilómetros del Anchor Bar.

—No nos consta que Spurrier las abordara en el Anchor —objetó.

—Tengo la sensación de que fue allí.

Marino parecía sorprendido.

—¿Por qué?

—Porque ellas habían estado antes en su librería —le expliqué—. Sabían quién era Spurrier, aunque no creo que lo conocieran muy bien. Me imagino que las observaba cada vez que iban a comprar periódicos, libros, lo que fuera. Sospecho que comprendió de inmediato que eran algo más que amigas, y eso debió de ponerlo en el disparadero. Está obsesionado por las parejas. Quizás había empezado a pensar ya en sus primeros asesinatos y le pareció que le sería más fácil manejar a dos mujeres que a un hombre y una mujer. Debió de preparar el crimen con mucha antelación, alimentando sus fantasías cada vez que Jill y Elizabeth entraban en la tienda. Puede que las siguiera, que las acechara cuando salían de noche, que practicara y ensayara muchas veces sus planes. Ya había elegido la zona boscosa próxima a la residencia del señor Joyce, y seguramente fue él quien mató a su perro. Finalmente, una noche, sigue a Jill y Elizabeth hasta el Anchor y decide pasar a la acción. Deja el coche en alguna parte y va al bar a pie, con la bolsa de deporte en la mano.

—¿Cree que entró en el bar y las estuvo observando mientras bebían sus cervezas?

—No —respondí—. Creo que es demasiado cuidadoso para hacer una cosa así. Yo diría que Spurrier permaneció fuera, esperando, hasta que salieron y fueron a coger el Volkswagen. Entonces las abordó y les contó la misma historia. Su coche había sufrido una avería. Era el dueño de la librería que solían frecuentar. Las mujeres no tenían ningún motivo para desconfiar de él. Así que sube al Volkswagen y poco después empieza a poner en práctica su plan. Pero no llegan al bosque, sino al cementerio. Las mujeres, sobre todo Jill, no se muestran nada dispuestas a cooperar.

—Y Spurrier sangra en el interior del coche —añadió Marino—. Una hemorragia nasal, quizá. No existe ninguna aspiradora capaz de eliminar la sangre del asiento y las alfombrillas.

—Dudo que Spurrier se molestara en pasar la aspiradora. Es probable que lo dominara el pánico. Seguramente se deshizo del vehículo tan deprisa como pudo, en el sitio más adecuado que encontró, que resultó ser el motel. En cuanto al lugar donde tenía aparcado su coche..., ¿quién sabe? Pero me jugaría algo a que le esperaba una buena caminata.

—Quizás este episodio con las dos mujeres lo asustó tanto que no volvió a intentarlo hasta pasados cinco años.

—No creo que sea eso —repliqué—. Aún nos falta algo.

El teléfono sonó algunas semanas más tarde, cuando estaba sola en casa trabajando en mi estudio. Mi mensaje grabado acababa de empezar cuando la persona que llamaba colgó. El teléfono sonó de nuevo al cabo de media hora, y esta vez respondí antes que el contestador. Dije «Hola», y volvieron a colgar.

¿Acaso alguien intentaba localizar a Abby y no quería hablar conmigo? ¿Podía ser que Cliff hubiera averiguado dónde estaba? Distraída, fui al frigorífico en busca de algo que comer y me decidí por unas lonchas de queso.

Me encontraba otra vez atareada en el estudio cuando oí llegar un automóvil, un crujido de grava bajo los neumáticos. Supuse que sería Abby, pero sonó el timbre de la puerta.

Atisbé por la mirilla y vi a Pat Harvey enfundada en un anorak rojo. Las llamadas telefónicas, pensé. Antes de venir se había asegurado de que estaría en casa, porque quería hablar conmigo cara a cara.

—Lamento molestarla en su casa —comenzó, pero era evidente que no lo lamentaba.

—Entre, por favor —respondí de mala gana.

Me siguió hasta la cocina, donde le serví una taza de café. Se sentó ante la mesa en una postura rígida, la taza de café entre las manos.

—Voy a ser muy directa —me anunció—. Ha llegado a

mi conocimiento que ese hombre al que detuvieron en Williamsburg, Steven Spurrier, es sospechoso de haber asesinado a dos mujeres hace ocho años.

—¿De dónde ha sacado eso?

—No tiene importancia. El caso en cuestión quedó sin resolver, y ahora lo relacionan con los asesinatos de cinco parejas. Aquellas dos mujeres fueron las primeras víctimas de Steven Spurrier.

Advertí que el párpado inferior de su ojo izquierdo se contraía espasmódicamente. El deterioro físico de Pat Harvey desde la última vez que la había visto era asombroso. Sus cabellos castaños carecían de vida; sus ojos no tenían brillo; su tez estaba pálida y demacrada. Me pareció aún más delgada que cuando la había visto por televisión durante su conferencia de prensa.

—No sé si la sigo —respondí, con tensión contenida.

—Se ganó su confianza y después las asesinó. Que es exactamente lo que hizo con las otras parejas, con mi hija, con Fred. —Dijo todo esto como si no le cupiera la menor duda. En su mente, Pat Harvey ya había condenado a Spurrier—. Pero nunca será castigado por el asesinato de Debbie —añadió—. Eso ya lo sé.

—Todavía es demasiado pronto para saber nada —repliqué con voz serena.

—No tienen pruebas. Lo que encontraron en su casa no es suficiente. No se sostendrá ante ningún tribunal, si es que alguna vez los casos llegan ante un tribunal. No se puede condenar a nadie por asesinato sólo porque en su casa se han encontrado recortes de periódico y guantes de quirófano, y menos aún si la defensa alega que todo ello fue dejado allí para incriminar a su cliente.

Había hablado con Abby; era un fuerte presentimiento.

—La única prueba que existe —prosiguió con frialdad— es la sangre que se encontró en el coche de las mujeres. Todo dependerá de los análisis de ADN, y es seguro que habrá dudas porque los casos ocurrieron hace mucho tiempo. La cadena de custodia, por ejemplo. Y aunque las muestras coincidan y el tribunal acepte la evidencia, no se puede tener la certeza de que el jurado también la acepte, sobre todo si tenemos en cuenta que la policía no ha logrado encontrar las armas asesinas.

—Todavía las están buscando.

—A estas alturas, Spurrier ha tenido tiempo de sobra para deshacerse de ellas —respondió, y tenía razón.

Marino había descubierto que Spurrier era socio de un gimnasio situado cerca de donde vivía. La policía había registrado su taquilla, que no sólo se podía cerrar con llave, sino que tenía también un candado. La taquilla estaba vacía. La bolsa azul que le habían visto llevar de un lado a otro no había aparecido, y yo tenía la seguridad de que nunca aparecería.

—¿Qué quiere de mí, señora Harvey?

—Quiero que responda a mis preguntas.

—¿Qué preguntas?

—Si tienen alguna prueba que yo no conozca, creo que haría usted bien en decírmelo.

—La investigación no ha terminado. La policía y el FBI dedican un gran esfuerzo al caso de su hija.

Desvió la mirada hacia la pared de la cocina.

—¿Hablan con usted?

Comprendí al instante. Nadie que tuviera algo que ver con la investigación estaba dispuesto a decirle a Pat Harvey ni la hora que era. Se había convertido en una paria, quizás incluso en un chiste. No estaba dispuesta a reconocerlo delante de mí, pero justamente por eso había acudido a mi casa.

—¿Cree usted que Steven Spurrier asesinó a mi hija?

—¿Qué importancia puede tener mi opinión? —le pregunté a mi vez.

—Tiene una gran importancia.

—¿Por qué? —insistí.

—No se forma usted una opinión a la ligera. No creo que se precipite a sacar conclusiones ni que crea una cosa sólo porque le gustaría que fuese verdad. Conoce usted bien los casos y... —Aquí le tembló la voz—. Y se ocupó usted de Debbie.

No se me ocurrió qué decir.

—Por consiguiente, volveré a preguntárselo. ¿Cree usted que fue Steven Spurrier quien los asesinó, quien asesinó a mi hija?

Vacilé. Solamente un instante, pero fue suficiente. Cuando le dije que me era imposible responder a semejante pregunta y que, a decir verdad, no conocía la respuesta, no me escuchó.

Se levantó de la mesa.

La observé mientras se disolvía en la noche, su perfil brevemente iluminado por la luz interior del Jaguar cuando se sentó al volante y se alejó.

Abby llegó cuando ya había renunciado a esperarla y me había ido a la cama. Me costó conciliar el sueño, y abrí los ojos al oír correr el agua en el piso de abajo. Miré el reloj con los párpados entornados. Era casi medianoche. Me levanté y me puse la bata.

Debió de oírme bajar, porque cuando llegué a su cuarto la encontré de pie en el umbral, con un chándal a modo de pijama y los pies descalzos.

—Te acuestas tarde —comentó.

—Y tú también.

—Bien, yo... —No terminó la frase, porque entré en la habitación y me senté al borde de la cama—. ¿Qué ocurre? —preguntó, inquieta.

—Esta tarde ha venido a verme Pat Harvey, eso ocurre. Has hablado con ella.

—He hablado con mucha gente.

—Sé que quieres ayudarla —continué—. Sé que estás indignada por la forma en que han utilizado la muerte de su hija para perjudicarla. La señora Harvey es una gran mujer, y creo que verdaderamente te importa como persona. Pero debe quedar al margen de la investigación, Abby.

Me miró sin decir nada.

—Por su propio bien —añadí, con énfasis.

Abby se sentó en la alfombra con las piernas cruzadas al estilo indio y apoyó la espalda en la pared.

—¿Qué te ha dicho? —preguntó.

—Está convencida de que Spurrier asesinó a su hija y de que no será castigado por ello.

—Te aseguro que yo no he influido para nada en que llegara a esa conclusión —replicó—. Pat Harvey tiene sus propias ideas.

—El juicio de Spurrier se verá el viernes. ¿Sabes si piensa asistir?

—La acusación sólo es de hurto. Pero si lo que me preguntas es si creo que Pat puede presentarse en la sala y hacer una escena... —Sacudió la cabeza—. De ninguna manera. No tiene nada que ganar con ello. No es idiota, Kay.

—¿Y tú?

—¿Qué? ¿Si soy idiota? —De nuevo volvía a eludir la respuesta.

—Si asistirás a la vista.

—Claro. Y te diré exactamente qué va a suceder. Será entrar y salir. Se declarará culpable de un robo de menor cuantía y le impondrán una multa de mil quinientos dólares. E incluso puede que se pase algún tiempo en la cárcel, un mes como mucho. La policía quiere hacerlo sudar entre rejas, para ver si se viene abajo y confiesa.

—¿Cómo lo sabes?

—No confesará —prosiguió—. Lo sacarán del juzgado delante de todo el mundo y lo meterán a empujones en un coche patrulla. Todo para asustarlo y humillarlo, pero no dará resultado. Sabe que no existen pruebas contra él. Cumplirá la condena en la cárcel y luego volverá a su casa. Un mes no es mucho tiempo.

—Casi parece que te compadezcas de él.

—No siento nada por él —respondió—. Según su abogado, Spurrier tomaba cocaína ocasionalmente, y la noche en que lo sorprendieron robando las placas pensaba ir a comprar. Spurrier temía que el vendedor pudiera ser un chivato que anotara su matrícula y se la diera a la policía. Por eso robó las placas.

—¿Y tú te crees eso? —exclamé, enardecida.

Abby estiró las piernas e hizo un leve gesto de disgusto. Luego, sin decir palabra, se puso en pie y salió de la habitación. La seguí a la cocina, con creciente frustración. Mientras ella llenaba un vaso con hielo, posé las manos sobre sus hombros y la hice girar hasta que quedamos cara a cara.

—¿Me escuchas?

Sus ojos se ablandaron.

—No te enfades conmigo, por favor. Lo que hago no tiene nada que ver contigo ni con nuestra amistad.

—¿Qué amistad? Tengo la sensación de que cada vez te conozco menos. Dejas dinero por la casa como si yo no fuera más que la maldita criada. No recuerdo cuándo fue la última vez que comimos juntas. Nunca me hablas. Estás obsesionada con el maldito libro. Ya ves lo que le ha pasado a Pat Harvey. ¿No te das cuenta de que a ti te está pasando lo mismo?

Abby se limitó a mirarme, en silencio.

—Es como si hubieras tomado una decisión acerca de algo —añadí, suplicante—. ¿Por qué no me dices de qué se trata?

—No hay ninguna decisión que tomar —replicó, en voz queda, y se apartó de mí—. Todo está ya decidido.

Fielding llamó el sábado a primera hora para decirme que no había ninguna autopsia, y, agotada, volví a acostarme. Me levanté a media mañana. Tras una larga ducha caliente, me sentí en condiciones de enfrentarme con Abby y ver si podíamos reparar de algún modo nuestra maltrecha relación.

Pero cuando bajé las escaleras y llamé a su puerta no obtuve ninguna respuesta, y cuando salí a buscar el periódico vi que su coche no estaba. Irritada al comprobar que había conseguido evitarme de nuevo, fui a la cocina y preparé la cafetera.

Iba por la segunda taza cuando un pequeño titular me llamó la atención: SUSPENDIDA LA SENTENCIA DE UN RESIDENTE DE WILLIAMSBURG.

No habían esposado ni conducido a la cárcel a Steven Spurrier tras el juicio celebrado el día anterior, como Abby había predicho. Me sentí horrorizada. Se reconoció culpable de hurto y, puesto que carecía de antecedentes penales y siempre había sido un ciudadano respetuoso de la ley, le fue impuesta una multa de mil dólares y pudo salir del juzgado en libertad.

«Todo está ya decidido», había dicho Abby.

¿Era eso lo que quería decir? Si sabía que Spurrier iba a quedar en libertad, ¿por qué me había engañado deliberadamente?

Salí de la cocina y abrí la puerta de su habitación. La cama estaba hecha, las cortinas corridas. En el baño descubrí gotas de agua en el lavabo y un leve olor a perfume. Busqué su maletín y su grabadora, pero no los encontré. La pistola tampoco estaba en el cajón. Registré la cómoda hasta que di con sus libretas de notas, ocultas entre la ropa.

Me senté en el borde de la cama y empecé a hojearlas frenéticamente. A medida que dejaba atrás los días y las semanas, fui comprendiendo cada vez mejor.

Lo que había comenzado como una cruzada de Abby para descubrir la verdad sobre los asesinatos de las parejas había acabado por convertirse en una ambiciosa obsesión. Parecía fascinada por Spurrier. Si era el culpable, pretendía hacer de él el punto central de su libro, explorar su mente de psicópata. Si era inocente, «sería otro Gainesville», había escrito Abby, refiriéndose a una serie de asesinatos de estudiantes universitarios en la que un sospechoso había adquirido triste notoriedad hasta que al fin se comprobó su inocencia. «Pero aún sería peor que Gainesville —añadía—, debido a lo que se encontró en el coche.»

Al principio, Spurrier se había negado en varias ocasiones a dejarse entrevistar por Abby. Luego, a finales de la semana anterior, Abby había vuelto a intentarlo y él se había puesto al teléfono para sugerir que se reunieran tras la vista y para decirle que su abogado «había hecho un trato».

«Me dijo que venía leyendo mis artículos en el *Post* desde hacía años —había garrapateado Abby—, y que recordaba mi firma de cuando aún trabajaba en Richmond. Recordaba también lo que había escrito sobre Jill y Elizabeth, y observó que eran "unas buenas chicas" y que siempre confió en que la policía acabaría por detener al "psicópata". También sabía lo del asesinato de mi hermana, y dijo que precisamente por eso al fin había consentido en hablar conmigo. Me explicó que se "identificaba" conmigo y que se había dado cuenta de que yo podía comprender lo que era "ser una víctima", porque la muerte de mi hermana me convertía también en una víctima.

»"Soy una víctima —me dijo—. Podemos hablar sobre eso. Quizás usted pueda ayudarme a comprender mejor lo que está ocurriendo."

»Me propuso que fuera a su casa el sábado, a las once de la mañana, y yo acepté con la condición de que todas las entrevistas fueran en exclusiva. A él le pareció bien y dijo que no tenía intención de hablar con nadie más siempre y cuando yo contara su versión. "La verdad", según dijo. ¡Gracias, Señor! Que os den por el culo a ti y a tu libro, Cliff. Has perdido.»

Conque Cliff Ring también estaba escribiendo un libro sobre estos casos. Santo Dios. No era de extrañar que Abby se comportara de un modo tan extraño.

Me había mentido al contarme lo que iba a suceder en la vista. No quería que yo sospechara que pensaba ir a su casa, y sabía que nunca se me ocurriría tal cosa si suponía que Spurrier iba a ser encarcelado. Recordé que Abby había dicho que ya no confiaba en nadie. Era verdad; ni siquiera confiaba en mí.

Consulté el reloj. Eran las once y cuarto.

Marino no estaba localizable, así que dejé un mensaje en su contestador. Luego llamé a la policía de Williamsburg, y me pareció que el teléfono sonaba eternamente hasta que al fin respondió una secretaria. Le dije que necesitaba hablar de inmediato con uno de los inspectores.

—En estos momentos están todos fuera.

—Pues póngame rápidamente con quien esté al mando.

Me pasó a un sargento.

Tras identificarme, le pregunté:

—¿Sabe quién es Steven Spurrier?

—Nadie puede trabajar aquí y no saberlo.

—Una periodista está entrevistándolo en su casa. Se lo advierto para que se asegure de que los equipos de vigilancia saben de su presencia y lo tienen todo controlado.

Hubo una larga pausa.

Oí crujir un papel. Me dio la impresión de que el sargento estaba comiendo algo. Finalmente habló de nuevo.

—Spurrier ya no está sometido a vigilancia.

—¿Cómo ha dicho?

—He dicho que nuestros hombres se han retirado.

—¿Por qué? —pregunté.

—Bueno, doctora, eso ya no lo sé. He estado de vacaciones hasta...

—Escuche, sólo le pido que envíe un coche patrulla a casa de Spurrier y compruebe que todo anda bien. —Tuve que contenerme para no echarme a gritar.

—No se preocupe, doctora. —Su voz era tan plácida como un estanque de montaña—. Ahora mismo doy curso a su petición.

Nada más colgar oí que se detenía un automóvil ante la casa.

«Abby, gracias a Dios.»

Pero cuando me asomé a la ventana vi que era Marino.

Abrí la puerta antes de que pudiera llamar al timbre.

—Estaba en la zona cuando he recibido su mensaje, o sea que...

—¡A casa de Spurrier! —Lo cogí del brazo—. ¡Abby está allí! ¡Se ha llevado la pistola!

El cielo estaba encapotado y empezó a llover antes de que tomáramos la autopista 64 en dirección este. Tenía contraídos todos los músculos del cuerpo. Mi corazón se negaba a palpitar más despacio.

—Tranquilícese, doctora —dijo Marino mientras dejábamos la autopista por la salida de Williamsburg Colonial—. Tanto si la policía lo vigila como si no, ese pájaro no es tan idiota como para tocar siquiera a Abby. En serio, usted ya lo sabe. No le hará nada.

Cuando entramos en la apacible calle donde vivía Spurrier sólo había un vehículo a la vista.

—Mierda —masculló Marino.

Aparcado junto a la acera, ante la casa de Spurrier, había un Jaguar negro.

—Pat Harvey —exclamé—. Oh, Dios.

Marino pisó el freno a fondo.

—Quédese aquí. —Saltó del coche como impulsado por un muelle y echó a correr por el camino de acceso bajo el intenso aguacero. El corazón me latió con fuerza cuando vi que abría la puerta, empujándola con el pie, revólver en mano, y que desaparecía en el interior. El umbral quedó vacío y, de pronto, Marino volvió a llenarlo. Miró hacia mí y gritó algo que no pude entender.

Salí del coche y la lluvia me empapó la ropa mientras corría.

Nada más entrar en el vestíbulo olí a pólvora quemada.

—Ya he pedido ayuda —explicó Marino, mirando fugazmente de un lado a otro—. Dentro hay dos.

La sala de estar quedaba a la izquierda.

Marino se precipitó hacia las escaleras que conducían al segundo piso, mientras las fotografías de la casa de Spurrier destellaban alocadamente en mi cerebro. Reconocí la mesa de cristal para el café y vi el revólver que había sobre ella. Un charco de sangre se extendía por el suelo de madera bajo el cuerpo de Spurrier, y había un segundo revólver a pocos pasos de distancia. El cuerpo estaba tendido boca abajo, a escasos centímetros del sofá de cuero gris en el que Abby yacía de costado, contemplando el cojín sobre el que reposaba su mejilla con ojos soñolientos y apagados, la pechera de su blusa azul celeste empapada de un rojo brillante.

Por un instante no supe qué hacer. El rugido que resonaba en mi cabeza era ensordecedor como un vendaval. Me acuclillé junto a Spurrier y le di la vuelta, y mis zapatos se mancharon de sangre. Estaba muerto, con un balazo en el pecho y otro en el abdomen.

Me volví apresuradamente hacia el sofá y le palpé el cuello a Abby. No había pulso. La acosté de espaldas y empecé a darle un masaje cardíaco, pero sus pulmones y su corazón se habían rendido hacía demasiado rato para recordar cuál era su función. Acuné su rostro entre mis manos, sentí su calidez y olí su perfume mientras los sollozos crecían en mi interior y me sacudían de un modo incontrolable.

No presté atención al ruido de pisadas sobre el suelo de madera hasta que se me ocurrió que eran demasiado ligeras para ser de Marino. Alcé la mirada en el momento en que Pat Harvey recogía el revólver de la mesa de cristal.

Me la quedé mirando con ojos como platos, y se me abrió la boca.

—Lo siento. —Le temblaba el revólver cuando lo apuntó en mi dirección.

—Señora Harvey... —La voz se me atascó en la garganta. Levanté las manos hacia ella, manchadas con la sangre de Abby—. Por favor...

—No se mueva. —Retrocedió unos pasos y bajó un poco el cañón del arma. Por algún motivo incongruente, se me ocurrió que llevaba el mismo anorak rojo que cuando había venido a mi casa.

—Abby está muerta —le dije.

Pat Harvey no reaccionó. Tenía el rostro ceniciento, y los ojos tan oscuros que parecían negros.

—Buscaba un teléfono. No tiene teléfono.

—Baje la pistola, por favor.

—Fue él. Él mató a mi Debbie. Él ha matado a Abby.

«Marino», pensé. «¡Dése prisa, por Dios!»

—Todo ha terminado, señora Harvey. Están muertos. Deje la pistola, por favor. No empeore las cosas.

—Ya no pueden empeorar.

—Se equivoca. Escúcheme, por favor.

—No puedo seguir aquí —dijo en el mismo tono inexpresivo.

—Puedo ayudarla. Deje la pistola. Por favor —añadí, y me levanté del sofá al ver que levantaba otra vez el arma.

—No —le rogué, comprendiendo lo que iba a hacer.

Pat Harvey volvió el cañón hacia su pecho y me abalancé sobre ella.

—¡Señora Harvey! ¡No!

La explosión la proyectó hacia atrás, la hizo retroceder con paso tambaleante. El revólver se le escapó de entre los dedos. Le di una patada y se alejó girando lentamente sobre el pulido suelo de madera, mientras a la señora Harvey le cedían las rodillas. Extendió la mano para sujetarse a algo, pero no había nada. Marino irrumpió de pronto en la habitación y exclamó: «¡Mierda!» Sostenía el revólver con las dos manos, el cañón apuntado hacia el techo. Temblando de pies a cabeza y con los oídos aún zumbando por la detonación, me arrodillé junto a Pat Harvey. Yacía de lado, las rodillas encogidas, las manos aferradas al pecho.

—¡Traiga toallas! —Le aparté las manos del pecho y empecé a ocuparme de la ropa. Le desabroché la blusa, le empujé el sostén hacia arriba y apliqué un manojo de ropa sobre la herida que tenía debajo del seno izquierdo. Oí maldecir a Marino cuando salía de la habitación.

—Aguante un poco —susurré, y empecé a taponar la herida para evitar que por el pequeño agujero entrara aire y se colapsara el pulmón.

Ella no cesaba de agitarse, y empezó a gemir.

—Aguante un poco —repetí. En la calle sonaban sirenas.

Una luz roja palpitó a través de las persianas que cubrían las ventanas de la sala, como si más allá de la casa de Steven Spurrier el mundo acabara de incendiarse.

18

Marino me llevó a casa y no se marchó. Me senté en la cocina y contemplé la lluvia que seguía cayendo al otro lado de la ventana, apenas consciente de lo que me rodeaba. Sonó el timbre de la puerta y oí rumor de pisadas y de voces masculinas.

Al cabo de algún tiempo, Marino entró en la cocina y acercó una silla. Se sentó en el mismo borde, como si no pensara quedarse mucho rato.

—¿Hay algún otro lugar en la casa donde Abby hubiera podido guardar sus cosas, aparte de su dormitorio? —preguntó.

—No creo —musité.

—Bien, tenemos que buscar. Lo siento, doctora.

—Comprendo.

Seguí mirando la lluvia.

—Voy a hacer café. —Se puso en pie—. Veremos si soy capaz de recordar lo que me enseñó. Mi primer examen, ¿eh?

Empezó a trastear en la cocina, abrió y cerró armarios, y llenó de agua la cafetera. Se fue cuando empezaba a salir el café y regresó a los pocos instantes con otro policía de paisano.

—No estaremos mucho tiempo, doctora Scarpetta —me prometió el inspector—. Le agradecemos su colaboración.

Dijo algo a Marino en voz baja y salió de la cocina. Marino retornó a la mesa y depositó una taza de café ante mí.

—¿Qué buscan? —Intenté concentrarme.

—Estamos examinando las libretas de notas de que usted me habló. Buscamos cintas, cualquier cosa que pueda explicarnos qué condujo a la señora Harvey a matar a Spurrier.

—Parece seguro de que lo mató ella.

—Ah, sí. Lo mató la señora Harvey. Y es un milagro que aún esté viva. La bala no tocó el corazón. Tuvo suerte, pero quizás a ella no se lo parezca si sale con vida.

—Yo llamé a la policía de Williamsburg. Les dije...

—Ya sé lo que hizo —me interrumpió, con suavidad—. Hizo lo correcto. Hizo todo lo que pudo.

—No quisieron tomarse la molestia. —Cerré los ojos para contener las lágrimas.

—No es eso. —Hizo una pausa—. Escúcheme, doctora.

Respiré hondo.

Marino carraspeó y encendió un cigarrillo.

—Mientras estaba en su oficina, hablé con Benton. El FBI terminó de analizar el ADN de la sangre de Spurrier y lo comparó con la muestra encontrada en el coche de Elizabeth Mott. El ADN no coincide.

—¿Qué?

—El ADN no coincide —repitió—. Los policías de Williamsburg que vigilaban a Spurrier lo supieron ayer. Benton intentó localizarme, pero no pudimos comunicarnos, de modo que yo lo ignoraba. ¿Comprende lo que le estoy diciendo?

Lo miré con expresión ida.

—Legalmente, Spurrier había dejado de ser sospechoso. Era un pervertido, eso sí. Un chiflado. Pero no asesinó a Elizabeth y Jill. La sangre que se encontró en el coche no era suya, no podía serlo. Si mató a las demás parejas, no tenemos pruebas. Hacerlo seguir a todas partes, mantener vigilada su casa o llamar a la puerta cuando tuviera compañía habría sido vejatorio. Bien, lo que quiero decir es que llega un momento en que no existen suficientes policías para mantener un operativo así, y además Spurrier habría podido demandarnos. Así que el FBI se echó atrás. Y pasó lo que pasó.

—Mató a Abby.

Marino desvió la mirada.

—Sí, eso parece. Ella tenía la grabadora en marcha, de forma que lo tenemos todo registrado. Pero eso no demuestra que asesinara a las parejas, doctora. Todo parece indicar que la señora Harvey mató a un inocente.

—Quiero oír la cinta.

—No, no quiere oírla. Acepte mi palabra.

—Si Spurrier era inocente, ¿por qué mató a Abby?

—Tengo una teoría, basada en lo que vi en la casa y he oído en la cinta —respondió—. Abby y Spurrier conversaban en la sala. Abby estaba sentada en el sofá donde se la encontró. Spurrier oyó llamar a la puerta y fue a ver quién era. No sé por qué dejó entrar a la señora Harvey. Lo lógico habría sido que la reconociera, pero quizá no se dio cuenta. Ella llevaba un anorak con capucha y tejanos. Quizá fuera difícil reconocerla. Y no hay manera de saber cómo se presentó ella, qué le dijo. No lo sabremos hasta que podamos hablar con la señora Harvey, y tal vez ni siquiera entonces.

—Pero la dejó entrar.

—Abrió la puerta —dijo Marino—. Y entonces ella sacó un revólver, un Charter Arms, el que utilizó luego para pegarse un tiro. La señora Harvey lo obligó a conducirla a la sala de estar. Abby seguía allí sentada, y la grabadora en marcha. Puesto que Abby había dejado el coche detrás de la casa, al final del camino de acceso, la señora Harvey, que aparcó junto a la acera, no pudo verlo al entrar. No sabía que Abby estaba allí, y la sorpresa la distrajo el tiempo suficiente para que Spurrier se lanzara sobre Abby, probablemente con la intención de utilizarla como escudo. Es difícil saber exactamente qué pasó, pero sabemos que Abby llevaba un revólver consigo, probablemente en el bolso, que debía de guardar junto a ella, en el sofá. Ella intenta sacar la pistola, Spurrier y ella se la disputan, y al final Abby recibe un tiro. Luego, antes de que él pueda disparar contra la señora Harvey, ésta hace fuego contra él. Dos veces. Hemos examinado su revólver. Tres cartuchos gastados, dos por disparar.

—Me dijo que buscaba un teléfono.

—Spurrier sólo tiene dos teléfonos; uno en su dormitorio, en el piso de arriba, y otro en la cocina, del mismo color que la pared y situado entre dos armarios, muy difícil de ver. Yo también estuve a punto de pasarlo por alto. Por lo visto, llegamos a la casa tal vez minutos después del tiroteo, doctora. Creo que la señora Harvey dejó su revólver sobre la mesa cuando se acercó a Abby, vio lo mal que estaba y fue en busca de un teléfono para pedir ayuda. La señora Harvey debía de estar en otra habitación cuando entré yo, o tal vez me oyó y se escondió en algún rincón. Lo único que sé es que, cuando entré, examiné el lugar de inmediato. Y sólo vi los cuerpos en la sala. Comprobé el pulso en las carótidas y me pareció que Abby aún mantenía unas leves pulsaciones, pero no estaba seguro. Tenía una elección, tenía que decidirme en una fracción de segundo: podía empezar a buscar a la señora Harvey por toda la casa de Spurrier o llamarla a usted y buscar luego. Quiero decir que cuando entré por primera vez no la vi en ninguna parte. Creía que podía haber salido por la puerta de atrás o subido al piso de arriba —concluyó, evidentemente disgustado consigo mismo por haberme puesto en peligro.

—Quiero oír la cinta —repetí.

Marino se frotó la cara.

Cuando me miró, tenía los ojos turbios e inyectados en sangre.

—Ahórrese ese trago —me rogó.

—Tengo que oírla.

De mala gana, se levantó de la mesa y salió de la cocina. Cuando regresó, traía una bolsa de plástico para pruebas que contenía una grabadora de microcassettes. Sacó el aparato de la bolsa, lo dejó sobre la mesa en posición vertical, rebobinó una porción de cinta y pulsó el botón de «Play».

El sonido de la voz de Abby llenó la cocina.

—... Sólo pretendo comprender su punto de vista, pero eso no explica por qué sale a dar vueltas en coche después de que haya oscurecido, por qué se detiene y pregunta a la gente cosas que en realidad no necesita saber, como instrucciones para llegar a la carretera.

—Mire, ya le he hablado de la cocaína. ¿Ha esnifado coca alguna vez?

—No.

—Pruébelo algún día. Cuando estás colocado haces muchas cosas raras. Te confundes y crees que sabes adónde vas, pero de repente te encuentras perdido y tienes que preguntar el camino.

—Me ha dicho que ya no toma coca.

—Ya no. De ninguna manera. Fue un gran error. Nunca más.

—¿Y los objetos que la policía encontró en su casa...? Ah... —Sonó el débil eco del timbre de la puerta.

—Sí. Un momento. —Spurrier parecía tenso.

Unas pisadas que se alejaban. Voces indistinguibles de fondo. Oí a Abby cambiar de postura en el sofá. Luego, la voz incrédula de Spurrier.

—Espere. No sabe usted lo que...

—Sé muy bien lo que hago, cabrón. —Era la voz de Pat Harvey, cada vez más alta—. Te llevaste a mi hija al bosque.

—No sé de qué...

—¡No lo hagas, Pat!

Una pausa.

—¿Abby? Oh, Dios mío.

—Pat. No lo hagas, Pat. —La voz de Abby estaba deformada por el miedo. Luego, se oyó el ruido de algo que caía sobre el sofá—. ¡Apártese de mí! —Un tumulto, una respiración jadeante, Abby que grita «¡Basta, basta!» y, enseguida, lo que sonó como la detonación de una pistola de juguete.

Y otra más. Y otra.

Silencio.

Un rumor de pisadas, cada vez más cercanas. Se detuvieron.

—¿Abby?

Una pausa.

—No te mueras, por favor. Abby... —La voz de Pat

Harvey temblaba tanto que a duras penas pude entender qué decía.

Marino cogió la grabadora, la paró y volvió a meterla en la bolsa de plástico mientras yo lo contemplaba en estado de shock.

La mañana del sábado en que se celebró el entierro de Abby, esperé hasta que la multitud empezó a dispersarse y entonces eché a andar por un sendero sombreado por robles y magnolias. Bajo el tibio sol de primavera, los cerezos silvestres ardían en blanco y fucsia.

La asistencia al entierro no había sido muy numerosa. Conocí a algunos de los antiguos colegas que Abby había dejado en Richmond y traté de consolar a sus padres. Marino estuvo presente, y también Mark, que me abrazó con fuerza y se marchó tras prometerme que luego vendría a casa. Tenía que hablar con Benton Wesley, pero antes quería unos instantes de soledad.

El cementerio Hollywood era la más formidable ciudad para los muertos que existía en Richmond, unas veinte hectáreas de terreno ondulado al norte del río James, con abundancia de colinas, arroyos y bosquecillos. Había calles sinuosas, provistas de pavimento, rótulos con su nombre y señales de tráfico que limitaban la velocidad, y las laderas de hierba estaban llenas de obeliscos de granito, lápidas y ángeles de dolor, muchos de ellos con más de un siglo de antigüedad. Allí estaban enterrados los presidentes James Monroe y John Tyler, y Jefferson Davis, y el magnate del tabaco Lewis Ginter. Había una zona militar para los muertos de Gettysburg, y una parcela de césped de propiedad familiar donde habían sepultado a Abby junto a su hermana Henna.

Llegué a un lugar en el que había un claro entre los árboles. Más abajo, el río refulgía como cobre empañado, enturbiado por las últimas lluvias. Se me antojaba increíble que Abby hubiera pasado a formar parte de aquella población, una losa de granito que capeaba el paso del tiempo. Me pregunté si alguna vez habría regresado a su anterior casa, al cuarto donde Henna había sido asesinada, como me dijo que pensaba hacer cuando tuviera el suficiente valor.

Oí ruido de pisadas a mis espaldas y, al volverme, vi que Wesley caminaba despacio hacia mí.

—¿Querías hablar conmigo, Kay?

Asentí con un gesto.

Wesley se quitó la chaqueta del traje y se aflojó la corbata. Luego se quedó mirando el río, pendiente de lo que tenía que decirle.

—Ha habido alguna novedad —comenté—. El jueves telefoneé a Gordon Spurrier.

—¿El hermano? —preguntó Wesley, y me miró con curiosidad.

—El hermano de Steven Spurrier, sí. No he querido decírtelo hasta haber comprobado unas cuantas cosas.

—Todavía no he hablado con él —respondió—. Pero lo tengo en la lista. Lástima de esos análisis de ADN; eso sigue siendo un problema.

—Eso quería decirte. No existe ningún problema con el ADN, Benton.

—No te entiendo.

—Durante la autopsia de Spurrier descubrí una buena cantidad de antiguas cicatrices terapéuticas, y una de ellas corresponde a una pequeña incisión practicada sobre el centro de la clavícula. Por el tipo de incisión, yo diría que alguien tuvo dificultades para insertar una sonda subclavia —le expliqué.

—¿Y eso?

—No se inserta una sonda subclavia a menos que el paciente sufra un trastorno grave, un traumatismo que exige eliminar fluidos muy rápidamente, una transfusión de sangre o medicamentos. Dicho de otro modo, descubrí que Spurrier había sufrido un problema médico importante en algún momento de su pasado, y se me ocurrió que acaso tuviera algo que ver con los cinco meses que tuvo cerrada la librería, poco después de la muerte de Jill y Elizabeth. También tenía otras cicatrices en la cadera y en la parte lateral de la nalga; cicatrices minúsculas que me hicieron suponer que le habían extraído muestras de médula ósea. Así que llamé a su hermano para preguntarle por el historial médico de Steven.

—¿Qué pudiste averiguar?

—Hacia la fecha en que cerró la librería, Steven fue tratado de anemia aplástica en el hospital de la universidad —respondí—. He hablado con su hematólogo. Steven recibió irradiación linfoide total y quimioterapia. Le trasplantaron médula de Gordon, y a continuación se pasó algún tiempo en una habitación de flujo laminar, o una burbuja, como suele llamarla la gente. Recordarás que, en cierto sentido, la casa de Steven era como una burbuja. Muy estéril.

—¿Pretendes decir que el trasplante de médula ósea modificó su ADN? —preguntó Wesley, con expresión intensa.

—El de la sangre, sí. La anemia aplástica eliminó por completo sus células sanguíneas. Lo sometieron a una prueba HLA a fin de encontrar un donante adecuado, que resultó ser su hermano, pues tiene el mismo tipo ABO e incluso los mismos tipos de otros sistemas de grupos sanguíneos.

—Pero el ADN de Steven y el de Gordon no eran iguales.

—No. No podían serlo a menos que se tratara de gemelos idénticos, y, naturalmente, no es éste el caso —contesté—. De manera que el tipo sanguíneo de Steven coincidía con el de la sangre recuperada del coche de Elizabeth Mott. Pero en lo tocante al ADN existía una diferencia clara, porque Steven perdió su sangre en el Volkswagen antes de recibir el trasplante de médula. Cuando hace poco le extrajeron una muestra de sangre para efectuar los análisis, en cierto sentido lo que obtuvieron fue la sangre de Gordon. Ese ADN, que se comparó con el ADN obtenido de la sangre vieja del Volkswagen, no era el de Steven, sino el de Gordon.

—Increíble —exclamó.

—Quiero que efectúen de nuevo la prueba, pero esta vez con una muestra de tejido cerebral, porque en las restantes células el ADN de Steven sigue siendo el mismo de antes del trasplante. La médula produce células sanguíneas, de modo que si te hacen un trasplante de médula adquieres las células sanguíneas del donante, pero las células del cerebro o el bazo no cambian.

—Explícame en qué consiste la anemia aplástica —me pidió. Empezamos a caminar.

—La médula ya no produce nada. Es como si ya hubiera sido irradiada, con todas las células sanguíneas eliminadas.

—¿Cuál es su causa?

—Se considera una enfermedad idiopática; en realidad, no lo sabe nadie. Pero entre los posibles factores figura el contacto con pesticidas, productos químicos, radiación o fosfatos orgánicos. Un detalle significativo es que la anemia aplástica se ha asociado con el benceno. Steven trabajó en una imprenta. El benceno es un disolvente que se utiliza para limpiar las prensas y otras máquinas. Según su hematólogo, Steven estuvo en contacto con benceno diariamente durante casi un año.

—¿Y los síntomas?

—Fatiga, insuficiencia respiratoria, fiebre, posibles infecciones y hemorragias en las encías y la nariz. Cuando asesinaron a Jill y Elizabeth, Spurrier ya padecía anemia aplástica. Seguramente debía de tener hemorragias nasales, que se le presentaban a la menor provocación. La tensión nerviosa siempre lo agrava todo, y cuando secuestró a Jill y Elizabeth debía de estar sometido a una fuerte tensión. Si le sangró la nariz, eso explicaría la sangre que se encontró en el asiento de atrás.

—¿Cuándo acudió por fin a un médico? —preguntó Wesley.

—Un mes después de que las mujeres fuesen asesinadas. En el examen se le descubrieron niveles bajos de glóbulos blancos, plaquetas y hemoglobina. Cuando se tiene un nivel bajo de plaquetas se sangra mucho.

—¿Y estando tan enfermo se atrevió a asesinar?

—Se puede tener anemia aplástica durante bastante tiempo antes de que la enfermedad se agrave —respondí—. Algunas personas se enteran de que la tienen durante un examen médico de rutina.

—Tal vez pensó en retirarse por la mala salud y por el hecho de haber perdido el control con sus primeras víctimas —pensó Wesley en voz alta—. Así pasaron los años, mientras se recobraba y fantaseaba, reviviendo los asesinatos y puliendo la técnica. Hasta que al fin se sintió lo bastante seguro de sí mismo para empezar a matar de nuevo.

—Eso podría explicar el largo intervalo —asentí—. Pero ¿quién sabe cómo funcionaba su mente?

—Eso nunca lo sabremos con certeza —respondió Wesley, con expresión adusta.

Se detuvo a contemplar una lápida antigua y al rato volvió a hablar.

—Yo también tengo un par de noticias. En casa de Spurrier encontramos los catálogos de una empresa de Nueva York, una tienda que vende material de espionaje. Tras las investigaciones pertinentes, hemos comprobado que hace cuatro años encargó unas gafas de visión nocturna. Además, hemos localizado una armería de Portsmouth en la que compró dos cajas de munición Hydra-Shok menos de un mes antes de que Deborah y Fred desaparecieran.

—¿Por qué lo hacía, Benton? —pregunté—. ¿Por qué mataba?

—Nunca podré contestar a eso satisfactoriamente, Kay. Pero hablé con un antiguo compañero de habitación en la Universidad de Virginia, y me explicó que la relación de Spurrier con su madre era enfermiza. Su madre se mostraba muy crítica y dominante con él, y lo censuraba constantemente. Spurrier dependía de ella en todo, y al mismo tiempo es probable que la odiara.

—¿Y la victimología?

—Creo que elegía muchachas jóvenes que le recordaban lo que no podía ser suyo, el tipo de muchachas que nunca le daban ni la hora. Cuando veía una pareja atractiva se encrespaba, porque era incapaz de relacionarse. Tomaba posesión por medio del asesinato, se fundía con lo que envidiaba y luego lo destruía. —Tras una pausa, añadió—: Si Abby y tú no os lo hubierais encontrado, como ocurrió, no sé si habríamos podido capturarlo. Da miedo pensarlo. A Bundy lo detienen porque su coche lleva una luz de posición que no funciona. El hijo de Sam cae por una multa de aparcamiento. Suerte. Hemos tenido suerte.

No me sentía afortunada. Abby no había tenido suerte.

—Quizá te interese saber que, desde que los periódicos han aireado todo esto, hemos recibido muchas llamadas telefónicas de gente que asegura que alguien que encaja con la descripción de Spurrier los abordó a la salida de un bar, en una gasolinera y otros sitios así. Según nuestra información, una vez consiguió incluso que una pareja lo llevara en su coche. Les dijo que había tenido una avería. Cuando llegaron, se despidió de ellos y se fue. Sin problemas.

—¿Sabes si durante estos ensayos abordaba únicamente a parejas de chico y chica? —le pregunté.

—No siempre. Eso explica por qué os eligió a Abby y a ti aquella noche que paró para preguntar el camino. A Spurrier le encantaba el riesgo, la fantasía. En cierto sentido, el asesinato sólo constituía un aspecto incidental del juego.

—Todavía no comprendo por qué la CIA temía tanto que el asesino fuese alguien de Camp Peary —dije yo.

Permaneció unos instantes en silencio, mientras se pasaba la chaqueta al otro brazo.

—Había algo más que el modus operandi y la jota de corazones —respondió al fin—. La policía encontró una tarjeta de crédito en el asiento de atrás del coche de Jim y Bonnie. Era una tarjeta especial para el pago de la gasolina, y se supuso que se le habría caído del bolsillo al asesino sin que éste se diera cuenta, quizá de un bolsillo de la chaqueta o de la camisa, mientras cometía el secuestro.

—¿Y?

—La tarjeta estaba a nombre de la compañía Syn-Tron. Le seguimos la pista y descubrimos que las facturas las pagaba Viking Exports. Viking Exports es una fachada de

Camp Peary. La tarjeta se entrega al personal de Camp Peary para que la utilicen en la gasolinera de la base.

—Interesante —comenté—. En una de sus libretas, Abby hablaba de «lo que se encontró en el coche». Supuse que se refería a la jota de corazones. Sabía lo de la tarjeta de gasolina, ¿verdad, Benton?

—Sospecho que se lo dijo Pat Harvey. La señora Harvey conocía la existencia de la tarjeta desde hacía algún tiempo, cosa que explica la acusación que formuló en su conferencia de prensa en el sentido de que los federales ocultaban algo.

—Evidentemente, ya no pensaba así cuando decidió matar a Spurrier.

—El director habló con ella tras la conferencia de prensa, Kay. No tuvimos más remedio que decirle que sospechábamos que alguien había dejado deliberadamente la tarjeta. Lo sospechamos desde el primer momento, pero eso no significa que no le diéramos importancia. Es evidente que la CIA le concedió una gran importancia.

—Y eso la hizo callar.

—Si otra cosa no, al menos hizo que pensara las cosas dos veces. Después de la detención de Spurrier, por supuesto, lo que le contó el director cobró mucho sentido.

—¿Cómo pudo Spurrier apoderarse de una tarjeta de gasolina de Camp Peary? —pregunté, intrigada.

—Algunos agentes de Camp Peary frecuentaban su librería.

—¿Quieres decir que de algún modo robó la tarjeta a un cliente de Camp Peary?

—Sí. Supongamos que alguien de Camp Peary se deja olvidada la cartera sobre el mostrador. Cuando vuelve a buscarla, Spurrier puede haberla escondido y decirle que no la ha visto nunca. Luego deja la tarjeta en el coche de Jim y Bonnie para que relacionemos los asesinatos con la CIA.

—¿No había ningún número de identificación en la tarjeta?

—Los números de identificación van impresos en una

pegatina que había sido arrancada, de modo que no pudimos averiguar de quién era.

Empezaba a sentirme cansada y me dolían los pies cuando llegamos al aparcamiento donde habíamos dejado nuestros coches. Las personas que habían venido a llorar la muerte de Abby ya se habían marchado.

Wesley esperó hasta que me vio abrir la portezuela antes de tocarme el brazo y decir:

—Siento todas las ocasiones...

—Yo también —le interrumpí—. Seguimos a partir de aquí, Benton. Haz lo que esté en tu mano para que Pat Harvey no reciba más castigos.

—No creo que a ningún jurado le cueste hacerse cargo de todo lo que ha sufrido.

—¿Conocía los resultados de las pruebas de ADN, Benton?

—Tenía medios para averiguar los detalles más críticos de la investigación pese a nuestros esfuerzos por ocultárselos, Kay. Sospecho que lo sabía. Desde luego, eso contribuiría a explicar por qué hizo lo que hizo. Debía de creer que Spurrier no sería castigado.

Subí al automóvil y metí la llave en el contacto.

—Por quien más lo siento es por Abby —añadió.

Asentí con la cabeza y cerré la puerta antes de que me saltaran las lágrimas.

Seguí el angosto camino hasta la entrada del cementerio y crucé las adornadas rejas de hierro forjado. A lo lejos, el sol resplandecía sobre los campanarios y los edificios de oficinas del centro. La luz bañaba los árboles. Abrí las ventanillas y emprendí el regreso a casa.

OTROS TÍTULOS DE LA COLECCIÓN

Post mortem

PATRICIA CORNWELL

Al amparo de la noche, un brutal asesino está actuando en Richmond, Virginia, dejando un horrible rastro de estrangulamientos. Tres mujeres han aparecido salvajemente asesinadas en sus propios dormitorios. No hay ningún patrón de conducta, más allá de que el responsable de estos crímenes deja muy pocas pistas y actúa siempre los sábados de madrugada. De manera que cuando la doctora Kay Scarpetta, jefa del Departamento de Medicina Legal de la ciudad, recibe una llamada a las dos y media de la mañana, supone que algo grave ha sucedido; en efecto, hay una cuarta víctima. Y se teme que a ésta le seguirán otras, a menos que ella logre recabar nuevas pruebas que ayuden a la policía. Kay Scarpetta recurrirá a los últimos avances en la investigación forense para desenmascarar al psicópata, y tendrá que vérselas con aquellos que quieren sabotear su trabajo y arruinar su reputación..., y es que no a todo el mundo le agrada ver a una mujer en un puesto tan influyente.

El cuerpo del delito

PATRICIA CORNWELL

Alguien acecha a la joven y solitaria escritora Beryl Madison. Alguien que la espía, que observa todos sus movimientos y que le hace amenazantes y obscenas llamadas telefónicas. Beryl busca refugio en Miami, pero al final regresa a su casa de Richmond. La misma noche en que llega, inexplicablemente permite que entre en ella el asesino. Así comienza para la doctora Kay Scarpetta la investigación de un crimen cuyas circunstancias parecen tan tortuosas como extrañas. ¿Por qué abrió Beryl la puerta? ¿Conocía a su asesino?

Scarpetta empieza a atar los cabos de las intrincadas pruebas forenses y, gracias a unas inquietantes cartas, descubre que la escritora estaba siendo acosada. Lo que Scarpetta no consigue explicarse es por qué esta dejó entrar al criminal. Por su parte, el codicioso abogado de Beryl acusa a la forense de perder el último manuscrito de su cliente, un texto autobiográfico en el que hablaba de su enigmática relación con un galardonado y reconocido escritor.

Mientras reconstruye los pasos de Beryl, Scarpetta irá acercándose, poco a poco y sin darse cuenta, a un asesino que acecha en la sombra...

La serpiente roja

PETER HARRIS

Troyes, 1114: Un viejo manuscrito de contenido escalofriante llega a manos de Bernardo de Claraval, futuro creador de la orden del Temple.

París, 2006: Madeleine Tibaux, directora de manuscritos antiguos de la Biblioteca Nacional de Francia, es asesinada tras haber encontrado un misterioso documento en el que destaca el dibujo de una serpiente en tinta roja.

El periodista Pierre Blanchard y la historiadora Margaret Towers unen sus fuerzas para investigar qué hay detrás de esta muerte. Su aventura no tarda en convertirse en una frenética y peligrosa carrera, por las calles de París y el sur de Francia, tras los pasos de una oscura secta. Historia y leyenda, presente y pasado se funden en una trama trepidante que engancha al lector hasta la última página.

Al calor del verano

JOHN KATZENBACH

Tras matar a su primera víctima, un inocente adolescente que tuvo la mala fortuna de cruzarse en su camino, un asesino que tiene aterrorizado Miami elige como interlocutor a Anderson, un reportero de la sección de sucesos de uno de los periódicos más importantes de la ciudad. A partir de ese momento, Anderson y el anónimo criminal establecen una relación casi enfermiza en la que el reportero intenta ganarse la confianza del asesino sin que este pueda intuir nada, a la vez que pretende desenmascararlo. Por el camino, un reguero de cadáveres que no cesa y un periodista brillante que poco a poco irá vendiendo su alma a los designios de un psicópata y a la voracidad de una sociedad morbosa. Como telón de fondo, la cara más sórdida y oscura de una ciudad, Miami, conocida por sus tópicos veraniegos. Bochorno, zafiedad, lluvias tropicales y cadáveres frescos.

El hombre equivocado

JOHN KATZENBACH

Ashley Freeman, estudiante de historia del arte en Boston, tiene una relación de una noche con un desconocido llamado Michael O'Connell. Al principio, parece un admirador insistente, pero poco a poco O'Connell, un ingenioso hacker, va entrando en la vida no solo de Ashley, sino también del padre de esta, un serio profesor universitario, y de su madre, una prestigiosa abogada, revelándose como un psicópata obsesionado por controlar la vida de la chica. Ni los sobornos ni las amenazas lo disuaden, y todo comienza a adquirir tintes de pesadilla. Cuando el investigador asignado al caso aparece muerto, la familia entera entiende que se enfrenta a algo mucho más serio de lo que había imaginado...